La memoria

1130

W0360228

DELLO STESSO AUTORE

Questa non è una canzone d'amore
Dove sei stanotte
Di rabbia e di vento
Torto marcio
Follia maggiore

Alessandro Robecchi

I tempi nuovi

Sellerio editore
Palermo

2019 © Sellerio editore via Enzo ed Elvira Sellerio 50 Palermo
e-mail: info@sellerio.it
www.sellerio.it

2019 giugno terza edizione

Questo volume è stato stampato su carta Palatina prodotta dalle Cartiere di Fabriano con materie prime provenienti da gestione forestale sostenibile.

Robecchi, Alessandro <1960>

I tempi nuovi / Alessandro Robecchi. – Palermo : Sellerio, 2019.
(La memoria ; 1130)
EAN 978-88-389-3920-4
853.92 CDD-22

CIP – *Biblioteca centrale della Regione siciliana «Alberto Bombace»*

I tempi nuovi

Quel che chiamate spirito dei tempi
è in sostanza lo spirito degli uomini
nei quali i tempi si rispecchiano.
E questo è spesso così meschino!

W. Goethe, *Faust*

Vista da qui, a quest'ora, con questa luce che la taglia come forbici, la città è un mosaico, una geometria, una scacchiera dove i pezzi vanno al loro posto. E infatti ci vanno. Con la M1, M2, M3, la viola, la gialla, i tram, con macchine e motorini, permesso, si sposti, ma guarda come guida quello stronzo, ah, ecco il controllore, ora la pagheranno, i furbetti senza biglietto!

Uno si è buttato sotto la rossa, checcazzo, a quest'ora, bisogna essere proprio dei disgraziati, però! Bus sostitutivi per San Babila, Palestro, Porta Venezia, Lima, Loreto, qualche pedone arriverà dopo l'orario, un alfiere lo riprenderà, una torre lo chiamerà a rapporto: cos'è questo ritardo? Si rende conto? Alle nove il sole si alza ancora piano, tutti sono già schierati – pronto, comandi, dica – dietro le loro scrivanie e sportelli e macchine meccaniche, uffici, scuole, officine, magazzini, consegna entro le dieci, entro le undici, ma non si posteggia, non si posteggia, cazzo, dove lo metto il furgone? Tutto è colorato di rosso timido, ma si schiarisce presto, vedrai, dagli mezz'ora, dagli un'ora.

Che bello, però, col sole. Il Comune ha rimontato la sagoma delle montagne in fondo a via Padova, bianche, lontane, come un sospetto di orizzonte, bisognerebbe andare a vederle, basta poco, basta fare il giro a piazzale Loreto prima che salgano le polveri, ma come si fa, non c'è tempo. È l'ora dell'organizzazione, è il momento dei tempi e metodi, del plurale aziendale, signorina facciamo le fotocopie, signorina prendiamo quella pratica, signorina avvertiamo l'avvocato, che significa signorina fai, signorina prendi, signorina avverti, siamo una squadra, siamo sulla stessa barca, signorina porti pure i caffè.

Ah, questo no, questo lo dico allo stagista.

Ognuno al suo posto di combattimento, dietro la sua batteria contraerea di produzioni, di comunicazioni, di spedizioni, di burocrazia, deve andare allo sportello quattro, ma ci sono appena stato allo sportello quattro, cazzo. Aspetti che sentiamo, e si attacca al telefono, uffa, oggi non si finisce più, si è già capito. Escono dalle stazioni della metro, dagli androni appena lucidati, dai bar del primo caffè veloce, un esercito, una moltitudine, tutti sanno cosa fare e vanno a farlo.

In Quarta H la verifica di fisica è rimandata, c'è un supplente, benissimo, non si fa niente per due ore, Dio esiste, checcazzo.

Carella si appoggia con una spalla allo stipite della finestra, già fuma, già sospira, guarda fuori e si carezza la barba di tre giorni, ruvida, poi prende il telefono dal comodino, si infila la giacca ed esce, le scale, la luce di fuori che gli dà una sberla, se ne accende un'altra. Il sovrintendente Ghezzi salta sul tram quasi al volo, deve fare questo e quello, ma prima questo, o forse no, non importa in che ordine. Scende? No, alla prossima. Si sieda, signora. Oh, che gentile.

I balordi ci sono anche loro, cercano affari, gente da fregare, occasioni. I pusher dormono però, tutta la notte così, avanti e indietro, il telefono, tre grammi qui, subito, ecco l'indirizzo. Dieci grammi li avete? Li portate? C'è una festa. Questo stanotte, ma adesso è tranquillo, adesso si dorme.

Uno messo male sta lì col suo bicchierino per le offerte, un euro, cinquanta centesimi, ma sono di più le occhiate distanti che tirano dritto. La ragazza deve cambiare un reggiseno che ha comprato ieri, non le piace, il gancetto le dà fastidio, lo scontrino ce l'ha, ci andrà in pausa pranzo, speriamo non facciano gli stronzi, anche il colore non le piace più. Per quelli che hanno lavorato di notte la giornata finisce, e c'è un «finalmente» che risuona nei clacson, su, muoviti, non vedi che è verde, sveglia, dai! Uno invece va a piedi, torna a casa e strizza gli occhi per il sole. Il tizio che ha pippato fino alle cinque del mattino sul tavolino di cristallo è andato via con la ragazza, lui pippava e lei si scocciava, quand'è così poi non riescono a scopare e fanno storie, non pagano. Faceva le righe con la carta di credito e l'ha lasciata lì, dimenticata vicino ai bicchieri vuoti, che cretino. Lui gli portava da bere e ora la carta ce l'ha in tasca mentre cammina, via Mercadante, via Pergolesi, ne uscirà una buona mancia, via Venini, bella passeggiata, ma si può anche chiamare ricatto, eh. Le volanti 21, 26, 30 e 32 rientrano alla base dopo il turno di notte, gli agenti hanno le facce stanche, commentano, parlano il loro gergo, niente di che, solo una rissa, uno col coltello e quell'altro, quello ubriaco che voleva ammazzare la moglie, ha chiamato appena in tempo, signora, lo portiamo via noi, e quello che grida troia, me la paghi una volta per tutte. Su, su, non fare il coglione, vieni con noi, e lei, signora, può sporgere denuncia.

I neri hanno grosse borse, nere pure quelle, sembrano pesanti, cosa ci terranno, roba da vendere, sicuro, si riuniscono in piccoli gruppetti prima di schierarsi anche loro, sulla scacchiera c'è posto, ce n'è tanto, anche per tutti gli altri. Se arriva un controllo scappano di là, poi di là, col fagotto della merce, che vita. Un tizio sistema la vetrina, leva le sciarpe e i parka col pelo, mette le giacche leggere, così va bene? Che si vedano i prezzi, mi raccomando. Qui si fanno riparazioni, orli, sartoria veloce, roba da cinesi, basta che me li rende giovedì, mi raccomando. Pomeriggio, però. La ressa sui mezzi cala un po', quelli che ci sono guardano il telefono, i messaggi, le loro pagine trapuntate di saluti, di post, di meme spiritosi, giocano a Candy Crush, attento è la tua ultima vita, usala bene. Quando dice così fa ridere un bel po'. Ma devo scendere, l'ultima vita dopo, dai.

Certo ci saranno anche posti dove le cose sono già frenetiche, vendere, vendere, comprare, minchia, guarda il Real Estate in Giappone, dai, comprare, subito, vendere a mezzogiorno, ma tieni sempre d'occhio i bancari! Certo ci saranno anche posti dove uno schiaccia tasti e guarda schermi e compra Real Estate in Giappone e tiene d'occhio i bancari, e poi magari a pranzo esce per il panino e si innamora di una che va a cambiare un reggiseno, è carina, il gancetto le dà fastidio, anche il colore non le piace più. Magari avranno una vita insieme, perché no, può succedere anche questo.

Carlo Monterossi apre gli occhi a questo punto della sarabanda, anche lui guarda dalla finestra, ma è solo un momento, eccolo sotto la doccia che sente il notiziario, il Pil è quello che è ma si spera meglio, se la Germania, se il petrolio, se il costo del lavoro... Poi la politica, la cronaca e lo sport, che non gli interessa. Tutto si mette in moto, tutto si rianima.

Uno

Più di un ragazzino, meno di un uomo fatto. La faccia stupita, gli occhi aperti, seduto al posto di guida. Un filo di barba che fa adolescente e i vestiti pure, una polo, una giacca, i jeans. Calati fino alle ginocchia. Osceno, insomma.

Le mani sono legate al volante con due fascette di plastica. Ha un buco in una tempia, la sinistra, un buco piccolo e nero, il sangue è tutto lì, in un rivoletto sottile che ha raggiunto il mento, nient'altro. Ah, sì, l'odore, il solito, merda, sangue, paura.

La luce basta un po' sì e un po' no, le ombre sono lunghe, anche se il sole non si vede ancora.

Il sovrintendente Carella esce camminando all'indietro dall'abitacolo della piccola auto grigia e raddrizza la schiena. Fa il giro e apre l'altro sportello, usa un fazzoletto per non lasciare impronte. Il libretto nel portaoggetti, un paio di occhiali da sole da pochi euro. Non tocca niente. La macchina sembra pulita, ben tenuta.

Carella fa ancora la sua piccola marcia indietro finché può mettersi dritto. Quelli della Scientifica scattano le foto, arriva una macchina. Il medico.

Con Carella basta un cenno. Lui si sposta di qualche metro, accende una sigaretta, guarda il sole che sta venendo su come issato a mano, carrucole e pulegge, con fatica, inesorabile, ora si è piazzato in un angolo tra la strada e un capannone in fondo alla via, e intende salire ancora, un lavoraccio, per quelli che tirano le funi. Se guardi da quella parte devi strizzare le palpebre. Sono le sei e venti, l'aria punge un po', a qualche metro da lì passano le macchine, si vede che rallentano appena i guidatori scorgono le luci lampeggianti, e poi continuano come prima. Carella fuma e si guarda in giro. Una piazzola ampia, una pompa di benzina chiusa, gli impianti vecchi. Più avanti casermoni alti e il grande nord, più indietro altri casermoni e la città. C'è un prato, in quella terra di nessuno, forse un campo in attesa di lavori, solo un prato e quella piazzola abbandonata. Niente da rubare, niente telecamere. La macchina è in un angolo, parcheggiata con ordine, con il muso verso il terreno incolto, il bagagliaio verso la strada. Il fotografo ha finito. Carella lo chiama e gli chiede due scatti in dettaglio del sedile del passeggero, poi fa un cenno a un altro con la tuta bianca, che si avvicina, e gli indica il bagagliaio.

«Cosa vedi?».

Quello si china un po', in modo da evitare i riflessi.

«Polvere uniforme, ma tracce di dita vicino all'apertura».

«Quindi?».

«Quindi qualcuno l'ha aperto. Di recente». Poi si china meglio, armeggia con delle boccette e un pennello.

«Niente impronte, però».
Carella fa sì con la testa.
«Tu ti metti i guanti quando apri il baule della macchina?».
L'altro non risponde. Carella usa ancora il fazzoletto e aziona l'apertura. Nel bagagliaio niente, vuoto e pulito.

Ora anche il medico fa quei due passi da gambero, esce con il busto dalla macchina e si rimette in piedi. Carella gli va incontro.
«Allora?».
È un tipo robusto che sembra un venditore di vini, o un commesso viaggiatore, un agente di qualcosa, la giacca troppo stretta perché la pancia è diventata troppo larga, una cravatta a tovagliolo che gli arriva proprio nel mezzo dello stomaco. Non diresti mai che di mestiere fa domande ai cadaveri.
«Non ti dico niente, Carella, prima devo aprirlo».
«Va bene, va bene, lo sappiamo... però... che mi dici?».
Quello sospira e si accende una sigaretta. Carella parte con la seconda.
«Il colpo mortale è quello alla tempia, veloce, preciso, piccolo calibro silenziato, direi, ma il proiettile è dentro e poi ti dico meglio. Sembra roba da professionisti».
Carella fa la faccia che dice: vai avanti. Il dottore tira una boccata lunga, come se avesse bisogno di aria fresca, poi butta fuori il fumo dal naso.
«Grosso ematoma alla nuca, direi tra l'ultima e la penultima vertebra. Non l'ha ucciso, credo, ma l'ha steso per un po'. Però non l'hanno ammazzato da svenu-

to, perché le fascette hanno segato un po' i polsi, segno che prima dello sparo era sveglio e per niente contento di essere legato al volante».

Arriva uno con la tuta e allunga a Carella un sacchetto di plastica trasparente. Portafogli, chiavi, cuffiette con il filo tutto ingarbugliato. Gli averi del cadavere. Nessun telefono.

«Quindi così», dice Carella.

«Così come?».

«Gli danno un colpo in testa, aspettano che si risvegli e intanto lo legano. Frugano nel bagagliaio, quando è sveglio gli sparano».

«Corri troppo. E perché non sparargli subito?».

«Forse volevano parlargli».

«Se hai una pistola non hai bisogno di stenderlo prima, per parlargli. E aspettare che si risvegli, qui, magari per una mezz'ora...». Guarda la strada come dire: qualcuno può vedere.

«Ci penseremo. A che ora, tutto questo?».

«Che ore sono?».

«Quasi le sette». Il sole è arrivato a metà del muro del capannone, ora c'è più luce, e sale ancora. Va su come uno che si arrampica. Che fatica.

«Diciamo quattro ore? Forse tre, forse cinque. Parlo del colpo di pistola, la botta in testa non so dirti, da mezz'ora a due ore prima dello sparo, ma sto improvvisando, facciamo che non ti ho detto niente».

«Quando te lo lavori?».

«Anche subito se non ci sono cose più urgenti».

«Non ci sono».

«Non lo decidi tu, Carella».
Poi si gira, va verso la macchina e riparte.

Carella sta lì, dritto, con un angolo di sole che gli si allunga tra i piedi.

Nel portafogli del morto ci sono quaranta euro, altri fogli e foglietti che ora non guarda, una carta di credito, la patente, la carta d'identità. Filippo Maria Gelsi, 23 anni, studente, via Giambellino 76, uno e ottanta, segni particolari nessuno.

Carella fa una smorfia, alza la mano verso quelli della Scientifica che si stanno togliendo le tute, l'ambulanza è lì di fianco. Forse era un saluto.

Poi sale in macchina e parte piano verso Milano. Sono le sette e venti, ora il sole è quasi arrivato al tetto del capannone. Carella si infila nel traffico ancora placido: è presto per la gente che va in ufficio e tardi per tutto il resto.

Filippo Maria. Che nome del cazzo. Ti chiamerò Filippo, non ti offendi, vero? Cos'hai combinato, Filippo? Non è andata bene, eh?

Finito lo stradone comincia la città, il traffico si fa un po' più denso.

I pantaloni calati, insieme alle mutande. Le fascette di plastica. La faccia stupita. Due capelli biondi, lunghi, sul sedile del passeggero.

Il sole adesso gli batte in faccia, il sole esordiente delle otto del mattino, ancora entusiasta della giornata.

Troppa roba, pensa Carella. Troppa roba tutta insieme.

Due

Gli occhi sbarrati, il buio della stanza, il primo stridore della giornata che viene su da via Farini, dove il tram fa la curva, e ci si potrebbe rimettere l'orologio. Il sovrintendente di polizia Ghezzi Tarcisio, sdraiato ma vigile accanto alla sua signora Rosa, pensa a tutte le volte che ha sentito quel gemito tramviario, nitrito futurista di rotaie e di metallo, alle cinque e trentacinque del mattino.

Tutte le volte che era sveglio, per la precisione. E quindi quel clangore acuto è in qualche modo la sua ronda notturna, il suo personale «Sono le cinque e trentacinque e tutto va bene», gridato dalle mura della fortezza.

E invece no. Naturalmente no. Se andava tutto bene, pensa Ghezzi, io dormivo ancora due ore, e mi svegliava la Rosa con il caffè.

Che poi, a tenerlo occupato nell'insonnia era proprio la Rosa.

Ma possibile?

Dopo venticinque anni insieme si metteva a fare i giochetti, i sotterfugi, a dire le bugie? Che non era capace, tra l'altro, santa donna, e quindi finiva per arrossire, o balbettare, o per cambiare discorso. C'è che la Rosa coltiva una dirittura morale di acciaio temprato negli altiforni infuocati del noi-siamo-brave-persone, e che potrebbe affrontare a schiena dritta chiunque, e quindi di sotterfugi non ha mai avuto bisogno. E ora... perché?

Insomma l'aveva beccata due volte, senza che lei lo vedesse – tu pensa che occhio di lince – mentre scrutava su e giù per via Monticelli e via Menabrea, in attesa di chissà cosa, come appostata, vigile.

E poi ieri, che lui era tornato tardi per colpa di Carella e l'aveva trovata come al solito sul divano, appena rientrata, però, ancora il fiatone delle scale addosso, le scarpe che non aveva fatto in tempo a togliersi.

«Sei andata al cinema, Rosa?».

«Io? Qui tutta la sera».

Ghezzi aveva sorriso, divertito e incredulo che la sua sposa si comportasse come una sedicenne. Poi lei si era preparata per la notte con quei gesti nervosi e secchi che hanno i colpevoli quando si sospetta di loro, e lui aveva sorriso ancora.

Questa cosa qui bisogna chiarirla, si dice Ghezzi.

Rimuginare tutto questo stando attento a non svegliare la Rosa. Rigirarsi piano. Non riuscire a prendere sonno, mettere in fila le questioni in sospeso, le indagini in corso, la frustrazione di Carella, le scenate del capo Gregori, l'ironia dei colleghi. Questo fa ora il sovrintendente Ghezzi.

E poi c'è l'altra questione, quella a cui si sforza di non pensare e che ronza sempre lì, come una musichetta di sottofondo, che detesti ma da cui non riesci a liberarti. Perché prima o poi a quel Falcone, l'amico del Monterossi, deve dare una risposta, e sono già passati tre mesi, e Ghezzi sente che la sua incertezza sta diventando una figuraccia. Se uno chiede sì o no devi dire sì o no, alla fine, non sta bene far finta di niente. Ma come uscirne?

Falcone, quella specie di investigatore privato misterioso e abile che aveva incrociato nel corso di qualche inchiesta, non gli stava per niente simpatico. Ghezzi aveva messo a punto il suo giudizio lentamente, soppesando le cose, e aveva deciso che guardava quel ragazzo come un bravo idraulico guarda il bricoleur: uno che magari ti sistema due tubi, ma può anche allagarti la casa. Un dilettante, insomma. Però le cose gli andavano bene, al Falcone, aveva risolto un paio di casi spinosi, e Ghezzi si chiedeva come avesse fatto, aiutato soltanto da quel Monterossi, uno che fa la tivù, ma che vorrebbe essere una specie di gentiluomo, roba da matti. Lui sì, gli stava simpatico, per quanto distanti come Lodi e la Luna, sentiva di avere delle cose in comune con lui, per esempio il senso del giusto e dello sbagliato, e anche la certezza che non sempre legge e giustizia sono la stessa cosa. È per quella convinzione che Ghezzi non ha fatto carriera, che a cinquantacinque anni ha ancora lo stipendio e il grado di un trentenne ambizioso. Ma su quel punto aveva smesso di combattere, era più forte di lui, e alla sua età conveniva accettarsi così com'era.

La proposta indecente era arrivata senza preavviso, come le disgrazie, o i biglietti della lotteria. Voleva lui,

Tarcisio Ghezzi, sovrintendente di polizia, uomo dello Stato, millequattrocento euro mensili in cambio di sangue marcio e fegato grosso, lasciare il lavoro e fare il socio di Falcone? Voleva passare dalla divisa, che comunque non metteva più da anni, al lavoro nascosto e sotterraneo del ficcanaso privato? Falcone aveva parlato chiaro: soci alla pari, stipendio più o meno doppio, più gli extra, e soprattutto – questa per Ghezzi era una sirena potente e fascinosa – niente più burocrazia, ordini insulsi, gerarchie scomode, cretini col botto a cui dire signorsì.

Insomma, voleva cambiare vita?

Sembra una faccenda pratica, detta così. La gente cambia lavoro in continuazione, non c'è niente di male. Ma per Ghezzi, sbirro fino al midollo, quel salto aveva un retrogusto acido di tradimento. Voi fate i bravi cittadini e noi prendiamo i cittadini cattivi. Semplice, no? Ma le cose non erano così facili, non più. Falcone gliene aveva parlato in dicembre – per la precisione il 31 dicembre – e poi era venuto l'anno nuovo, e poi passato l'inverno, e ora arrivava la primavera. E lui non aveva risposto, tenendosi lì quel tarlo che rodeva.

Era un no, certo, ma Ghezzi sentiva che non era un no rotondo e senza appello. Sapeva che avrebbe rifiutato l'offerta, lo sapeva con la stessa chiarezza con cui sapeva che poi, ad ogni intoppo, ad ogni incazzatura, ad ogni ordine stupido, di quel no si sarebbe pentito. Ma non poteva più tirarla in lungo, divagare, coccolarsi quell'ipotesi peregrina come una via d'uscita da cui non sarebbe uscito mai.

Anche questo doveva fare, e doveva farlo in fretta, oggi stesso.

Però Ghezzi non è uno che mente a se stesso. Sa che non sono i maldestri sotterfugi della Rosa a svegliarlo prima dell'alba, a fargli sentire la curva del tram. No. E nemmeno la proposta di Oscar Falcone. Proprio per niente.

Quello che gli pesa addosso, un senso di oppressione al petto, una cosa che scava, sono gli occhi della signora Gelsi. Li ha rivisti tutto il giorno, anche ieri, anche il giorno prima, e ora anche di notte. E questo nonostante le solite giaculatorie di autoaiuto: Ghezzi, sei una pellaccia, e quante ne hai viste, e quante volte hai dovuto fare quella cosa terribile... niente, gli occhi della signora Gelsi non se ne andavano.

Quando lui si è presentato e ha detto... il figlio, sì, insomma, Filippo Maria... un brutto incidente...

E quello era stato il colpo duro, ma poi aveva dovuto picchiare sulle ferite, perché che il ragazzo l'avevano trovato morto ammazzato con un buco in testa, bisognava dire anche questo. E pure se Ghezzi aveva risparmiato i dettagli – i jeans calati, le mani legate – la mazzata era stata feroce e venuta giù come un soffitto sulla testa. I «come?», i «perché?» urlati senza voce. Il signor Gelsi, commerciante vicino alla pensione, che non smetteva di dire e chiedere, e balbettare girando per la stanza. Persino un «quando torna mi sente» che lo aveva paralizzato sull'orlo di quel «quando torna» che non sarebbe avvenuto più.

E nonostante questo, incredulo e rabbioso, mentre il dolore saliva piano.

Lei no. Gli occhi, semplicemente, le si erano spenti. C'era della luce dentro, quando lui si era presentato. Polizia, sovrintendente Ghezzi, si sieda signora. Poi si era spento tutto, c'era una patina opaca, come un velo di polvere sull'acqua, e nient'altro. Ora dovevano andare con lui, se volevano, per cortesia. Vedere il corpo prima dell'autopsia, e poi, se possibile, dedicargli qualche minuto. Vi serve un medico? Chiamare qualcuno?

E in macchina, dove lo avevano seguito come cuccioli spaventati, ubbidienti e persi, lui aveva cercato ancora quegli occhi con lo specchietto retrovisore. Aveva visto le mani di lui, il signor Gelsi, prendere quelle di lei, il primo gesto intimo, il primo contatto. Ma anche allora, gli occhi della signora Gelsi erano opacizzati, come se tutto si fosse oscurato in un lampo finale, e poi il nulla.

Il buio. La caduta.

Così alle sei e mezza, quando il tram in via Farini ha già fatto decine di curve, e un po' di luce filtra dalle tapparelle, il sovrintendente Ghezzi si alza, prepara il caffè, lo mette in due belle tazzine azzurre prese coi punti del supermercato e si affaccia alla camera da letto.

«Rosa, vieni a bere il caffè con me».

È quel «con me» che rende solenne la frase. Se ne accorge anche lei che combatte contro il sonno.

E ora sono seduti uno di fronte all'altra in cucina, lei che finge di non capire e lui che sembra divertito.

«Dai, Rosa, dimmi cosa c'è».

«Ma cosa vuoi che ci sia, Tarcisio».

«Rosa, io faccio il poliziotto da trent'anni!».

«E di cosa sarei sospettata?».

Lui aveva bevuto il caffè, poi era andato in bagno e aveva cominciato a vestirsi, senza più dire una parola, e anche lei aveva fatto finta di niente, ma solo per qualche minuto. Poi aveva messo su un'altra moka e aveva versato altre due tazze.

«La conosci la Morganti?».

«La maestra?».

«Sì».

Nè lui né lei fanno vita di quartiere, ma qualche amica la Rosa ce l'ha. La biblioteca, le iniziative dell'associazione, il gruppo di lettura. Insomma, questa maestra Morganti era già comparsa nelle cronache famigliari, nelle chiacchiere della cena o nei piccoli racconti quotidiani e quindi Ghezzi poteva dire che sì, la conosceva. Almeno di nome.

«Bene, la nipotina è nei guai».

«Rosa, la nipote della Morganti avrà quarant'anni!».

«Quattordici, cafone!».

«E che tipo di guai? Guai che fai la vedetta lombarda in via Menabrea e che esci di nascosto di notte?».

«Ha un maniaco che la perseguita».

«Sicura che la ragazza non stia esagerando?».

«Sicura? Ma se la ragazza non parla! Non dice niente! È terrorizzata, non mangia, non dorme, non vuole andare a scuola perché ha paura di incontrare quello là!».

«Rifaccio la domanda, non è che starete esagerando voi due Sherlock Holmes, intendo tu e la Morganti? Chi fa Watson delle due? C'è la polizia per queste cose, Rosa, porca miseria, vivi con uno sbirro da secoli e non lo sai?».

«Te la raccomando la tua polizia, Tarcisio! La signora Morganti due volte c'è andata, al commissariato, e quelli, ma sì, vedremo, ma sì, ce ne occuperemo, sono ragazzate... tanto per levarsela di torno. E la ragazza intanto riceve messaggi come questo...».

La Rosa armeggia con il telefono e gli mostra lo schermo. Lui allontana un po' il display e legge:

«Troietta, fai bene a avere paura. Ci vediamo presto».

Ora Ghezzi sa che non può sminuire la cosa, anche se un messaggio così tra quindicenni può non voler dire niente, ma poi... sono proprio le cose che non volevano dire niente che diventano rognose, vero?

«E perché se ne occupa la nonna? I genitori?».

«Ma lo sai, Tarcisio, lei lavora lontano e il padre non può... insomma...».

No, non lo sapeva, questo, ma che importa.

«E quindi che ci facevi alle undici di sera per la strada, su e giù come un metronotte?».

«Cercavo di procurarmi questo!», dice lei trionfante tirando fuori un foglietto. Ghezzi lo guarda. È una targa.

«È la targa della moto del ragazzo, così almeno sappiamo chi è».

«E quando sappiamo chi è? La ragazza fa la denuncia?».

«La ragazza non fa nessuna denuncia, la ragazza ha paura, è una bambina, Tarcisio!».

«Ripeto, quando sappiamo chi è cosa facciamo?».

«Intanto sappiamo chi è».

Muro.

Non è solo che la Rosa vuole avere l'ultima parola, è che deve essere quella definitiva. Ghezzi si caccia in tasca il foglietto e fa per andarsene. Ma poi cambia idea. Prende il telefono e schiaccia un numero per la chiamata rapida.

«Sannucci».

«Eccomi qua, sov, è presto, che succede?».

«Niente, Sannucci, niente, io sto venendo in ufficio, ma tu intanto mi cerchi una targa, ok?».

«Sono appena arrivato! Sto al bar, sov!».

«Uh, allora è facile, Sannucci. Senti come devi fare, ascolta bene. Esci dal bar, attraversi la strada, vai su al secondo piano, accendi il computer e cerchi 'sta targa, dai, puoi farcela».

«Sov...».

«Grazie, Sannucci, caffè pagato. Ma questo che hai bevuto adesso pagatelo tu, eh... hai da scrivere? Anzi no, ti mando un messaggio».

Ora la Rosa ha sciacquato le tazzine e lo guarda con un piccolo ghigno.

«Al sovrintendente Ghezzi non la si fa, vero?».

«Rosa, io ti conosco da quando hanno inventato il fuoco, ma ti pare che non mi accorgo se torni all'una di notte col fiatone? Dai, mi offendi, così!».

«Beh, in qualche modo dovevo dirtelo, così almeno è stato divertente. E mi hai fatto il caffè, anche questo... da quando hanno inventato il fuoco, hai detto? Ecco!».

Poi ha riso con gli occhi, come per dire: mettila come vuoi, Ghezzi, ma io sono più furba di te. E ha riso anche lui, persino giù per le scale e fino alla fermata del tram, anche se poi nella luce del mattino, con il sole che si arrampicava e la giornata che cominciava a presentarsi al mondo, gli sono tornati in mente gli occhi della signora Gelsi.

Non erano cambiati mai, né durante la visita straziante all'obitorio – «È lui» lo aveva detto il marito – né dopo, a casa, durante la perquisizione. Filippo Maria viveva ancora lì, anche se non ci dormiva sempre perché aveva la fidanzata e degli amici, insomma, a ventitré anni... Studente di cosa? Di ingegneria, Politecnico. Contento, più o meno a posto con gli esami. Aveva in tasca più soldi del normale? No, non ci avevano fatto caso, niente acquisti di cui si sarebbero accorti. Ma nella stanza del ragazzo, da un libro, era saltata fuori una busta con duemila euro in contanti. No, non ne sapevano niente, ma qualche lavoretto Filippo Maria lo faceva. Tipo? Dava il cambio a un suo amico in un bar, sui Navigli.

Ghezzi e Sannucci se n'erano andati con i duemila euro e una lista di nomi: la ragazza, gli amici dell'Università, gli amici d'infanzia, quei nomi che può dirti un genitore, quattro o cinque, ma intanto il lavoro grosso l'avrebbe fatto il telefono del ragazzo. No, il telefono non l'avevano trovato, ma speravano in qualche backup nel computer, o cose del genere. Il portatile lo teneva Sannucci sotto un braccio, lo avrebbero dato agli scienziati, i colleghi della Scientifica.

Così li avevano lasciati lì, sul pianerottolo, il signore e la signora Gelsi, lui stordito e barcollante, incapace ancora di capacitarsi. Lei immobile, una statua fatta solo di occhi spenti. Muta.

Ghezzi sale sul 4, appoggia la tessera al lettore e allarga le gambe per migliorare l'equilibrio da surfista professionista del milanese che va a lavorare in tram. È una cosa romantica, se siete turisti di Boston.

Tre

L'uomo esce in giardino, vuole fumare e prendere aria. La tempesta sembra passata. Una vera tempesta di merda, il capo incazzato come un cobra, i ragazzi convocati d'urgenza. Dove credevano di essere, eh? Come si erano allentate le procedure di sicurezza? Chi aveva fatto la cazzata?

Ma la cazzata non l'aveva fatta nessuno, le regole seguite al millimetro, come al solito. Il ragazzo non sapeva niente, non sospettava ed era pulito sotto ogni riguardo. Non era facile trovarne tre alla settimana, ma su questo qui ci avrebbe messo la mano sul fuoco. Il metodo, poi, era quello del capo. L'avrà visto in un film, o letto da qualche parte, cazzate da libri gialli.

L'uomo aveva avanzato qualche dubbio, all'inizio, ricevendone in cambio il solito disprezzo. Ora fuma in giardino, scuotendo la testa.

Ma in effetti, aveva poi dovuto ammettere, il sistema funzionava, nessun inciampo, nessun intoppo, più di due anni lisci come l'olio. Fino all'ultima volta.

Il capo si era incazzato anche per com'era finita la faccenda... o per come non era finita. Nemmeno una traccia, nemmeno un sospetto, la cosa lo faceva imbestialire. Oltre al danno, naturalmente.

No, la tempesta non era passata per niente, e non sarebbe passata finché non fosse venuto fuori il chi, il come, il cosa, e soprattutto i soldi.

L'uomo passeggia per il giardino, non è nervoso, non è teso. Gestisce una macchina che va da sola, può anche distrarsi, ogni tanto, come si distraggono gli scorpioni, come si distraggono i serpenti a sonagli.

Poi nota una cosa strana, qualcosa che svolazza accanto al cancello della villetta, a un'altezza, sarà un metro da terra, dove di solito non svolazza niente. Così si avvicina e piega un po' la testa. C'è un foglio attaccato al cancello, con un filo di nastro adesivo. Fa una fotografia con il cellulare e poi lo stacca. Lo legge, fa una smorfia.

Ecco che succede qualcosa, pensa.

Butta il mozzicone lontano, nel prato, e torna in casa.

Quattro

Asteroide o tsunami? Meglio tsunami. Crollo strutturale del palazzo o incendio? Meglio il crollo. Polmonite fulminante o andare a lavorare? Polmonite fulminante, non c'è dubbio.

Carlo Monterossi sta valutando le sue aspettative per la giornata. Sono le nove e mezza, si rigira nel letto cercando la forza di alzarsi, raggiungere il bagno e poi la colazione, che Katrina avrà impeccabilmente preparato, l'unico momento decente della giornata, non fosse funestato dalla lettura distratta dei giornali.

Epidemia di peste nera o riunione con gli autori? Peste nera tutta la vita. Maxitamponamento o telefono? Che domande...

E infatti suona il telefono. Mai guardare a una giornata nuova con spirito costruttivo, la delusione sarà fatale.

Così decide che è ora, si alza e risponde senza guardare il display, in piedi, nudo come un verme, e si pente subito.

«Carlo, devo dirti una cosa».

Katia Sironi non è una che perde tempo con i ciao-come-stai-ti-ho-svegliato, perché i minuti sono euro che corrono nella clessidra, sprecarli non è etico e non conviene.

«Ciao Ka...»

«Sì, va bene... allora ascolta...».

Cos'è la dignità di un uomo? Non è forse la forza che ci oppone al sopruso? Non è forse la schiena dritta l'unico antidoto invincibile all'ingiustizia? Carlo Monterossi se lo ricorda proprio mentre apre le persiane e vede il sole fuori, la città già sveglia da un pezzo, trapanata da rumori lontani. Allora dice:

«Sentiamoci più tardi, Katia, ti spiace?», e chiude la comunicazione.

Ora Carlo Monterossi si guarda allo specchio del bagno. Da quando un vecchio pazzo gli ha insegnato a contare il tempo in settimane anziché in anni, ha notato, quel guardarsi in faccia dura qualche secondo in più.

Bianca Ballesi se n'è andata alle due, donna d'acciaio, fresca com'era arrivata, viva e vivace, come dire, fragrante, notevolissima. Erano andati al cinema, e poi a cena, e poi lì a finire la serata come si conviene tra mammiferi di buona costituzione, ma forse lo fanno anche i rettili e i pesci, chi lo sa. Non intendo il cinema.

Quando esce dalla doccia compone il suo travestimento da sceicco bianco: due enormi asciugamani, uno legato alla vita, uno sulle spalle, i piedi nudi, i capelli bagnati. Katrina non c'è, solo un biglietto attaccato al frigorifero:

«Katrina va a fare spesa. Signor Carlo dorme troppo. Caffè solo di accendere. Buona giornata».

Secca, autoritaria, una vera strega delle pianure dell'Est atterrata lì per badare a lui. E ora, mentre guarda il ben di Dio che c'è sul tavolo, due marmellate diverse, i riccioli di burro, il muesli per lo yogurt, la spremuta di pompelmo, tutto lindo, tutto tirato a lucido, pensa che sì, che valeva la pena alzarsi, e magari lo tsunami domani. O l'asteroide, perché no?

E poi risuona il telefono.

«Pronto».

«Hai detto più tardi. Ora è più tardi».

Perché combattere? Perché non uscire con le mani alzate e chiedere clemenza al plotone di esecuzione? Con Katia Sironi non si può fare altro.

Ora sarà dietro la sua scrivania piena di carte, di penne, di telefoni. Il viavai degli assistenti, l'agenda piena spuntata con un segno di biro ad ogni affare sistemato, ad ogni rogna risolta. Katia Sironi è la sua agente, anche se Carlo ha spesso la sensazione che ci sia un che di padronale nei suoi consigli. È una donna, fino a prova contraria, che sfiora i duecento chili, alta come un pivot dei Toronto Raptors, rapida come un ausiliario della sosta e altrettanto vorace. Lui le affida le sue trattative professionali – contratti, diritti – e lei prende il lavoro molto sul serio, oltre al dieci per cento degli incassi.

Da quando Carlo ha lasciato *Crazy Love*, l'odiato programma tivù, e la corte della diva Flora De Pisis, la regina della prima serata per famiglie che hanno voglia di piangere, Katia lo tormenta meno, e se lo chiama c'è sempre un buon motivo.

Di solito sono motivi che sanno di soldi, e questo è bene.

Quel format così odiato, che si era inventato anni fa e che aveva sbancato gli ascolti della Grande Tivù Commerciale, era stato venduto in tutto il mondo, e ogni tanto lei chiamava Carlo con piccoli frenetici bollettini di guerra. «Venduto in Bolivia!». «Opzione dalla Francia!». «Quattro stagioni in Ucraina!».

Insomma, *Crazy Love* macinava soldi qui – una media di ascolto da finale dei mondiali, casi estremi, vedove in lacrime, mariti che minacciano il suicidio, figli illegittimi – e all'estero. La peste che si diffonde, ebola, lo scorbuto, la merda vaporizzata di una tivù che scava nelle vite senza nessun pudore né gentilezza. E Flora, il sorriso del cobra: «Ma signora, se suo marito ha ammazzato sua figlia qualche motivo ce l'avrà avuto, no?».

Per Carlo, alla lunga era diventata una questione di sopravvivenza, di stabilità emotiva. Aveva lasciato il programma, ma i vertici della Grande Fabbrica della Merda avevano deciso di non lasciare lui, uno che gli aveva fatto fare quell'affare, figurarsi. Al mercoledì sera le altre reti si scansavano, programmavano vecchi film, o chiacchiere di politica, nessuno voleva fare la guerra a Flora e ai suoi casi così umani, così desolatamente disumani. Allora lei aveva schiacciato sull'acceleratore, e *Crazy Love* era cambiato. Dalle rare felicità e frequenti infelicità delle storie d'amore si era passati ai delitti, dalle signorine svestite ai criminologi, dal sesso un po' scollacciato – e allora Flora guardava in camera ammiccante, come per dissociarsi, ma facendo l'occhiolino al folto pubblico di massaie *mal baisées* – alle autopsie. La nausea di Carlo era diventata disprezzo, per il programma e per se stesso, dato che la sua firma campeggiava a pieno schermo all'inizio e alla fine di ogni puntata: «da un'idea di Carlo Monterossi». Modestamente. Una coltellata gli avrebbe fatto meno male.

E ora ecco Katia Sironi:

«Beh, sei sveglio?».

«Quando uno dice sentiamoci più tardi vuol dire più tardi, Katia, non dopo otto secondi».

«Devono parlarti».

«Chi?».

«Come chi, Carlo, tu per chi lavori?».

«Per nessuno».

«Non fare il cretino. Ti ricordo che sei sotto contratto con la più grande rete tivù commerciale del paese, forse d'Europa, che non fai niente da mesi e che ora vogliono parlarti».

Sì, in fondo doveva aspettarselo. *Crazy Love* aveva portato nelle casse della Grande Fabbrica della Merda soldi a tonnellate. Sponsorizzazioni, contratti commerciali, il superspot, il megaspot, e ora la pubblicità... così avevano finto di credere a lui che si inventava un nuovo programma, una nuova grandiosa epopea per le masse televisive, un altro successo, insomma. Gli avevano dato un bell'ufficio, due segretarie di cui non aveva nemmeno voluto vedere il curriculum – le foto dicevano già abbastanza – e un sontuoso stipendio-base a cui aggiungere poi, nel caso, diritti, esclusive, benefit e altro ancora.

Carlo Monterossi, pensavano, è la gallina dalle uova d'oro. Ma lui, scappato dal pollaio di Flora, di uova non ne faceva più, e non voleva farne.

«Non si può rimandare?».

La strategia dell'opossum: fingersi morto. Quello che ti spiegano di fare se incontri un grizzly. Ma lui il suo grizzly ce l'ha lì, al telefono.

«Carlo, non è un invito, è una convocazione, il che significa una gentilissima richiesta della capa suprema della segreteria del dottor Calleri, una falange di professionisti al servizio della logistica, comfort, sicurezza, organizzazione e agenda del capo supremo. Dirgli di no è come ruttare in faccia a Don Vito Corleone. Traduco, Carlo: ci devi andare, ti ci porterò anche in catene, se serve».

«Dove?».

«Là».

Là vuol dire nell'ufficio del dottor Calleri, all'ultimo piano del grattacielo azzurro della sede centrale, dove lui va e viene in elicottero, non si sa da dove, non si sa verso dove, forse verso un Walhalla degli ascolti e delle tabelle Auditel, colonne e diagrammi magici da cui discende il potere economico, mediatico, politico, sociale e micidiale della Grande Fabbrica della Merda.

Se il padrone di tutto lo vuole vedere in ufficio, pensa Carlo, la cosa non sarà soltanto chiacchiere e salamelecchi. C'è in ballo qualcosa.

Katia Sironi aggiunge:

«Alle 19, se vuoi passo a prenderti un'ora prima».

«No, ci vediamo là, vado in ufficio».

«Porca miseria, Carlo, vuoi farmi venire un infarto? Vai in ufficio? Che ti è successo, stai male?».

Ora Carlo Monterossi ha fatto colazione, ha letto i giornali, ha assistito al ritorno di Katrina con la spesa e allo spettacolo impareggiabile della sua Mary Poppins che riempie il frigorifero e si accinge a cucinare. Lascerà tutto perfettamente pronto per qualunque esigenza di signor Carlo, cioè lui medesimo, dalla colazione allo spuntino di mezzanotte, compresa la mousse di cioccolato fondente, gli scampi sgusciati su un letto di avocado, il sashimi di salmone e le alette di pollo piccanti. «Solo di scaldare signor Carlo». Ai vini ci pensa lui.

Così è passato nel grande salone, ha messo un disco, scegliendo un vinile da un grosso cofanetto dall'aria preziosa, e ha guardato dalla porta-finestra del terrazzo la grande città cattiva. Ora, col sole delle undici non sembra nemmeno tanto cattiva. Gli alberi del parco cominciano a mettere le foglie, qualche motorino fa lo slalom nel traffico dei bastioni. Carlo aspetta ora di pranzo, e allora vedrà Oscar Falcone, che lo ha chiamato col suo stile:

«Dobbiamo parlare». Poi un'ora, l'una, e un luogo, un ristorante cinese per cinesi di Porta Venezia. E poi più niente.

Persino loquace, per gli standard Falcone.

E ora manca un bel po' all'una, e Carlo Monterossi se ne sta seduto su uno dei suoi divani bianchi, mentre fuori tutto luccica e abbaglia.

Pensa a quanto può andare avanti così, una giornata identica all'altra.

Pensa che Bianca Ballesi ha con lui una pazienza infinita, o forse che è anche lei, come lui, gelosa della sua libertà presunta, libertà teorica, non esercitata. Quelle sere sparpagliate e quasi casuali, quella ginnastica benedetta, il gioco enigmistico di evitare certe parole, come «sempre», «mai», insomma, le parole che bisognerebbe evitare comunque, anche ci fosse l'amore in agguato, e non gli sembra il caso.

Sono gentili l'uno con l'altra, certo. Grati, anzi, che ognuno metta cerotti e garze alla solitudine dell'altro, e i loro corpi si intendono parecchio di faccende concave e convesse, sudate, umide e indecenti. Tutto bene, no?

E gli altri? Ora cosa vogliono da lui?

Rimproverargli che il nuovo programma non esiste nemmeno nella mente di Dio? Battere le dita sul tavolo lucidissimo per sottolineare che lì, nella stanza dei bottoni, non è ancora arrivato nulla?

No, non lo farebbero così. Farebbero telefonare da un funzionario untuoso, la convocazione del capo supremo oltre il quale c'è solo l'infinito e l'eterno dev'essere un'altra cosa. Ma cosa?

Sul piatto gira un concerto di Londra del 1979. Un Dylan in piena crisi mistica che suona il gospel come un demonio, elettrifica il salmo al Signore, minaccia l'apocalisse e il ritorno di mille flagelli terribili e fantasiosi.

Si era bevuto il cervello? O era un buon sistema da cristiano rinato per darsi da fare con le coriste nere? O semplicemente gli girava così? Ma insomma, comunque sia, suonava la musica della Rivelazione, e la suonava davvero, convinto, tirato come una fune d'acciaio, infilando la sua voce nei cori fuori tempo, negli attacchi ritardati, nella metrica variabile, con quella miracolosa imprecisione che diventava perfetta.

Un gospel elettrico, una preghiera isterica di chi sa che non c'è nessuna preghiera che può salvarti.

You may be a state trooper, you might be a young Turk,
You may be the head of some big TV *network*
You may be rich or poor, you may be blind or lame
You may be living in another country under another name

But you're gonna have to serve somebody, yes you are
*You're gonna have to serve somebody...**

* Bob Dylan, *Gotta serve somebody*: «Che tu sia della polizia di stato o il giovane turco di un partito / Che tu sia alla testa di un impero televisivo / Che tu sia ricco o povero, che tu sia cieco o zoppo / Che tu viva in un altro paese sotto falso nome // Ma devi servire qualcuno, sì, è così / Devi servire qualcuno».

Un santone, un guru del cazzo. Ma quella voce ne smentiva le intenzioni. Tutto ne smentiva le intenzioni. Tutto si stava dicendo tranne quel che si diceva. E tutto aveva una tale strabiliante spigolosa morbidezza che pure il Monterossi, ateo confesso e orgoglioso, davanti al gospel vacillava.

Servire qualcuno, bravo Bob. E nel caso, servire il dottor Calleri e il suo impero del demonio? E lui, il Calleri, chi doveva servire?

Carlo Monterossi spegne il piatto del giradischi, mette una giacca da mezza stagione, prende le chiavi della macchina.

Scusi, per il Golgota?

Di là, la prima a destra.

Grazie, buonuomo.

Cinque

Carella? Non c'è.

Il sovrintendente Ghezzi conosce bene quella fase delle indagini. Tanto lavoro e pochi risultati. Dalla ragazza del giovane Gelsi morto a quel modo non era venuto fuori niente, solo tante lacrime e incredulità. Dagli amici, prima quelli suggeriti dai genitori, ma poi, con cerchi concentrici sempre più larghi, anche altri, conoscenti, compagni di corso, nemmeno.

Filippo Maria Gelsi era il figlio ventitreenne che chiunque vorrebbe: responsabile negli studi, che considerava il suo lavoro con un calvinismo che in casa Gelsi, evidentemente, si respirava insieme al decoro e al buonsenso borghese. Secondo gli amici, prudente anche se c'era da fare un tiro di canna o bere un bicchiere in più. Obiettivi, dichiarati e perseguiti: la laurea, poi un lavoro decente, magari anche fuori dall'Italia. Nel presente, una storia d'amore abbastanza ordinaria da non fare progetti, una ragazza carina, pulita come lui. Uniche spese, quelle per la macchina, un regalo del padre, una Golf usata, che teneva in ordine. Dal bar dei Navigli dove ogni tanto faceva il cameriere in duplex con un amico, una volta vinte le resistenze dei gestori – no, non ce ne frega un cazzo se lavorava in nero, non siamo qui per questo – era venuto fuori lo stesso quadretto: un ragazzo tranquillo che tirava su qualche soldo come poteva. Dava anche ripetizioni. Fisica. Per Ghezzi è come dire aramaico antico, o scienza missilistica.

Carella?

È in giro a far domande.

Ecco, appunto, a scavare nel niente.

Per l'idea che si è fatto Ghezzi la faccenda è strana, ma fino a un certo punto. Filippo Maria Gelsi non era un delinquente, a parte quei duemila euro trovati nella sua stanza di figlio, che potevano venire da sudati risparmi euro su euro, non c'era nulla di anomalo, nemmeno lontanamente. Quindi era un errore, oppure uno pulito assoldato per fare un lavoro sporco. È che le cose non bisogna solo pensarle, ma anche trovare le prove, i riscontri, insomma, non è che si chiude un caso dicendo: è andata così.

Il funerale era stato straziante, gli amici, i compagni di Università, quelli del calcetto, la ragazza – Fiorenza? Lorenza? Ghezzi non ricordava bene. Poi la piccola folla era ammutolita al passaggio dei genitori del morto, il signore e la signora Gelsi, dritti, stanchi, deturpati dal dolore. Ghezzi non aveva guardato gli occhi della signora e si era sentito vile per questo. Ma sapeva, come si sa il sole e la pioggia, come si sa il vento, che quegli occhi erano come l'ultima volta. Velati, spenti.

Carella aveva parlato con qualche ragazzo, perché un gruppetto sembrava inquieto, sconvolto, più che dal dolore, dall'ingiustizia, e già pensavano di fare quelle cose tipo il comitato, il gruppo Facebook, qualcosa che agitasse le acque. Verità per Filippo.

E Carella aveva spiegato che c'erano le indagini in corso, e che lui voleva prendere i bastardi che avevano ammazzato Filippo come e più di loro, ma che far casino non lo avrebbe aiutato. Quelli, un po' per soggezione dello sbirro e un po' per rispetto delle indagini, si erano chetati, almeno per ora. Ghezzi aveva apprezzato la mossa del collega, e gliel'aveva pure detto, tornando in questura.

«Complimenti, Carella, sembravi umano».

«Ci manca solo il comitato amici del morto a rompere il cazzo», aveva detto lui, reindossando la sua sbirritudine a tenuta stagna.

Bene così, aveva pensato Ghezzi. Uno stronzo ci vuole sempre, nella compagnia.

Carella?

Non c'è, è in giro.

Sì, a pestare l'acqua nel mortaio.

Tanto si vedranno su da Gregori a fare il punto. Ci sarà anche il sostituto procuratore, quindi una cosa ufficiale, e Ghezzi decide di mettere un po' d'ordine negli appunti.

Ma ancora non ha aperto il suo breviario di fogli e foglietti che bussano alla porta, porta che poi si apre, entra un occhio prima, mezza faccia poi, e dopo la faccia intera.

«Ghezzi! Posso?».

E senza aspettare risposta, la sovrintendente di polizia Cirrielli fa due passi, posa la borsa, si siede di fronte a lui alla scrivania.

Convenevoli. Felice di vederti. Che fai da queste parti.

Agatina Cirrielli, responsabile del commissariato Greco-Turro, è una specie di Carella, però femmina e un po' meno incazzosa, solo un po'.

È una bassina dall'aria veloce, i capelli castani che le sfiorano le spalle, una bella ragazza, non di quelle che ti giri per la strada, forse troppo abituata a fare il maschiaccio. Avrebbe anche un'aria sbarazzina, se non la tradissero le piccole rughe agli angoli degli occhi e certe espressioni del viso che diventano dure quando pensa, e allora le labbra si stringono un po' e sembra più adulta.

Ghezzi li riconosce dall'odore, gli sbirri veri, e per lui quelli veri sono quelli che non mollano, che sono capaci di ignorare un ordine perché hanno nel naso la pista giusta. L'ha vista in azione e gli è piaciuta, e non era stato un lavoro facile. Ora gli sorride, ha solo un filo di rossetto chiaro, sembra una visita di cortesia.

«Siete sul caso Gelsi?».

«In realtà più Carella, ma sì, un po' lo aiuto. Ma non siamo una squadra come l'altra volta, Cirrielli, l'indagine è sua».

«Niente, eh?».

«Niente di niente. 'Sto Filippo Maria Gelsi sembra un santo, e forse lo era. Di sicuro non uno che si fa sparare in testa alle due di notte coi pantaloni calati».

«Stai attento, Ghezzi».

Lui fa una faccia che chiede.

«Stai attento, ti dico. I parametri sono saltati, le regole, le casistiche. Tutto sballato. Tu sai che io sto là in periferia, vero? Non è più come prima, Ghezzi, prima lo sapevi chi erano i delinquenti e chi le brave persone. Poi, non so com'è successo, si sono mischiati. Fai una vita di merda e pensi che più avanti sarà peggio, per te, per i tuoi figli... e intanto vedi i farabutti che cadono in piedi. Il confine è sottile, sai? Ho beccato una signora di settant'anni che smazzava coca, mezzo chilo al mese. Sai cosa mi ha detto? Che in un mese così ci faceva due anni di pensione e che i nipoti studiavano grazie a lei, una si è pure sposata, mi ha fatto vedere le foto del matrimonio, quasi non ci credeva che la portavo via... cos'ho fatto di male? Ma se lo fanno tutti!... Le brave persone a un certo punto capita che non ce la fanno più a fare le brave persone, Ghezzi».

«È una teoria, Cirrielli. Posso anche essere d'accordo, ma resta una teoria. Il mio morto è vero, invece... la madre, gli amici, il funerale... senza contare che c'è qualcuno in giro che ti spara in testa e la fa franca... dai, Cirrielli, che lo sai com'è».

«Hai ragione, Ghezzi, scusa, non volevo rompere il cazzo».

Sempre charmante, la Cirrielli. Sembra uno scricciolo, ma...

«E tu?».

«E io basta, Ghezzi».

«Cioè?».

«Cioè basta. Sono andata su da Gregori e ho dato le dimissioni, me ne vado, ho sbagliato, non è la vita per me... cioè la vita lo sarebbe pure, io sono sola, non ho orari, mi piace prendere i cattivi...».

«E allora?».

«È l'ambiente, Ghezzi, non va bene e io non voglio dover scegliere se combattere gli altri o quelli che stanno con me».

«Ci giri intorno. Vuoi parlare o no?».

«Basta, Ghezzi, troppi stronzi. Troppo forti coi poveracci, troppo guanti bianchi coi ricchi e potenti. Tu lo sai che anche a me parte la sberla come a Carella, vero? Che le regole, insomma... ma non ho mai usato questa cosa per abuso, per fare la grossa di fronte ai piccoli...».

«Cirrielli, mi fai la verginella? Questa è la polizia di Stato, ragazza mia. Vuol dire turni del cazzo, puzza di piedi e gente che per un pelo non è finita dall'altra parte della barricata, mica stiamo parlando del Piccolo Lord. Sbirri, Cirrielli, se vuoi l'Accademia della Crusca, sì, hai sbagliato indirizzo, qui c'è gente che scrive "attenzionato" e "si recava", rassegnati... o non è solo quello? L'occhio nero al piccolo spacciatore? Dai, Cirrielli, tu sei brava e remi nell'altra direzione, non è che se tu vai via il tossichetto magrebino di piazza Leonardo prende meno sberle, semmai di più».

«È lunga, Ghezzi».

«E tu dimmela anche se è lunga, Cirrielli, tanto sto aspettando Carella, quindi campa cavallo».

Senza chiedere il permesso, lei si accende una sigaretta. Ghezzi sa che è un momento così e non protesta.

«Ti do due piste. La prima ti sembrerà scema, ma non è facile essere una donna, qui dentro. Sentire i commenti sui cazzi che non hai preso, che avresti dovuto prendere e che se avessi preso saresti meno nervosa, e cose così...».

Lui fa per ribattere ma lei lo ferma con un gesto della mano.

«Aspetta. Io per me ci ho fatto il callo. Ma tu sai cosa succede quando si ferma un travestito, o un ragazzino molestato viene a dirci qualcosa, o una che batte finisce da noi, vero? Non posso nemmeno dire le parole, Ghezzi, perché quelle le avrei messe a verbale... Sono gli atteggiamenti, i gesti... I cervelli, Ghezzi... sì, i cervelli».

«Non ti hanno mica assunto ieri, però... 'ste cose le hai sempre viste, o no?».

«Sì e no. Adesso il clima è pesante, la gente è incattivita, e siamo incattiviti anche noi, sai com'è, chi abita al primo piano indica quelli del pianterreno come origine di tutti i mali e intanto nell'attico brindano e si fanno i cazzi loro».

«Questa è politica, Cirrielli».

«Può darsi, ma sai che c'è un giro di vite, la nuova linea, il nuovo corso. Il decoro, Ghezzi... L'altra sera mi sono fermata in ufficio a guardare i rapporti delle pattuglie. C'è una certa euforia perché aumentano i fermi. Sai cos'era? Due ubriachi che urlavano di notte, un ragazzino col fumo in tasca, due risse e uno che ha vomitato alla fermata del tram, lì non abbiamo operato noi, abbiamo chiamato i vigili... Intanto la città nuota su un mare di soldi, coca, puttane, usura, scommesse...».

«Noi cerchiamo di prendere anche quelli, Cirrielli».

«Lo so, Ghezzi, ma non con lo stesso zelo. Chi fa il gradasso col nero che vende le finte Prada a venti euro, che prende a calci in culo il ragazzino zingaro, credi che farà il duro uguale davanti all'avvocato del boss incravattato nella sua Porsche, uno che spende in un'ora quello che noi prendiamo in un mese?».

«Se se ne vanno i migliori, Cirrielli, qui restano solo quelli lì».

«Lo credo anch'io, Ghezzi, ma non posso fare la guerra su due fronti... ti ricordi l'encomio per il caso Zerbi?».*

«Sì».

«Brava, Cirrielli, per la medaglia, un'altra tacca sulla fica».

«Eh?».

«Scritto nei bagni delle donne, pennarello nero... bagni dove vado solo io, peraltro».

«C'era la svastica?».

«No».

«È già qualcosa».

«Sei carino, Ghezzi, che tenti di farmi ridere, ma non

* *Follia maggiore*, Sellerio 2018.

sono in vena. Trovami un lavoro invece, anche se adesso ho le ferie arretrate, che sono un bel po'».

Eh.

È così che il sovrintendente Ghezzi, quasi trent'anni di carriera, sbirro praticamente da sempre, cane da punta e da polpaccio, vede una piccola luce nel buio pesto. E più la guarda e più gli sembra che illumini tutto. E più si fa luce e più gli si apre un sorriso sulla faccia, come stupito di quel due più due fa quattro che il cielo gli manda. Tagliare i dubbi con la scimitarra, Ghezzi, così si fa! E se non ci fosse la Cirrielli, lì davanti, si darebbe una manata sulla fronte.

«Vieni», le dice, «andiamo al bar».

Quando sono al bar davanti alla questura, seduti a un tavolino sul fondo della sala, Ghezzi parla per un po', e lei ribatte. Lei chiede, lui scuote la testa. Non sa più di quello che le ha detto, è evidente. Lei fa la faccia di quella che pensa. Lui prende il telefono e fa una chiamata, pochi minuti, con lei che ascolta facendo finta di no. Lui le dice ancora qualcosa. Poi si salutano, niente strette di mano, solo un cenno da sbirri, e lui torna in questura.

Carella?

Ah, era qui ora, sarà su da Gregori.

Su da Gregori vuol dire al terzo piano, ma nell'ufficio del capo non c'è nessuno. Poi arrivano, Gregori e Carella, riempiendo affiancati tutto il corridoio, i bicchierini bianchi in mano.

«Ah, sei qui, Ghezzi, entra, il sostituto non viene, siamo solo noi».

Carella si appoggia al termosifone sotto la finestra. È primavera, i vetri sono aperti e lui può fumare. Ghezzi si mette sulla solita poltroncina, quella che avrebbe ceduto al magistrato se fosse venuto a fare il suo lavoro.

«Carella mi diceva che non abbiamo niente, che ne pensi, Ghezzi?».

Quelle riunioni informali sono la cosa migliore del lavoro. Di solito se viene fuori qualcosa succede lì, è come fare un puzzle, che rovesci i pezzi sulla scrivania di Gregori e poi provi a incastrarli per bene. Ma i pezzi sono tanti e non si incastra niente. Ghezzi allarga le braccia, così Gregori continua:

«Carella, spiega il tuo concetto di "troppa roba"». Se suona come un ordine è perché è proprio un ordine.

Allora Carella sospira e mette in fila le cose.

«Punto primo. L'omicidio è un'esecuzione. Una 7,65 silenziata, niente bossolo, una cosa da killer, mica da commerciante isterico che prende il porto d'armi. Colpo preciso, nel posto giusto, angolo di tiro perfetto, niente cranio fracassato, niente spruzzi di sangue: scommetto due stipendi che il tizio che l'ha fatto non è la prima volta che lo fa. Punto secondo, le fascette. Se hai una pistola in mano e vuoi parlare con uno, perché legarlo? La pistola dovrebbe bastare, per farlo stare buono. Terzo. Il colpo in testa. Un bastone, una spranga, una mazza da baseball, niente frammenti, niente ruggine, niente tagli, solo un grosso trauma che l'ha steso per un po'. Dice il dottore che l'ha beccato mezz'ora prima del proiettile».

Ghezzi e Gregori seguono attenti, Carella continua:

«Il colpo alla nuca è un altro problema. Un colpo così arriva da dietro, e quando sei in piedi. Quindi la successione è questa: il ragazzo è in piedi, viene colpito a sorpresa da dietro, poi lo mettono in macchina, lo legano al volante e quando si sveglia gli sparano in testa. Non ha senso».

«In più», e questo è Ghezzi, «se il ragazzo era in piedi quando lo hanno colpito alla testa non aveva certo i pantaloni e le mutande calati».

«Appunto», dice Carella. «E c'è un'altra cosa. Sul sedile del passeggero c'erano due capelli biondi, lunghi. Si vedevano bene, erano quasi in vista, sarà stato il sole, ma... brillavano, ecco, impossibile non vederli. La ragazza del Gelsi è una piccoletta mora coi capelli corti. All'inizio ho pensato alla cosa più ovvia. Sei in giro di notte, da solo, magari hai studiato troppo, trenta, cinquanta euro per un bel pompino... perché no?».

«Non sembrava il tipo, ma...».

Gregori non accetta l'obiezione:

«Siamo tutti tipi da un bel pompino, Ghezzi, non fare il prevosto. Vai avanti, Carella».

«Ma le puttane del posto sono tutte nere, un giro piccolo di nigeriane, al commissariato di zona le conoscono una per una. Convocate. A parte che hanno tutte i capelli come Jimi Hendrix, nessuna di loro ha mai visto una bionda da quelle parti, quelle dell'Est stanno in altre zone e in effetti 'ste ragazze ci hanno detto cose che sappiamo benissimo, che si dividono la città e non si fanno la guerra per un pezzo di marciapiede, e se ci fosse una bionda che batte lì lo saprebbero di certo».

«Ci sta. Però il ragazzo poteva essersela portata da un'altra zona, la sua bionda».

«No, capo, per due motivi. Il primo è che quelle che lo fanno in strada hanno i loro posti e non è facile convincerle ad andare a consumare altrove, magari dall'altra parte della città. E poi il ragazzo non ha avuto rapporti sessuali. Su questo il medico è stato categorico. E poi c'è l'altra cosa, che più ci penso e più mi sembra strana, l'ho saputo stamattina».

«Dai, Carella, cazzo!».

«I due capelli biondi non erano strappati, e nemmeno capelli caduti... il capo degli scienziati mi ha fatto tutta una spiegazione che vi risparmio, sta nel fascicolo, ma insomma sono capelli tagliati, con le forbici».

«Troppa roba, tutta insieme, sembrano due scene del crimine con un crimine solo», dice Ghezzi.

«Esatto. Troppa roba, quello che ho detto».

Poi avevano fatto il punto su tutto il resto. La macchina è la Golf del ragazzo, in ordine, bollo, assicurazione, tutto preciso. Il bagagliaio è stato aperto con dei guanti, forse non una sola volta, ma loro lo hanno trovato vuoto. L'ultimo a vedere Filippo è stato il suo amico Giovanni, si sono lasciati verso mezzanotte in un bar di via Savona, serata normale di chiacchiere tra studenti, lui aveva detto che andava a casa, il giorno dopo aveva lezione.

Avevano cercato di seguire la macchina con le telecamere lungo il percorso, ma l'avevano persa quasi subito. Compariva ancora di passaggio in viale Abruzzi all'una e trentaquattro, da lì al luogo del delitto sono meno di dieci minuti, ma cos'era successo in quei dieci minuti nessuna diavoleria elettronica gliel'avrebbe detto. Sulla carta di credito del ragazzo, una prepagata, c'erano 657 euro, perfettamente compatibili coi pochi soldi che gli allungava il padre e con i lavoretti. I duemila euro trovati in casa restavano misteriosi.

Fine. Punto. Punto e a capo.

«Non abbiamo in mano niente», chiude Carella.

Gregori sa che non può essere soddisfatto. Però sa anche che dal delitto sono passati dieci giorni, e sono tanti, e se non hai una traccia sensata dopo dieci giorni è difficile che venga fuori qualcosa. Sa anche che Carella ha fatto tutto quello che poteva fare e che se c'è un dettaglio da vedere a Ghezzi di solito non sfugge. Insomma, non può nemmeno fargli il culo, a quei due lì, che ora hanno – di più Carella – la faccia grigia dell'impotenza rabbiosa.

L'unica cosa positiva è che la stampa non gli sta dietro come una muta di dobermann, il delitto Gelsi non ha suscitato troppo scalpore. Un'esecuzione, si è scritto. Un mistero tra bande rivali, forse. O un regolamento di conti per droga non pagata. Pure invenzioni il cui sottotesto era: sono delinquenti, se la vedano tra loro. È l'aria che tira, pensa Gregori: se non sei la vecchietta fatta a pezzi dal nero indemoniato non interessi più di tanto. Filippo Maria Gelsi era stato archiviato come effetto collaterale della delinquenza cittadina, roba brutta, certo, ma c'è sempre stata, no? Per una volta l'aria che tira gli faceva un favore: nessuno rompeva i coglioni sul caso irrisolto e sui progressi dell'indagine, che peraltro non esistevano.

«Dai, cercate ancora», dice ora Gregori. «Su, via, fuori dalle palle». Il solito congedo, stavolta più blando, senza manata sulla scrivania, senza il tono esasperato.

È stanco anche lui, pensa Ghezzi.

Carella spegne la sigaretta sul davanzale, butta il mozzicone di sotto ed esce dalla stanza, Ghezzi non si muove e Gregori lo guarda con l'aria sconsolata del cosa-c'è-adesso.

«È un peccato perdere una come la Cirrielli, capo», dice Ghezzi.

«Le notizie volano».

«È una brava collega, abbiamo lavorato insieme, mi è piaciuta. Ora se ne va... peccato».

«Chi si somiglia si piglia, Ghezzi. Tu, Carella, la Cirrielli... pensate che siccome siete bravi e un po' sopra la media potete permettervi un codice tutto vostro. Va bene, portate a casa i risultati e io chiudo un occhio. Ma quella che viene qui a dirmi che lascia la polizia perché le hanno scritto fica sui muri del cesso... dai, Ghezzi!».

«È un po' più complessa la faccenda, capo. Non le piace l'aria che tira, in generale, il nuovo corso...».

«Credi che a me piaccia? L'aria che tira e il nuovo corso non li decido io, Ghezzi. Io ho un questore sopra la testa e lui ha sopra la testa un prefetto, che ha sopra la testa un ministro, e io posso attenuare e limare gli spigoli, ma quello è. Se la Cirrielli contesta la nuova linea del ministero, io che posso farci? È laureata, no? Può sempre andare a fare la cassiera all'Esselunga».

«È una brava poliziotta e io continuo a dire che è un peccato».

«L'ho mandata in ferie, ha quasi due mesi arretrati, come tutti voi rompicoglioni. Carella credo non le abbia mai fatte, le ferie... Le ho detto di venire qui a firmarle tra due mesi, le sue cazzo di dimissioni, magari se sta qualche settimana senza stronzi da mandare in galera si pente e ci ripensa».

Ora Ghezzi e Gregori si guardano negli occhi per un secondo in più del necessario. Ghezzi si alza e fa per uscire.

«La vedo male 'sta cosa del Gelsi», dice Gregori.

«Anch'io, se devo dire. Da soli non ci arriviamo, ma magari succede qualcosa, capo, è sempre così».

Poi Ghezzi scende le scale, arriva al suo piano, entra in ufficio e lì c'è l'agente Sannucci che legge la *Gazzetta*.

«Sa qual è il giocatore più forte della Juve anche quest'anno, sov?».

«No, Sannucci».

«Quello col fischietto».

«Cos'è, Sannucci, devi infiltrarti al cabaret?».

«No, sov, le ho portato quella targa, quella per cui mi ha fatto andare di traverso il caffè stamattina».

La targa del ragazzo che dà fastidio alla nipotina della maestra Morganti, Ghezzi se n'era scordato.

«Sentiamo».

«Francesco Donatelli, 17 anni, studente, la moto è sua, una 125, abita...», guarda gli appunti, «... piazza Caiazzo 2, coi genitori, mi sa».

«Tu che stai facendo, Sannucci?».

«Perlopiù mi sorbisco le paturnie di Carella, sov. 'Sto fatto che non trova una traccia per il caso Gelsi lo manda ai matti...».

«Carella ci sta sempre, ai matti. Allora se hai tempo fammi qualche ricerchina su 'sto... Donatelli, hai detto? Se già lo conosciamo, o conosciamo il padre, insomma, che gente è».

«Allo scopo di...?».

«Allo scopo che te lo dico io».

Poi Ghezzi si ammorbidisce un po':

«Dai, Sannucci, che magari facciamo una buona azione».

Sei

Carlo Monterossi mette il naso nell'antro buio di un negozio con insegna cinese, porta cinese, bancone cinese, tavoli cinesi e si guarda in giro.

«Solo?», chiede uno. Cinese.

«No, cerco...», poi vede Oscar Falcone seduto a un tavolino in fondo, fa un cenno al cinese e si avvia verso l'amico.

«Sei in ritardo».

«Parcheggio difficile».

«Sei venuto a Porta Venezia in macchina? Da casa tua? Cosa sono, seicento metri?».

«Non so cosa farò dopo, magari mi ammazzo col monossido di carbonio e la macchina mi serve».

«Novità», dice Oscar Falcone.

«Anch'io».

Oscar Falcone ha davanti a sé una specie di tegamino con un fornello sotto, che gorgoglia di piccole bolle che esplodono portando in superficie vapore e spezie dall'aria piccantissima.

«Cos'è?».

«Preferisco non pensarci, ma è buono».

Carlo ordina spaghetti di riso con le verdure, la prudenza non è mai troppa.

Poi racconta le sue novità, cioè la convocazione ai piani altissimi, di più, siderali, della Grande Fabbrica della Merda, poi... poi basta.

«Le mie novità finiscono qua. Mi spiace, ho una vita arida. Sentiamo le tue».

Con Oscar Falcone non si vedono da qualche mese. È una buona cosa, in un'amicizia, perché non ti costringe a riflettere troppo su che tipo di amicizia sia, o peggio ancora a parlarne. Carlo Monterossi ha la tendenza a mettersi nei guai, e Falcone lo tira fuori. Oppure Falcone ha un incarico, con quel suo lavoro da rovistatore di segreti, e Monterossi lo aiuta, di solito stupendosi per primo di quel che sta facendo. Falcone ha risolto casi piuttosto astrusi, a volte arrivando prima della polizia. Ora, mentre esplora con le bacchette in quella bocca di fuoco da cui pesca piccoli pezzi di carne, ha un aspetto da poeta russo, ha da poco passato i trent'anni, non ha mai detto niente sulla sua storia, origini, passioni, studi, ragazze, e questo a Carlo va benissimo, è uno che rispetta i misteri. Oscar si è arreso di recente all'idea di fare del suo talento – il ficcanaso – un mestiere vero.

Il che vuol dire cercare un socio, aprire un ufficio, avere dei clienti, tutte cose che odia. Ma Carlo non poteva più bastare, come spalla, e ora gli serve un professionista.

«Il Ghezzi mi ha detto di no».

«Ci avrei giurato. Mi sembra uno che è nato poliziotto e morirà poliziotto. Credo che ti consideri come un bambino di tre anni, sul triciclo, nel gruppone del giro d'Italia».

«Può essere, ci ho parlato. Non se la sente. Però mi ha presentato una sua collega che sta lasciando la polizia, Cirrielli. Agatina Cirrielli».

«Agatina? E dove siamo, in una commedia di Eduardo?... E l'hai vista 'sta Cirrielli?».

«Stamattina».

«E...?».

«Sembra una tipa a posto, tosta, stava anche lei sul caso Zerbi, ti ricordi? Se ne va perché è stufa dell'ambiente, ma le piace il lavoro...».

Poi Falcone si era un po' dilungato sull'argomento, perché la nuova socia sembrava in gamba, ma aveva posto un sacco di condizioni e messo molte mani avanti. Insomma, quello sarebbe stato un problema.

Era arrivata in ufficio piuttosto dubbiosa e aveva cominciato la litania: «Noi siamo colleghi, non amici». Oscar aveva riso, quella premessa suonava come un «giù le mani» preventivo, ma voleva anche dire: si gioca alla pari, uomini o donne non fa differenza.

«È un problema?», chiede Carlo.

«Macché!», dice Oscar.

Bene.

Però i problemi c'erano. Perché 'sta Cirrielli aveva poi posto delle regole un po' strette, tipo non faccio indagini se il committente è un delinquente, se c'è di mezzo un reato grave come un omicidio si chiama la polizia e si dice tutto, cose così. Poi si era stupita che lui facesse quel lavoro senza nemmeno avere una pistola e si era fatta raccontare qualche caso risolto, in modo da capire dove diavolo stava andando a cacciarsi. Oscar le aveva parlato con molta sincerità pregandola del riserbo più assoluto, che era la regola che poneva lui, visto che stavano piantando i paletti dei confini etici. Lei era ammirata dalla rete che era riuscito a mettere in piedi: un uomo all'anagrafe, altri ai telefoni, banche, consulenti informatici, servizi vari... informatori, insomma, e sicuramente qualcuno nella polizia che gli soffiava qualcosa, anche se questo lui non l'aveva detto. Una ragnatela di contatti, favori fatti e ricevuti, contanti che passano di mano, informazioni che scorrono. La Cirrielli pareva incantata: cose che in questura richiedevano moduli e autorizzazioni, firme del magistrato, discussioni, tempi morti, quel Falcone le aveva in mezz'ora. Non tutte, ma un bel po'.

La Cirrielli aveva pensato agli stronzi che l'avevano scampata per un cavillo, una firma dimenticata, una procedura non seguita correttamente, a tutte le volte che erano serviti giorni per avere la conferma su una cella telefonica. Era tentata ma prudente.

Insomma, Oscar sembrava contento e preoccupato allo stesso tempo.

Poi aveva cambiato argomento di botto.

«Non è per questo che ti ho chiamato».

«E perché allora?».

«Mi servi, domani».
«Ti servo? Scusa, hai una nuova socia e ti servo io?».
«Domani devo vedere un cliente, probabilmente avrò un caso per le mani e questo va benissimo, così proviamo a vedere che tipa è davvero 'sta Cirrielli. Però voglio anche te... diciamo che mi fido del tuo sesto senso, non voglio dare alla nuova socia l'idea che accetto ogni incarico che mi offrono, però... dai, Carlo, così ti presento la sbirra e brindiamo all'ufficio nuovo».

Per quell'ufficio, Carlo aveva messo mano al portafogli, tipo socio finanziatore, o almeno così la raccontava Oscar. In realtà era andata in un altro modo: un cliente aveva pagato, tanto, anche i servigi di Carlo, che lui aveva reso, diciamo così, soltanto per amicizia ed empatia, e per guardare un po' nelle vite degli altri come buona scusa per non guardare nella sua. Erano trentamila euro in una busta chiusa, che Carlo aveva subito girato all'amico. Per cui il debitore credeva di avere un debito e il creditore credeva di no.

Ora si mettono d'accordo per le quattro del giorno dopo, il cliente sarebbe arrivato alle cinque, ci sarà tempo per bere qualcosa con la Cirrielli, fare le presentazioni.

Ed ecco Carlo Monterossi che vede arrivare l'iceberg e si dice come al solito che no, è solo un po' di nebbia, uh, che paranoia! E così fa i suoi due conti al volo, conti che sa a memoria, le addizioni e le sottrazioni. A parte fingere di inventarsi un nuovo programma, cos'ha da fare? C'è una forza d'inerzia che muove i pianeti e il mondo e che si può condensare in un'unica formula valida sempre: perché no? Dopotutto...

«Caffè no. Grappa di rose», dice il cinese.

«Prendila, secondo me funziona meglio del monossido di carbonio», dice Oscar.

Poi escono nella primavera esplosiva dell'asfalto e del traffico e ognuno va per la sua strada, cioè Oscar non si sa, come al solito, e Carlo al patibolo del suo ufficio, con le due spie della direzione – una è stata Miss Calabria – che si mettono lo smalto, per ore, ma solo quando non discutono di pettegolezzi aziendali, amori da rotocalco, episodi sesto e settimo della seconda serie o secondo e terzo della settima serie di qualche fiction che sanno solo loro.

Sette

Il sovrintendente di polizia Tarcisio Ghezzi affiancato dalla moglie Rosa, saliti i tre gradini del bel palazzo di piazza Caiazzo, spinge il dito sul citofono come sa fare lui. Non troppo lungo, non troppo breve. Subito gli si accende in faccia una luce, poi una voce che gracchia:

«Chi è?».

«Polizia».

«Ma come...».

«Ci apra, signora, solo due chiacchiere».

«Quarto piano».

Ghezzi non è del tutto convinto, ma ha deciso di fare così e ora lo fa, le incertezze è meglio averle prima, o dopo, ma non durante. La sera prima lui era arrivato a casa tardi, e la Rosa l'aveva subito interrogato: allora? La targa? Il ragazzo?

Ghezzi aveva fatto la sua relazione. Il ragazzo – il maniaco, come continua a chiamarlo la Rosa – si chiama Francesco Donatelli, bivacca né bene né male in una quarta del Liceo Carducci, dove la nipote della maestra Morganti frequenta la prima. Il padre è una specie di professore, mezzo politico, mezzo studioso, uno che scrive sui giornali, la madre ha un negozio di vestiti, pare che sia famosa per la beneficenza, ma Ghezzi queste cose non le sa. Il preside dice che il ragazzo è uno di quelli un po' irrequieti, che se Sannucci ha capito bene vuol dire proprio stronzi. L'anno prima c'era stata una faccenda di foto che giravano sui cellulari, ragazzine ricattate, cose così. Secondo Sannucci, il preside aveva minimizzato dicendo che al giorno d'oggi... Bullismo? Ma no, niente che possa finire sui giornali. E tanto bastava, al preside.

Alla Rosa non bastava per niente.

«Se la ragazza non fa la denuncia non possiamo fare niente, Rosa».

Ma prima che la questione diventasse un dibattito sulla giustizia e lo Stato impotente, sui problemi veri della gente, e poi «per forza che votano per quelli là», insomma, sui massimi sistemi, e prima che la Rosa partisse in quarta, Ghezzi aveva deciso di giocare per lo zero a zero:

«Dimmi tu, Rosa. Dimmi come vuoi fare e lo facciamo».

Così, se ora sono in quell'ascensore tutto di legno coi cancelletti liberty e lo specchio a figura intera, che sale cigolante di storia con finiture di pregio verso il quarto piano del professor Donatelli, è perché la Rosa è una signora illuminista e positiva, di quelle che pensano che una bella chiacchierata tra persone ragionevoli sistema tutto, quasi sempre. Una che nel '34 avrebbe potuto andare da Hitler a dirgli, eh, signor Adolf, non si fa così, ferma ma gentile, fiduciosa di essere ascoltata. Forse in questo momento le sfugge il dettaglio che sono sì due persone ragionevoli che vanno a parlare col padre di un ragazzino stronzo, ma che per entrare hanno dovuto dire «polizia» in un citofono, cosa che le persone ragionevoli di solito non possono fare.

Si parte già male, insomma.

L'ascensore dà direttamente nell'abitazione, un grande ingresso elegante su cui si apre un salone doppio o triplo, Ghezzi pensa che il loro appartamento ci starebbe dentro tre volte, compresi i balconi. Li accoglie una donna bellissima, etiope o di quelle parti, sulla sessantina, il volto disegnato da rughe fitte e sagge, in qualche modo maestoso, anche se lei è piccolina e tutta vestita di bianco. Non fa in tempo a dire che chiama qualcuno e un tizio si affaccia dal salotto.

«Polizia? Venite». Poi guarda la signora Rosa e fa una faccia strana: che razza di poliziotto sarebbe, una così?

La cortesia del dottor Donatelli finisce lì, con quel «venite», cioè non è mai cominciata.

Ghezzi fa per parlare, ma la Rosa lo precede:

«Ci scusi l'intrusione, dottor Donatelli, sarà cosa di pochi minuti. Vorremmo pregarla di intervenire su suo figlio Francesco, che si sta comportando male, ci sono problemi con una compagna di scuola e... prima di fare cose ufficiali, insomma, passi legali che poi potrebbero mettere nei guai il ragazzo, ecco... la famiglia ci ha pregato di parlarne con lei... in modo informale, tra genitori».

«Lei chi è, signora? È della polizia?».

Allora parla lui.

«No, io sono della polizia, sovrintendente Ghezzi, questura centrale, e lei è mia moglie». Fa il gesto di estrarre il tesserino, ma l'altro lo guarda come dire: lasci perdere.

«Suo figlio sta molestando pesantemente una ragazzina di quattordici anni, dottor Donatelli. La ragazzina è spaventata e non vuole fare la denuncia, ma prima che succeda qualcosa di brutto, magari no, ma non si può mai sapere... siamo amici della famiglia della ragazza».

«Mi faccia capire, sovrintendente... Ghezzi, ha detto? Lei si presenta a casa mia in veste ufficiale, qualificandosi, però con la sua signora e senza alcuna denuncia in mano, a dire che mio figlio tampina una ragazzina?».

«La ragazzina è terrorizzata, può darsi che suo figlio abbia qualche foto che può rovinarle la vita, a scuola e non solo».

«E 'sta ragazzina che si fa fare le foto chi è, un'aspirante pornostar o solo una che vuol mettere nella merda un ragazzo perbene?».

La Rosa non si tiene:

«Senta, signor Donatelli», il dottore è scomparso, il professore è stato degradato in diretta, «noi veniamo in amicizia a dirle di stare un po' attento a suo figlio perché sta facendo del male a una compagna di scuola. Se vuole fare il genitore. Se no, convinceremo la ragazza a presentare la denuncia per molestie e minacce. Credevamo che si potesse parlare con calma di un problema, ma pare che lei abbia già deciso che il problema non esiste, quindi faremo in un altro modo».

«Un momento, un momento... capirete che mi piombate qui e... poi di queste cose si occupa mia moglie...».

«La signora c'è?».

«No, non c'è, e nemmeno Francesco... comunque trovo, come dire... irrituale questo sistema... se avete un'autorizzazione per stare qui a interrogarmi in casa mia, fatemela vedere, se no, arrivederci... ho qualche amico in prefettura, mi farò spiegare se è prassi normale presentarsi dopo cena a casa della gente, con la moglie al seguito, a minacciare denunce».

Ghezzi sospira, la Rosa risponde gelida:

«Ma quale minaccia! C'è un problema e siamo venuti a parlargliene. Se non lo sapeva, ora lo sa. Se lo sapeva e ha fatto finta di niente, ora sa che non può continuare a cascare dal pero. Tutto qui», e si volta verso la porta.

Ghezzi si guarda ancora intorno, mentre la Rosa fa per uscire dal salotto. Bei mobili, tanti libri, un paio di quadri alle pareti, uno molto grande con un cavallo, da un'enorme porta a vetri che divide lo spazio si intravvede un salone altrettanto ampio, forse uno studio, con una grande libreria che occupa tutta la parete.

«Un momento. Mi ripete il nome, per favore, agente...».

«Sovrintendente. Il nome è Ghezzi. Sovrintendente Ghezzi, mi trova in questura».

Poi al professor Donatelli suona il telefono, lui fa due passi verso un tavolino tondo tra due poltrone, prende il cellulare e risponde:

«Come? Oh, caro, buonasera... sì... dammi solo un attimo...». Copre il microfono del telefono e fa al Ghezzi e alla Rosa un gesto come di accompagnamento. Vuol dire: la porta è quella, arrivederci, ma non lo dice.

Appena fuori dal salone, nell'ingresso, la donna etiope di prima fa una faccia impenetrabile e li guida all'ascensore, che si apre subito e li inghiotte. Sentono ancora qualche parola lontana del tizio al telefono... «Ma no, una seccatura...», e poi sono nell'androne del palazzo, e poi fuori sulla strada.

«Se ora dici "te l'avevo detto" divorziamo subito», dice la Rosa prima che Ghezzi abbia anche solo pensato di dirlo.

«Te l'avevo detto».

Lei ride, ma è una risata nervosa. Si vede che è tesa, che sente di essere stata umiliata.

«Che stronzo», dice.

«Dai, Rosa, così impari cosa vuol dire fare il poliziotto. Io di tipi così ne vedo tutti i giorni».

«Magari gli parla, al ragazzo».

«Magari».

«E il quadro l'hai visto?».

«Quello col cavallo?».

«Ma no, quell'altro, quello piccolo».

«No».

«È un Hayez».

«Chi?».

«Quello del bacio, oh, Madonna, Tarcisio, che ignoranza».

«Cosa c'è adesso, Rosa, mi sei diventata anche esperta d'arte?».

«L'ho visto l'anno scorso alla mostra, a Palazzo Reale. Collezione privata vuol dire che ce l'ha appeso al muro uno stronzo simile?».

«Si vede che questi qui hanno i soldi veri».

«Soldi o non soldi, sono dei bei cafoni».

Di norma, la Rosa è garantista e rispettosa delle differenze, ma questi Donatelli li ha già condannati fino alla dodicesima generazione, cavallette, carestia, morte dei primogeniti e tutto quanto.

Ghezzi pensa invece che tra qualche giorno lo chiamerà Gregori, strigliato dal prefetto in persona, e gli farà il culo per quella missione inutile e un po' stupida.

Ragazzate, stupidaggini da quindicenni, una famiglia così stimata, addirittura amica del prefetto! E se una ragazzina non vuole guai, che non vada in giro a farsi fotografare le tette.

Già, pensa Ghezzi, l'aria nuova entra in te prima che te ne accorgi, o qualcosa del genere. Rilke, se ricorda bene. Lo ha fatto anche lui il liceo, eh, non mettiamola giù tanto dura.

Otto

Il terzo piano è il suo, quello dove lavora la tribù di *Crazy Love*, con le stanzette per il montaggio, la redazione, le stanze degli autori, l'ufficio di Flora De Pisis che è grande come un campo da calcio, tutto vetri e parquet chiaro, i divani, più telefoni di quanti un essere umano possa usarne in un paio di vite, e schermi dappertutto.

Al quarto c'è l'amministrazione, Carlo c'è stato qualche volta. Al quinto e sesto vivono i dirigenti, quelli che si vedono raramente, hanno un ascensore tutto per loro e comunicano con i mortali tramite circolari aziendali. Poi non si sa: la curiosità umana, pur potente, non si è mai spinta oltre. Ora la lucina azzurra che lo deposita al piano dice «nove», e appena si apre l'ascensore una signorina bellissima, uscita da un libro di fiabe, con un iPad in mano e gli occhi della gioia celeste, gli fa un sorriso strabiliante. Forse è quella della pubblicità del dentifricio, Carlo è tentato di correre a comprarne due casse.

Katia Sironi è già lì, in uno studio-salotto-living che pare ritagliato da una rivista di architettura d'interni, le solite pareti a vetri, e tutto il resto legno, tappeti, mobili della categoria cosa-può-fare-un-buon-designer-per-un-buon-milionario.

«Eccolo», dice, mentre Carlo viene introdotto, senza una parola, da Miss Colgate.

Il dottor Calleri, pantaloni grigi, camicia azzurra e cravatta, ma senza giacca – probabilmente è la sua concezione di «informale» – si alza dal divano e gli stringe la mano.

«Contento di vederla, Monterossi... beve qualcosa?».

Carlo stringe la mano del padrone, fa un cenno verso Katia e risponde:

«Se ci fosse un gin tonic...».

Miss Aquafresh piega un po' la testa, impercettibilmente, abbastanza perché una ciocca di capelli le caschi sull'angolo di un occhio. È un ricciolo moro che dice: scappiamo? Io e te su un'isola deserta, anche solo per un'ora, dai! Ce l'hai l'aereo privato?

Invece lei, lei la ragazza, dice:

«Qualche preferenza sul gin?».

Ora entra la regina Elisabetta con i salatini, pensa Carlo Monterossi.

Intanto dalla pianura viene una luce di tramonto che dà sul rosa spinto e quelle pareti vetrate non se ne fanno scappare nemmeno un raggio.

«No, mi faccia una sorpresa». Repertorio.

Dopo un po' di chiacchiere e un vassoio coloratissimo di finger food, Katia Sironi se n'è andata salutando leggera, che per lei è un bel complimento. Un commiato che voleva dire: bene, eccovi lì, ora tocca a voi.

Miss Pasta del Capitano è entrata per portare il secondo giro, comparsa magicamente appena Carlo ha finito il primo drink, forse c'è una telepatia che noi non conosciamo, ed è un peccato, perché la signorina posa sul tavolino centrale del salotto anche un vassoio di sushi e sashimi. Forse lì sopra, al nono piano, hanno un ristorante, vai a sapere.

Carlo ha imparato da tempo come comportarsi a quei gradini della scala sociale. Mai stupirsi, mai trasecolare davanti a un lusso, o a un'ostentazione. Se entrassero schitarrando dei mariachi messicani col sombrero alzerebbe appena un sopracciglio e direbbe: «Ola, Pedro!». È una questione di principio non dare soddisfazione a chi vuole stupirti con gli effetti speciali. Gli servissero una bistecca di unicorno, farebbe la faccia divertita di chi l'ha già mangiato a colazione.

Vabbè, che è un cretino lo sapete.

Ora però il dottor Calleri appoggia il bicchiere e congiunge le mani, le punte delle dita, ed è il segno che comincia la rumba.

«Ho una missione per lei, Monterossi, temo che non potrà dirmi di no. Per gli accordi economici ho già parlato con la signora Sironi... praticamente mettete voi la cifra, quindi sgombriamo il campo da questa questione prosaica».

«Se sono già legato e imbavagliato, dottor Calleri, non le resta che dirmi tutto».

Il capo della galassia ha sorriso. Sì, così gli piace, parlare chiaro. Ma vuole lo stesso prenderla larga, forse si è preparato il discorsetto, forse non ne ha bisogno.

«Viviamo strani tempi, vero, Monterossi? Non trova anche lei che la temperatura si è fatta troppo calda?, come quando si entra nella macchina lasciata al sole? Sì, è vero, c'è un'aria nuova, ma... Noi dobbiamo aiutare, Monterossi, dobbiamo favorire l'armonia e abbassare un po' i toni. Basta con l'allarme, basta con la paura. Ora ci vuole un po' di fiducia».

«Noi chi?». Carlo vorrebbe sembrare charmant e uomo di mondo, ma fa lo stesso quella domanda da finto tonto.

«Noi industria culturale, Monterossi. Noi che ogni giorno parliamo con milioni e milioni di italiani, che ne dettiamo i consumi, che alimentiamo credenze popolari, visioni del mondo, percezioni della società. Siamo noi, sa Monterossi, che decidiamo l'umore. Anche noi, glielo concedo, non solo noi, ma insomma... È lei il maestro della tivù, è lei l'autore bravo. Non devo spiegarle la differenza tra il disfattismo risentito, l'astio rivendicativo e la fiducia nel futuro...».

«Temo di non seguirla».

«Io temo che faccia finta, invece».

Si alza dal divano e va verso una scrivania, prende una cartelletta in pelle che contiene delle carte, resta in piedi e le sfoglia con due dita affilatissime.

«Il caso Treschi è di un anno fa, molestie in famiglia. Flora De Pisis manda una troupe e organizza un confronto tra padre molestatore e figlia molestata, in diretta, nel salotto della famiglia. Il padre picchia la figlia davanti a...», guarda il foglio, «... davanti a nove milioni e duecentomila persone, la madre va nell'altra stanza e si butta dal quinto piano».

«Sì, ho letto...».

«Sei mesi fa, settembre, seconda puntata della stagione. Due rumeni ubriachi entrano in una villetta, vicino a Reggio Emilia. Trovano solo una signora anziana, soldi in casa non ce ne sono e allora gliene fanno di tutti i colori, e intendo cose che non si dovrebbero nemmeno pensare, Monterossi... e che noi abbiamo mandato in onda, montate, con la musica di *Psycho*, riprese da una telecamera di sicurezza. Chiare e nitide come se avessimo avuto là un cameraman. Sì, forse qualcosa è stato tagliato, ma non la parte finale, quando uno dei due ha sgozzato la donna, oh, quello si è visto bene... la predica della De Pisis dopo le immagini, su noi italiani indifesi davanti al crimine e alla paura, è durata sei minuti, i toni glieli lascio immaginare...», guarda di nuovo il foglio, «share 36 e 4, dieci milioni e mezzo di persone...».

«Senta, dottor Calleri...».

«Mi lasci finire. Due mesi fa, il caso del pedofilo di Altamura. Noi mandiamo in onda, alle 22 e 14, le immagini di alcune bambine delle elementari che usano il gabinetto della scuola. La procura di Bari si fa viva e dice che le indagini sono in corso da tempo e chiede dove diavolo abbiamo preso quel materiale, che custodiscono loro ed è riservato. Viene fuori che le abbiamo comprate per venticinquemila euro dall'avvocato del pedofilo, che peraltro se ne sta ai domiciliari».

«Questa non la sapevo, ma se posso permettermi, escludo categoricamente che la produttrice del programma abbia autorizzato una porcheria simile. Conosco la dottoressa Ballesi e...».

... E non mi ha detto niente, conclude Carlo, tra sé, un po' deluso.

Bianca Ballesi, la «sua» Bianca Ballesi, è proprio la produttrice esecutiva di *Crazy Love*, quella che sa i contratti, i compensi, le spese per gli ospiti, i capricci della diva Flora, quella che sa tutto e che sta stretta in quello schifo come ci stava lui. Lui ne è uscito perché i soldi non sono un problema, lei ci è rimasta dentro perché le serve uno stipendio, e anche un po' perché tenta di fare resistenza. La loro storia è iniziata dopo, quando non erano più colleghi sulla stessa barca, ma questo non cambia le cose: Bianca Ballesi non paga un pedofilo per mandare in onda la prova di un reato così schifoso... È vero che avevano fatto un patto, tra loro, che meno si parlava di Flora, di *Crazy Love*, di tutta quella spazzatura e meglio era, ma... Ogni tanto Bianca Ballesi si concedeva uno sfogo e poi basta, si passava ad altre cose, molto più piacevoli.

Ora Calleri:

«La dottoressa Ballesi ha la nostra totale fiducia, non è lei il problema... nel caso specifico è stata in qualche modo raggirata, in altre situazioni ha protestato e avvertito l'azienda... e in fondo il problema non è nemmeno la De Pisis, e nemmeno gli ascolti, Monterossi, che naturalmente vanno benissimo e aumentano ad ogni indecenza che mandiamo in onda».

«E allora qual è il problema?».

«Il paese, caro mio, il paese. Va bene, abbiamo attraversato tempi duri, la paura percepita dalla gente era giustificata. L'immigrazione, la delinquenza, una povertà... più presunta che reale se mi permette la notazione, ma insomma, sì, inutile negare una certa insicurezza sociale... Forse è stato giusto spingere, denunciare, far sapere a tutti... ma fino a quando? Ora che c'è un'aria nuova, che si intravvedono tempi nuovi, forse si può tirare un po' il freno... ci saranno anche casi risolti, no? Ci sarà qualche segnale positivo... Noi costruiamo questo paese, Monterossi, non è più tempo di strepitare e gridare ai complotti, dico io, è il momento di aiutare questi tempi nuovi».

Non c'era bisogno del pistolotto sociopolitico, le cose erano chiare come il sole, e Monterossi le aveva sentite arrivare dritte come una freccia avvelenata, sapendo che il veleno era per lui.

Foresta pluviale. Indigeno. Dardo. Plop. Addio, Monterossi.

«Dottor Calleri, come lei sa benissimo, io ho lasciato *Crazy Love* per motivi... diciamo somiglianti alle sue preoccupazioni. Già trovavo un po' rivoltante che si scavasse nelle miserie umane. Sa, le corna, le passioni che dovrebbero essere private. Un po' vigliaccamente me ne facevo una ragione, mi dicevo... il feuilleton, il romanzo rosa, o d'appendice... della povera fiammiferaia sedotta e abbandonata è pieno l'Ottocento, anche se questa di adesso si chiama Samantha con l'acca e fa l'estetista alla Balduina... Classista? Ma no, tutto il contrario... Era rendere a persone normali, ordinarie, il diritto di essere per un pomeriggio la duchessa Sanseverina, addirittura la giovane Clelia. Era romanzo, mi dicevo questo. Ma vede, dottor Calleri, quando Flora De Pisis è passata dai peccati ai reati io ero già lontano. Ricordo che feci presente la questione, anche all'azienda, ma non venni ascoltato...».

«Erano altri tempi, Monterossi. Quello che le chiedo ora non è solo di tornare a *Crazy Love* per mettere la sua sapienza di autore al servizio... della ragionevolezza, ecco... quello che le chiedo è un disegno un po' più ambizioso, più ampio...».

«E sarebbe?».

«Sarebbe prendere un po' di misure e orientare il programma verso lidi... più rassicuranti, ecco. Avere un ruolo che affianchi la De Pisis, che la convinca che può fare il trenta per cento di share anche senza terrorizzare la gente. I tempi nuovi richiedono atteggiamenti nuovi, un po' di ottimismo, insomma, un po' di leggerezza! Se funziona con la De Pisis può funzionare con tutti gli altri programmi, per questo dico che il ruolo è un po' più ampio di una singola supervisione».

Carlo finisce il secondo gin tonic. Buonissimo, ma la ragazza non gli ha detto che gin ha usato. Però non è per il gin che gli gira la testa, ma per la richiesta che ha appena ricevuto. Questi tempi nuovi di cui tutti parlano cosa sono? Dove sono? A lui sembrano i soliti tempi di astio e tigna collettiva, i tempi in cui il pudore si è arreso del tutto, e quel che i farabutti pensavano di nascosto ora lo dicono apertamente, i tempi in cui non c'è vergogna. Orientare? Cioè rendere digeribile una minestra rancida che fino a ieri serviva a scaldare gli animi, a impaurire e imbestialire, e da oggi invece deve rassicurare e proteggere, magari illudere, ma insomma...

«Capisco la perplessità, Monterossi, ma non vogliamo forse la stessa cosa? Lei vuole toni più bassi, una comunicazione più umana, una... narrazione, ecco, una narrazione più decorosa... Io voglio la stessa cosa».

«Non per gli stessi motivi, mi pare di capire. Io questi famosi tempi nuovi non li vedo».

«Che importa, questo? Io voglio andare in America, lei vuole andare in Sardegna, liberissimo, ma vuol dire che per qualche tempo remeremo nella stessa direzione».

Sì, il concetto è chiaro. Commissariare Flora De Pisis, metterle accanto una specie di tutore che le dica, no, Flora, questo non si può fare. Magari portarla su spiagge inesplorate, cioè passare dall'indignazione per la legge che non arriva, la giustizia che non funziona, lo Stato assente, al peana celebrativo, al rimodellamento dell'orgoglio nazionale. Le nostre eroiche forze dell'ordine, il decoro ristabilito, vivete con fiducia, la peste nera è sotto controllo, presto avremo una nuova era.

I tempi nuovi. Carlo Monterossi sente già la nausea.

«Un incarico della massima delicatezza, Monterossi, mi rendo conto. Sappia che ha il totale appoggio dell'azienda e mio in particolare, senza sbandierarlo in giro, ovviamente».

Il che significa che nemmeno lui, nemmeno l'azienda, possono andare allo scontro frontale con Flora De Pisis, una che ti fa il trentasei, il trentotto di share tutti i mercoledì, una che dice «dammi la uno» e quando il suo volto spalmato di luce bianca anti-age la avvolge come il raggio dell'annunciazione, proclama ai suoi milioni di fedeli attoniti: «Quello che è capitato alla signora Elisa, torturata nel modo barbaro che avete visto, può capitare a ciascuno di noi».

Applausi, sigla, pubblicità.

La signorina Mentadent lo riaccompagna all'ascensore. Ora che gli cammina davanti Carlo pensa che potrebbe anche non essere quella dei dentifrici, ma quella delle calze.

Scende al piano degli umani, sale in macchina e chiede al telefono di fare un numero. Dieci secondi dopo sta parlando con Bianca Ballesi, la cui voce si diffonde nell'abitacolo come se lei fosse lì di fianco.

«Oh, il mio cavaliere! Mi spiace, sono nella mia versione single, a meno che non mi offri una vita nuova ai Tropici, me ne sto qui con la mia maschera al cetriolo».

«Perché non mi hai detto che Flora ti ha fregato, sulla storia del pedofilo?».

Questo la gela un po', infatti c'è silenzio. Lo riempie il ron ron della macchina. Poi Bianca Ballesi si riprende:

«Perché mi dà la nausea parlare di Flora, e poi, insomma... per dirti cosa? Guarda, grande autore geniale, che la produttrice si è fatta fregare? Che le hanno fatto fare una schifezza e lei se n'è accorta il giorno dopo?».

«Sai come la penso su Flora, Bianca».

«Lo so, sì. Solo che tu te ne sei andato, e io sono rimasta lì. Se pensi che è un letamaio c'è una certa differenza, vero?».

Ora Carlo Monterossi si rende conto che è stato un po' frettoloso, impulsivo, ma sa anche che tra loro è meglio aver tutto chiaro. Così le spiega il dialogo col capo supremo della flotta interstellare, della sua richiesta di affiancare Flora, di agevolare i tempi nuovi che stanno, secondo Calleri, arrivando a illuminare il medioevo, che peraltro avevano «orientato» loro.

«Se ne sono accorti, alla buon'ora», dice Bianca Ballesi.

«Macché, se pensi alla svolta etica ti sbagli. È che ora incendiare la prateria non serve più. Ora che la prateria è loro, che ha vinto la paura, che tutti crediamo di essere ammazzabili ogni minuto che passa... beh, ora vogliono troncare e sopire... tornare a sorridere. Basta, Bianca, non verremo più fatti a pezzi dagli schiavi nelle nostre magioni, ora bisogna ritrovare il sorriso».

«Che merde», dice lei. E poi: «Cosa farai?».

«Non lo so».

«Beh, nel caso, bentornato a bordo».

«Sì, come il commissario politico in un sottomarino russo nel '56».

«Ah, ho letto qualcosa. O faceva fucilare tutto l'equipaggio o quelli sbudellavano lui con un arpione per tonni».

«Tu sì che mi tiri su il morale, ragazza».

«Ci vediamo, hombre. Avvisami quando darai a Flora la buona notizia».

Ora Carlo Monterossi è davanti al suo monumentale frigorifero. Sotto la calamita della Madonna di Medjugorje, che protegge Katrina dai mali del mondo e che lei ricompensa con una devozione in tungsteno rafforzata in ghisa pesante, c'è un bigliettino: «Arrosto solo di scaldare, dolce tira fuori dieci minuti prima».

Ma Carlo non ha fame, non ha sete, non ha niente. Prende un bicchiere per l'alcol e un altro più grande dove mette acqua e ghiaccio, va in salotto e lì si versa una dose abbondante di whisky, sceglie un giapponese di quelli morbidissimi. In tivù c'è solo sport e chiacchiere politiche, uno dice che tra i diritti tanto reclamati c'è quello alla sicurezza, che un popolo capace di difendersi avrà meno paura, che in casa propria si spara a chi si vuole.

Non è passata nemmeno mezz'ora ed è già whisky giapponese uno, tempi nuovi zero, e Carlo Monterossi barcolla verso la camera da letto.

Nove

Come previsto, il capo aveva fatto partire un altro trenino di imprecazioni e bestemmie varie, nemmeno tanto fantasiose. Nessuna inflessione dialettale, i «porco» erano belli rotondi, tipo corso di dizione, e le divinità ben scandite. Stonavano un po' con l'ufficio luminoso, il completo impeccabile, la cravatta, l'enorme sedia girevole che sempre dice chi comanda in una stanza.

Continuava a rigirarsi per le mani il foglio, un normale A4, stampato con una normale stampante, a tormentarne gli angoli, a piegarlo, a spiegarlo per leggere la centesima volta:

Il tuo sistema non funziona, la logistica è una cosa seria. Parliamone. Un amico.

Poi, celebrato il quarto d'ora di escandescenze come fosse una specie di rito, si erano messi a parlare, e il capo era tornato pacato e ragionevole come uno squalo dei consigli di amministrazione. I pro e i contro, i come e i perché.

Qualcuno sapeva, e sembrava non essere del giro. Sapeva pure troppo, perché li sfidava sul cancello di quella villetta che in teoria non doveva nemmeno esistere, che pareva un posto sicuro. Le telecamere non avevano registrato niente, il tizio si era messo a calcolare gli angoli delle inquadrature ed era diventato un'ombra.

E il «sistema» di cui parlava la lettera era quello che si era inceppato con la faccenda del ragazzo, o tutto il sistema, l'articolazione, la struttura?

Ora l'uomo che ha portato la lettera dice la sua:

«Sembra un'offerta di collaborazione».

«Le offerte di collaborazione hanno sotto una riga che dice chiamare ore pasti, mail, telefono, indirizzo, eccetera eccetera», dice il capo.

L'uomo sorride. Sì, certo, come no.

Il capo muove delle cose sulla scrivania, come per fare ordine:

«Parliamone? E parliamone, dai! Possiamo trovarlo?».

«No, ci trova lui, a quanto pare. Bisogna solo aspettare».

«Non mi piace».

«Si sbaglia, capo. È una cosa buona. Ci siamo fatti fregare male senza sapere chi, perché, come, senza una traccia. Non sono stati i nostri, certo non sono stati gli sbirri, non si sa chi è stato. Questo qui del biglietto dice che stiamo sbagliando, sa qualcosa più di noi e noi dobbiamo farcelo dire. Rispetto allo zero che avevamo in mano a inizio partita, è già una coppia di sette».

«Mi irrita che comandi lui il gioco».

«Sì, lo capisco, sarebbe meglio telefonargli e convocarlo da qualche parte, ovvio. Aspettiamo».

«Aspettiamo».

Però c'è un'altra cosa che l'uomo deve dire.

«Quelli che hanno fatto il lavoro... il ragazzo... sono sicuri, vero?».

«Gente di fuori che avevo sottomano quella sera. Lavoro pulito, no? Se ne sono già andati, mai stati qui. Da quel punto di vista direi che siamo tranquilli. Anzi...». Si alza dalla sedia qui-comando-io e apre una piccola cassaforte a muro, ne estrae qualcosa. Poi gli punta addosso una pistola, fa una risatina e mette la pistola sul tavolo.

«Fai sparire questa».

L'uomo ha trattenuto un brivido e serrato un po' la mascella. Vedersi puntare addosso un'arma non è mai uno scherzo, anche se il capo l'ha fatto proprio per scherzo. L'unica volta che gli è successo è finita malissimo.

Però si controlla, si rilassa, fa un respiro lungo. Si alza e si avvicina a un mobile bar di legno scuro. Bottiglie, bicchieri e... sì, eccolo. Prende un tovagliolo, ci avvolge la pistola, attento a non toccarla. Prima la guarda, è una Beretta Cheetah, robusta, affidabile, non nuova, 7,65, col silenziatore montato. Prima c'era, lì sul tavolo avvolta da un tovagliolo azzurro, e ora non c'è più, è nella tasca della sua giacca.

Ora l'uomo sale su una Toyota grigia, nemmeno si accorge ed è già nel flusso del traffico, abbassa il finestrino e si accende una sigaretta.

Col ragazzo hanno fatto una cazzata. Tipica decisione presa nel primo quarto d'ora, non l'ha presa lui, ma considera un errore non essere riuscito a fermarla. Per il resto il danno è limitato, come quando si spezza un tratto di rete: lo si esclude e si ricuce un po'. Bisogna capire cosa l'ha spezzato, però, ed ecco che si presenta uno a dire che lui lo sa.

Beh... non è solo una richiesta di collaborazione. È una sfida.

All'improvviso, decide di girare a sinistra, verso la Stazione Centrale, e poi via Padova verso nord.

Cambio di programma.

Dieci

Così, tanto per saperlo se qualcuno ve lo chiede, alle quattro del pomeriggio in via Boscovich, che è un affluente di sinistra di corso Buenos Aires, il fiume che scorre verso Loreto, c'è un discreto sole anche se non fa caldo. L'ufficio nuovo di Oscar Falcone è al secondo piano di un bel palazzetto dall'aria elegante, perfettamente anonimo, così com'è anonima la porta blindata, ma solo perché dietro quella ce n'è un'altra, ancora più blindata. La targhetta dice:

FALCONE – SISTEMI INTEGRATI

Carlo ride.

«Cosa vuol dire sistemi integrati?».

«Niente, ma qualcosa dovevo scriverci».

La famosa Cirrielli è china su una macchina per caffè espresso, di quelle a capsule, e sta infilando la spina. Poi si alza e tende la mano. Con Carlo si erano incrociati in tribunale, sempre il caso Zerbi, ma Ghezzi non gliel'aveva presentata.

Oscar fa di tutto per non sembrare il padrone di casa. E del resto dopo anni passati a lavorare in macchina, o nei bar, o a casa di Carlo, o chissà dove, avere un covo in cui tornare a pensare, a mettere in fila le cose, a studiare le prossime mosse gli piace, ma gli fa strano. La Cirrielli pare contenta, perché il posto è davvero nuovo e non già invaso dalla personalità dell'altro. Insomma, potrà appendere le cose che vuole e arredare a piacimento la sua scrivania, ha già messo nel primo cassetto, che si chiude a chiave, una pistola lunga così.

C'è una stanza per ciascuno, scrivanie, computer, telefoni, schermi, un salotto per il relax e le chiacchiere coi clienti, e una stanza misteriosa, forse l'archivio. Poi, dopo un corridoio con i due bagni, un'altra stanza, per ora vuota, Oscar ci metterà un letto per le emergenze, le ore piccole, i lavori che necessitano attesa e tempi morti.

Brindano con il caffè della macchinetta nuova, che sa di imballaggio e corrente elettrica.

«Dice Oscar che lei è azionista della baracca», e questa è la Cirrielli.

«Non creda a tutto quello che dice Oscar, anzi sì, lui è convinto di dovermi dei soldi, ma non è vero. Lasciamoglielo credere».

Parlano d'altro, anche del Ghezzi, che è l'unica conoscenza comune, Carlo si sente un intruso, anche se quei due i loro segreti professionali se li saranno già scambiati. Insomma passano i minuti e l'atmosfera si scioglie un po'.

Poi cambia tutto perché suona il campanello.

Oscar va ad aprire e torna nel salottino. Non da solo,

con il cliente. Che però è una cliente, si vede dalla gonna e da un sacco di altre cose che Carlo nota subito.

Presentazioni, strette di mano. La signora si siede su una poltrona che le indica Oscar, gli altri attorno su sedie, altre poltrone, divani. Compaiono nuovi bicchierini di caffè, lei lo chiede lungo.

Finiti i convenevoli, Oscar si scusa per la procedura, ma deve fare un paio di domande: come l'ha trovato? Chi le ha fatto il suo nome? Lei dà buone referenze, cioè, Carlo e la Cirrielli non ci capiscono niente, sono pochi nomi e due date che inquadrano un periodo, ma Oscar pare soddisfatto.

La cliente avrà trentacinque anni, elegante con un che di sbarazzino, un vestito appena sopra il ginocchio, calze scure, scarpe a mezzo tacco, rosse, una borsetta in tinta. Roba buona, ma non da fare un mutuo. Tutto molto naturale, insomma, non dà l'impressione di essersi vestita apposta per l'incontro, di essere altro da quello che è di solito. La categoria è bella-donna-milanese-nel-pieno-dei-suoi-poteri, e sembra una che starebbe a suo agio ovunque, persino lì. A Carlo sembra strano, pensa che da un investigatore privato non si va tutti i giorni, qualche esitazione, qualche piccolo spiazzamento, la signora dovrebbe mostrarli.

Invece no. La voce è gentile, un po' bassa, ma non roca, un contralto, forse c'è dentro un'eco del Sud, ma lontanissima, impercettibile. Capelli castani che sfiorano le spalle, occhi scuri. La bocca è tagliata in modo grazioso, come un sorriso che dice «ti perdono», lievemente remissivo. Sente che tutti la guardano, e la cosa non la turba, la Cirrielli non ha ancora detto una parola, a parte il suo nome durante le presentazioni.

Mentre risponde alle domande, lei estrae un portafogli dalla borsa, prende la carta d'identità e la passa a Oscar. Lui legge ad alta voce.

«Gloria Grechi, nata a Milano, anni...», si vede che fa il conto con la data di nascita, «... trentaquattro...».

«È gentile a sbagliare i conti, ma sono quasi trentasei».

«... via Vignola... dov'è?».

«Tra Porta Romana e i Navigli».

«Bel posto».

«Abbastanza».

Poi silenzio. La signora deve dire cosa vuole da loro, loro forse devono chiederglielo, e non si sa come cominciare. Il solito balletto. Per fortuna ci pensa lei.

«Cerco una persona».

Oscar e la Cirrielli si fanno attenti.

«Chi?».

«Mio marito».

Poi aveva cominciato a raccontare. Il marito se n'era andato da cinque giorni, forse sei, e lei non sapeva dove, voleva avere notizie, almeno qualche traccia, era preoccupata.

«Suo marito sparisce spesso?».

«No, o se lo fa avverte. Viaggiava un po' per lavoro, ma ora meno. E comunque l'avrebbe comunicato in qualche modo, non siamo una coppia che sta attenta agli orari, ci piace pensare di essere indipendenti, ma sparire così...».

Non lo ha detto da moglie abbandonata, ma come una che è in pensiero per un suo amico. Carlo ritorna alle mille e mille volte in cui si è chiesto: dove s'è cacciato Oscar?, ma non è che per questo si è strappato i capelli o ha chiamato gli ospedali.

La Cirrielli pensa che, essendo cose tra uomini, donne e persone scomparse, anche lei può dire la sua.

«Forse è brutto chiederglielo, signora Grechi, ma possiamo ipotizzare che ci sia di mezzo un'altra donna?».

Lei ride, una risata che dice «lo sapevo».

«Suppongo che se io rispondessi di no, voi pensereste che dicono tutte così». Sorride in quel suo modo arrendevole. «Però no, tenderei ad escluderlo».

Poi avevano ascoltato la storia, o almeno quella che lei voleva raccontare.

Il marito, Alberto Sentieri, quarantatré anni, doveva sbrigare qualche affare in città, cose di ordinaria burocrazia, ma non era tornato, né per cena né dopocena. Né il giorno dopo, né quello dopo ancora. E ora era quasi una settimana. Nessun dubbio su di lui, stavano bene insieme, si amavano, addirittura – questo lo aveva detto con una nota di ironia, come un «Ma sì, li ho letti anch'io certi romanzi» –, soprattutto riuscivano a non farsi travolgere dalla routine. Se uno se ne andava un giorno o due, per lavoro o per piacere, non era mai un problema, ma si avvertiva sempre. Avevano delle procedure.

Carlo pensa che è una parola strana. «Procedure» sa di organizzazione, di istituzione, di banda. Katrina che gli lascia il bigliettino con le indicazioni per la cena è abitudine, è consuetudine, gentilezza, non è «procedura».

Lei va avanti. Ora le fa strano parlare di Alberto come di «mio marito», perché non era esattamente un matrimonio, non solo...

«Che cosa, allora?».

«Ci legano cose molto profonde», e il discorso si era fermato lì.

«Che lavoro fa suo marito?».

«Dovrei dire... il sociologo?».

«Non so, lo chiede a noi?», dice la Cirrielli. La domanda è ironica, ma il suo sorriso dice di no, la signora le sta simpatica.

Lei ride: «Ha ragione. Dunque, Alberto è laureato in sociologia, fa il ricercatore all'Università, alla Cattolica, ha vinto un concorso per una cattedra che non gli hanno mai dato, e tiene corsi e dà lezioni qui e là. Reddito da minatore, se è questo che vuole sapere».

«Vogliamo sapere tutto», dice Oscar.

«E lei, signora?».

Lei è responsabile della contabilità in un grande studio medico, che non vuol dire solo mettere a posto i conti, ma trattare con i clienti. Uno studio privato, per lo più chirurgia estetica. Insomma parla con danarose carampane decise a rifarsi gli zigomi, il collo, le guance, probabilmente con il solo argomento, buonissimo, di mostrare il suo, di collo, che ha trent'anni di meno. Deve convincerle che fanno un affare, e anche capire se sono solventi, e quanto, perché nessuno ti regala un naso, al giorno d'oggi.

Lo dice con autoironia.

«Ha qualche traccia, per suo marito, qualche sospetto?».

Lei dà un numero di cellulare, la targa della macchina – una Nissan quasi nuova – e tira fuori una foto, sempre dalla borsetta rossa.

La foto fa il giro delle poltrone: Alberto Sentieri è un bell'uomo, lo sguardo intelligente. Sembra un ragazzotto perché lì ha una maglietta bagnata di sudore, gli occhi un po' strizzati per il sole, i capelli neri. Si vede che ha un bel fisico e dà l'idea di una persona seria.

Carlo guarda lui e guarda lei. Bella coppia.

Ora la Cirrielli si è alzata e passeggia per la stanza. Va ad aprire la finestra e torna verso il centro del salottino.

«Le faccio la domanda che si fa sempre, signora».

«Dica».

«Perché non va alla polizia?».

Gloria Grechi accentua il suo sorriso, anche gli occhi sono luminosi, Carlo deve ammettere che è bella, anche se c'è qualcosa che non lo convince. Non un sussulto, non un'esitazione, un sentimento che traspare. Per come la vede lui, che non è sposato e che anche i fidanzamenti li considera poco più che conoscenze occasionali, una il cui marito non torna da una settimana dovrebbe avere il fazzoletto in mano, gli occhi lucidi e la voce che trema. Tutto il contrario di questa Gloria, insomma.

Ma forse è lui che esagera.

«Un po' per sfiducia, se devo dirvi la verità... ho sempre l'impressione, chissà perché, che i moduli delle persone scomparse finiscano per prendere polvere in qualche ufficio nascosto, magari mi sbaglio. Forse un minorenne, un bambino, certo, ma la moglie che va in commissariato a dire che il marito è scomparso non credo avrebbe lo stesso ascolto...».

La Cirrielli annuisce, ma sa anche che non basta. Infatti la Grechi va avanti:

«... E poi ci sono cose nella vita privata delle persone... delle coppie... che forse è meglio non mettere su un verbale della polizia. Sia io che Alberto abbiamo una concezione molto rigida della nostra sfera privata... privacy, giusto?... e...».

«Quelle cose che lei non vuol dire alla polizia potrebbero venire fuori mentre lo cerchiamo noi, lo sa questo?».

«Sì, me ne rendo conto... non agitatevi troppo, non sono segreti nucleari... ma mi hanno detto che lei è un professionista molto riservato, dottor Falcone, e così penso dei suoi collaboratori. Insomma, c'è un segreto professionale, vero?».

«Certo».

«E potrei sapere quali sono i suoi confini?».

La signora è passata all'attacco.

«In che senso?».

«Dovessero venire fuori cose... diciamo spiacevoli, quante sono le probabilità che ci andiate voi, alla polizia?».

Oscar fa per rispondere, ma la Cirrielli arriva prima. Stavolta è secca, forse l'anima da sbirro non si vede, ma si sente, come l'anima di piombo nei manganelli.

«Dipende da quanto spiacevoli, signora. L'incarico è trovare suo marito, o sapere dove sta, quello che incontriamo lungo la strada ci riguarda meno, ma davanti a un delitto grave è chiaro che si porrebbero dei problemi».

Oscar tenta di ammorbidire, ma il concetto è quello:

«Mi è capitato di lavorare per soggetti non proprio cristallini, sì, ma la questione va posta in altri termini... noi scoperchiamo dei tombini, bussiamo a certe porte, facciamo un po' di luce. Se in quella luce compare qualcosa di brutto potrebbe essere un problema per lei, magari un problema che non riusciamo a risolvere...».

Gloria Grechi annuisce.

«Mi sembra giusto. Trovate mio marito».

In tutto questo Carlo Monterossi non ha detto una parola. Si è limitato ad ascoltare e a osservare, ma siccome non c'è niente da guardare, né quadri né tappeti preziosi, ha guardato lei per tutto il tempo. E ha deciso che Gloria Grechi ha qualcosa di speciale e lui non ha ancora capito cosa. È diretta e intelligente, capisce le cose al volo e ha un'ottima proprietà di linguaggio, che accompagna con piccoli movimenti del corpo tutt'altro che scontati. Insomma, sa di essere una bella donna, ma non dà troppa importanza alla cosa, non si crede Miss Mondo, e al tempo stesso sembra... trattenuta, ecco.

Poi Carlo scuote la testa: non ci ha mai capito niente, di donne, cosa sono ora queste analisi da esperto, queste scemenze da manuale del latin lover?

Lei lo guarda come se capisse quello che sta pensando. Gli sorride. Sorride anche lui e per un piccolo istante i loro occhi si incrociano. Carlo li abbassa subito. Lei no, e sorride ancora di più, o forse questo lo pensa lui.

Ora tocca ai due detective, che fanno domande a raffica uno per volta. Amici? Parenti? Le famiglie? Posti dove potrebbe essersi rifugiato? Situazione economica? Nemici? Amici? Conto in banca? Carte di credito? Sa il numero? Almeno la banca?

Lei risponde senza reticenze. Loro scrivono. Carlo guarda la scena. Gloria Grechi ha accavallato le gambe e si è sistemata bene in poltrona, la Cirrielli si è accesa una sigaretta senza chiedere a nessuno se dà fastidio.

«Beh, allora eccoci», dice Gloria tirando a sé la borsetta rossa.

Vuole sapere quanto le costerà questa indagine, e i tempi, se si possono fare previsioni. Ma soprattutto vuole essere tenuta al corrente minuto per minuto, ogni minimo dettaglio, ogni progresso, ogni intuizione o idea. Lo dice come se si offrisse di collaborare alle indagini, forse un po' troppo decisa.

È la cosa che Falcone teme di più, il cliente ansioso, quello che telefona, che chiede, anche se lei non ha l'aria dell'impicciona assillante, ma...

«Signora, diciamo che ci riserviamo di accettare l'incarico e diamo una prima sommaria occhiata in giro, poi forse le sapremo dire qualcosa sui tempi. La tariffa è di mille euro al giorno, se si sta in città o qui attorno non dovrebbero esserci spese, altrimenti sarà avvertita... Naturalmente speriamo tutti che sia una faccenda semplice, e la nostra speranza è di dirle dove si trova suo marito nel giro di qualche giorno. Se le cose vanno per le lunghe, naturalmente ne riparliamo, anche del nostro compenso...».

Lei pare soddisfatta, o almeno ha sentito quello che si aspettava di sentire.

Tira fuori dalla borsa rossa una busta marrone e la mette sul tavolino in mezzo ai divani.

«Qui ci sono cinquemila euro e tutti i modi per contattarmi. Speriamo sia una cosa veloce, se no arriverà il resto. Vi prego di tenermi aggiornata, sono molto preoccupata».

Non sembra, pensa Carlo.

Poi si salutano, si stringono le mani, si sorridono di nuovo, ma non come prima, e lei esce di scena lasciando un vuoto che si nota.

Oscar va a chiudere la porta.

La Cirrielli apre il frigorifero e prende una bottiglietta d'acqua, se ne scola metà in un sorso solo. Oscar invece apre la busta. Ci sono un foglio con un numero di cellulare e una mail, e una mazzetta bella spessa: cento biglietti da cinquanta euro nuovi che sembrano appena stampati, tenuti insieme da una fascetta bianca.

«Tre stipendi della mia vita precedente», dice la Cirrielli.

Poi dà un pugno sulla spalla a Oscar, anche ben assestato, dalla faccia che fa lui.

«Vaffanculo Falcone, mi prometti una vita di avventure e misteri, e già corro dietro ai mariti delle altre? Lo troveremo in qualche alberghetto con una che ha la metà dei suoi anni, e le altre mazzette finiranno al divorzista».

Oscar fa una faccia un po' così, Carlo decide che è il momento di andarsene e mentre esce sente Oscar che risponde:

«Dai, troviamo 'sto marito che scappa e facciamo in fretta».

La Cirrielli è già davanti al computer.

Undici

Sannucci ha dovuto alzarsi ad accostare le persiane perché entra una luce fastidiosa, una lama di sole che gli spazza la scrivania come un tracciante dell'antiaerea, e mostra a mezz'aria tutti i ghirigori che fanno la polvere e il fumo delle sigarette di Carella.

La verità è che non si muovono di un millimetro e quindi prevale il lavoro noioso.

Carella ha deciso che dovevano risentire tutti, lo aveva detto con lo stesso entusiasmo di uno che va dal dentista, ma Ghezzi aveva capito. Dopo tre settimane dall'omicidio – si può dire l'esecuzione, è l'unica cosa sicura che hanno – è possibile, anzi certo, che gli amici della vittima abbiano pensato, rimuginato, letto sotto un'altra luce frasi o atteggiamenti: qualcosa su Filippo Maria Gelsi che non pensavano e che ora, con lui morto, forse pensano. Così avevano organizzato la cosa, mica facile.

Ora ci sono tre scrivanie, una per Carella, una per Ghezzi e una per Sannucci, che considera quel fatto di interrogare la gente come una promozione. La stanza di Ghezzi è diventata una sala d'aspetto, le persone convocate sono ventisei, tre alla volta in scaglioni di mezz'ora. Uno è a Londra, uno ha un esame, arriverà se finisce in tempo, gli altri hanno accettato tutti, e si presentano alla spicciolata, molti in anticipo sulla tabella, così hanno dovuto aggiungere altre sedie, sembra un'aula coi ragazzi che aspettano di dare l'orale alla maturità.

Sentono prima gli adulti, un professore di fisica al liceo, rimasto amico dell'ex studente Gelsi, il titolare di una carrozzeria di via Bellini, una zia abbastanza giovane, sorella della madre, con cui pare Filippo fosse in confidenza.

A tutti fanno lo stesso discorso: «Sgomberi la mente, non pensi a cosa le sembra importante e cosa no. Lei sa com'è morto Filippo, ci dica cos'ha pensato in questi giorni, se si è dato una spiegazione, se le è tornato in testa qualche dettaglio, una parola, una frase...».

Si rendono conto che è come dire a tutti che sono disperati, ma è meglio che star lì a girarsi i pollici, rileggersi per la centesima volta i rapporti degli scienziati e sopportare Carella stritolato dalla frustrazione.

Il professore non ha niente da dire, vedeva ogni tanto Filippo, veniva a casa sua, giocavano a scacchi e chiacchieravano di fisica, il ragazzo era un fenomeno, brillante, creativo, una mente cristallina che poteva dare tanto a quella materia, almeno così pensavano al liceo, sia lui che il ragazzo, sembrava nato per fare il fisico. Poi aveva scelto ingegneria, senza troppo entusiasmo, ma pensando al futuro, al lavoro, agli sbocchi professionali. No, della vita privata non parlavano molto, Filippo aveva la ragazza, ovvio, progettavano un viaggio a Miami, in sei o sette, appena fossero riusciti a dare Scienza delle Costruzioni, l'esame che tutti temevano come il mostro delle paludi. Filippo metteva via qualcosa anche per quello, e lui gli aveva passato un paio di asini a cui dare ripetizioni.

Il carrozziere, altra storia, aveva conosciuto il ragazzo per questioni di auto. Filippo si era trovato un parafango massacrato da qualche imbecille che non sapeva parcheggiare, non voleva andare in giro così, con la macchina incidentata, però non poteva pagare tutto subito.

«Questo quando?».

«Sarà un anno fa... no, uno e mezzo, perché faceva un freddo cane».

A lui era piaciuto quel ragazzo così serio, che lo aveva pagato lentamente ma con una puntualità svizzera. E così ogni volta che veniva a portare la sua piccola rata chiacchieravano di tutto: il calcio, la politica, per quello che ne capivano tutti e due, cioè poco. Filippo aveva continuato ad andare lì anche dopo aver saldato il debito, bevevano un caffè della macchinetta che sta in officina, oppure sfogliava la *Gazzetta* che lui tiene sempre nel suo gabbiotto-ufficio, e lo aspettava se c'era qualche cliente. Insomma, un'amicizia da bar, ma non al bar.

Carella, che è un solitario, capisce bene, quegli amici lì sono i migliori, quelli che non ti chiedono tributi, prove, dimostrazioni di affetto, attenzioni.

A Ghezzi tocca la zia, un calvario. Parlano subito della madre di Filippo, la signora Gelsi, che non si riprende, non reagisce, la sorella è molto preoccupata. Lui, il padre, il signor Gelsi, non sa che fare, oltre alla sua disperazione ha quel peso della moglie viva ma morta, schiantata dal lutto e dalla tragedia.

La zia si considerava molto amica di Filippo, ha appena una decina d'anni più di lui, fa l'impiegata da Coin, in corso Vercelli, è simpatica per quanto si può esserlo davanti a un poliziotto che ti interroga su un parente morto. Ha l'aria di quelle zie che sanno dei nipoti più di quanto i genitori sanno dei figli, ovvio, ma purtroppo non c'è niente da sapere. Il viaggio a Miami, sì, certo, Filippo voleva fare un salto anche a Cape Canaveral... razzi, missili, quell'antico futuro verso le stelle... Lui aveva un foglietto in tasca con scritto «Crowdfunding» e quando lei gli aveva promesso duecento euro se avesse passato Scienza delle Costruzioni con più di 28, lo aveva tirato fuori e ci aveva scritto la cifra, se li sentiva già in tasca, era bravo, aveva tutti trenta.

Ora la zia si fa sfuggire una lacrima. Faccende strane? Cose che Filippo nascondeva ai genitori? Niente. Una volta non sapeva che regalo fare alla ragazza e lei lo aveva portato al reparto «intimo donna» del suo grande magazzino, aveva scelto un completino sexy e gli aveva fatto lo sconto dei dipendenti. Lui era un po' arrossito e ne avevano riso. Un'altra volta, a casa sua, ci andava a cena ogni tanto, lei si era preparata una canna.

«Non è un'abitudine, ispettore, un amico aveva dimenticato...».

«Sovrintendente», dice Ghezzi. Poi sorride: «Signora, non si preoccupi di queste cose. Per avere qualcosa su cui lavorare ci serve tutto, dobbiamo conoscere Filippo». Dice proprio queste parole, ma lei ne capisce altre, quelle giuste: ci tengo come ci tiene lei, ci aiuti, per favore.

Ghezzi pensa agli occhi della signora Gelsi.

«Insomma, aveva fumato un po' di erba, così, per compagnia, e quindi direi che gli era già capitato. Ma poi aveva fatto tutto un discorso sulla potenza incredibile del cervello umano, sui suoi strabilianti meccanismi, e si era chiesto perché alterare con qualche sostanza una macchina così perfetta. Filippo era un razionale estremo, non a caso era un campione in matematica, in fisica, quelle cose lì. Da lui potevi aspettarti di tutto, ma non una cosa irrazionale, o una leggerezza per assenza di calcolo, almeno quello delle probabilità...».

«Per curiosità, cosa gli ha risposto?».

«Che aveva ragione, ma che magari, alterando qualcosa, si potevano capire meglio i Pink Floyd». Ha gli occhi umidi.

Ghezzi sorride, le stringe la mano e la congeda.

Ha davanti un blocco per gli appunti sul quale non c'è niente di niente, così ci scrive: «Crowdfunding».

La processione degli amici, dei compagni di corso, dei conoscenti più stretti è lunga, lenta, con le sue belle fermate ad ogni stazione della via crucis. Nessuno si spiega quella fine assurda che ha fatto Filippo, molti parlano apertamente di scambio di persona, come se fosse una cosa appurata, l'unica spiegazione possibile.

Giovanni, l'ultimo che l'ha visto vivo, ribadisce che Filippo ha lasciato il bar di via Savona verso mezzanotte dicendo che andava a dormire. Era in macchina. Alle due e qualcosa riceveva un colpo alla nuca dall'altra parte della città, verso le tre qualcuno gli sparava in testa. È tutto.

I sei che devono andare a Miami vengono sentiti in due tempi, uno per ogni scrivania, poi fanno capannello davanti al tavolo di Carella, perché i poliziotti decidono di prendersi una pausa. Il viaggio doveva essere in giugno, tra tre mesi, dopo l'appello di Scienza delle Costruzioni, che è il loro Moloch minaccioso. I soldi? Certo, ognuno di loro sta risparmiando, tranne quelli – sono un paio – che schioccano le dita e papà stacca gli assegni. Ma tutti dicono che questa dei soldi non è un'ossessione, tre, quattromila euro si trovano, in sette-otto mesi, se uno non è proprio imbranato... l'ossessione era l'esame. Il patto era che sarebbero partiti solo se lo passavano tutti, e su due o tre qualche dubbio c'era. No, su Filippo no, Filippo era un campione.

Alle quattro del pomeriggio, quando il posacenere di Carella trabocca come quelli fuori dai cinema e le scrivanie sembrano un'installazione di bicchierini da caffè, a Ghezzi sembra di vedere una luce. Chiama gli altri due, che licenziano in pochi istanti i ragazzi che stanno sentendo e si alzano.

Davanti a Ghezzi – ora che Sannucci e Carella hanno avvicinato le sedie, non proprio a suo agio – c'è una ragazza sui venticinque, bionda, capelli lunghi, naso affilato, tutta secca, non una bellezza.

«Ripeta ai miei colleghi quello che ha detto a me», le chiede Ghezzi, con grande gentilezza.

Con Filippo erano amici, diciamo così, di speculazioni scientifiche. Lei voleva fare la matematica pura, lui la prendeva in giro perché quello era il modo migliore per finire in un'aula di liceo davanti a venticinque ragazzetti scazzati, che la chiamavano con timoroso disprezzo «quella di matematica».

Prima che Carella si spazientisca per tutte quelle premesse, Ghezzi la sprona.

«Dica di quella conversazione».

«Sì... stavamo parlando di matematica, probabilità, statistica, teoria dei giochi. Filippo era molto in gamba nei calcoli, ma ne vedeva... non so come spiegarlo... solo la parte fisica, tecnica. Io sostenevo che i fattori esterni possono modificare quei calcoli... È vero che alla roulette, per il numero pieno, la probabilità è una su trentasette, il due virgola sette per cento, ma se c'è una calamita sotto il tavolo azionata da qualcuno, la matematica esce con le mani alzate...».

Carella trattiene uno sbuffo d'impazienza, Sannucci non ci capisce niente: giochi? Probabilità?

«Insomma, Filippo non accettava che in un'equazione ci fossero incognite non controllabili. E poi aveva buttato lì che avrebbe potuto fare una cosa in cui le probabilità erano clamorosamente a suo favore, incredibilmente a suo favore, un'equazione sicurissima, ma che qualche incognita non poteva controllarla, e questo lo spaventava».

«Scusi, ma questo come ci aiuta?», chiede Carella.

Ghezzi gli fa segno con la mano di aspettare. Lei non si scompone.

«Ci arrivo», e infatti c'era arrivata.

Filippo le aveva illustrato un esempio, come un caso di scuola. Quante probabilità ci sono che tu, incensurato, perfettamente in regola, insospettabile, estraneo a qualunque giro strano, venga fermato di notte e perquisito a bordo della tua macchina? Lui in due anni aveva fatto 26.000 chilometri, molti in città, molti di notte, e non gli era mai capitato. Le probabilità, aveva concluso, dicono meno dello 0,1 per cento tendente a zero. Ma questo, le aveva detto Filippo, non conta se ci sono altri fattori che possono moltiplicare quella percentuale minima. Insomma, si chiedeva se in quell'equazione così facile non ci fosse un'incognita che lui non vedeva, e quanto peso statistico potesse avere un'incognita simile.

«Tutto qui», dice la ragazza. «Stupidaggini che si dicono tra amici. Non so nemmeno perché ve lo sto raccontando, era un discorso... diciamo, sulle differenze tra una cosa pulita, che è la matematica, e una cosa incalcolabile, che sono le cazzate che fanno gli uomini. Gli ho chiesto se stava scrivendo un giallo e abbiamo riso».

«E poi?».

«Poi basta».

«Quindi ha avuto l'impressione che Filippo dovesse trasportare qualcosa di vietato?».

«Ma no! Solo... era la prima volta che lo sentivo accostare un problema matematico, statistico, per la precisione, a un qualunque fatto della vita reale... non era da lui... mi spiace, mi avete chiesto qualunque cosa e io vi dico qualunque cosa, non credo che...».

La signorina bionda viene congedata con tre strette di mano.

Poi Carella la richiama...

«Senta, la sera che è morto Filippo, lei dov'era?».

La ragazza fa un'aria stupita, questa proprio non se l'aspettava.

«A casa del mio fidanzato... poi a casa mia... di Filippo ho saputo due giorni dopo, quando gli amici hanno cominciato a chiamarsi e scriversi».

Carella fa una faccia che chiede scusa, che non è proprio il suo forte.

«Era una domanda cretina, signorina. Però... poi la lascio andare... è per caso salita quel giorno sulla macchina di Filippo? E magari era andata da poco dal parrucchiere?».

«No, commissario».

«Sovrintendente».

«Beh, comunque no, sono salita una volta sola sulla macchina di Filippo, siamo andati a fare una gita, era prima di Natale, eravamo in quattro, e c'era la sua ragazza». Forse non voleva, ma l'ha detto con tono secco, come se Carella avesse insinuato qualcosa.

«Bene, grazie infinite, e ci scusi per la giornata buttata».

«Se serve, per Filippo...».

Ghezzi la accompagna alla porta, forse si scusa ancora per quel collega un po' ruvido. Sentono gli ultimi quattro in modo veloce. Niente che non sappiano già: Filippo Maria Gelsi non sembrava un simpaticone, né un ragazzo con qualche peccato nascosto, e lo stimavano tutti. La parola più ricorrente era: serio.

Il capo Gregori ha fatto sapere che lui se ne va a casa: il punto, se c'è da fare un punto, domani. Loro si guardano in faccia, perché è presto, ma hanno fame. E poi hanno imparato che orari per il cibo non ce n'è, si mangia quando si può e quando capita, a parte Carella che praticamente non mangia mai. E invece è proprio lui che dice:

«Su, ci meritiamo una cena, offro io».

Ora sono seduti in una trattoria vicino alla Stazione Centrale, non sono nemmeno le otto, Ghezzi e Sannucci prendono una carbonara, Carella un filetto appena scottato, niente pane, niente verdure, solo proteine per stare in piedi e fumare un altro pacchetto di sigarette. Bevono il vino della casa, sono tre sbirri che cercano di capirci qualcosa, il cameriere lo sa e li lascia in pace.

«Dunque stava facendo una consegna?».

«È l'unica ipotesi che spiegherebbe qualcosa, anche se non tutto».

Sannucci ascolta, sa che i colleghi sono bravi e lui ha solo da imparare.

«Una cosa che aveva già o che ha dovuto andare a prendere?», chiede Carella, e poi si spazientisce: «Dai, cazzo, parlami, Ghezzi».

Non c'è molto da parlare.

«Senti, Carella, non posso fare il romanziere e inventarmi le cose. Siccome è stato al bar a lavorare e a chiacchierare col suo amico fino a mezzanotte, e c'è andato alle nove e mezza, non credo che se avesse avuto merce preziosa in macchina, o scottante, o addirittura illegale, avrebbe posteggiato in strada come se niente fosse. Metti che te la fregano...».

«Ok, allora è andato via dal bar ed è andato in qualche posto a prendere una cosa che doveva portare da un'altra parte...».

«Mettiamo che sia così, sappiamo che tra andare, caricare e arrivare dove l'hanno steso ci ha messo meno di due ore».

«Chi chiede a un ragazzo serio, onesto, incensurato, una brava persona, di trasportare qualcosa che non può trasportare lui?», chiede Sannucci.

È una domanda che si accuccia lì, tra il cestino del pane e le posate, come una macchia sulla tovaglia.

«Erano a caccia di soldi per andare a Miami», dice Carella. Nel computer hanno trovato le istruzioni per fare il visto per gli Usa, prezzi di compagnie aeree, cose così, ma nessun appunto, niente che parlasse di soldi.

«Aveva un foglietto con le donazioni», dice Ghezzi. «La zia sganciava duecento euro». Ma mentre lo dice gli viene un'idea, è un'idea un po'... però prende il telefono dalla tasca della giacca, fa un numero e parla.

«Signor Gelsi? Buonasera, mi perdoni l'ora, stiamo lavorando... la signora come sta?». Ghezzi ascolta, annuisce, poi: «Se potessimo fare un salto... pochi minuti, se non disturbiamo, se no domattina... Certo. Si figuri, gentilissimo. Tra mezz'ora al massimo...».

Gli altri due lo guardano, Ghezzi beve il suo caffè senza zucchero.

«Ho avuto un'idea, non ci sperate troppo».

Il signor Gelsi ha aperto la porta della camera di Filippo e si è dileguato. Ghezzi e Carella si sono guardati intorno ancora una volta, Sannucci aspetta in macchina.

Ghezzi osserva la libreria, metà romanzi, saggi, storie a fumetti, metà testi di scuola. Spunta un cartoncino a fare da divisorio, con la scritta «Horror», e lì sono i testi di Scienza delle Costruzioni, quattro volumoni minacciosi con calcoli, disegni, tavole che non meritano nemmeno un'occhiata. Ghezzi li squaderna rapidamente. Niente nel primo, niente nel secondo, dal terzo esce un foglietto a quadretti con pochi appunti scritti a mano. Ghezzi legge e lo passa a Carella.

CROWDFUNDING MIAMI

Ripet. 650
Bar 600
Papà 500
Zia 200
... 2.000 + 2.000

Tre puntini, quattromila euro, duemila prima, duemila dopo. Dopo cosa? La famosa consegna? Perché tre puntini? Per una cosa che non si può nemmeno dire, nemmeno scrivere su un foglietto?

Carella sente l'odore. È fatto così, è un cacciatore, sente il sangue. Dopo giorni di nulla anche quella cosa piccolissima gli sembra una traccia. Cosa cazzo sono questi puntini, Filippo? Per quattromila euro? Valeva la pena?

Poi escono, salutano il signor Gelsi, la signora non si vede, sarà in camera sua a riempirsi di buio gli occhi spenti. Ha cominciato a piovere, gocce sottilissime che fanno quasi piacere, una cascatella di primavera portata dal vento.

«Sannucci, lasciami a una metro», dice Ghezzi.

«Ma la porto a casa, sov!».

«No, porta Carella dove vuole, che io vado coi mezzi».

Poi nessuno dice più una parola.

Dodici

Voleva tornare a casa, staccare per qualche ora. Invece gli è venuta un'idea, di quelle idee fastidiose che non ti mollano. Così era tornato alla villetta. Aveva scoperto un buco nella sicurezza, è vero: se uno si chinava in un certo modo le telecamere prendevano solo un'ombra vaga. Una cosa che lo avrebbe mandato in bestia, in altre circostanze, ma che ora tornava utile: il misterioso autore del biglietto aveva scelto quel modo di comunicare. Scomodo, rischioso. Se volevano entrare in contatto con lui, e lui con loro, dovevano trovare un canale migliore. Ma per ora c'era quello e bisognava cercare lì.

Alla villetta, aveva guardato i monitor e capito il problema, ma non lo aveva corretto: trovando una telecamera orientata in modo diverso da prima il tipo non si sarebbe fatto vedere. Poi era uscito nel piccolo giardino a fare un sopralluogo più accurato.

Sempre vicino al cancello aveva trovato un altro biglietto, accartocciato, una pallina di carta. Era sicuro che l'altra volta non ci fosse, il tizio era tornato. Sul biglietto, un indirizzo web. Molte lettere e numeri punto com, niente che si potesse capire al volo.

Ora l'uomo è davanti a un grande computer da tavolo, in una stanza ibrida, che è un po' tinello e un po' base operativa, una mappa di Milano appesa al muro, ma anche un tavolo da pranzo e una vetrina con piatti e bicchieri. Digita l'indirizzo e compare una signorina in bikini piuttosto succinto. «Russa caldissima molto disponibile», dice una riga in grassetto. E poi: «Chiedimi quello che vuoi, contattami!», proprio sopra il pulsante della chat.

L'uomo schiaccia lì con il mouse e scrive nella schermata che compare: «Dobbiamo parlare». Passano pochi secondi e arriva la risposta.

«Perché ammazzare il ragazzo?».

L'uomo sospira, ma forse è sollievo. Il contatto è stato stabilito, ora si vedrà. Alla domanda non risponde, però. Si alza, apre un cassetto e prende un telefono, poi dallo stesso cassetto prende una manciata di schede telefoniche, le sfoglia come fanno i bambini con le figurine. Celo, celo, manca. Ne sceglie una e la infila nel telefono.

Poi torna al computer e scrive:

«Ci interessa la tua teoria sulla logistica. Questo è un numero sicuro», e digita il numero della scheda che ha appena scartato come una caramella.

La risposta compare subito:

«Tieni carico il telefono».

Bene, pensa l'uomo. Chiude la pagina web e anche gli occhi, per un istante.

Le cose si muovono.

Ora va nell'altra camera, si spoglia, si fa una doccia. Torna in quella specie di tinello-ufficio con un paio di jeans e una maglietta girocollo. Riapre il browser e digita di nuovo l'indirizzo della russa caldissima, ma lo schermo gli restituisce solo una scritta:

«Ops... non abbiamo trovato l'indirizzo che cercavi».

L'uomo sorride. Quello che si aspettava. Cominciano a conoscersi.

Tredici

Bianca Ballesi indossa una camicia azzurra di Carlo, e nient'altro. Sono seduti nella grande cucina hi-tech di casa Monterossi, lo spuntino di mezzanotte, anche se è l'una e un quarto. Carlo ha attaccato le sue alette di pollo piccanti, beve acqua e whisky, legge distrattamente dal display del telefono. Bianca si è affettata un avocado, ci ha messo dei cubetti di feta, pomodorini e senape, e ha aperto una birra.

Carlo manda un pensiero grato a Katrina, nemmeno Cracco ha un frigorifero così pieno e scintillante di cose perfettamente cucinate o pronte da assemblare. Se fosse lì l'abbraccerebbe. Ma per fortuna Katrina non è lì, correrebbe subito a prendere il rosario, la sua personale collana d'aglio contro i vampiri, il male, e le signorine senza mutande nella cucina di signor Carlo.

«Quindi ti coprono d'oro per far rigare un po' dritto Flora De Pisis? Beh, Carlo, sarai contento, è la tua rivincita, no?».

«No».

Non ha voglia di parlare di quello, ma sa che ora le cose si intrecceranno, che Bianca merita una situazione chiara, magari fluida, mobile, non troppo impegnativa, ma chiara. E infatti nelle sue domande c'è un non detto che Carlo capisce benissimo. In pratica Bianca sta chiedendo: «E noi?».

È una donna intelligente, ha quarant'anni, riesce a dimostrarne parecchi meno anche vestita così, e sa che già è difficile andare d'accordo con un uomo, è difficile anche starci bene a letto, è molto difficile essere alleati in ufficio. Le tre cose insieme sono probabili come Al Bano che canta nei Pearl Jam, quindi...

«Senti, Bianca, non so cosa porterà questa cosa di Flora e del mio... nuovo incarico di pompiere e normalizzatore, diciamo così. La mia impressione è che mi piacerà meno di prima. Io odio tutta quella roba e vengo chiamato a renderla... più civile, posso dire così? Io non credo che si possa portare Flora, e nemmeno la Grande Azienda della Tivù, nel territorio degli umani. Mi chiamano a mettere le finiture di pregio a una stalla a cui darei fuoco, capisci, vero?».

Sì, capisce, ma questo non la rassicura affatto.

«Ci lasciamo?».

«Come facciamo a lasciarci, Bianca, che non stiamo insieme?», ride lui mentre pesca un cubetto di avocado dal suo piatto. Poi si guardano.

«Dai, saremo alleati, non preoccuparti. Basta che non mi parli di Flora mentre scopiamo».

«Uh, ne ho sentite di perversioni, anche quelli che lo fanno avvolti nel domopak. Ma pensare a Flora è la perversione più perversa di tutte!».

Ora si raccontano la giornata, le ultime voci di corridoio, le dicerie aziendali e i pettegolezzi sussurrati davanti alla macchinetta del caffè, i segreti che sanno tutti insomma. Flora è nervosa, ha capito qualcosa, per il trentotto per cento di share della puntata con i filmini del pedofilo non è arrivato il solito mazzo di fiori dal nono piano, e questo la turba. Vede complotti ovunque.

«Fa bene», dice Carlo. «Il complotto sono io».

«Come farai?». Sa che lui sta già studiando la scaletta della prossima puntata di *Crazy Love*, che si è fatto dare un elenco dei casi umani su cui stanno lavorando.

«Non lo so, qualcosa ci inventeremo. Se le storie si possono pettinare si potranno anche spettinare, no? Devo pensarci».

Poi le aveva raccontato dell'ufficio nuovo di Oscar e della poliziotta dimissionanda Cirrielli, di nome Agatina, attualmente in ferie e in prova alla Sistemi Integrati di via Boscovich. Simpatica.

Cercano un marito scomparso, dice ora Carlo, e le racconta della bella Gloria Grechi che si presenta con cinquemila euro in contanti perché lo trovino, o trovino almeno una spiegazione.

Ora sono sui divani del salone, lui cerca un disco, lei i suoi vestiti sparpagliati qui e là.

«Uh, la poliziotta e la bella moglie abbandonata! Quante ragazze nuove! Che vita interessante, Monterossi!».

Così lui gira dietro il divano e la stringe un po', prendendola di spalle.

«È vero, Ballesi. Un sacco di donne. Ma visto che ora ci sei qui tu...».

Bianca Ballesi se n'è andata un'oretta dopo, con il sorriso con cui era arrivata, aveva portato grazia e un po' di gioia, e anche certi suoi trucchetti niente male, non solo timori, e di questo Carlo la ringrazia sempre, in cuor suo.

Però ora non pensa a Bianca Ballesi, questo deve ammetterlo. Pensa a Gloria Grechi, alla signora misteriosa che cerca un marito ancor più misterioso.

L'altro ieri l'incarico e le prime indagini di Oscar e Cirielli, strana coppia pure quella... E oggi Oscar gli comunica che la donna non si trova, non risponde al telefono, sono andati a cercarla a casa e non c'era, e questo da... almeno ventiquattr'ore. Niente male, per una che voleva essere tenuta al corrente «minuto per minuto». Quindi cercano uno che è scomparso per conto di una cliente che è scomparsa anche lei.

Poi pensa ai perché e ai percome del suo turbamento. Suo di Carlo, quello che ha addosso da un paio di giorni. Sì, una bella donna, consapevole del suo fascino, ma non più di questo, nessun fulmine da telefilm, nessun fai-di-me-quello-che-vuoi. E in più, una che cerca il marito, mica un amore nuovo, e quindi?

No, non era lì il motivo del turbamento. È che la signora aveva qualcosa di strano. Sembrava lucida e razionale, ma anche distante e distaccata. Si era seduta lì a dire del marito come uno va a fare la denuncia per il furto della macchina. Sì, una seccatura, ma... E al tempo stesso sembrava aver studiato e previsto le domande più ovvie che le avrebbero fatto. Insomma, era in qualche modo preparata, come a svolgere un compito, e non a chiedere aiuto a degli specialisti con l'angoscia nel cuore.

E poi... lui ricercatore o qualcosa di precario, lei una specie di impiegata. Non è l'identikit di persone che mettono cinquemila euro in contanti su un tavolino come se fosse la tazzina vuota del caffè appena bevuto.

Carlo ha cercato per un giorno intero in qualche donna di Dylan il turbamento che gli ha dato Gloria Grechi, distrattamente, ripassando con la testa canzoni e canzoni, e non l'ha trovato se non in un sottofondo lontano. Qualcosa di vago, che non rende per niente l'idea della moglie che cerca un marito, ma di una che cerca guai. Niente da fare, questa volta il «chiedi a Bob» che Carlo si dice tra sé e sé in questi frangenti non ha portato da nessuna parte. E però continua a canticchiare:

I can still see the day that you came to me on the painted desert
*In your busted down Ford and your platform heels.**

Che scemenza, una cosa da frontiera, da vite estreme, da «scappiamo in Messico, baby». Figurarsi, lei che

* Bob Dylan, *Brownsville girl*: «Mi ricordo ancora il giorno in cui sei venuta da me sul deserto dipinto / Con la tua Ford scassata ed i tuoi tacchi con la zeppa».

cerca il marito e lui che deve andare in ufficio a domare la regina del trash televisivo. Senza contare che Gloria Grechi non ha quei tacchi da honky tonky woman, né, per quanto ne sa lui, una Ford scassata. Non c'è nemmeno il deserto, per cominciare... Ora il mistero non è più la donna, ma perché pensando a lei gli viene in mente la ragazza di Brownsville. Una poco raccomandabile, una con cui scivolare verso il disastro.

Però, si dice, sono anche le tre passate, è ora di dormire. Quindi si arma di tutta la buona volontà che riesce ad aspirare dalle pieghe del divano e si alza, spegne lo stereo e le luci, barcolla verso la camera da letto e vede che sul telefono c'è un messaggio.

Oscar.

Il messaggio è di due ore prima, quando lui e la Ballesi giocavano al dottore.

«L'abbiamo trovata, ma dovresti andarla a prendere, che non sparisca di nuovo, non perderla d'occhio finché non la porti in ufficio. Ti aspetta alle nove. Poi ti spiego». Intende Gloria, la moglie abbandonata.

Poi c'è il nome di un albergo, bello, vicino a Brera.

Alle nove? Ha letto bene? Le nove del mattino non è l'orario dei pescatori di trote? Di chi torna a casa dopo una notte di baldoria? Le nove vuol dire tra sei ore, pure meno. È matto, Oscar?

No, si dice Carlo, sono matto io che gli do retta. Ma non ci vado all'Hotel Cavour alle nove. Figurati, ma manco per il cazzo, come dicono alla Camera dei Lord.

Sì, certo, alle nove... alle nove dormirò come un cherubino... Che poi questa Gloria non ha i riccioli, anzi, ha i capelli lisci, eppure...

Brownsville girl with your Brownsville curls
*Teeth like pearls shining like the moon above.**

Così Carlo Monterossi mette la sveglia alle otto e un quarto e si arrende alla notte, anche se è quasi mattina.

* Bob Dylan, *Brownsville girl*: «Ragazza di Brownsville con i tuoi riccioli di Brownsville / I tuoi denti sono perle splendenti come la luna».

Quattordici

Quando il sovrintendente Ghezzi torna a casa con il campionario completo degli straordinari che un essere umano può collezionare sul lavoro, è quasi mezzanotte. Desidera solo una doccia tiepida e il suo letto, magari un quarto d'ora di divano, se la Rosa è ancora sveglia e ha qualcosa da dirgli.

Invece la trova affannata che va dalla cucina al salotto, in quella casa è una distanza che si copre in due secondi netti, senza correre.

«Ti faccio una camomilla, va bene?».

«Eh? Una camomilla? Sei matta, Rosa?».

«Ma non dico mica a te!», ribatte lei senza nemmeno salutarlo.

Sul divano in salotto c'è una ragazzina che fruga in uno zaino pieno come quello degli alpini.

«Quello che non devo portare domani posso appoggiarlo qui, signora Rosa?».

«Ma certo, tesoro».

Ghezzi è un tipo intuitivo e non ci mette molto a capire che la ragazzina è la nipote della maestra Morganti. Però non vuole fare quello che capita lì per caso, a casa sua, poi.

«Posso essere presentato alla signorina? E sapere cosa succede?».

La Rosa arriva con una tazza di liquido giallino.

«Lei è Margherita, la nipote della maestra Morganti. La nonna domani deve fare degli esami, così passa la notte in clinica e Margherita dorme qui. Abbiamo approfittato per fare quattro chiacchiere».

La ragazzina la fulmina con lo sguardo, si vede lontano un chilometro che erano tutte cose «dette tra noi» e «non lo saprà nessuno» e «stai tranquilla, fidati», e ora quella le spiattella al marito in un minuto e mezzo.

Rosa capisce che ha sbagliato, Ghezzi che deve metterci una pezza. La ragazzina si infila le cuffiette nelle orecchie e scrive qualcosa sul telefono.

Ma è mezzanotte, cazzo! Lui sta in giro dalle nove di mattina e per ciliegina sulla torta della giornata ha avuto anche la visita a casa dei Gelsi, sa che rivedrà gli occhi della signora, che lo terranno sveglio, che sentirà la prima curva del primo tram in via Farini alle cinque e trentacinque.

E ora questa cosa qui.

Ghezzi si siede sulla sua poltrona, un catafalco marrone che usa solo lui. Non dice niente, la ragazzina ostenta indifferenza, la Rosa sta sulla soglia del salotto con uno strofinaccio in mano.

Ghezzi guarda Margherita. I ragazzi di quell'età che vede lui sono pronti per la galera, sgamati e cinici come delinquenti, cosa che d'altronde sono già, oppure vanno a fare il master al carcere minorile. Lì li perfezionano per bene.

Pensa a come dev'essere avere quattordici anni oggi, nel gorgo dell'aria che tira, del nuovo corso, come dice Gregori. Ma poi è sempre la solita solfa: i deboli le prendono e i forti le danno, è la storia del mondo. Fare qualcosa per tutti i deboli è difficile, certo, ma per un debole solo... E poi si sta facendo un'idea: la ragazzina che vive dalla nonna perché i genitori si fanno un culo quadro al lavoro, la madre addirittura a Roma cinque giorni la settimana. Il padre via anche lui. Cantieri. E poi quello là che scorrazza in moto, che fa il bullo col culo al caldo, ma che dico, al caldissimo.

La Rosa, ormai in bilico su quel sottilissimo crinale che c'è fra indignazione e odio, ha cercato in rete notizie su questo Donatelli, il padre, non il figlio, lo stimatissimo professor Daniele. Uno che scrive pensosi articoloni sui giornali, che va in tivù ogni tanto a pontificare, a dettare la sua ricetta per il paese, il mondo, la galassia. «Studioso delle dinamiche sociali», ha trovato sul sito dell'Università. E anche un suo piccolo saggio che circola gratis: *Per una sinistra del merito*, dove dice che quelli meno dotati non possono ostacolare o rallentare quelli bravi, perché così quelli bravi diventano classe dirigente colta e preparata e aiutano quelli rimasti indietro governando bene.

Certo. Come no.

E poi c'è l'invidia. Sì, quello che pensa il sovrintendente di polizia Tarcisio Ghezzi è anche questo. Che invidia, cazzo. Quattordici anni, tutto il mondo davanti, tutte le scelte ancora da fare, un quaderno nuovo che profuma di cartoleria, mentre lui è un vecchio taccuino pasticciato, dove tutto gli sembra già scritto. Senza contare la Rosa, che si coccola la ragazza fingendo indifferenza, ma la cura con la coda dell'occhio manco fosse nel programma testimoni.

Così si dice: «Dai, Ghezzi».

Si alza, prende dal tavolino la tazza con la camomilla, la porta in cucina e la vuota nel lavandino. Si ripresenta in salotto con due bicchierini piccoli e una bottiglia di cognac, si siede, versa un po' di liquore per sé e un mezzo dito, quasi solo un'ombra, per Margherita, e le fa il gesto di levarsi le cuffie. Quando lei lo guarda stupita lui dice:

«Su, Margherita, brindiamo».

Lei fa un risolino:

«Mica posso bere quella roba!».

«Perché no? Guarda!», dice Ghezzi, e butta giù il suo cognac in un colpo solo.

La ragazza ride. Prende il bicchierino, lo annusa, ci infila la lingua per sentire il sapore.

«È buono».

«Macché, è una roba da pochi soldi, quello buono non ce lo possiamo permettere. Dai!».

La ragazza accetta la sfida e fa come lui, anche se il cognac che ha lei è poco più di una goccia. Ghezzi la guarda, la Rosa guarda il Ghezzi e pensa che loro figli non ne hanno e che mille e mille volte ha ringraziato il cielo che fosse così, con le storie che si sentono in giro, con le faccende brutte di cui si occupa il suo Tarcisio. Ma ora pensa che momenti come questi, chissà, magari ti risarciscono delle paure...

«Bene, ora che siamo ubriachi possiamo parlare», dice il Ghezzi.

Lei, zitta.

«È inutile che facciamo finta di niente, Margherita, questo problema va affrontato e risolto. Tu non devi avere nessuna vergogna, tu sei la vittima e non hai fatto niente di male...».

«Ha le mie foto, dice che le spamma in giro, le vedrà tutta la scuola».

«Non me ne frega niente di quello che c'è nelle foto, Margherita. Anche se ci sei tu che affoghi un gattino devi metterti in testa che è una cosa che non c'entra».

«Lo sa cosa vuol dire, in prima? Vuol dire che per cinque anni sei la troia del liceo».

«Lo so, o almeno me l'immagino. Quindi adesso invece di piangere e disperarsi bisogna risolvere la cosa, lo sai che io sono un poliziotto, vero?».

«Sì».

«E lo sai che la polizia non può fare molto se tu non fai la denuncia, vero?».

«Che palle! Da un mese tutti con 'sta denuncia. La troietta del liceo che denuncia il figlio del professor Donatelli! Che ridere!».

«Infatti, hai ragione. Io ti sconsiglio di fare la denuncia».

Ora dovreste vederla, la faccia della Rosa, un misto di

sorpresa e preoccupazione: è davvero ubriaco? Per una goccia di cognac? Ha bevuto fuori ed era già brillo quando è rientrato? Il Ghezzi che sconsiglia un cittadino di denunciare un reato non è lui, non può essere lui.

«Senti cosa facciamo, Margherita. Io mi occupo della cosa. Ti garantisco che tempo una settimana non ci sono più tue foto in giro e... Sai chi era Pertini?».

«Sì, un presidente della Repubblica».

«Sì, uno che diceva "a brigante brigante e mezzo", lo capisci cosa vuol dire?».

«Non sono mica scema, vuol dire che con uno stronzo ci vuole uno più stronzo... va bene, Pertini lo ha detto meglio».

«Allora adesso facciamo un patto. Io risolvo il problema, mi devi dare qualche giorno, però. La tua parte è quella della copertura. Vai a scuola, studia, ridi, stai contenta. Se negli ultimi tempi ti hanno visto depressa, meglio, penseranno che è successo o che sta succedendo qualcosa... chi sa della faccenda?».

«Nessuno... la mia amica Stefi».

«Bene, devi resistere alla tentazione, non dire niente nemmeno alla Stefi. Poi quando la cosa è risolta le racconti tutto, ma adesso no, d'accordo?».

«Cioè, la nostra strategia è che io faccio finta di essere felice?».

«No, Margherita, la nostra strategia è che tu sei felice, perché tra qualche giorno ti prendi una rivincita coi fiocchi, che ne dici?».

«Sicuro che funziona?».

«Sicuro. A che ora inizia la scuola?».

«Otto e un quarto».

«Il Donatelli ci va sempre in moto?».

«Se non piove sì».

«Ne vuoi ancora?», dice Ghezzi indicando la bottiglia. Si vede che scherza.

La ragazza ride.

«Dai, adesso a dormire, che è tardi».

Parole che mettono in moto la Rosa, e dopo tre minuti il divano del salotto sembra il letto di una principessa, lenzuola e federe bianchissime, il tavolino diventa un comodino con un bicchier d'acqua, Margherita ci appoggia un libro e dice:

«Vado in bagno».

«Cosa ti succede, Tarcisio? Ti sei drogato?».

«Cosa c'è, Rosa, dimmi». Lo ha detto con l'ultimo sospiro della stanchezza del mondo.

«Tu che dici di non fare la denuncia, insomma...».

«Dai, Rosa, la ragazzina ha ragione. Lei e la sua denuncia contro il grande professore che ci spiega il futuro... va risolta in un altro modo».

«Mi preoccupi, Tarcisio».

«E perché? L'aria nuova, il nuovo corso. Questi tempi nuovi di cui parlano tutti, Rosa. Mi adeguo, cosa devo fare?».

«Va bene, non mi preoccupi più, adesso mi fai paura».

«Macché! Stai buona, Rosa... Piuttosto, che ci fa quella in bagno da due ore? Deve andare a dormire, mica al ballo delle debuttanti!».

«È una ragazzina, Tarcisio! Non capisci proprio niente, eh!».

Non capisce, no. O capisce. O non lo sa nemmeno lui.

Quando finalmente esce gocciolante dalla doccia sono le due meno dieci, la luce in salotto è spenta, la Rosa dorme, e lui si mette a letto senza svegliarla, una cosa che ha imparato negli anni.

Migliaia e migliaia di ore di volo da marito.

Quindici

«Non può mica lasciarla qui, la macchina».
«Perché?».
«Perché è un posto riservato all'albergo».
«Guardi che sto entrando all'albergo».
«Allora veloce, eh!».

Carlo si ferma un attimo a guardarlo. È un ausiliario della sosta ansioso di esercitare quella briciola di potere che gli hanno dato. Farà venti chilometri al giorno, a piedi, guardando strisce gialle e blu e specchiandosi nei parabrezza, la gente lo odia, dovrebbe prevalere la pietà. Però Carlo ha dormito poco, male, si sta chiedendo cosa ci fa lui lì, a quell'ora che precede l'aurora, e la pietà non è nei programmi della giornata.

«Lei è una specie di pubblico ufficiale, vero?».
«Certo».
«Quindi se la insulto passo i guai, giusto?».
«Ci può scommettere».
«Va bene, allora non le dirò che non è un coglione. Ora mi scusi, ho da fare».

Quello rimane lì, perduto, congelato nell'universo delle doppie negazioni, e Carlo è già nell'atrio fresco dell'Hotel Cavour, quattro stelle e qualcosa, dicono ottimo albergo, un bar rinomato all'ultimo piano, dove lui però non è mai stato.

Gloria Grechi è al bancone della reception e sta pagando la stanza, Carlo la vede contare: nove biglietti da cinquanta euro. Poi prende il resto, la fattura e si gira. È un po' diversa. Ha i capelli neri, più corti dell'ultima volta che l'ha vista, occhiali da sole grandi, una giacca su un braccio, la borsa nell'altra mano, un paio di tizi in coda si voltano per farle i raggi X, poi guardano Carlo con un filo d'invidia, perché è chiaro che va via con lui, la signora. Lei lo raggiunge in due passi veloci.

«Andiamo», dice.

«Non mi offre il caffè? Sa che non mi alzavo a quest'ora dai tempi delle elementari?».

«No, andiamo via di qui».

Quando sono in macchina Carlo si agita:

«Che succede, c'è un commando del Mossad?».

Lei si toglie gli occhiali e lo squadra per bene: «Lei è sempre così scemo?».

«Non sempre, il giovedì ho il giorno libero».

«Va bene, mi fa pena, quando vede un bar comodo si fermi che beviamo il caffè, magari le migliora le battute». Però ride, o almeno è meno tesa di prima.

Siccome sono le nove e dieci del mattino, a Milano nei bar bisogna farsi largo col machete, oppure gridare al fuoco!, in modo che escano tutti. Ma Carlo nota che quando lei si avvicina al bancone i clienti si aprono come il Mar Rosso quando appare Mosè, e allora si infila nel varco. Un minuto dopo sono di nuovo in macchina.

«Dove mi porta?».

«Dai suoi investigatori privati, credo».

«Ah, sì, certo».

«Perché è sparita? Oscar mi ha detto che l'ha cercata ovunque, che lei non risponde al telefono e che non era a casa... eppure eravate d'accordo di sentirvi...».

«Beh, mi ha trovata, a quanto pare...».

«Dovrebbero cercare suo marito, non lei».

«È un interrogatorio?».

«Oh, no, quello glielo faranno Falcone e la Cirrielli, sono piuttosto incazzati, sa».

«Sì, immagino».

In effetti quando arrivano nell'ufficio di via Boscovich trovano un'aria gelida e modi bruschi. Falcone e la Cirrielli sono sui divani del salottino con in mano delle carte, confrontano appunti, cosa ha scoperto uno e cosa ha scoperto l'altra. Quando Carlo e Gloria Grechi entrano non alzano nemmeno gli occhi.

«Si sieda», dice Oscar. Poi stanno tutti in silenzio per un po', finché la Cirrielli posa il suo notes sul tavolino e Oscar fa lo stesso.

«Cominciamo da lei o da suo marito, signora?».

«In che senso?».

Oscar però vuole entrare nella storia da un'altra porta: «Aveva detto di voler essere aggiornata minuto per minuto, perché si è nascosta?».

«Ho paura».

«Di cosa?».
«È una storia lunga».
«C'entra con suo marito scomparso?».
Lei accende una piccola lampadina di speranza negli occhi scuri:
«L'avete trovato?».
Carlo stava per andarsene. Finito il lavoro da tassista il suo ruolo è esaurito, no? Però Gloria Grechi è un piacere per gli occhi, senza contare che ora è curioso. Lei ha sempre quel sorriso un po' remissivo, ma la paura sembra vera. Un bel cambio rispetto all'altro giorno, ora qualche emozione si vede. Pensa che è una che va salvata, portata via, protetta da tutto.

«How far are y'all going?» Ruby asked us with a sigh.
«We're going all the way 'til the wheels fall off and burn,
'Til the sun peels the paint and the seat covers fade and the water moccasin dies».
*Ruby just smiled and said, «Ah, you know some babies never learn».**

Allora si siede anche lui e guarda lo spettacolo.

La Cirrielli torna all'attacco.
«Allora, signora Grechi, giochiamo pulito, se ci riesce. Noi le diciamo cosa ci ha fatto incazzare e lei ci

* Bob Dylan, *Brownsville girl*: «"Quanto lontano volete andare?", ci chiese Ruby in un sospiro. / "Continueremo ad andare finché le ruote non andranno a fuoco / Finché il sole non scorticherà la vernice e i sedili scoloriranno, e la vipera di fiume morirà". / Ruby sorrise e disse: "Ah, si sa che certi bambini non imparano mai"».

dà una spiegazione credibile. Se non ce la dà, il nostro lavoro finisce qui, e il marito se lo trova da sola. Le rendiamo due dei suoi cinquemila, perché abbiamo lavorato tre giorni».

Ma la Cirrielli si sbaglia se pensa che questa dei soldi sia una buona carta. Infatti lei fa un gesto con la mano che dice: ma chissenefrega.

Ora Oscar:

«Cominciamo da lei. Tutto vero, quello che ci ha detto, ma solo fino a sei mesi fa. Era... settembre? Più o meno. Lei lascia il lavoro, taglia tutti i suoi contatti... tutti forse no, insomma, ma diciamo che... si ritira a vita privata, ecco. Là, allo studio medico, dicono che se n'è andata senza una spiegazione, è passata solo a ritirare la liquidazione e poi ciao ciao. Qualche collega ci è rimasta male, sa?».

«Mi hanno chiesto se volevo rifarmi le tette», dice la Cirrielli, «e io l'ho presa come un'offesa personale. Metteremo nel conto anche questo».

Oscar va avanti:

«Suo marito uguale. Ma lui peggio: senza nemmeno avvertire. All'Università ci metteranno un altro precario, dicono che le studentesse siano un po' seccate, perché, insomma, il ricercatore di sociologia era carino. Un signore di una casa editrice dice che lui aspettava delle bozze urgenti, o la revisione di un testo, non so... e che ha provato a mettersi in contatto con suo marito tutti i giorni per settimane, credo che alla fine gli abbia fatto qualche rito voodoo, non ho mai visto nessuno più incazzato... Però c'è da capirlo, ha dovuto rimandare la pubblicazione e ci ha perso dei soldi. Mi fermo qui, ma insomma, le cose sono semplici. A metà settembre dell'anno scorso, lei e suo marito avete mollato tutto, di colpo, come per andare a vivere nel Borneo, e invece avete affittato una casa a Milano, dove stavate anche prima... una casa da venticinquemila euro all'anno. Avete comprato due macchine, lui la Nissan e lei una Polo...».

Carlo fa la faccia di chi commenta il cattivo gusto della gente.

«... Poi, dieci giorni fa, dopo essere sparito al mondo, suo marito, se è vero quello che ci dice, scompare anche per lei, e lei si presenta qui con cinquemila euro in contanti dicendo che ne arriveranno altri, non c'è problema... Cos'è, avete vinto al Totocalcio?».

Ora la guardano tutti, aspettando che lei dica qualcosa, quindi c'è un silenzio denso, oleoso, che impiastriccia l'aria.

Gloria Grechi si tormenta le dita delle mani, gioca con le unghie, si vede che è nervosa. Oscar deve dare una spinta.

«Perché è venuta qui se non si fida? Le ricordo che abbiamo un segreto professionale, ma a noi deve dire tutto, come a un avvocato, come al dottore...».

Lei continua a contarsi le dita, poi parla.

«Sì, forse non è più il caso di fingere... e forse meglio così... diventa un peso...».

La Cirrielli interviene, è meno secca, ora, capisce che quella può irrigidirsi da un momento all'altro, e allora fa la voce amica che incoraggia:

«Così ci dice anche perché ha paura, e magari possiamo aiutarla».

«È vero, abbiamo cambiato vita, mollato tutto. Non ci piaceva, ecco... di più, ci meritavamo di meglio, siamo convinti che ci spetti qualcosa di più. Per la casa abbiamo versato i tre mesi di cauzione e il primo di affitto, le macchine le abbiamo prese a rate, ci servivano per il lavoro».

«Che lavoro?».

«La rapina».

Sedici

Il capo è sempre lavato e stirato come se si fosse svegliato da mezz'ora, rasato e lucidato come uno sposo all'altare il giorno della tragedia. Anche se sono le due di notte. Gli versa un whisky e si riaccomoda nella sua poltrona girevole da supermanager. È una posa, l'uomo lo sa benissimo. Il capo non distinguerebbe il bilancio di una società dalle quote di un bookmaker.

«Ora abbiamo un contatto. Cioè, ce l'ha lui, ma è un passo avanti, può farsi sentire quando vuole, e credo che lo farà presto».

«Cosa vuole, secondo te?».

«Quello che vogliono tutti, capo. Soldi».

«Cioè sarebbe un ricatto?».

«Vista da un certo lato sì. È evidente che sa cose che non dovrebbe sapere e che grazie a Dio non sa nessun altro. Sono cose che hanno un prezzo, ma io credo che ci sia di più».

Il capo beve il suo whisky a piccoli sorsi. Ci ha messo il ghiaccio e lo fa tintinnare nel bicchiere invece di chiedere con la voce. I danni dei film americani sull'immaginario dei delinquenti italiani sono incalcolabili.

L'uomo continua:

«Non sembra ostile. Ha fatto una domanda sul ragazzo. Sembrerebbe più... un colloquio di lavoro, un test. Lui dice che ci sono cose che non vanno nel nostro sistema, la faccenda del ragazzo gli darebbe ragione, ma chissà... Però noi abbiamo altre urgenze».

«Sentiamo».

«Come hanno fatto col ragazzo? Lo seguivano? Se lo seguivano dall'inizio del viaggio, allora base uno è bruciata: qualcuno sa che esiste, almeno quelli che hanno fatto il colpo, e forse anche l'uomo misterioso».

«Sai come la penso».

«Sì».

«Se noi sgomberiamo base uno dobbiamo avvertire un sacco di gente, agitiamo le acque, a parte la polizia che potrebbe annusare qualcosa, ma soprattutto è come dire ai clienti: attenzione, qualcosa non va, dargli nuove coordinate, nuove regole...».

«Non necessariamente. Non è questione di ore, bastano un paio di settimane, facciamo le cose con calma, spieghiamo bene che è una normale procedura già prevista. Affidabilità e pianificazione. I clienti saranno ammirati di come stiamo attenti alla sicurezza».

Il capo gradisce l'idea perché già si vede a cena con i pezzi grossi a fare il manager efficiente, a esporre quell'immagine di fredda competenza che gli piace tanto. Ma l'uomo continua:

«E poi c'è il problema di base quattro».

È la villetta dove ha trovato i messaggi, quindi il loro uomo misterioso la conosce, è una base segreta che non è più tanto segreta. Un'altra rogna grossa, ma il capo mantiene il suo aplomb.

«Non possiamo chiudere due basi contemporaneamente, salterebbe tutto».

«Sì, ci ho pensato... ho pensato anche che non è un gran danno se il nostro uomo misterioso conosce base quattro. Se voleva dirlo alla polizia l'aveva già fatto, ma non mi sembra il caso. Risolviamo base uno e ci pensiamo tra un mesetto... Però c'è un'altra cosa più importante».

Ora l'aplomb sta venendo giù come il trucco di certe signorine che piangono.

«Che palle!».

«La barca non deve partire, capo».

«Che cazzo dici?».

«Che non deve partire, capo. Mi ascolti, per favore. Un'emergenza qui la possiamo controllare, al porto meno, fuori dal porto per niente. Qui, come è successo col ragazzo, possiamo perdere un po' di briciole, con la barca perdiamo tutta la pagnotta. Io dico che la barca non deve più partire finché qui non è tutto chiaro, finché non abbiamo sostituito le basi bruciate e finché tutto non è sotto controllo come prima».

«Ci vorranno settimane, magari un mese e più».

«Sì, ma è meglio giocare in casa e perdere una puntata che giocare fuori casa e perdere tutto». Poi capisce che il capo gradisce un altro linguaggio e ripete il concetto: «Meglio perdere un vettore ogni tanto che il terminale una volta per tutte».

«Non deve capitare nemmeno una volta ogni tanto, cazzo!».

«Sì, capo, ma intanto è capitato, e quindi finché siamo sicuri che non ricapita mi fermerei un attimo».

«I clienti si incazzeranno».

«No. I clienti capiranno. Quando va a dirgli che sta... ristrutturando le procedure di sicurezza, gli dirà anche del piccolo ritardo. Da più di due anni il meccanismo gira alla perfezione, cambiamo un po' di regole prima che si inceppi... lei gli dica che l'abitudine può allentare l'attenzione e che bisogna cambiare come si cambiano le password ogni tanto, che ci vorrà un mese, vedrà che sono contenti».

Il capo riflette, ma poi:

«Se noi molliamo base uno e siamo più prudenti con base quattro, le altre due basi, la due e la tre, tempo due o tre settimane saranno piene come un uovo... per evitare un rischio ci prendiamo un altro rischio...».

«È vero, capo, ma intanto che molliamo base uno e forse pure base quattro, ricostruiamo la rete con altri posti che troviamo... tra un mese è tutto ripristinato e possiamo ricominciare con le procedure di prima e basi nuove, più sicure».

«'Sta cosa della barca non mi piace».

L'uomo soffoca un moto di insofferenza.

«Capo, qualcuno sa. Non sappiamo quanto sa o fino a che anello della catena può arrivare, e non sappiamo nemmeno chi è, anche se siamo in contatto con lui... o meglio, lui è in contatto con noi... Non credo che il rischio venga da lì, ma sono disposto a scommetterci un trasporto piccolo qui, non il trasporto grosso con la barca».

Ora l'uomo si è alzato e cammina per la stanza. Lo fa anche per mascherare l'irritazione. La faccenda è chiara, perché tutti questi dubbi? C'è del lavoro da fare, avvertire, cercare posti adatti, spostare uomini... e loro stanno lì a fare il consiglio di amministrazione.

«La barca non parte», dice l'uomo elegante alla scrivania. «Però saltiamo un viaggio solo, non più di uno. Oltre il mese sarebbe un problema vendere ai clienti la barzelletta dell'efficienza, e avremmo problemi di stoccaggio».

«Un mese basta, capo, ma bisogna muoversi».

«E allora muoviti».

Diciassette

Gloria Grechi sente come un'onda che le passa sopra, una cosa che toglie il fiato ma che lava, pulisce. Ora si appresta a raccontare tutto.

Prima, Oscar l'ha fermata per una piccola pausa. Carlo ha chiamato il bar e un ragazzino ha portato da bere, qualche tramezzino, paste. Il caffè ce l'hanno, il frigo è pieno di bottiglie d'acqua, si risiedono dov'erano prima, lei sulla poltrona, gli altri attorno, sui piccoli divani.

«Facciamo con calma e dall'inizio, senza fretta. È possibile che gliela chiederemo due o tre volte, questa storia, per catturare i dettagli che le sfuggono... alla prima stesura, diciamo così... ma ora da capo e per bene». La Cirrielli detta le regole.

«Sarà lunga».

«Abbiamo tempo», dice Oscar, ancora gelido. «Ci pagano mille euro al giorno».

«Prima il contesto», dice Gloria Grechi, e loro si guardano, perché questo fa pensare che voglia davvero mettere in fila per bene le cose, forse più per se stessa che per loro. Comunque ascoltano.

«Io e Alberto stiamo insieme da dieci anni, più o meno, lui era laureato da un pezzo e io stavo ancora studiando. Amore vero, due cuori e una capanna, credetemi, la capanna era davvero una capanna, un bilocale alla Barona, il bagno cieco e il quarto piano senza ascensore». Ride. «Non prendetemi per matta, se comincio da lì... ci piaceva questa cosa delle formichine che si costruiscono una vita. Lui sociologo, io quasi dottore, insomma, il bilocale sarebbe diventato un trilocale, poi magari una bella casa. E la vita sarebbe stata migliore...».

«Ma?». Di norma Carlo non parla, in questi casi, ma non ha saputo trattenersi. Il «ma» si stagliava nell'arietta fina fina di quell'amore nascente come una montagna all'orizzonte, come un camion che salta la corsia.

«Ma non bastava. Conoscete questa città, vero? Beh, a me piace, mi piace quello che si vede, e ancora di più quello che non si vede. Milano galleggia su un mare sotterraneo di soldi, correnti, onde, flussi di soldi, milioni ogni giorno. Tutti i traffici sono qui, gli affari migliori, e chi non fa affari qui pensa che qui sia più facile farli, o pulire i guadagni... c'è tutto, c'è la prostituzione, poi c'è il gioco d'azzardo, le scommesse, la droga, ogni tipo di racket, la finanza, la politica, la corruzione... soldi, montagne di soldi».

Non lo dice con avidità o bramosia. È una constatazione, come se fosse naturale che in una certa parte del bosco si trovano i mirtilli.

«Non ci bastava... no, è diverso... non solo non ci bastava, ma siamo convinti di valere più di duemila euro al mese per dire alle ricche signore di Milano... ma no, cara, basta una piccola tiratina qui... qualcosa di meglio di una cattedra del cazzo che non arriva mai, delle umiliazioni, del bacio della pantofola a questo o quel barone perché forse può mettere una buona parola».

«Lo sapevate di abitare in Italia, però!».

«Lo sapevamo fin troppo bene... Insomma, non c'era niente di detto, niente di esplicito, ma questa... come posso dire... inquietudine che ci legava, la voglia di fare qualcosa che riequilibrasse un po' le cose... Mi sono accorta dopo che questa idea finiva per legarci più dell'affetto, un cemento potentissimo, non solo amanti, fidanzati, sposi... no. Complici, ecco. Era un gioco tra noi, nient'altro, e intanto c'era stata la faccenda del carcere... durò parecchio, tre o quattro anni».

«Il carcere? Quale carcere?».

Ma sì, il carcere di Bollate.

Alberto, il marito, era stato invitato a tenere una lezione, una chiacchierata coi detenuti, poi si era offerto volontario, aiutava quelli che avevano combattuto a tal punto con la burocrazia carceraria e l'ottusità della repressione da riuscire a studiare. Ce n'erano di bravi, diceva lui, cervelli svegli, brava gente che aveva fatto una cazzata, anzi due, perché la seconda cazzata era stata farsi beccare. Oppure lavorava coi gruppi di lettura. Insomma, un paio di volte al mese andava in carcere, ci stava un pomeriggio, in biblioteca, con i suoi detenuti.

«Li chiamava così: i miei prigionieri».

La donna racconta queste cose come se ci riflettesse lei stessa. Ogni volta che nomina il marito la sua voce ha una nota che accarezza, come una specie di rispetto estremo, di ammirazione. Sì, pensa Carlo, qui c'è un legame fortissimo. Un legame di gente che fa una battaglia insieme, che ha deciso di attraversare un campo minato, e lo fa tenendosi per mano, salti tu, salto anch'io, c'è qualcosa che va oltre la coppia, o l'affetto, o il legame. Carlo ne è ammirato fino allo spavento e... ancora quella canzone...

Strange how people who suffer together have stronger connections
*Than people who are most content.**

«Perché lo faceva?», chiede la Cirrielli.

«Non so, all'inizio... per lui era... credo che lo facesse davvero per solidarietà, ma certo c'entrava qualcosa la sua materia, i suoi studi. È un ricercatore di sociologia, bravo, dicono. Venti, trenta detenuti... era un campione perfetto per una ricerca. Per loro era una boccata d'aria, qualche ora di libertà, almeno di testa. Alberto è un tipo diretto, empatico, probabilmente era una specie di maestro, per loro... e guardi che sto parlando di gente che ha ammazzato qualcuno, o sfruttato povere ragazze, o venduto droga... Alberto diceva che molti di loro, fuori, sarebbero stati solenni figli di

* Bob Dylan, *Brownsville girl*: «È strano, ma la gente che soffre insieme ha legami più forti / di quelli che sono sempre soddisfatti».

puttana, e dentro invece erano cittadini rinchiusi che cercavano un qualche senso in ciò che gli era capitato».

«Tutto molto teorico, fino ad ora», dice Oscar.

«Sì, ha ragione. Un giorno Alberto viene chiamato dal carcere, gli chiedevano se poteva fare una visita, una cosa stranissima, perché di solito ci andava in orari fissati con grande anticipo, burocrazia, permessi, era una cosa complicata anche se ormai le guardie, almeno quelle di giorno, lo conoscevano...».

Insomma ci era andato, e aveva scoperto con grande tristezza il motivo della chiamata: uno dei «suoi» carcerati, dei «suoi» prigionieri, voleva parlargli con urgenza e aveva fatto quella richiesta fuori da tutte le regole. Ma aveva un buon motivo: una leucemia fulminante per cui il giorno dopo lo avrebbero portato in un ospedale, a Bologna, o Reggio Emilia, o da quelle parti, sola andata e per sempre. Voleva vedere un'ultima volta il suo maestro. No, Alberto non gli insegnava niente. Parlavano. Giocavano a scacchi. Si chiamava Carolo Ferdi, la direzione del carcere aveva concesso il permesso.

Ora la donna racconta come se parlasse di una storia che ha letto e che le è piaciuta. Vede le cose con distacco, una narratrice perfetta, o forse si è fatta uno schemino mentale per essere chiara e precisa. Carlo non le toglie gli occhi di dosso perché vede che la sua faccia segue le sue parole. Emana convinzione e sincerità. C'è un'intensità in quel rapporto tra lei e il marito che traspare anche dalle virgole... Una cosa sola, un solo destino, noi contro il mondo, qualunque cosa accada... sì, sì, va bene, lo sappiamo che poi non succede mai, si dice Carlo, che i «per sempre» non esistono, ma è bello sentire che a qualcuno capita davvero. Gli occhi di Gloria Grechi dicono che a lei è capitato.

«Alberto mi raccontava di quelle visite... magari uno vede una coppia al ristorante e pensa: chissà che cose deliziose si stanno dicendo quei due. Lui mi parlava dei suoi prigionieri, invece». Ride.

Si era fatto una specie di teoria basata sulla casistica a disposizione, i suoi schemi, le sue tabelle. E aveva scoperto che chi sta dentro è perché ha sbagliato i conti, perché non è stato attento, perché non aveva un piano, oppure aveva un piano con dei deficienti che si sono fatti prendere. Ma gli errori erano quasi sempre grossolani, poca pianificazione, poco calcolo delle probabilità, un disastro. Teorizzava la struttura perfetta di una ipotetica banda...

«Vi ripeto, era come uno scherzo tra noi, un gioco intellettuale... la banda perfetta siamo noi, diceva, due complici che non si tradiranno mai».

Questo l'ha detto con una fiammata degli occhi scurissimi, come se sfidasse qualcuno a smentirla. Nessuno la smentisce.

«E questo... Carolo, ha detto?».

«Sì, Carolo... strano nome, vero? Carolo Ferdi si faceva dieci anni per tentato omicidio. Mai un atto violento in vita sua, mai un reato di sangue, mai avuta una pistola, i coltelli e le lame in generale gli facevano impressione, faceva il ladro, era bravo con gli allarmi e la logistica, spostare di qua e di là la roba rubata... un ladro vecchio stampo. Dopo una lunga carriera senza grossi impicci, aveva litigato con un complice, non so il motivo, lo aveva colpito alla testa, quello era stato in coma per mesi, poi non era morto, ma come se... insomma, stava dentro per questo».

«E stava morendo».

«Sì, e voleva fare un regalo ad Alberto».

Tutti si guardano. Che storia è? Un detenuto che fa un regalo a un professore? Lei capisce cosa stanno pensando:

«Sì, un regalo sul letto di morte. Un regalo per me, aveva detto, per la tua donna, proprio così. Conosco quell'incontro come se ci fossi stata io, perché Alberto me lo raccontava spesso, perché io gli chiedevo di raccontarmelo ancora, perché era diventato, per così dire, il nostro piano».

«Sentiamo, allora», dice la Cirrielli, che però chiede dieci minuti di pausa. Oscar ne approfitta per fare i caffè, Carlo e Gloria Grechi parlano del più e del meno, giusto per riempire il silenzio.

Quando torna, la Cirrielli apre la finestra e si accende una sigaretta, poi fa un cenno a Oscar:

«Confermano».

Cioè al carcere di Bollate confermano di aver avuto un detenuto con quel nome e un professore dell'Università che andava a dare qualche lezione, è un programma benemerito per non isolare del tutto i prigionieri dalla società civile, cioè da quelli fuori. Se Gloria Grechi è offesa che abbiano verificato il suo racconto con una telefonata non lo dà a vedere. Forse è solo sorpresa che in pochi minuti si possano avere riscontri simili. Non sa che la Cirrielli si è presentata come sovrintendente Cirrielli, scusa collega, fammi un favore, e che quelli sono scattati sull'attenti.

Ora la signora mette in fila parole perfette, dritte, lineari, nemmeno un'esitazione o un ripensamento, perché quello è il cuore della storia, e lei ci tiene che non venga impoverita, o capita male.

Carolo Ferdi aveva aiutato a mettere in piedi un sistema, aveva dato dritte, consigli, aveva studiato soluzioni per gestire un flusso di soldi costante, continuo e molto cospicuo. Da alcune delle organizzazioni a una sola centrale di raccolta e smaltimento, pulizia e redistribuzione. Una lavanderia perfetta, efficiente, insospettabile. I vari boss che aderivano, i clienti della lavanderia, non si fidavano l'uno dell'altro, ovvio, ma una società terza, un indipendente, poteva andare bene. Secondo il Ferdi, detenuto in attesa di funerale, ma era solo un calcolo teorico, di mille euro consegnati all'organizzazione, ne tornavano dopo due o tre mesi 750 regolari, addirittura su conti correnti in banche italiane, se si voleva pagarci le tasse, altrimenti all'estero. Soldi puliti per fare investimenti puliti.

Ma Carolo Ferdi non si occupava di questa faccenda, che era troppo grande per le sue forze, troppo tecnica, roba da ragionieri. Lui aveva solo studiato il sistema e messo su la struttura di Milano, la più forte della ditta, al momento. Era stato liquidato con centomila euro, che ora avrebbe buttato nel cesso per curarsi inutilmente e poi crepare come un cane.

«Che sistema?», la Cirrielli si fa impaziente, perché la cosa sta diventando grossa. Se è vero anche solo metà di quello che sta dicendo Gloria...

«Quattro basi ai quattro angoli della città. In tre di queste affluiva il contante, tipo cassa continua, uno sportello nascosto per affari nascosti. Pacchi, valigette, scatole da scarpe, borse e borsoni, ogni giorno, ogni notte. Un flusso, un fiume, una valanga. Soldi. Come quando uno chiude il negozio e va a versare il contante. Tanti negozi, tanto contante. A scadenze stabilite, di solito settimanali, si organizzano i trasporti, dalle basi di prima raccolta a una sede che centralizza, controlla la contabilità e spedisce non si sa dove, ma Carolo era sicuro che fosse via mare. Una barca a vela, una crociera nel Mediterraneo di gente ricca, uno skipper coraggioso che esce anche in gennaio... i controlli sono quasi nulli».

«Scusi, signora, vediamo se ho capito. Alcune delle organizzazioni criminali della città invece di mettersi in tasca l'incasso a fine serata lo affidano a una specie di banca con quattro filiali, che glielo restituisce dopo un po' di tempo lavato e stirato?».

«Più o meno».

Ora è la Cirrielli che si fa perplessa:

«Ammettendo che il calcolo sia giusto... mi sembra complicato... e poi il venticinque per cento è parecchio...».

«Se passa la flat tax finisce che gli conviene pagare l'Irpef», dice Carlo, ma non ride nessuno. Anzi lei sorride leggermente, poco poco, appena un minimo accenno. Carlo si ritiene soddisfatto, perché la battuta non era granché.

«No, non credo che la contabilità fosse complicata. In un mese Tizio ha portato un milione, gli spettano settecentocinquantamila, indipendentemente dall'esito delle spedizioni. Se l'organizzazione perde un carico, che so, la barca affonda, o un fattorino addetto al trasporto in città viene rapinato, i clienti non lo sanno nemmeno. Nel momento in cui un euro entra in una delle basi, chi ce l'ha portato è come se avesse in tasca settantacinque centesimi, certe garanzie costano un po' care... poi non so se sia veramente il venticinque, ma Alberto aveva fatto dei calcoli e diceva che forse facevano degli accantonamenti per eventuali emergenze...».

«È una cosa enorme», dice la Cirrielli.

«Sì».

Sì cosa? Sì e poi? Si decide ad andare avanti? Ora vogliono tutta la storia.

E lei si decide.

Il vecchio Carolo Ferdi non sapeva tutti gli indirizzi delle basi, lui aveva fatto il disegno, la teoria, la struttura, di come poi l'avevano tirata in piedi non avrebbe saputo dire. Ma qualcosa sapeva, era stato il loro punto di partenza.

«Da un piccolo magazzino di via Raimondi, ogni giovedì dopo mezzanotte, parte una macchina che fa la consegna settimanale, diciamo che va alla casa base, la centrale, insomma un altro rifugio. Lui il magazzino lo chiamava base uno, ma è un po' pomposo, è poco più di un garage in un cortile, dove il viavai è la norma e nessuno si accorge se arriva gente a portare pacchetti, o parte una macchina».

«Dov'è via Raimondi?», chiede Oscar.

«Una traversa di via Varesina, in fondo, poco prima dei ponti della tangenziale».

La Cirrielli prende l'iPad dalla scrivania e apre Google Maps.

Poi Gloria, dopo aver detto dove, dice anche come.

Le procedure di sicurezza dei trasporti erano una particolarità della ditta. Ogni giovedì verso mezzanotte un Suv con tre persone a bordo partiva dal magazzino, ma era solo una civetta. Qualche minuto dopo si muoveva una macchina anonima, guidata da un perfetto sconosciuto, incensurato, reclutato per l'occasione, mai visto prima e che nessuno avrebbe più visto dopo, gente normale, bravi cittadini che per qualche migliaio di euro facevano un servizio relativamente poco rischioso. Erano briciole, per un affare di quelle proporzioni, ma due, tre, quattromila euro alla gente normale cambiano un po' la prospettiva. Probabilmente poi quelli lo avrebbero volentieri rifatto – figurarsi, guidare mezz'oretta in città per così tanti soldi, anche domani, anche subito – ma loro, Alberto e Gloria, che avevano controllato, si erano appostati, avevano studiato la situazione, non ne avevano mai visto uno per più di una volta e il vecchio Carolo Ferdi diceva che quello faceva parte della procedura. Però il Suv civetta era sparito, si muoveva solo la macchina, sempre diversa, quasi sempre utilitarie, una volta un furgoncino da idraulico.

«Pensateci. L'artigiano stanco di guardare il centesimo, il pensionato che fa fatica a tirare avanti, il cameriere che vuole arrotondare. Chiedetegli se vuole guidare la sua macchina da via Raimondi a chissà dove, mezz'oretta di tragitto, nessun rischio, solo una borsa da trasportare, massimo due, e poi addio, non ci siamo mai visti e non ci vedremo più».

«Sì, credo che si possano trovare, ma è un lavoro trovarne uno alla settimana... o due o tre, se è vera la storia delle varie basi», e questo è Oscar.

«Beh, se prendi il venticinque per cento su decine e decine di milioni ogni anno, direi che è un lavoro ben pagato. Hanno dei reclutatori, credo».

«Vi appostavate?».

Ma lei non risponde subito.

Vuole parlare di lui, di Alberto, il marito scomparso. Anzi, vuole parlare di loro, vuole che i tre che stanno ad ascoltarla capiscano che anche quello che non c'entra con l'indagine invece c'entra eccome.

Alberto gliene aveva parlato, e avevano cominciato a fantasticare... ma ti immagini... centinaia e centinaia di migliaia di euro che viaggiano come un autobus di linea su e giù per la città. Senza scorta, che avrebbe dato nell'occhio, senza protezione, almeno per mezz'ora. Infilarsi nel percorso, prendere un po' dell'oro che camminava in quelle pentole alla base dell'arcobaleno. Bastava allungare la mano, come afferrare una manciata di fieno da un covone.

Il dono di Carolo, all'inizio, non era stata una borsa gonfia di contanti, non ancora, era stato regalare, a loro due, anzi, a lui per la sua donna, un'ossessione, il loro segreto, il loro fantasticare che invece dell'ascensore sociale rotto, invece delle scale intasate, si poteva usare un missile, bastava farlo per bene. Prudenti. Più abili, più calcolatori dei prigionieri di Alberto, che avevano sbagliato i conti.

Era diventata una febbre.

A Carlo pare di vederli, sempre più stretti, sempre più vicini. Bonnie & Clyde, Diabolik e Eva Kant, il piano che prende forma, un obiettivo comune: uscire da quella vita e farsene un'altra, nuova, diversa, a spese di delinquenti per cui un milione è come per loro dieci euro.

Ora sono le quattro del pomeriggio, dal salottino dove stanno parlando si vede un pezzo di cielo, ma sembrano tanti pezzi in successione, un po' azzurro pieno, un po' nuvole bianche. Piove, c'è il sole, fa ridere perché la gente non sa come vestirsi, vedi passanti col piumino accanto ad altri con la maglietta.

«È stanca?».

«No, vorrei che tutto questo ci aiutasse a trovare Alberto».

La Cirrielli freme un po'. Con tutto quello che le hanno insegnato, che per far parlare la gente bisogna stare zitti e aspettare, e con tutta l'esperienza che si è fatta al commissariato, quasi non riesce a tenersi. Se quello che hanno sentito è vero si può dare un colpo pazzesco a un'organizzazione grande, potente e ricca, si può disarticolare la macchina. Se si mettono le mani lì, se si interrompe il traffico, i clienti si incazzeranno. Prima con questi che fanno la lavanderia, e poi tra loro. Potrebbe esserci qualche scaramuccia, si muoverebbero le acque. Carella farebbe quei due occhi a fessura e Gregori potrebbe andare in pensione con il colpo del secolo, un grosso sequestro, già lo vede al telegiornale, fiero, impettito, col suo casco integrale di capelli foltissimi: «Bisogna colpirli nel portafogli». Flash. Applausi. Il ministro si congratula.

Decidono di prendersi qualche minuto, Gloria Grechi va in bagno, loro tre si guardano in faccia. Il Monterossi è già partito sui suoi sentieri ottocenteschi disseminati di amori furenti ed eterni, complicità infrangibili, vite avvitate una nell'altra. Oscar Falcone e la Cirrielli incrociano gli sguardi senza dire niente, e in quel niente c'è una cosa grossa. Perché gli occhi della Cirrielli dicono: abbiamo un problemino, amico. E quelli di Oscar rispondono: lo so, ma ne parliamo dopo.

E ora sono di nuovo nella formazione di prima. Gloria Grechi si è levata le scarpe – tacchi sì, ma senza plateau e senza Ford scassata – e si è messa a gambe incrociate sulla poltrona. Che abbia cambiato pettinatura, taglio di capelli, persino stile, in quelle ore in cui era scomparsa, pare non se ne sia accorto nessuno, o forse i due detective stanno pensando solo all'indagine. Carlo cerca di decidere se gli piaceva più prima o ora, perché sono due donne diverse. Una sembrava lontana, e l'altra, questa qui... troppo vicina, troppo aperta, senza segreti, fuori tutto, ecco qui cos'è il mio amore. Strano, pensa Carlo.

Ora la Cirrielli molla gli ormeggi.

«Bene, molto chiaro il contesto, signora, veniamo alla rapina».

Lei sorride:

«Ah, sì, la rapina».

Diciotto

L'uomo guida senza nemmeno accorgersene. Il traffico di Milano è un flusso lento, ordinato, continuo, ogni tanto i fiumi ristagnano, passo d'uomo, poi si sblocca qualcosa e si può andare, onda di piena. È un ritmo come quello del respiro, ci si abitua e non ci si pensa più.

A base uno arrivano una quarantina di consegne alla settimana, i clienti sono sette, due belli grossi, gli altri in crescita. Ora va molto la puttana cinese – appena arrivata, orientale mozzafiato, faccio tutto – e ci sono strane impennate di scommesse sul campionato di serie B polacco, dove pare si vendano le partite come le patate al mercato. Più tutto il resto. Sono soldi, soldi, soldi.

Il capo non è il capo, naturalmente, è uno messo lì da gente più intelligente, che non comparirà mai, ma lui gioca a fare il boss da film, anzi no, l'avvocato da film del boss da film, una caricatura. E lui? Già, lui, cosa sta facendo?

Per ora fa il capobanda, organizzazione, tempi, procedure, mentre il capo contatta nuovi clienti, tratta con i vecchi, rafforza il sistema. Si chiede quanto tempo si può stare all'ombra di uno così mediocre, se non sia l'ora della scalata, dalla direzione generale alla presidenza, ecco. Vede quel fiume di soldi crescere e pensa che se si lavora bene può diventare un mare. E pensa anche che questa cosa del ragazzo morto, del carico perso, potrebbe essere un segnale che c'è spazio di manovra. Un'occasione, insomma.

Ai piccoli ci pensa lui, ai grandi il capo. Così adesso spinge la porta di un negozio di viale Monza, un bel negozio di articoli sportivi. Entra e soppesa un bilanciere, guarda le biciclette, roba fighetta che per sembrare fighetta ha preso sembianze da anni Cinquanta, però in fibra di carbonio. Si avvicina una ragazza.

«Posso aiutarla?».

Carina, del tipo il-fitness-è-la-mia-droga. Non per lui, ma carina.

«Devo vedere il titolare, il signor Secci, possibilmente subito».

«Non c'è», dice lei. Troppo in fretta.

Lui sorride.

«Senta, sacchi per pugilato ne avete?».

«Certo, sono là dietro, facciamo anche l'installazione al soffitto, se serve».

«Do un'occhiata, posso?».

«Ma certo, si accomodi».

«Poi quando torno qui, tra due minuti, trovo il titolare, giusto? Lei gli dica che c'è quello della lavanderia».

Ha un completo nero di buona fattura, un fresco lana di sartoria, roba che costa. Bella cravatta, tra l'altro, e bell'uomo, se proprio vi piacciono quelli alti e grossi. Insomma non sembra per niente un lavandaio, ma la ragazza se ne va lo stesso, con passo deciso.

Cinque minuti dopo l'uomo stringe la mano a un tizio alto e secco, non sembra uno sportivo perché non ha nemmeno un muscolo addosso, ma è abbronzato come un tronco di pino.

Un po' allarmato. I convenevoli durano meno di un minuto.

L'uomo della lavanderia è cortesissimo, si scusa per il disturbo, fa i complimenti al negozio.

«Stiamo cambiando un po' di abitudini. L'indirizzo di consegna non è più via Raimondi, ma via Ettore Ponti, al numero 65, si scende una rampa, tutte le altre modalità restano identiche, cambia solo l'indirizzo».

«Problemi?».

L'uomo fa la faccia stupita: «Perché?».

«Beh, se si cambia un'abitudine di solito ci sono dei problemi».

«No, signor Secci, semmai il contrario. Noi pensiamo che è proprio l'abitudine che allenta l'attenzione, l'abitudine li crea, i problemi. Cambiamo qualche cosa per migliorare costantemente la sicurezza... lei ha un computer?».

«Ovvio».

«Ogni tanto le cambia le password?».

«No».

«Fa male, bisogna farlo».

Ora ha capito, annuisce. Molto bene. Molto bene anche – e questo l'uomo l'ha notato – che non abbia preso un foglietto per scrivere l'indirizzo, ma se lo sia fissato nella testa.

Quando esce sono le cinque e dieci e lui è di nuovo in macchina. Di questo passo, a deviare il traffico da base uno, a dividerlo tra base due e base tre, ci vorrà almeno una settimana, sempre che vada tutto liscio con i clienti grossi.

Vabbè, è lavoro.

Poi sente un suono di cristallo, diverso da tutti quelli che ha addosso, sveglie, allarmi, suonerie dei cellulari. Accosta in seconda fila e cerca nella tasca interna della giacca, il telefono per l'uomo misterioso, un messaggio:

«Non perdere tempo a rintracciare questo numero».

Sì, questo lo sa, non siamo mica all'asilo. Quindi digita rapido:

«Cosa vuoi?».

«Lo sai, dimostrarvi che il sistema non funziona più e va migliorato».

«E perché?».

«Beh, è una consulenza, non è un regalo».

Allora ci siamo, pensa l'uomo.

Una signora deve uscire con la macchina, lui le sorride alzando una mano, che è un modo milanese per fare una sintesi tra un «mi scusi» e un «mi arrendo», ma che quasi sempre significa: «E calma, cazzo! Mi sposto!». Fa manovra, si infila a spina di pesce dove prima stava l'auto della signora e risponde.

«Per le consulenze bisogna vedersi».

Silenzio. Il silenzio di ruote che c'è in viale Monza. Passano cinque minuti, poi dieci, che però sembrano di più. L'uomo sta per mettere in moto, ha deciso di andarsene, ma il cristallo tintinna ancora.

«No, non serve vedersi. Per le consulenze serve ascoltare. Via Raimondi deve chiudere, presto. Ci arrivano in tre giorni, forse quattro, ma non un'ora di più».

Fine del messaggio. L'uomo sa che non ce ne saranno altri, mette in moto, ora sì, e parte.

Ci arrivano. Chi? Quelli della rapina? La polizia?

Ora non guida più come un gentiluomo annoiato, ora scarta, accelera in piccole tirate che il cambio automatico legge fluido, seconda-terza-seconda, cambia corsia, corre per quanto si può correre nel fiume con altri tronchi che corrono con te.

Deve andare dal capo. Subito. Dirgli la novità, soprattutto dirgli di fare in fretta con i clienti grossi, aveva detto una settimana invece sono tre giorni, meglio due, per prudenza.

Si sta fidando di uno sconosciuto, ma... perché non fidarsi? È una domanda a cui non sa rispondere fino in fondo, forse l'istinto, forse... fare tutto in due giorni sarà complicato, ma comunque di abbandonare base uno, via Raimondi, era già deciso.

Si segna mentalmente le cose da fare, le priorità, gli orari. Scatta nella corsia di sinistra, rientra sgusciando davanti a un taxi che suona il clacson, l'autista sporge un pugno dal finestrino. L'uomo nemmeno lo vede, perché non si spostano? Perché vanno piano?

Dai, su, imparate a guidare, cazzo.

Diciannove

Quando Gloria Grechi dice la data della rapina, giovedì 7 marzo, Agatina Cirrielli sbianca in faccia. Le manca proprio il colore, e si vede che fa uno sforzo per non tradirsi, per non alzarsi in piedi e urlare qualcosa. Poi si affloscia un po' nel suo angolino di divano. In pochissimi secondi lo sbirro ha prevalso, è tornata attenta, ma il colore no, il colore rimane bianco, e a guardare bene si vede anche un leggero tremito delle labbra.

Anche Oscar ha capito, perché è uno che si tiene informato e deve sapere le cose per mestiere. Carlo Monterossi sente che qualcosa si è incrinato, che l'aria non è più quella di prima. Ora c'è una tensione strana, come camminare contro il vento forte, come tendere una corda. Non se lo spiega.

Avevano fatto decine di sopralluoghi, passaggi, appostamenti. Poi si erano decisi a seguire una di quelle macchine cariche di soldi che partivano ogni giovedì notte da via Raimondi. Non facile, ma nemmeno difficilissimo, ogni volta miglioravano un po'. Il deposito era in un cortile, la macchina entrava, passavano pochi minuti, quasi sempre meno di cinque, e usciva. Per il pedinamento loro si mettevano in via Varesina, girato l'angolo, e poi dietro, attenti a starle sotto ai semafori, ad allentare la presa un po' dopo, a non accostarsi nelle soste.

Le macchine non facevano sempre lo stesso tragitto, ma da via Raimondi andavano verso est. La prima la guidava un signore anziano, lo avevano perso quasi subito, poi era andata meglio, specie usando due macchine e restando in collegamento via telefono. La volta che erano andati più lontano erano arrivati dalle parti del parco Lambro, dopo piazza Udine, e lì alcune strade si facevano strette, quasi vicoli di villette, potevano vederli e avevano preferito non rischiare. Comunque le macchine, quelle che non avevano perso per strada, andavano tutte in quella zona, le avevano tallonate tutti i giovedì di gennaio e febbraio.

Ognuno seguiva il suo sentiero preferito, la città è fatta a spicchi, i modi per andare dal nord-ovest al nord-est di Milano sono praticamente infiniti, ma su dieci pedinati, quasi tutti passavano da piazzale Loreto e tutti, nessuno escluso, erano costretti a fare la rotonda di piazza Udine, poi la strada che costeggia il parco Lambro, poi quella verso Segrate, dove corre parallela all'autostrada che è un po' sopraelevata. Lì, per un tratto, non c'erano case, ma un distributore abbandonato, un prato tra una lottizzazione e l'altra. Lui c'era andato di giorno per osservare bene il posto, di notte per capire com'erano le luci, se dalla strada si poteva vedere qualcosa, lei aveva studiato le mappe, comprato quel che serviva, si era occupata di altri dettagli del piano. Era il posto. O lì o non si poteva fare. In città, Loreto, corso Buenos Aires, il giovedì all'una di notte, traffico, gente, impossibile, non scherziamo. Se non c'era movimento c'erano di sicuro decine di telecamere. Quello invece era un buon posto, anche lì non era facile, ma poteva andare.

Ora lei è davanti, con la Polo, si ferma in quella piazzola con i fari verso la strada, la macchina del ragazzo sta arrivando, il marito gli sta dietro con la Nissan, al telefono le dice: «Ora!».

I fari del ragazzo escono dalla rotatoria del cimitero di Segrate, quindi deve rallentare per forza, a meno che non dia un'accelerata nervosa, arriverà all'altezza della piazzola a trenta, trentacinque all'ora. Infatti. Ed ecco il momento.

Lei si butta in mezzo alla strada, le braccia larghe, disperata, lui è costretto a frenare.

«Aiuto, sta male, mi aiuti!».

Il ragazzo è confuso, la donna sembra davvero sconvolta, i fari della Golf le incendiano la faccia. Poi mette la prima, toglie l'auto dalla strada e la lascia accesa, la portiera aperta, nella piazzola. Dietro si sta fermando un'altra macchina, la Nissan.

«Venga, mi aiuti!», dice la donna.

Passa un'auto ma non rallenta nemmeno. Un'altra tira via dritto.

Il ragazzo fa un passo verso la macchina della donna e poi si ferma. Ha preso un colpo da dietro, tra il collo e la nuca. Va giù come quei pinocchietti di legno tenuti in piedi da un gioco di elastici, quando si preme il pulsante.

Ora l'uomo sposta la macchina del ragazzo in fondo, con il muso verso il prato, spegne il motore e le luci, lei ha già spento i fari della Polo e della Nissan, la mazza da baseball la mette lì.

Poi trasportano il ragazzo, pesa, così a corpo morto, lo mettono al sedile di guida. Lei gli abbassa i pantaloni, tira fuori da una tasca dei jeans un fazzoletto di carta piegato, dentro ci sono due capelli biondi, li appoggia sul sedile del passeggero. Chiude la portiera e va verso la Polo. Lui sta mettendo due grosse borse da palestra nel bagagliaio della Nissan. Poi partono, lei subito perché non arriva nessuno, lui dopo qualche secondo, perché passano due auto che vanno verso Segrate.

Niente mosse strane. Avevano un piano d'emergenza, prendere l'autostrada, la A51, che è lì vicino, e vedersi il giorno dopo in un bar di Como, dove erano già stati, che conoscevano bene. Ma non ce n'era stato bisogno. Tutta l'azione è durata due minuti e mezzo, forse tre, loro non si sono detti una parola, nemmeno quando lei è partita e lui le è andato dietro, hanno usato guanti di lattice.

Lui si è fermato poco dopo, in piazza Udine, vicino ai taxi, ha aperto il bagagliaio e ha controllato che nelle borse non ci fossero aggeggi strani, gps, cose del genere, sembrava tutto in ordine.

Un tassista gli ha detto:

«Perso qualcosa?».

«Macché! Dimenticato, cazzo!», ha risposto lui che frugava in quei borsoni.

L'altro aveva riso.

L'aria nella stanza adesso è quasi solida. Gloria Grechi parla con un filo di voce, si vede che è la prima volta che mette in fila tutta la storia, soprattutto l'azione, quei due minuti di scarica elettrica, di possessione. Ogni movimento preciso come il gesto di un chirurgo. È stanca, ma forse di più, è asciugata. Per la prima volta Carlo le vede una ruga ai lati degli occhi.

Lei era arrivata prima, si era seduta in soggiorno a contare i secondi, a fremere. Lui aveva portato le due borse pesanti con l'ascensore, sì, in via Vignola, poi dentro l'appartamento, le aveva abbandonate nell'ingresso.

E allora sì che si erano parlati. Di più. Si erano saltati addosso, graffiati, picchiati, insultati, inseguiti per la casa, quasi nudi, frenetici, lui l'aveva presa in cucina, senza tante cerimonie, si erano ringraziati così, a modo loro, avevano dato via libera al furore. Non amanti, né fidanzati, né sposi, ma complici, legati per sempre da un delitto, una cosa inconfessabile, la loro rivincita. Lei lo aveva preso per mano e portato a letto, e lì si erano un po' placati, presi dalla risacca delle emozioni e della voglia. Avevano fatto la doccia, schizzandosi, giocando, lei aveva pianto per qualche minuto, ma era solo la tensione che se ne andava, lui l'aveva stretta e lavata piano, strofinando con leggerezza.

Poi, ancora gocciolanti, con gli accappatoi addosso, avevano portato le borse in camera da letto. Le avevano aperte, lui aveva appoggiato su un cuscino un quaderno e una penna, segnava cifre su cifre.

In una borsa biglietti nuovi, mazzette da cinquemila euro tenuti insieme da una fascetta bianca, nell'altra ancora mazzette, poi biglietti usati, legati da elastici.

Un milione e settecentoventiseimila euro.

«Gli avete sparato in testa», dice la Cirrielli.

Gloria Grechi pare colpita da un pugno. Forse se lo aspettava, ma è un pugno lo stesso, e la Cirrielli non ha fatto una domanda, non ha fatto un'ipotesi. Era già una condanna.

«No».

Lo ha detto in un sussurro...

«Lo so cos'è successo dopo, l'abbiamo letto sui giornali... noi non avevamo armi... no. Lo abbiamo lasciato lì tramortito, gli ho controllato il polso, stabile, nessun danno, era solo stordito».

«Perché la scena dei pantaloni?». Oscar sembra meno severo della Cirrielli, ma ha capito anche lui che si sono infilati in una bella fogna, poi la signora gli ha già mentito una volta, perché crederle adesso?

«Pensavamo che si sarebbe svegliato presto, dieci minuti, un quarto d'ora, e che se ne sarebbe andato da solo. Ma se qualcuno arrivava prima, non so, una pattuglia... se lo avessero trovato così avrebbero pensato... beh!».

«I capelli?».

«Un caso. Ero andata dal parrucchiere e sulla poltrona c'erano questi capelli appena tagliati a una bionda... non so, un'intuizione, per confondere le acque».

La Cirrielli pensa che per quei due capelli, tagliati, non caduti, Carella sta diventando pazzo.

Carlo Monterossi, invece, pensa che questa Gloria Grechi è una sorpresa continua. Prima castana, poi mora, prima timorosa e controllata, oggi un fiume in piena. Se la immagina in una piazzola nel nulla della notte dietro al cimitero di Segrate a fermare una macchina? A trasportare uno svenuto, a calargli i pantaloni?

Sì, se la immagina.

Ora, dopo questo racconto, non ha niente della ragazza semplice che cerca il suo amore. Ha ancora quel sorriso morbido, che chiede scusa, ma lei non chiede scusa per niente.

«Perché dovremmo credere che non l'avete ucciso voi? Ci ha già raccontato un sacco di cazzate, ci ha preso per il culo, e ora dovremmo crederle?», dice la Cirrielli.

Poi Oscar:

«Dove sono i soldi?».

«Un po' in banca, pochi, quelli che potevamo versare in contanti in piccole tranche... io ho tenuto duecentomila euro in casa, per le emergenze, gli altri spariti con Alberto».

«Signora, ci sta dicendo che suo marito, come dice lei, non amante, non fidanzato, complice... molto romantico... che suo marito è sparito col malloppo? Siamo seri, perché non se ne trova un altro, e va alla polizia? Se li aiuta su un caso di omicidio, magari le fanno qualche anno di sconto sulla galera».

Lei non fa una piega.

«Alberto non mi ha lasciata».

«Sicura?».

«Sicura».

«E cosa, invece?».

«Ho paura che l'abbiano trovato quelli là, quelli dell'organizzazione».

La Cirrielli scuote la testa.

«No, lo escludo. Sono passati... dieci giorni? Se fossero loro lo avremmo già trovato in un fosso con la gola tagliata, o peggio... e soprattutto lei non sarebbe qui, sarebbe in un altro fosso, legata mani e piedi e molto defunta anche lei... è per questo che ha avuto paura?».

«Non lo so, credo di sì».

Sta tramontando. Dalla finestra che la Cirrielli ha lasciato aperta per poter fumare senza rotture di scatole, entra un'aria frizzantina, perché la primavera non ha ancora pagato le ultime rate, e l'inverno fa il recupero crediti. Gloria Grechi, infatti, ha un piccolo brivido. Ma più del freddo e più del fumo delle sigarette della Cirrielli, quello che vaga per la stanza è un enorme, gigantesco, «e ora?».

Oscar e la Cirrielli si ritirano di là, l'ufficio con le scrivanie, si sente che parlano, lei alza la voce, lui risponde.

Carlo e Gloria sono rimasti soli, lui non sa cosa dire, forse non c'è da dire niente. Lei invece lo sa, o deve dirlo, sì, parla come se fosse urgente.

«Non dovevano ammazzare il ragazzo, non dovevano. Pulito, nitido, persino... sì, elegante, doveva essere così, il colpo. E poi... non sapevamo chi era, perché... un ragazzo, un uomo fatto, un vecchio, ne avevamo seguiti tanti... non doveva andare così, avevamo previsto tutto, ma non un'esecuzione...».

«Però, mi scusi... un'organizzazione che ti affida per un trasporto quasi due milioni, se perdi il carico non è che ti dice, beh, pazienza, dai, beviamoci sopra...».

«Sì, certo, ma l'omicidio... povero ragazzo».

«Un po' tardi per piangere, mi sembra».

«Ma stia zitto!», dice lei scattando. Poi si placa un po': «Mi scusi... ci penso, non ho pensato ad altro dal giorno dopo, quando abbiamo letto... sì, quando abbiamo saputo. Giorno e notte. Colpa, rimorso, lo chiami come vuole... è stato il mio pensiero fisso finché non è scomparso Alberto, e ora il mio pensiero fisso è lui».

Carlo sta per rispondere. Vorrebbe dire una cosa gentile, che allenti la tensione, ma Falcone e la Cirrielli rientrano nella stanza.

«Accettiamo il caso», dice Falcone, «ma ci sono delle condizioni».

«Voglio che troviate mio marito... e se possibile che si prenda la banda, cioè, quelli che hanno ammazzato il ragazzo, chi ha sparato e chi ha dato l'ordine».

«Era una delle condizioni», dice la Cirrielli. «Nei limiti del possibile, ogni progresso nella nostra indagine che possa arrivare agli assassini verrà comunicato alla polizia, in forme che... che non rovinino troppo il nostro lavoro, ecco, diciamo così».

Lei annuisce.

«Sì, capisco. Dovete credermi, il ragazzo...».

«Sì, sì», taglia corto la Cirrielli. «Se avessi un euro per ogni volta che un delinquente mi ha detto "non doveva andare così" sarei ricca, signora».

Gloria Grechi abbassa lo sguardo.

«Dovete trovarlo», dice.

E poi piange. Un pianto silenzioso, senza sussulti, senza sospiri. È un pianto di dolore, di mancanza, di paura. Piange perché non si sente addosso le mani del suo Alberto, il suo complice, la sua vita, e forse non le avrà addosso mai più. È la stanchezza di quella confessione. La rabbia, l'impotenza. Forse le spiace davvero per il ragazzo.

Oscar si fa un caffè con la macchinetta, sarà il quarto o il quinto, e fa un cenno a Carlo.

«Non può tornare a casa in via Vignola, mi pare chiaro».

«Può andare in albergo, come ieri».

«Carlo, noi ci abbiamo messo un giorno, a trovarla, un'organizzazione che macina milioni di euro ci può mettere cinque minuti».

«La Cirrielli ha appena detto che l'avrebbero già trovata, se...».

«Sì, l'ha detto, ma chissà se è vero, bisogna nasconderla per un paio di giorni».

«E dove vuoi nasconderla?».
«A casa tua».

No, no, no, non scherziamo. In quelle storie del cazzo con i morti e i feriti e la gente che non torna più a casa, quelle cose che maneggia Oscar Falcone, il Monterossi non vuole più entrarci.

Ha incontrato gente interessante, anche milionari romantici, anche bellissime donne dell'alta società, o ragazze sconfitte dalla vita e poveri cristi. Ma gli è sempre rimasto dentro qualcosa che grattava, come una lisca quando il cameriere non pulisce bene il pesce, e questa volta non vuole saperne. Ha qualcosa di simile a un rapporto affettivo, ha quel lavoro difficile di imbrigliare Flora De Pisis, e ora... ora deve occuparsi di nascondere una rapinatrice? A casa sua? Sente già Katrina nelle loro cerimonie di confessioni intime durante la colazione: «Bella signora, signor Carlo. L'altra bella signora Bianca sa?».

Tra l'altro della Ballesi ha già tre messaggi sul telefono: «Dove sei finito?», alle 12 e 20, «Ok riunione saltata, ma potevi avvertire, Flora sta affilando un paletto di frassino», alle 16 e 43. Poi un «Devo preoccuparmi?» alle 18 e 10.

«Oscar, no».
«Sì, invece, perché è chiaro che in due, io e la Cirrielli, non riusciamo a fare tutto il lavoro. Lei dobbiamo averla a portata di mano, e che non scappi. Tu devi aiutarci, quindi la cosa migliore è che stiate vicini, non dirmi che ti dispiace».

«Non dire cazzate, Oscar... e non fare il cretino, quella ha un uomo solo in testa, era da Paolo e Francesca, quinto canto, che non si sentiva...».

«Ma se ti piace per quello!».

«Comunque questo non c'entra niente, ho una vita, sai, non è che me la voglio proprio rovinare a tutti i costi, che tra l'altro è già rovinata di suo».

«Solo qualche giorno, Carlo».

Intanto la Cirrielli sta parlando con Gloria Grechi. Le chiede dettagli, orari, spostamenti. Dopo il colpo hanno avuto problemi? Allarmi? Magari qualcuno che li seguiva? Ci pensi, basta vedere due volte uno sconosciuto per capire che qualcosa non va. Niente. Lei pareva sicurissima. Si erano anche pedinati l'uno con l'altra per vedere se avevano qualcuno addosso, dopo si erano sentiti un po' scemi ma molto più tranquilli.

Gloria dice ancora del ragazzo, che non dovevano... che... La Cirrielli annuisce, ma resta gelida, pensa che se anche non l'hanno ammazzato loro – no, non ce li vede a sparare in testa a uno legato e tramortito – un po' lo hanno fatto lo stesso. Lo pensa anche la Grechi, per quello sta male. Ma dei sensi di colpa la Cirrielli non sa che farsene, è più operativa, lei.

«Ora va con il nostro amico, qui, il signor Monterossi, starà qualche giorno da lui... non scompaia, non faccia stupidaggini, non vada a casa in via Vignola, non da sola, almeno, si faccia accompagnare da lui. Noi dobbiamo poterle parlare in ogni momento, ogni piccola cosa che si muove».

Carlo sente quelle parole e guarda Oscar.

«Cazzo, sono proprio uno che decide del proprio destino, eh?».

«Cosa vuoi farci, Carlo, la vita è così, tu la Grechi, io la Cirrielli».

«La Cirrielli è uno sbirro, Oscar, com'è che a me tocca la rapinatrice?».

«Sì, in effetti si configura il favoreggiamento, ma tu vuoi aiutare una donna impaurita, vero?».

«Mi metti nei guai, porca puttana!».

«Dai, Carlo, stai calmo, non succede niente, meglio se sta a casa tua che in giro per la città a farsi ammazzare, o rapire, o a combinare altri guai».

Poi Oscar si infila una giacca, la Cirrielli va di là e torna con la sua borsa, Carlo scommetterebbe che ci ha messo dentro quel cannone che stava nel cassetto.

«Noi andiamo a cena», dice. «Una bella pizzeria dalle parti di via Raimondi, o in via Varesina, insomma, laggiù, dove i tram non vanno avanti più, direbbe Eros».

Carlo si rivolge a Gloria Grechi:

«Pare che sia deciso che lei viene con me, allora».

«A vedere la sua collezione di... cosa?».

«Senta...».

«Sì, Carlo, lo so che non lo fa volentieri, non piace nemmeno a me, creda. Non le darò problemi, vedrà. Ora passiamo da casa mia, mi faccia almeno prendere due stracci...».

«È rischioso».

«Su, cinque minuti, stia tranquillo».

«Sa una cosa? Lei non ha l'aria di una che ha paura, che è braccata...».

«Senza Alberto non ho alcun motivo di aver paura, se non c'è lui niente ha senso, non ho niente da perdere».

Io sì, però, pensa Carlo. Le apre la portiera del passeggero come a una principessa, poi fa il giro e si siede al posto di guida.

«Bella macchina», dice lei.

«Sì, beh, se ne può comprare anche tre o quattro ora che è ricca».

Lei si morde un labbro come per riflettere:

«Sì, ne regalo una a Alberto, quando lo ritroviamo».

Venti

Per Tarcisio Ghezzi è un'ora quasi decente, per tornare a casa, le nove e mezza.

Alla fine Carella si è dovuto arrendere, non è che se allunghi le giornate senza sapere niente dopo ne saprai di più. Così si erano dati alle analisi, che significava, in quella fase di mancanza di piste, di indizi, di tutto, improvvisare, inventare, comporre un puzzle da ottomila pezzi avendone sul tavolo solo un paio.

Dunque Filippo Maria Gelsi trasportava qualcosa da una parte all'altra della città. Forse l'aveva fatto anche prima? Da come lo conoscono si direbbe di no, e poi avrebbero trovato altri soldi. L'idea di Ghezzi è che si trattasse di un caso, di un incarico una tantum, un colpo gobbo, porti a casa quattromila euro e bene così, questo si incastrava con il discorso che aveva fatto alla sua amica, la matematica: ho fatto 26.000 chilometri con la macchina e non mi hanno mai fermato, che probabilità ci sono che...?

Il ragazzo era andato via dal bar, aveva guidato fino a un luogo sconosciuto, aveva ricevuto qualcosa da consegnare. Cosa? Droga? La Scientifica dice di no, i cani hanno annusato il bagagliaio della Golf e sbadigliato annoiati. Armi? Anche solo un foglietto con istruzioni o comunicazioni tra banditi – un pizzino? La macchina non aveva il navigatore, il ragazzo ne aveva uno di quelli portatili, a casa, ma non lo usava più da tanto tempo, probabilmente usava Google Maps sul telefono, e il telefono non lo avevano trovato.

Poi c'era la faccenda dei capelli e dei pantaloni calati, che era chiaramente una messa in scena. Finché non scoprivano qualcos'altro erano fermi, Carella era frustrato e nervoso, più del solito, che è tutto dire.

Quando Tarcisio Ghezzi chiude la porta, sente un chiacchierare piano, parole sparse, non un discorso. In salotto, la Rosa e la giovane Margherita giocano a burraco, il divano è già travestito da lettino della Barbie, la Rosa sta vincendo e Margherita dice che si è presa una cotta per la filosofia e dopo il liceo vuole iscriversi all'università e poi, un domani, fare la filosofa.

«Ma ancora qui sei, tu?», dice Ghezzi. Lo dice con un sorriso, perché vede che la Rosa già si affanna a spiegare, la nonna sta in clinica un altro giorno, ha parlato con la madre della ragazza, va tutto bene...

Ma lui non è per niente irritato, anzi, si siede al tavolo con loro.

«Hai mangiato, Tarcisio?».

«Più o meno».

Poi parla alla ragazzina.

«Sta vincendo la Rosa, vero?».

«Sì».

«Attenta, che bara».

La Rosa ride. Lui le guarda ancora un po' pescare e scartare carte, le osserva dire nooo quando va male, sorridere sornione quando arriva una mano buona. Della ragazzina Margherita, delle sue tette in formato jpeg che rischiano di fare il giro della scuola, e persino del figlio del professor Donatelli, si era completamente scordato. No, non è vero. Aveva tenuto nel cervello una finestrella aperta e ci aveva rimuginato, non abbastanza da distrarsi sulle cose di Carella, ma non così poco da dimenticarsene del tutto.

Però la cosa si era incrociata con altri pensieri, o meglio si era installata su quei pensieri come fanno i parassiti. Servire e proteggere. Prendere i cattivi, difendere i cittadini bravi, quelli che rigano dritto. Per lui non è solo un lavoro, è una specie di dovere civile. Ha visto il sangue, i morti, il dolore. Ha visto gli occhi della signora Gelsi e sa che rimarranno lì per sempre, come migliaia di altre cose brutte.

Ma non è questo.

Per Tarcisio Ghezzi, sovrintendente di polizia, beccare gli stronzi è una specie di ristabilimento dell'ordine della fila. Perché lui lo sa che tirare avanti con mille, duemila euro al mese è un eroismo della gente perbene, mentre quelli che spacciano, che mandano a battere le ragazze e le picchiano come tamburi, o che fanno qualunque altra schifezza, stanno semplicemente saltando la fila, prendendo una scorciatoia, pensando che tutti gli altri, tutti quelli che aspettano con pazienza il loro turno, sono scemi. Ogni tanto prendono uno dalla coda e gli fanno guadagnare qualche posizione. Era stato così anche con Filippo Maria Gelsi? Forse.

Ma insomma, le cose erano chiare, loro di là, tu di qua, la barricata in mezzo, buoni contro cattivi. Ecco, riflettendo su Margherita e il suo bullo in moto, il Ghezzi era arrivato lì, ai tempi nuovi.

Tutto mischiato, brave persone che diventano delinquenti, occasioni che diventano tentazioni irresistibili. Una volta quel crinale tra guardie e banditi, tra bene e male, era sottilissimo, una lama, e ora è come un sentiero di montagna, largo abbastanza da passarci agevolmente, e lo percorreva anche gente normale, gente perbene, spinta fin lì dalle ingiustizie e dalla rabbia. Lo fanno tutti, girano un sacco di soldi, e sto fuori solo io? I tempi nuovi sono anche questo: si dicono in pubblico parole che una volta ci si vergognava a pensare in privato, il «perché no?» sostituisce il «perché no».

E d'altra parte, perché no, infatti? Margherita sembra più piccola della sua età, ma è abbastanza sveglia e intelligente da capire le cose al volo. Abbastanza smaliziata da farsi fotografare le tette, pensa Ghezzi, ma è un pensiero che scaccia via subito. Comunque alla ragazza pare di capire che lei non la sorveglia né protegge nessuno, e se lui non farà qualcosa la risolverà in un altro modo, cercherà qualcuno più bullo del suo bullo per farsi proteggere, risponderà all'ingiustizia con la rabbia, quindi con altre ingiustizie.

I tempi nuovi, appunto.

«Non hai detto niente alla Stefi, vero?».

«No, ma lei ha detto una settimana, e sono già passati tre giorni».

«Lui l'hai visto?».

«Di sfuggita, per fortuna, ma mi ha mandato altri messaggi...».

«E...?».

«Messaggi». La ragazzina si vergogna un po'.

Allora Ghezzi si alza e va in cucina a telefonare. Prima Sannucci.

«Oh, sov, ma non avevamo staccato, per oggi?».

«Staccato di fare le bolle di sapone, Sannucci?».

«Lo so, sov... Gregori ha chiamato Carella e gli ha detto che se non abbiamo in mano niente la settimana prossima rallentiamo e andiamo su altri casi. La stampa non gli rompe i coglioni sulla morte del Gelsi, e lui preferisce avere un caso freddo piuttosto che Carella che ronza intorno come un ghepardo in gabbia».

«Senti, Sannucci, tu li sai fare i filmini col telefono?».

«Dice quelli zozzi, sov?».

«Non fare il cretino. Sei capace, sì o no?».

«Certo, so anche fare i montaggi... tagli qui, incolli là... non sono Henry Ford, ma me la cavo».

«John Ford, Sannucci. Henry era quello delle macchine... Allora devi farmi un piacere».

«Ma che novità, sov! Davvero? E sì che non me ne chiede mai!».

«Cos'è, hai bevuto, Sannucci?».

«Dai, sentiamo, sov, sono qui con la ragazza, non è

che lei ci tiene tanto a sentire le mie telefonate con i superiori, eh!».

«Va bene, allora domani mattina vieni col tuo telefonino che fa i filmini sotto casa mia alle sette e mezza».

«Obbedisco, sov!».

«Ah, Sannucci, niente divisa, eh! Vestiti da giovane».

«Ma io sono giovane, sov!».

«Eh, cosa ti devo dire, Sannucci, cazzi tuoi».

Poi fa un'altra telefonata.

Ventuno

Carlo Monterossi ha trovato parcheggio in via Vignola, una cosa che non capitava a nessuno dal marzo del 1848, ma solo perché c'erano le Cinque Giornate di Milano.

Ha salito le scale dietro Gloria Grechi, seguendola fino al secondo piano. Una bella casa, un soggiorno doppio, comodo, molti libri, un discreto disordine, come quello di una casa abitata da poco, si vede ancora qualche scatolone qui e là.

«Si accomodi, beva qualcosa, faccia quello che vuole», dice lei, che passa da una stanza all'altra senza fretta.

«Abbiamo pochi minuti, lo sa?».

«Oh, i minuti! Che palle!».

«È pericoloso stare qui».

Lei non risponde, c'è un piccolo mobile con sopra varie bottiglie. Lui si guarda in giro. Non sembra per niente il covo di due rapinatori, sembra una casa borghese di gente che vive un po' così, che magari è di passaggio per qualche mese, e poi andrà altrove. Però è accogliente. Si versa un whisky pensando che è una scemenza, perché sono le dieci di sera e lui è ancora a stomaco vuoto. Così se ne versa un dito in più. Agevoliamo l'autodistruzione e il cerchio alla testa di domattina.

Poi guarda i libri. Romanzi, testi di sociologia, in inglese e in italiano, disposti senza ordine. Il grande tavolo da pranzo è praticamente un ufficio, c'è un computer portatile, altri aggeggi, chiavette usb, fogli sparsi, come se qualcuno avesse smesso da poco, o interrotto per sgranchirsi le gambe.

Lei torna in salotto. Si è fatta la doccia, ha i capelli umidi, si è cambiata. Ha un bel vestitino primaverile e un golfino.

«Quindi qui non ci torniamo, vero?», dice.

«Il meno possibile, direi».

«Ho preso le cose per qualche giorno».

«Va bene, andiamo».

Ma quando stanno per uscire, vede che le valigie sono due.

«Per qualche giorno si porta due valigie?».

Lei ride, anche con gli occhi, divertita davvero, il suo sorriso ora è bellissimo e non dice più «ti perdono», dice: «Ti perdono perché sei un cretino».

Mettono tutto nel bagagliaio e partono, quando a Carlo suona il telefono, lui schiaccia un tasto sul volante e la voce di Bianca Ballesi gira per l'abitacolo come se lei fosse lì:

«Ah, ma allora sei vivo!».

«Solo un pochino, sui bordi».

«Vuoi il riassunto?».

«Sì, Bianca, ti ringrazio, scusami per oggi, ma...».

«Tranquillo, Carlo, mi piace avere intorno uno che scappa, mi fa pensare che non ci sarà niente di male quando scapperò io... ma Flora...».

Flora aveva cambiato strategia. Da «Non mi faccio controllare da nessuno, per me parlano gli ascolti», era passata a un «Va bene, proviamo questa nuova formula, un po' di rinnovamento ci vuole». Si vede che era arrivata una telefonata da molto in alto, dal nono piano, o addirittura dall'elicottero. Ma lui non si era presentato alla prima riunione, e lei l'aveva presa come una dimostrazione di arroganza.

«Voleva vedere la scaletta con te, sembrava persino disponibile... poi quando si è capito che non saresti arrivato le è scesa la catena e ha dato fuori di matto. La riunione è rimandata a domani mattina, alle dieci. Dovresti venirci, Carlo, se fai così metti nei guai tutti».

Così come oggi, intende.

Carlo ascolta e guida, Gloria Grechi guarda un po' la strada e un po' lui, divertita da quell'essere testimone silenziosa di una chiacchierata privata.

«Comunque ti spiego meglio domani, se vieni un po' prima ci beviamo il caffè con calma e senza spie di Flora intorno, a meno che tu non sia libero adesso...».

«No, Bianca, stasera no...». Si accorge di averlo detto troppo in fretta.

«Certo, certo», dice lei. Non sembra delusa.

Ora che Carlo ha chiuso la comunicazione con un altro tocco sul volante, sono di nuovo loro due.

«Le ho rovinato la giornata, vero?».

«Le mie giornate sono rovinate da quando sorge il sole, non si preoccupi».

Però è preoccupato lui. Essere in ufficio alle nove e mezza e fare una riunione alle dieci, mettere una pezza alle follie che avrà architettato Flora... Chissà se anche gli atleti pensano queste cose la notte prima della gara. Ce la farò? Sarò pronto? Me la sento?

«Le offro la cena, Carlo, prendiamoci un'oretta di decompressione».

«Ho un frigo ben fornito, sa?».

«Ah, ah, dicono tutti così... ma dobbiamo festeggiare, e tocca a me offrire».

«Cosa festeggiamo?».

«La mia confessione. E il fatto che ora cercheremo Alberto per davvero... dai, Carlo, non faccia l'orso, quando le ricapita di essere invitato a cena da Eva Kant?». Ride.

Ride anche lui, lei gli dice di guidare verso l'Isola, il quartiere che sta dietro i grattacieli di lusso e la piccola Abu Dhabi venuta su negli ultimi anni.

Quando parcheggiano, gli chiede di aprire il bagagliaio, prende una delle due borse e sorride:

«Questa non posso lasciarla in macchina... la porta lei, mi fa questo piacere?».

Il posto è un discreto monumento alla fighetteria milanese. La cucina a vista, i tavoli minimalisti, le cameriere con la divisa, tutte sorridenti, il menu un campionario di poesia modernista, ma sarà perché lì fanno solo crostacei, frutti di mare, gamberi lunghi come motosiluranti, il piatto per cui vanno famosi si chiama «a gonfie chele», cioè un'aragosta cucinata in qualche modo speciale che sanno solo loro. Una postilla sull'ultima pagina dice che le aragoste non soffrono, non le fanno bollire ancora vive, le ammazzano prima, chissà, magari hanno un anestesista. «LA NOSTRA FILOSOFIA», c'è scritto in grassetto. Tribal chic, precisamente della tribù dei nuovi ricchi, ma sì, dai, i figli dei vecchi ricchi.

Non c'è speranza, pensa Carlo, l'asteroide non si vede e non arriverà. Intanto chiedono champagne e studiano cosa ordinare.

Ora Gloria Grechi sembra più giovane dei suoi anni, spigliata, spiritosa, brillante. Ha una doccia di vantaggio, pensa Carlo, ma non sembra una che ha perso l'uomo della sua vita, che potrebbe essere già stato fatto a fettine perché ha rubato un milione e sette ai cattivi. Intanto sistema quella specie di borsa da palestra sotto il tavolo, la sposta in modo da poter accavallare le gambe, gli sembra strano viaggiare in città con il bagaglio.

«Poi, quando divento grande, mi spiegherà perché questa borsa non può restare in macchina con quell'altra».

«Oh, ma in quell'altra ci sono un po' di vestiti, scarpe, trucchi, sa le cose da donna, Carlo, ha presente?».

«Sì, vagamente, e in questa?».

«In questa ci sono duecentomila euro. Sarebbe seccante se qualcuno le rompesse un finestrino per prenderli, vero?».

Sapete che Carlo Monterossi si fa vanto di non stupirsi di nulla, ma stavolta un po' vacilla. Si riprende subito, però.

«Sicura che sono duecentomila? Dovrebbero bastare per pagare qui. Vada per l'aragosta».

Duecentomila euro in una borsa, checcazzo. Però l'aragosta è buona.

La pizza invece fa schifo, una crosta secca, senza amore, senza niente. Il pizzaiolo egiziano li guarda come per sfidarli: vediamo se mangiate 'sta roba. Di antipasti ne hanno due, polpo con le patate e polpo senza patate, ma Oscar si è avvicinato al buffet e ha guardato con aria scettica: «Cazzo!».

«Che c'è?».

«Sai che cucinavano il polpo già nel terzo secolo?».

«E allora?»

«Niente, questo è quello che è avanzato».

Via Raimondi è lì vicino, una strada più in là, ci sono passati una volta e poi un'altra dopo pochi minuti, cercando un posto dove mettersi senza attirare l'attenzione. Era tutto chiuso e fermo, quindi hanno deciso di mangiare qualcosa e sono finiti lì.

Oscar sa che ora la Cirrielli tirerà fuori un sacco di storie, e sa anche che avrebbe tutte le ragioni per farlo. Hanno indizi su un caso di omicidio, nascondono una persona coinvolta, hanno una ricostruzione, magari parziale, di una rete di raccolta e riciclaggio di grosse dimensioni. In parole povere, stanno ostacolando la giustizia, coprendo dei ladri – almeno lei, la Grechi, lui chissà dov'è – e impedendo la cattura di un assassino.

Un po' troppo, per una che tecnicamente è ancora un poliziotto.

«Niente male come primi giorni da investigatore privato», dice invece la Cirrielli, togliendo una foresta vergine di basilico dalla pizza. E poi: «Se vuoi il mio parere, da soli non ce la facciamo».

Oscar fa quella smorfia che sappiamo fare tutti, che impariamo alla prima delusione: lo sapevo.

Ma lei non sta parlando di etica e morale, né della sua deontologia da sbirro, e nemmeno della giustizia e di quel codice con molte pagine che stanno strappando una a una. Lo sapeva che avrebbe avuto dei casi così, anche casi di coscienza. Ma per ora li mette da parte, c'è sempre una notte in bianco in cui rifugiarsi, e sono solo le dieci e mezza. No. Ora che ha fiutato la pista e che non si tratta solo di trovare un marito sparito con un sacco di soldi – forse due sacchi – parla delle indagini. Operativa.

«Abbiamo altri uomini?», chiede.

«No. Possiamo contare su Carlo, ma solo per cose tranquille, non è il suo mestiere, diciamo, anche se finora se l'è sempre cavata».

«Senti, Falcone, non voglio fare quella che rema contro o si tira indietro, e devo dire che la storia mi ha preso... insomma, non mi dispiacerebbe dare un'occhiata a tutto per bene e da vicino, prima di mollare il colpo, ma penso a come faremmo noi della polizia con un caso simile, e le forze sono soverchianti, non c'è partita».

«Cioè, che fareste?».

«Uh, intercettazioni ambientali, screening completo di tutti quelli che entrano ed escono da via Raimondi per un mese, pedinamenti di chi viene e va da quel posto, un fascicolo alto così in meno di due giorni...». Mette un dito sul tavolo a ogni dettaglio, e si capisce che presto le dita non le basteranno più. «... Poi una retata coi fiocchi, una volta capito da dove viene il denaro, cioè i famosi clienti della banca, un sequestro record da sventolare davanti all'opinione pubblica, i titoloni sui giornali e diecimila indagini collegate e connesse... Uomini, mezzi, macchine, cani antidroga, la Scientifica al gran completo, il magistrato che si prende il merito, il ministro che si pavoneggia perché la criminalità... eccetera, eccetera».

«Possiamo cominciare noi», dice Oscar. «La polizia sta sempre là, mica scappa se ritardiamo qualche giorno a farle un fischio».

«Tra qualche giorno è tardi».

«E perché?».

«Perché secondo me questo covo di via Raimondi lo stanno smontando».

«Vai avanti».

«Senti, ammettiamo che tutta la storia sia vera, quattro banche in città, anzi, tre filiali e una sede centrale da cui parte il malloppo grosso, diciamo verso il mare... Per molto tempo il sistema è andato avanti bene, poi si è inceppato perché due tizi... un sociologo, roba da matti... gli amanti diabolici... insomma, la cosa è andata male. Mettiamo anche che non l'abbiano ammazzato loro, il ragazzo, chi può essere stato?».

«L'organizzazione. La consegna non arriva, fanno un giro lungo il percorso e lo trovano. Forse volevano interrogarlo, ma se le cose sono andate come ha detto la Grechi non aveva molto da raccontare... una frenata brusca, una donna nel panico e una randellata in testa».

«Va bene, prendiamo per buona questa... E tu, Oscar, vediamo... hai un covo dove raccogli in una settimana un milione e sette, il ragazzo è partito da lì, e continui a farci arrivare soldi come se niente fosse? Se sgombrano adesso hanno aspettato fin troppo, secondo me. Quindi così: pensavano che andasse tutto liscio, ma poi è successo qualcosa. Se io fossi il capo della... della banca, chiamiamola così, chiuderei una filiale e ne aprirei un'altra, magari due vie più in là».

«Sì, anch'io avrei chiuso la filiale il giorno dopo la rapina e l'omicidio, hai ragione. Ma magari hanno altri problemi che noi non sappiamo. Che so, i clienti. Se chiude una filiale di banca i correntisti si preoccupano, si chiedono se va tutto bene. Figurati una filiale che prende milioni sporchi dalle mafie della città e non dà le ricevute... quella là è gente sospettosa», dice Oscar.

«Sì. Comunque con tutti quei soldi, affittare un altro garage, un magazzino, un negozietto del cazzo dove ricevere i versamenti e contarli non è un grosso problema».

Ma Oscar sta già pensando ad altro.

«Già, i soldi. Quanti?».

«Stiamo sempre al racconto di Bonnie & Clyde?».

«Abbiamo solo quello».

«Se è vero che hanno rapinato una consegna settimanale e che per la sede centrale partono tre viaggi alla settimana, si fa presto... Quanto hanno detto? Un milione e sette? Moltiplicato tre fa più di cinque milioni alla settimana, cioè più di venti al mese».

Silenzio, ora, solo il rumore di Oscar che gira il cucchiaino nella tazzina del caffè.

Anzi no, c'è anche il trillo del telefono, e la Cirrielli risponde subito, fa una faccia stupita. Poi dice: «Ghezzi!», più per far capire a Oscar chi la chiama che per sincero stupore. Si alza e si allontana dal tavolo. Torna dopo dieci minuti buoni, ride.

«Qualcosa che devo sapere?».

«No, niente che riguardi il caso», ma ride ancora, dice qualcosa sul Ghezzi, Oscar non capisce bene le parole perché lei borbotta tra sé, ma è qualcosa di affettuoso.

Ora sono in via Raimondi, all'angolo, lontani dai lampioni, se non si muovono può sembrare una macchina parcheggiata come le altre, la Cirrielli impreca perché non può fumare.

Poi la via si anima un po'. Dal cancello che stanno fissando esce un furgoncino, poi una moto che lo segue. Da lì non riescono a prendere le targhe. Dopo venti minuti arriva una Toyota grigia e ne scende un tipo grosso, in giacca e cravatta, un po' stazzonato. Stona parecchio in quella via deserta. Entra, esce insieme a un altro uomo, parlano, poi quello grosso risale sulla Toyota e se ne va, l'altro uomo aspetta un attimo sul marciapiede, poi rientra nel magazzino. Dopo dieci minuti esce un'altra macchina, poi basta, sono quasi le due e non succede più niente.

«Dovevamo andare dietro a quello grosso», dice la Cirrielli. «Sembrava una specie di capo».

«Sì, ma ci avrebbe visto quell'altro... per oggi direi che va bene così, dove ti porto?».

La Cirrielli gli dà un indirizzo e lui parte.

«C'è un problema, però», dice lei.

«Uno solo?».

«Beh, 'sto cazzo di marito di Bonnie, cioè Clyde, il sociologo, non viene fuori da nessuna parte, niente viaggi, biglietti di treno, aereo, alberghi, niente Telepass sulle autostrade e nemmeno nell'area C di Milano. Diciamo che per essere un dilettante è sparito bene, sembra una cosa preparata».

«Per come la vedo io non hanno ancora trovato il cadavere».

«Sì, certo, e lei va in giro di qui e di là sana come un pesce, dai, Oscar, non sta in piedi, avrebbero già preso anche lei!».

«Quindi?».

Quindi niente, sono arrivati, lei scende a un incrocio di via Lomazzo, dove finisce la grande città cattiva e comincia Chinatown. Se entri lì puoi farti riparare il telefono e mangiare i wonton più buoni del mondo, persino contemporaneamente, se hai fretta. Cinesi quanto vuoi, ma siamo sempre a Milano, eh!

Ventidue

Il capo ha voluto vederlo in giro, non nel suo ufficio. Così ora sono sulla sua Lexus top di gamma e girano per la città, quasi a passo d'uomo, scivolando nel traffico senza un rumore.

È un cretino anche fuori dall'ufficio, pensa l'uomo. Ha la faccia tirata, ieri sera ha fatto tardi, ha dovuto parlare con gli uomini, che non capivano quell'improvvisa variazione delle procedure. Anche loro non sanno del ragazzo, e che ci hanno rimesso un trasporto. Ha dovuto rassicurarli, apriranno presto un'altra base in zona, per loro non cambia niente, gli sembrava di parlare coi sindacati, cazzo. E ora quella riunione di prima mattina, il capo profuma come una cocotte, forse si è sbagliato e ha fatto il bagno nel dopobarba.

Poi si decide e fa rapporto.

«Massimo domani sera chiudiamo via Raimondi, oggi avviso gli ultimi due, coi suoi com'è andata, capo?».

«Molto bene, direi. Uno ha capito subito la faccenda delle procedure, della prudenza, delle abitudini, cioè non subito, ma quando finalmente ha capito ha detto che avrebbe voluto suggerirmelo lui: quando le cose vanno lisce per troppo tempo è il momento di cambiare».

«Che coglione. E l'altro?».

«L'altro ha fatto storie per il mese di ritardo, dice che deve pagare una fornitura e i soldi gli servono. Quelli che deve pagare non sono delle Orsoline. Colombiani, o messicani, non so. Gli ho detto che per lui anticipiamo noi, siamo una banca, no?».

«Se va a dirlo in giro...».

«Non lo dirà perché non vuole fare la figura di merda di non avere contanti sottomano. E poi non avevo molta scelta».

Ora arriva la parte difficile.

Perché ieri, a coronamento di una giornata schifosa, il suono di cristallo aveva tintinnato ancora e il tizio misterioso si era rifatto vivo su quel telefonino che l'uomo tiene in tasca solo per lui. È comparso un altro numero, però, anche questo da non perdere tempo a rintracciarlo. Lui stava tornando a casa e si era fermato in doppia fila per rispondere.

«Le cose sono sotto controllo, ecco cosa devi fare», diceva il messaggio.

Lui aveva trovato la cosa piuttosto irritante, perché è abituato che cosa è sotto controllo e cosa no di solito lo decide lui.

«Sentiamo».

«Centomila. Senza segni, senza quelle stronzate tipo gps o cose del genere. Alle 11 esatte entri in un camerino della Rinascente, secondo piano, quello vicino a Corneliani, ti provi qualcosa, lasci il pacco in camerino e ti levi dai coglioni in fretta».

«È un po' macchinoso».

«Preferisco i posti affollati. Se non sei solo non facciamo il ritiro e la nostra collaborazione finisce qui».

«Che collaborazione del cazzo sarebbe?».

«Ti ho salvato via Raimondi, ricordi?».

«Non è successo niente, in via Raimondi, tutto normale».

«Ti ho detto tre o quattro giorni, no? Ne sono passati due... staremo a vedere».

«Devi dirmi qualcosa della rapina».

«Nessuno ne sa niente, per vostra fortuna. Probabilmente degli indipendenti, o stranieri. Dello skipper siete sicuri? Uno dei vostri che parla troppo?».

«No».

«Va bene, vedremo anche quello. Porta i centomila, così siamo soci».

«Soci un cazzo, questo è un ricatto».

«Ti sbagli, se era un ricatto chiedevo due milioni, i centomila sono solo la mia fiche d'ingresso».

«Via Raimondi la stavamo già mollando, non è che mi dai molto per centomila euro».

«Te l'ho detto, è un acconto. Sia i centomila che la dritta su via Raimondi. Dai retta, fai un affare».

Poi più niente, e lui era incazzato nero, e ora deve dirlo al capo.

Passano i soliti cinque minuti di insulti al nulla, bestemmie e manate sul volante di pelle della Lexus. Poi parlano seriamente.

«Che ne pensi?», chiede il capo, che ha recuperato

un colorito umano dopo aver passato tutte le sfumature del rosso. La vena del collo è tornata ad essere una vena, non è più il Mississippi in piena alle porte di Baton Rouge.

«Il tizio è in gamba, ci fa sapere alcune cose interessanti. Forse di proposito, forse no, non è importante».

«Cioè?».

È proprio scemo, pensa l'uomo. Poi mette in fila le cose, nel modo più semplice e lineare possibile.

«Non è della polizia, a meno che non sia uno sbirro sporco, non è uno collegato ai clienti, e non sembra aver niente a che fare con la rapina, dice che forse sono stranieri. Questo è un bene, ma è anche un male. Diciamo che è uno che non c'entra niente, anche quelli della rapina sembrano essere gente fuori dal giro, e quindi fa già due soggetti diversi che sanno molte cose...».

Il capo non dice niente, ora stanno facendo via De Amicis e girano a destra in corso Genova, è una mattinata luminosa di aprile. Lui continua.

«Sa che spostiamo i soldi in barca, perché ha parlato dello skipper. Sa quanto è grosso il giro e in effetti ci credo, sì, che i centomila siano una specie di acconto, o di chip d'ingresso, se no chiedeva molto di più».

«Direi di darglieli e di stare a vedere».

L'uomo indica lo zainetto che ha messo sui sedili di dietro.

«Ci sto andando, sì, volevo un ok».

«Magari ci serve, uno così. Uno che vede le cose da un'altra prospettiva...».

«I soci è meglio vederli in faccia, capo».

«Quando lo vedremo in faccia sarà l'ultima volta che ha una faccia».

L'uomo sbuffa e scuote la testa, ma solo dentro di sé.

«Le dieci e venti. Scendo qui, capo».

Scende dalla Lexus all'altezza della Darsena e si avvia con lo zainetto verso una stazione dei taxi.

Ventitré

«Andiamo con la mia macchina», dice Tarcisio Ghezzi. L'agente Sannucci vestito da giovane è vestito come al solito, la Cirrielli ha la faccia di quella che ha dormito mezz'ora, ma su un letto di chiodi. Come aveva previsto, tutti i dubbi e le paure si sono incontrati per fare un'assemblea sotto il suo cuscino.

Alle otto meno un quarto sono sotto il palazzo di piazza Caiazzo, la casa del professor Donatelli e del figlio Francesco, fotografo di tette.

Ghezzi dà le sue istruzioni, o meglio spiega bene il suo piano. La Cirrielli dice che ha capito, di lasciar fare a lei. Poi tira fuori dalla borsa una parrucca a caschetto, capelli blu, sintetici, brillanti, si mette un paio di occhiali da sole, sembra una pornostar. Sannucci ride, anche Ghezzi fa una smorfia divertita. Poi se ne va, perché lui non può farsi vedere, avrà già rogne per quella sua visita a casa Donatelli con la Rosa e non vuole rischiare di rovinare tutto solo per assistere allo spettacolo. Vedrà il filmino, a cose fatte.

Alle otto meno cinque il giovane Donatelli esce smarmittando con la sua moto dal passo carraio. Si trova di fronte una tipa coi capelli blu e gli occhiali neri grandi come fanali che gli impedisce il passaggio, così interrompe l'operazione di mettersi il casco, scalcia il cavalletto, scende dalla moto e la guarda:

«Beh?».

Lei sta fumando. Fa un passo avanti e schiaccia la sigaretta sulla sella della moto.

«Oh, ma che cazz...», dice lui mentre allunga una mano per spegnere le scintille che sfrigolano. Lei fa partire una sberla che si sente fino a Rogoredo, di quelle che lasciano le cinque dita stampate, anche il segno di un anello.

Il ragazzo è così stupito che quasi non reagisce. Poi ritrova la parola.

«Ma che cazzo! È matta?».

«Se non lasci in pace le ragazzine della scuola, e anche quelle non della scuola, la prossima volta vengo con degli amici», dice lei. «Hai capito?».

«Chi cazzo sei, troia?».

Parte un'altra sberla, un altro rumore, un altro segno delle dita, dall'altra parte, questa volta. La Cirrielli è ambidestra come Tex Willer.

«Cosa cazzo vuoi, guarda che chiamo mio padre».

«Che paura».

«Levati dal cazzo», fa per risalire sulla moto.

Lei toglie la chiave dal quadro con una mossa rapida e fa la voce stanca di una madre che rimprovera sempre per le stesse cose.

«Tu vai quando lo dico io. Dove le tieni le foto? Se le fai vedere in giro ci vengo davvero, coi miei amici, e invece della moto ti fai comprare una carrozzella, da papà».

«Fatti i cazzi tuoi, stronza. Le ho solo io, le foto, nel telefono».

«Vediamo 'sto telefono», dice lei.

«Insomma, chi cazzo sei?».

Parte un'altra sberla. Al ragazzo si riempiono gli occhi di lacrime, non per il dolore, ma perché non capisce, perché si vergogna, forse, o ha paura. Sannucci se ne sta un po' discosto, dietro una macchina, i passanti sono pochi ma non rallentano nemmeno, anche una signora che ha visto chiaramente una delle sberle partire e arrivare non dice niente e tira dritto, sono i tempi nuovi, la gente ne ha già abbastanza dei cazzi suoi, non si fa quelli degli altri.

«Il telefono».

Il ragazzo esita, poi apre il taschino sul davanti del giubbotto e le porge un cellulare. È un modello nuovissimo, tutto vetro e schermo lucidissimo. Lei lo guarda come se soppesasse la cosa, poi lo butta per terra con violenza e lo calpesta con un tacco due o tre volte.

«Nooo», dice lui. È quasi un gemito.

«Se quelle foto sbucano fuori da un'altra parte giuro che non te la cavi con due sberle. Dillo anche a papà, che i bulli trovano sempre uno più bullo di loro».

E allora scatta qualcosa, come un interruttore, come una levetta nascosta da qualche parte. Il ragazzo si mette a piangere. Piange proprio come un bambino, coi singhiozzi, i lacrimoni, il naso che cola. Frigna come uno di sei anni che è caduto dalla bici.

«Certo che lo dico a mio padre! Lo dico a mio padre! Vedrai, troia!».

Altra sberla, questa lo prende quasi sul collo, sotto l'orecchio sinistro.

Poi la Cirrielli si allontana, con quello che le urla dietro ancora: «Lo dico a mio padre!», e si precipita verso il citofono. Ma lei ha già girato l'angolo, si è levata la parrucca e gli occhiali, sale sulla macchina di Ghezzi. Un minuto e arriva anche Sannucci, che maneggia il suo telefono che fa i filmini.

«È venuto tutto, sov, bisogna un po' sistemarlo, ma...».

«L'importante è che non mi si veda troppo in faccia», dice la Cirrielli.

«No, lei è sempre di spalle... Ho portato il mio computer, tempo un'oretta e le do il definitivo, sov», dice rivolto a Ghezzi.

Ora vanno verso il centro, Sannucci sta sui sedili dietro a guardare il filmino grezzo, il girato, la Cirrielli pare inquieta, agitata.

«Tutto bene?».

«Ma sì, Ghezzi».

«A vederti non sembra. Problemi col nuovo lavoro? Cos'è, il Falcone ti importuna?».

«Ma figurati... però, Ghezzi...».

Prima che lei continui, lui accosta vicino ai bastioni di Porta Nuova, si mette su un passo carraio e lascia acceso il motore.

«Sannucci, vai a berti un caffè e torna tra dieci minuti».

«Ne ho già bevuti due...», poi capisce. «Mi serve proprio un caffè, sov, per svegliarmi», e scende.

«Dai, dimmi, Cirrielli, sputa l'osso, non è che abbiamo tutto il giorno».

Ventiquattro

Quando suona la sveglia, alle otto e un quarto, Carlo Monterossi pensa che bisogna piantarla con le giornate fatte di due metà, si comincia verso mezzogiorno e basta. Cos'è l'economia mondiale a fronte di tre ore di sonno in più?

Poi si alza, si fa una doccia, ma non si avvolge come al solito nel suo campionario di accappatoi e asciugamani, non vuole che Gloria Grechi lo veda travestito da antico romano che è caduto nell'Aniene, così si veste. Ma in cucina c'è solo Katrina.

«Bella signora, signor Carlo. L'altra bella signora Bianca sa?».

«No, Katrina, ora no, ti prego... dov'è?».

«Uscita. Signor Carlo ieri sera non ha chiamato taxi come fa con signora bella Bianca?».

«La signora Grechi è un'ospite, Katrina. Non so come usa da voi all'Est, ma qui siamo capaci di dormire sotto lo stesso tetto anche senza saltarci addosso».

«Allora sarà altro pasticcio di suo amico Oscar».

Ecco, così va meglio.

«È uscita da molto?».

«Alle sette e mezza. Ha voluto solo caffè e spremuta, signora simpatica, non per signor Carlo. Per signor Carlo meglio signora Bianca».

Non vuole darle corda, ma adesso è curioso.

«E perché?».

«Signora è innamorata. Non di signor Carlo».

«E tu come lo sai?».

«Cervello di donne non è come quello di uomini, signor Carlo, è... come dice... potenziato». Poi lancia un'occhiata complice alla calamita di Medjugorje, come a intendere: «Tutti uguali».

«Aveva le valigie?».

«No valigie».

Prima di uscire Carlo butta uno sguardo nella stanza degli ospiti, le due borse sono lì, in un angolo, Katrina ha già rifatto il letto e messo in ordine. Resiste alla tentazione di aprire la borsa dei soldi, non è roba sua, non si fa, e poi cosa troverebbe? Soldi. Non bastava fare da ristorante agli amici sfigati, ora anche albergo per rapinatrici, quando apriamo l'ala lebbrosario avvisatemi, però.

Bianca Ballesi è nella sua versione guardate-che-carina, e in effetti è carina davvero. È... leggera, ariosa, come se avesse davanti una giornata al mare con gli amici e non il calvario che li aspetta.

«A parte tutto, Carlo, voglio dirtelo: sono contenta che risali a bordo, magari questo complicherà le cose tra noi, ma...».

«A parte tutto cosa?».

Lei si confonde un po', lui decide di rimediare:

«Bianca, tra noi non cambia niente, cioè, come sai può sempre cambiare tutto, ma non dipenderà da Flora De Pisis, questo te lo prometto. Stiamo solo un po' attenti, perché non voglio che tutto il palazzo parli del flirt tra il commissario politico e la produttrice...».

«Uh, clandestini! Che emozione!», ride lei.

«Dai, dimmi cosa ci tocca sopportare oggi».

Lei gli fa un rapido resoconto, in modo che lui non arrivi all'appuntamento con Flora De Pisis completamente impreparato, sordo, cieco e inadempiente.

Alla riunione sono in sei, la Ballesi che tiene i conti, Carlo, due autori, un maestro laureato in scalettismo estremo, che sa a che ora è meglio far piangere la gente – mai prima della seconda pausa pubblicitaria – e Flora, che fa il suo ingresso fatale come Liz Taylor. Recita un suo fiorito monologo per dire che il programma va benissimo, anche ieri ha avuto i complimenti dal nono piano, e che però proprio perché va bene bisogna cambiare, muoversi, sorprendere il pubblico... E poi sono tempi nuovi, serve più fiducia, più... cerca la parola, ma non la trova.

«Gli italiani sono spaventati, noi dobbiamo rassicurarli, e aiutare quest'aria nuova...».

Non dice che li ha spaventati lei, gli italiani, fino a mercoledì scorso.

«Quindi non si piange più?», chiede un autore, il più giovane, sconcertato come un Van Gogh a cui hanno vietato il giallo.

«Ma sì, ma sì!», dice la diva Flora... «Solo che si può commuoversi in tanti modi!».

Lo vedete, Carlo Monterossi? Vuole morire.

La scaletta rivela che Flora ha cominciato a lavorare ai tempi nuovi. Su tre casi di cui si occuperanno solo uno è cronaca nera, e cominciano da quello. L'altro autore, il più anziano, racconta la storia, come l'hanno costruita, «pettinata», come si dice nel loro gergo da plasmatori di immondizia popolare.

Hanno questa vedova, piacente, sui cinquanta. Il marito è morto ammazzato nove anni fa, ucciso dal socio, avevano un'officina, hanno litigato, quello è caduto e ha sbattuto la testa. Preterintenzionale, il socio si è fatto otto anni. Nel frattempo ha chiesto scusa in tutti i modi alla signora, lettere su lettere, cose da spezzare il cuore, rimorsi e speranze, e lei ha risposto, la sventurata.

«Vabbè, la faccio breve, quando l'assassino del marito è uscito di galera si è trasferito armi e bagagli a casa della vedova, hanno passato due mesi da piccioncini, anche un viaggio a Venezia, poi lui le ha fregato tutti i risparmi ed è sparito».

Ora aspettano che Carlo dica la sua. Ma lui fa solo una domanda: «Voi come pensavate di fare?».

L'autore anziano alza le spalle:

«Alla vecchia maniera. La signora racconta la storia, le lettere dal carcere del mostro, la vita modesta, eccetera eccetera, abbiamo mandato la troupe a casa, un bilocale vicino a Terni che grida tristezza. Verso le 22 e 10 almeno otto milioni di persone vorranno linciare il porco, pece, piume e forca per finire la festa, ma lei si asciuga le lacrime e dice che lo perdona. Ho già parlato con la produzione...», guarda la Ballesi. «Il tipo le ha fregato quarantamila euro, noi gliene diamo quindicimila per dire che lo perdona, poi se lo perdona davvero, naturalmente, sono cazzi suoi».

«A me piace», dice Flora.

Già si vede nella parte di quella che arringa le folle per dire che il perdono è la risposta migliore, che la signora potrà alzarsi ogni mattina e guardarsi allo specchio, mentre lui? «Lui no, amiche, credetemi, lui no». Il tutto senza alcun pudore né rispetto per quel piccolo grande dramma, oltre al fatto che la signora preferirebbe avere i suoi quarantamila che guardarsi in tutti gli specchi del mondo, molto probabile.

E questa sarebbe la nuova Flora?, pensa Carlo.

La Flora della settimana scorsa, prima che le venisse comunicata la svolta sui tempi nuovi, avrebbe ululato: ma la polizia dov'è? Le autorità cosa fanno? Non si rendono conto che oggi noi cittadini italiani siamo circondati da criminali? Che se li prendono escono il giorno dopo?

È un passo avanti, pensa Carlo, ma così non va bene, troppo cattivi ieri, troppo buoni oggi, non è una svolta, è un testacoda, Flora non sarà credibile... no.

«Non va bene», dice.

L'autore anziano mette il muso, Flora De Pisis si fa attenta.

«Non c'è il conflitto, non c'è lo scontro. Va bene, la signora è stata fregata, peggio per lei, penserà la gente, se sei così scema da metter su famiglia con l'assassino di tuo marito... Va bene, lei lo perdona, e questo è buono... ma poi arriva Flora che le dà ragione, brava signora, che lo perdona... un po' meccanico, no?».

«Tu cosa faresti?», chiede Flora. Si studia l'unghia rossissima di un pollice come se fosse la superficie di Marte, forse manderà una spedizione.

«Ce l'ha un parente, 'sta signora?».

«Ma sì, un figlio, ventisei anni, che naturalmente è molto incazzato, primo perché la mamma va in tivù a coprirsi di ridicolo, e poi lui lo stronzo non lo perdona per niente, gli ha ammazzato il padre, ha derubato la madre, probabilmente lo sta cercando per tirargli il collo».

«Benissimo, invitiamo anche lui».

Tutti lo guardano stupiti.

«Ma sì, la signora presa d'amore cieco che prima perdona l'assassino del marito e poi gli perdona anche il furto. Il figlio che vuole vendetta. Madre e figlio che si scontrano su giustizia, passione, castigo, pietà... la vita, il mondo... lui le griderà di essere una deficiente, che non ha diritto di perdonare chi ha ucciso suo padre. Lei lo accuserà di essere senza cuore... incapace di amare. Perfetto».

Nei salotti di tutta Italia, nei tinelli marròn del nostro scontento, un esercito dolente e ferito, impaurito, di mariti e di mogli, ormai spossati dalla vita in comune, prosciugati, avranno qualcosa di cui parlare, si divideranno, si accapiglieranno come quand'erano ragazzi: il romanticismo da cucina economica contro il vecchio, caro pragmatismo dell'indietro-i-soldi.

«Ma se fanno tutto loro, io cosa faccio?», dice Flora. È passata all'unghia dell'indice.

«Tu non devi fare il tifo, Flora. Tu stai con uno quando ti sembra che abbia ragione, e con l'altra quando serve. La vita è complessa. Che fare? Guardate questi affetti dilaniati! Queste vite sul filo... Ti scriviamo un po' di Shakespeare formato famiglia e tu, Flora, gli spieghi che il mondo non è bianco o nero... che la giustizia non è dritta, ma fa le curve e i ghirigori... come il cuore... solo la nostra coscienza è dritta... eccetera, eccetera. Altri cinquemila per il figlio li abbiamo?».

La Ballesi fa segno di sì. Arriva anche il sì di Flora, che ora si rivolge all'autore senior che deve tirar su il tendone del circo: «Trovami qualcosa di Shakespeare da citare al momento giusto».

Quello raccatta i suoi appunti, annuisce, saluta ed esce dalla stanza. Gli toccherà anche leggersi Shakespeare, Carlo sa che si è fatto un nemico.

Le altre due storie sono piccole cose, il solito triangolo amoroso, quello lo metteranno all'inizio, per scaldare la platea. Due cretini che si contendono un'attricetta più cretina di loro. Uno le ha regalato una Mini, quell'altro un'Audi. Allora quello della Mini si è risentito ed è andato a riprendersi la macchina, lei l'ha denunciato per furto e adesso stanno agli avvocati, ma l'attricetta ci ha ripensato e adesso viene lì a chiedere scusa e a implorare quello della Mini di tornare da lei. Il dettaglio è che ora lui ha fatto i soldi – è un piccolo industriale che sta diventando grosso – e non c'è più una macchina di mezzo, ma un biglietto di prima classe per una vita da signora. Insomma, aveva puntato sul cavallo sbagliato, la ragazza, e adesso vorrebbe tornare a un minuto prima della corsa per cambiare la scommessa.

Flora ride. Un riso che contiene tutto il disprezzo del mondo. Carlo è tentato di darle ragione, ma c'è un però: non puoi pretendere di raccontare il mondo e disprezzarlo soltanto.

Per finire il polpettone, c'è l'intervista all'attore famoso, che ha il film in uscita – una commedia che fa ridere ma anche pensare, ovvio – e poi andrà quattro mesi a salvare le balene nel mar del Giappone, con la fidanzata nuova, appena scartata dalla confezione, che presenterà per la prima volta al pubblico.

Flora sbuffa, ma sa che in chiusura di programma, dopo il drammone, una cosa più leggera aiuta.

Fine della riunione, tutti al lavoro, Carlo Monterossi e Bianca Ballesi prendono la macchina di lui e vanno a pranzo lontani dal grattacielo azzurro. Lontani per modo di dire, però, insomma, fuori di lì.

«Allora, che mi dici, li affrontiamo bene questi tempi nuovi?».

«Vuoi che ti dica bravo, Carlo? Te lo dico, molto bravo e molto disgustoso, come al solito». Ride. «Magari stasera festeggiamo».

«Cosa c'è da festeggiare?».

«Beh, Flora sembrava un agnellino».

«È solo l'inizio, Bianca, e per stasera...».

Lei lo guarda attraverso il bicchiere di vino.

«C'è qualcosa che devo sapere?».

«In che senso?».

«Non siamo mica sposati, Carlo, hai capito benissimo».

«Sì, ho capito e no... non c'è niente che devi sapere, nessuna majorette che fa il balletto o cose simili, solo affari con Oscar e quella sbirra nuova che lavora con lui, la Cirrielli».

«Se succede dimmelo, però, ti chiedo solo questo».

«Se succede sarai la prima a saperlo, Bianca... beh, magari la seconda».

«Che cretino».

Naturalmente è una piccola bugia.

Gloria Grechi non ha i tacchi con la zeppa e non guida una Ford scassata, quello non è il Texas, solo la periferia di Milano alle sei e mezza del pomeriggio, lui non guiderà fino ad Amarillo, e anche oltre, «finché i sedili non scoloriranno», ma solo fino a casa, venti minuti da lì. E quella canzone che gli torna sempre in testa quando pensa a lei, l'hanno scritta in coppia Bob Dylan e Sam Shepard, dici poco... mentre lui? Lui disegna i tempi nuovi per Flora De Pisis, in omaggio alla riverniciata visione del mondo del pezzo di merda del nono piano.

Eppure Gloria Grechi ha addosso qualcosa che brilla.

Una con un amore così netto, deciso, senza pieghe, senza condizioni, una che dovrebbe struggersi di dolore per l'uomo perduto, magari morto. O peggio ancora, per uno scappato via con un'altra e tutti quei soldi. Sì, «Te ne sei andato con una nuova ragazza e un milione di dollari» è un verso che sarebbe piaciuto a Dylan, e anche a Sam Shepard, naturalmente. Ma lei pare serena come se il suo Alberto fosse andato a pesca, o trattenuto da un contrattempo, o deviato per un accidente dalle normali rotte della vita quotidiana. Non ha nemmeno un grammo di dubbio che tornerà e saranno felici.

Carlo è ammirato, ma sente anche il piccolo morso dell'irritazione.

La trova seduta su un divano bianco del suo salotto che sfoglia un libro d'arte preso da uno scaffale.

«Mi ha aperto Katrina. Donna straordinaria. L'ho guardata cucinare e parlare con la sua Madonna magnetica. Cos'è, aspetta un reggimento di ussari per cena?».

«Che io sappia siamo io e lei».

«Allora con quello che le ho visto mettere in frigo possiamo stare qui asserragliati per qualche mese».

Spiritosa, la ragazza, ma Carlo Monterossi non è dell'umore.

«Dov'è andata stamattina?».

«Faccende da sbrigare».

«Ha una vita nuova, un sacco di soldi, un marito scomparso, che faccende deve sbrigare?».

Lei sorride, sempre in quel modo.

Poi c'è la solenne cerimonia del cibo. In effetti Katrina ha esagerato, come se fosse un segnale in codice:

«Signor Carlo tratta bene bella signora, ma anche altra bella signora Bianca». Quindi lui porta sul grande tavolo del salotto tutto quello che c'è, mousse di salmone, scampi crudi, insalata di arance, il tocco dell'Est lo danno le aringhe con le mele e la panna acida. Al secondo penseranno dopo.

«Posso aiutare?».

«Scelga il vino».

Lei guarda la vetrina refrigerata come se sfogliasse le coste dei libri su uno scaffale. «Che dice, ancora champagne?».

«Che noia, eh?».

Lei fa una risata, una cascatella di suono amico, una risata vera.

«A Alberto non piace, quindi approfitto che lui non c'è».

«Allora ce l'ha un difetto, questo Alberto! Perché non mi parla un po' di lui... dopotutto lo stiamo cercando».

«Cosa devo dirle? È il mio uomo».

«Allora sarò più diretto. Se la mia donna fosse scomparsa, forse inseguita o addirittura catturata dai cattivi, io starei malissimo. Oppure penserei che se n'è andata con uno più interessante di me e sarei disperato ancora di più, forse al punto di rivalutare l'ipotesi dei banditi».

«Vorrà perdonarmi, Carlo, se le mie disperazioni le tengo per me. E poi, sa cosa succederà veramente? Alberto tornerà qui a prendermi e mi porterà via».

«Sì, certo, tutti abbiamo visto *Ufficiale e gentiluomo*».

«Oh, che cinismo! Non è pronto per lo spettacolo di

un amore indistruttibile, vero? Le dà fastidio, dica la verità».

Gli dà fastidio? Un po' sì.

«Quella cosa che dice lei non esiste in natura... di cosa stiamo parlando? Sono cose che si pensano in prima media, poi ci si ricasca nel biennio del liceo, poi prevale il realismo. Le cose indistruttibili non esistono, Gloria».

«Che scemenza, Carlo. Tutto quello che non esiste esisterà. Guardi qui», agita un gambero tenendolo per la coda, bellissimo, rosso, «... milioni di anni fa i gamberi non esistevano e poi... voilà! Le montagne, Carlo, la forza di gravità, le nuvole, i treni... tutte cose che non esistevano e poi sono esistite... ma non voglio convincerla».

«È letteratura, Gloria».

«Può darsi».

Ma lui non è soddisfatto, non gli basta. Quella spiegazione da adolescente, anche così, esposta con la piena certezza di una donna adulta, non può essere sufficiente.

«Avete rafforzato il vostro legame commettendo un delitto insieme, tutto qui...».

«Tutto qui?», ora il suo sorriso è beffardo.

«Se è così sicura che tornerà a prenderla con il cavallo bianco, perché lo stiamo cercando?».

«Perché qualcosa può andare storto».

Ora non sorride, è terribilmente seria e Carlo le vede negli occhi, per un istante, il guizzo acido della paura.

Venticinque

Carella è come impazzito, come l'avesse morso la tarantola. Dopo un mese è la prima volta che si muove qualcosa, anche se come si muove non gli piace.

«Ridimmi tutto per bene, Ghezzi».

«È la terza volta, però!».

«Ridimmi tutto per la terza volta».

La solita storia, cose che giravano, un indirizzo dalle parti di via Varesina, in fondo, dove si va alle autostrade, uno strano viavai. E poi qualcuno gli aveva detto che il posto dove Filippo Maria Gelsi era andato a ritirare qualcosa era quello, via Raimondi, una specie di magazzino. Nient'altro.

«Chi?».

«Voci».

«Ritirare cosa?».

«Non lo so».

Gregori è occupato. Una riunione col prefetto, perché bisogna mettere un po' di uomini sulla faccenda del decoro, che vuol dire cacciare in periferia un po' di disperati che stanno in centro, disturbano i turisti e i bravi cittadini. Tempi nuovi.

Carella non ce la fa a star lì a girarsi i pollici, così trascina Ghezzi in macchina e parte. Intanto chiama il sostituto procuratore. Sì, un mandato. Sì, subito.

«Si muove qualcosa?», chiede il magistrato.

«Se posso andare a vedere con un mandato in mano poi sarà il primo a saperlo». È il modo più gentile che ha per dirgli di muovere il culo.

Carella guida come Fangio, si fa ripetere da Ghezzi il chi, il come, il perché. Ma non c'è molto da ripetere, solo l'indirizzo, e ora ci passano davanti, rallentando appena. Tutto chiuso. Fanno un altro giro. Il palazzo ha un'altra uscita, per bloccare la rampa basta una macchina, ma ne servono anche una all'inizio e una alla fine della via, più un paio in zona, dovesse mettersi male.

Si allontanano un po' e Carella accende la sirena. Dieci minuti dopo sono da Gregori, che è furibondo, sono appena le dieci del mattino, e si sfoga con loro, naturalmente.

«La poderosa operazione contro lo spaccio alla stazione di Porta Genova ha fruttato due fermi, sette bustine di coca da mezzo grammo, trenta euro l'una, due sfigati senza permesso di soggiorno, un nigeriano che mostrava l'uccello e una ragazzina in coma etilico. Quaranta uomini per sette ore. Ma vaffanculo!».

In situazioni normali Carella avrebbe fatto una battuta acida delle sue, ma non ora, ora è preso dal demone della fretta. Mostra il mandato che è arrivato in questura prima di loro, spiega in due parole e taglia corto quando Gregori chiede qualcosa di più.

«Sappiamo solo questo, capo. Ci servono cinque macchine e una decina di uomini».

«Stai scherzando, vero, Carella?».

Combattono per dieci minuti. Poi Gregori fa una telefonata col suo bigrigio Sip degli anni Cinquanta, fa proprio i numeri con la rotella, e comunica l'ultima offerta:

«Tre macchine, sei uomini, più tu, Ghezzi e Sannucci, fanno nove, non rompere i coglioni, Carella, che non è giornata».

Ghezzi è stato zitto tutto il tempo.

Ora sono di nuovo in auto. Le pattuglie pronte a intervenire, loro tre su una Fiat grigia a poca distanza dal cancello e dalla rampa di via Raimondi. Aspettano che arrivi qualcuno, ma non succede niente.

Una signora esce dal portone vicino al cancello. Ghezzi la avvicina, gentilissimo.

«Signora, mi scusi, un'informazione... Ma qui è dove consegnano i pacchi?».

«Uh, lasci perdere! Un viavai, giorno e notte!».

«Ma cosa consegnano lo sa?».

«Ma no... pacchi, moto e macchine che vanno e vengono. Saranno quelli che vendono le cose sul computer, Internet... che ne so... meno male che se ne vanno».

«Come, se ne vanno?».

«Mah, li ho visti portar via dei mobili e stamattina non è passato nessuno, strano, perché di solito tra le sei e le sette c'è movimento, e anche prima».

«Hanno chiuso bottega», dice Ghezzi, tornato in macchina.

Carella non muove un muscolo, prende il microfono della radio e chiama le volanti, non c'è bisogno di chiudere la via, una starà sulla rampa, una all'altro ingresso e una di scorta se dovesse sbucar fuori qualcuno.

Poi entrano, Carella ha preso un tronchese dal baule e spezzato la grossa catena, alla serratura ci ha pensato Ghezzi. Sono due stanzoni grandi, vuoti, soffitto basso, un cesso. Nella prima stanza non c'è niente, solo segni sul pavimento dove prima c'erano mobili, o casse, o macchinari. Nell'altra, un tavolo di legno, due sedie, nient'altro. Chiamano qualcuno della Scientifica e l'unità cinofila, intanto cercano di capire di chi è il posto. C'è una scatola di cartone in un angolo, Carella mette i guanti e ci fruga dentro con nervosismo. Un giacchetto impermeabile tutto unto, qualche cavetto di computer, un mazzo di fascette di carta bianca tenute insieme da un elastico, una scatola di guanti di lattice monouso. Carella gira intorno come un setter che annusa. In bagno, un cesso cieco che puzza come il colera, c'è qualche giornale porno buttato in un angolo, un mobiletto di metallo con i rotoli della carta igienica e altri guanti di lattice in scatole ancora chiuse, una mensola con sopra un cappellino del Milan.

Dieci minuti dopo Ghezzi arriva con un signore, molto intimorito. Si chiama Vincenzo Ferrara, pensionato. Sì, il magazzino è suo. Ripete a Carella quello che ha detto a Ghezzi, quando ha visto il tesserino è diventato bianco come la schiuma della birra. Carella non ha bisogno di fare il duro, perché è incazzato come una vespa in un bicchiere. Sì, ha affittato i locali. No, non lo sa a chi, un uomo grosso. Niente contratto, una stretta di mano.

«E lei affitta così, senza nemmeno una firma?».

«Mi ha dato trentamila in contanti, per i primi tre anni».

«Lo sai che ora sono guai?». Carella è passato al tu, e vaffanculo l'etichetta.

L'uomo piagnucola, dice che è malato, il cuore, che con i suoi seicento euro di pensione quei trentamila erano una mano santa. Se fosse un po' più lucido capirebbe che tre volanti, uomini in divisa e in borghese, la rampa bloccata da una macchina con la luce azzurra... non è certo per un affitto in nero. Ma non lo capisce, e allora comincia la solfa:

«Con tutti i delinquenti che ci sono in giro venite qui a rompere le balle alla gente perbene...».

Carella si trattiene dal dargli una sberla, ma si vede che fa fatica. Chiama un agente della terza volante.

«Porta questo stronzo in questura, poi lo sentiamo, con calma, quando abbiamo tempo».

L'unità cinofila fa il suo giro, due bei lupi dagli occhi morbidi e marroni, poi il capo dei dog-sitter si avvicina a Ghezzi e Carella.

«Niente, qui droga non ce n'era».

«Sicuro?».

«Sicuro. Se avessero pulito tutto con la candeggina potrei avere un dubbio, ma qui non ha pulito nessuno. Vi dirà meglio la Scientifica, ma se spostano o custodiscono della roba, una traccia i cani la trovano sempre, invece niente».

Quelli della Scientifica chiedono cosa devono cercare.

«Tutte le impronte che trovate».

Intanto Sannucci e Ghezzi fanno il giro del palazzo, suonano ai citofoni, bussano alle porte, sono quattro piani, otto appartamenti, quasi tutti vecchi che non sanno niente, due badanti sudamericane che non sanno niente pure loro, due appartamenti sono vuoti, qualcuno lavora, per fortuna, si fanno dare i nomi e mandano Sannucci a cercarli.

Prima delle due sono in questura, il sostituto non è ancora arrivato, così si dedicano al signor Ferrara, il pensionato che affitta agli sconosciuti.

Niente da fare, non esce più di quello che avevano spremuto prima, il tubetto è vuoto, lo lasciano lì a frignare.

Ora Gregori e il sostituto sono seduti con i bicchierini del caffè in mano. Il sostituto sembra annoiato, ma si fa attento quando Carella comincia.

«Abbiamo solo una soffiata, il ragazzo è passato di lì prima di essere ammazzato dall'altra parte della città, stiamo sentendo gli inquilini, nessuno sa niente, ma che c'era un viavai un po' strano lo dicono tutti. Tra il magazzino e il cortile giravano tre o quattro uomini, sempre quelli, gentilissimi, buongiorno e buonasera. Anche quando c'era movimento di notte cercavano di non dare troppo fastidio».

Entra Sannucci, i due che non erano in casa li ha trovati, uno in ufficio, l'altra fa l'infermiera all'ospedale Sacco. Questa dice che i picchi di traffico erano di mattina prestissimo, le quattro, le cinque, ma ci stavano attenti, chi arrivava in moto o motorino, per esempio, spegneva il motore un po' prima, non smarmittava in cortile, lo aveva interpretato come un segno di cortesia di povera gente che deve lavorare di notte, come lei, d'altronde. Però aveva notato che erano più gli arrivi che le partenze, cioè, l'impressione è che arrivasse più merce di quella che usciva. Oppure ne arrivava poca per volta e usciva tutta insieme, chissà.

«Non più di questo, capo».

Il sostituto non firma il fermo per il signor Ferrara.

«È un pensionato terrorizzato, quello non scappa, mandatelo a casa, magari capisce e si ricorda qualcos'altro».

Ghezzi è d'accordo, Carella no, si vede dall'occhiata che lancia a Gregori.

«Aspettiamo la Scientifica, capo, gli dia una mossa».

Passano ancora tre ore, ore di scartoffie, di teorie, di caffè bevuti controvoglia, per fare qualcosa. Solo Sannucci sta piegato sul suo computer come Coppi sul Col du Galibier, ma nessuno gli passa una borraccia, c'è un nervosismo stanco.

Poi, alle sette e mezzo, mentre tramonta, Gregori li chiama su al terzo piano.

Rieccoli in quella stanza, questa volta non c'è il procuratore, ma uno della Scientifica, uno che sembra un professore.

«Allora, il magazzino era sporco, si vede che nessuno faceva le pulizie da mesi, forse anni, una spazzata per terra e via, quindi quello che abbiamo trovato è un po' confuso, fibre, certo, pezzi di carta, diversi tipi di sporco portato da fuori, ma niente che aiuti...».

«Le impronte?», dice Carella.

«Va un po' meglio. Avevano un sacco di guanti di lattice, là dentro, vuol dire che usavano quelli. Tavolo e sedie sono stati puliti con cura, qualcuno ci ha passato uno straccio, non esiste che su una sedia non ci siano impronte...». Se passa un altro minuto Carella se lo sbrana, lo scienziato, lui capisce e si affretta a continuare: «Tre impronte isolate. Una è sporca, ci stiamo lavorando. Le altre pulite, un pollice e un indice, uno su una scatola di guanti e l'altro sui giornaletti che abbiamo trovato al cesso, roba porno, schifosa, direi... e questo qui lo conosciamo...». Guarda gli appunti: «Salvatore Geraci... sessantun anni...».

Carella lascia andare un sospiro che fa il suono di quando aprono le dighe, una cascata di sollievo.

Sannucci si precipita giù ai computer, Ghezzi e Carella fanno altre domande. Idea di cosa facessero là dentro? Carta oleata per conservare armi? Le fascette? Quello della Scientifica non capisce. Le fascette di carta, dice? O quelle altre?

«Quali altre?».

Nella scatola con il giubbino impermeabile e quelle listerelle di carta bianca tenute dall'elastico, c'era anche una confezione di fascette di plastica, stessa marca, tipo e dimensioni di quelle che legavano Filippo Maria Gelsi al volante della sua macchina mentre qualcuno gli sparava. Carella non le aveva notate, mentre annusava come un segugio impazzito.

«Non fatevi viaggi troppo lunghi, sono fascette che si trovano dappertutto».

«Però è un'altra cosa che collegherebbe il magazzino all'omicidio, non è più solo una soffiata», dice Ghezzi.

Torna Sannucci, con qualche foglio in mano, e lo guardano tutti.

«Salvatore Geraci, nato a Locri nel... '56. Precedenti per furto, poca roba, e vecchia pure, del 2004, sei mesi di domiciliari, poi prescrizione, perché il processo era complicato e le parti civili litigavano sulle udienze... almeno io ho capito questo. Due denunce per usura, ma anche quelle finite in niente, cioè, ritirate prima del processo, ma non era lui il cravattaro, sembra più un galoppino».

«Dove sta lo sappiamo?».

«Qui dice viale Espinasse 128, è vicino a via Raimondi».

C'è il solito dubbio: prenderlo e sperare che parli, oppure tracciarlo, controllarlo e vedere se porta a qualcuno, a qualcosa, se illumina il loro cammino.

Carella è per andare a prenderlo subito, Gregori teme che sia perché ha le mani gonfie di schiaffi e le vuole svuotare.

«Tu che ne dici, Ghezzi?».

«Io dico che bisogna prenderlo, ha ragione Carella, le spiego perché, capo».

«Che coglione che sono, ovvio che tu per stare con Carella manderesti affanculo anche Padre Pio».

«Non gli somiglia per niente a Padre Pio, capo. Ma senta perché, prima, poi tanto decide lei, no?».

«Vedo che capisci le cose al volo, Ghezzi. Sentiamo».

«Il ragazzo è morto, quando? diciamo un mese fa, sì, quasi un mese esatto. Mettiamo che sia partito da lì per consegnare la sua merce, che non era droga. La prima cosa che fa una banda col morto sul groppone è mollare il covo, no? Invece sono restati lì per un mese a fare quello che facevano prima e hanno chiuso bottega solo ieri, a quanto pare in fretta e furia».

«È successo qualcosa», dice Carella.

«Sì, qualcosa che noi non sappiamo, ma che forse c'entra con la soffiata. Cioè l'impressione è questa: erano tranquilli e pensavano di averla fatta franca, cioè che non si potesse collegare il morto con il magazzino, poi qualcosa è cambiato».

«E quindi?», Gregori vuole capire bene.

«Aspetti, capo. Nel covo ci tenevano qualcosa, giusto? Io dico soldi, dalle fascette di carta, ma è solo un sospetto, adesso non è importante. Era un punto di spedizione dove questa roba misteriosa andava e veniva, ma quindi era anche un deposito... Se hai della merce stoccata e ti salta un deposito, cosa fai? O cerchi un altro deposito o ce l'hai già... Ora, se le cose sono in movimento veloce come sembrerebbe dalla fuga da via

Raimondi, noi tracciamo il telefono di questo Geraci, se ci riusciamo, ammesso che abbia un numero intestato a suo nome... possiamo fare anche delle ambientali... vuol dire giorni, e magari se c'è un altro magazzino finisce che quando ci arriviamo è vuoto pure quello. Meglio prenderlo, capo, magari senza la fanfara, io, Carella e Sannucci, una cosa silenziosa, così abbiamo qualche ora prima che si sappia che l'abbiamo fermato e quelli non si mettono in allarme».

Ora sono le nove e un quarto, Salvatore Geraci a casa non c'è, ovvio. Fanno un giro nei bar della zona e non lo vedono, così si mettono in macchina sperando che torni. Carella freme come un gatto che vede una farfalla, va a bersi il ventesimo caffè e Sannucci rimane solo con Ghezzi.

«L'ha visto il filmino, sov?».

«E dove lo vedevo, Sannucci, al cinema?».

«Gliel'ho mandato su WhatsApp, non lo controlla mai il telefono?».

Allora lo guardano insieme sul cellulare di Ghezzi, che non è proprio l'ultimo modello, ma si vede tutto bene, benissimo. Dura due minuti e 27, si vede il bulletto che prende le sue sberle, il telefono sotto i tacchi di una coi capelli blu, altre sberle e poi lui che frigna e sbava che lo dice a papà, chiamo mio padre, chiamo mio padre. Uno che sta in un filmino così, una simile figura di merda, non esce più di casa per due anni per la vergogna, fosse anche figlio del presidente della Repubblica. E poi è tutto quello che può fargli male: preso a sberle da una donna, frignone che chiama il papà, anche se il pezzo che fa più impressione è quando singhiozza come un pupo in carrozzina, il duro sembra un bambino, Ghezzi ne ha visti tanti, così, il giorno della sentenza.

«Perfetto», dice. Poi, lui che sta sul sedile del passeggero davanti, dà una manata sul petto a Sannucci, che sta sui sedili dietro. «Bravo Henry Ford, quando devo cambiare la macchina vengo da te».

Ora Carella è tornato e sta al suo posto di guida, e dopo una mezz'ora torna a casa anche Salvatore Geraci. Lo fermano mentre sta aprendo il portone.

«Salvatore Geraci? Venga con noi, per piacere». Se quello protesta o dice qualcosa non lo sanno, non ci fanno caso, lo tengono in mezzo tra loro due, Ghezzi e Carella, e lo spingono sul sedile di dietro con Sannucci, che gli mette subito le manette.

Ma Carella cambia idea.

«Guida tu, Sannucci», e va dietro col Geraci. L'uomo capisce subito che è uno scambio che non gli conviene. Ora Sannucci guida, Ghezzi e Carella studiano l'uomo. È magrolino, piccolo, scuro come il carbone, capelli neri, baffi neri, vestito con stracci da poco, i pantaloni da lavoro stazzonati, una camicia con più di una macchia, si vede la canottiera in trasparenza.

«Sudi? Non fa mica così caldo», dice Carella.

«Cosa volete?».

«Fare una chiacchierata», dice Ghezzi.

«Tranquillo, non usiamo gli elettrodi ai coglioni, anche se potremmo, sai? C'è uno sceriffo nuovo al ministero, e ci fa fare quello che vogliamo... Sempre che ce li hai, i coglioni».

In ufficio lo mettono su una sedia e lo ammanettano dietro la schiena.

«Parlaci di via Raimondi».

«Lavoravo lì, hanno chiuso ieri».

«Con ordine, dall'inizio».

Insomma, l'uomo lavorava in via Raimondi da sei mesi, gli davano tremila al mese, che è un bel prendere, perché di fatto non faceva niente. Un po' di lavori di fatica, tipo la spesa se serviva qualcosa...

«Hai comprato tu i guanti di lattice?».

«Sì».

«Coglione, ci hai lasciato un'impronta, e una anche sui giornali zozzi in bagno, cos'è non ti sai fare le seghe coi guanti?».

Comunque lui era arrivato dopo, c'erano altri tre uomini, non sa i nomi né niente, parlavano pochissimo, e quando c'era lui meno ancora.

«Ti davano tremila euro per comprare i guanti al supermercato?».

«Anche per pulire il cesso, e fare la guardia, quando loro andavano a pranzo insieme, ma capitava raramente».

«E a cosa facevi la guardia?».

«Soldi».

Ora l'uomo dice tutto, il che significa un miscuglio di tutto quello che sa e di tutto quello che pensa possa convenirgli. Arrivavano soldi, tanti, soprattutto a fine serata, verso le cinque, le sei del mattino. Biglietti da venti e da cinquanta. No, non sa da chi o da dove, ma motorini, macchine, moto, scatole, borse, sacchetti di contanti. I tre uomini scrivevano delle cose su un computer portatile, contavano, mettevano le fascette ai soldi e preparavano delle borse. Lui non stava lì sempre, ogni tanto le borse non c'erano più, segno che qualcuno le portava via. Dove non lo sa.

«Questo l'hai mai visto?», dice Ghezzi mostrandogli una foto di Filippo Maria Gelsi.

«No, chi è?».

«È un vostro corriere morto ammazzato».

«Il ragazzo vicino a Segrate?».

«Sì, come lo sai?».

«Dal giornale. Non sapevo che fosse un corriere di quelli là, si vede che partiva di notte».

«E dove andava?».

«Non lo so».

«Mi sembra che non sai un cazzo».

«Veniva uno grosso, una specie di capo, uno fissato con... come diceva... sì, con le procedure. Una volta ha beccato uno senza guanti e gli ha fatto un cazziatone».

«Nome?».

«Boh, guida una Toyota grigia, o guidava, non lo so, l'ho visto arrivare una volta sola».

Ghezzi sta cominciando a vedere la nebbia che si dirada, ma ce n'è sempre troppa.

«Tu sei un ladro, Geraci, come ti spieghi che quelli

ti lasciavano lì con tutti quei soldi mentre andavano a mangiare? Non hai avuto la tentazione?».

«Nessuna tentazione, capo, quella lì non è mica gente che ti fa il processo».

«Chiama ancora capo il mio collega e ti spezzo le dita, stronzo. Quando prendiamo il capo tuo, lo mettiamo nella stessa cella e diciamo che hai cantato».

L'uomo ha un piccolo brivido.

«Non diciamo stronzate, non so nemmeno chi è».

«Adesso dall'inizio, cosa facevi di giorno, di notte, cosa facevano loro, come venivano confezionati i soldi?».

Il piccoletto ripete tutto altre tre volte. Sembra invecchiato di quindici anni, e non è che prima fosse in forma.

Mentre aggiunge dettagli – dettagli che non aiutano – a Ghezzi suona il telefono. Guarda l'ora, è quasi l'una. Strano, la Rosa non chiama mai se sa che sta lavorando, e se lui non è a casa a quell'ora sta certamente lavorando...

«Dimmi, Rosa».

«Ti passo la tua amichetta». Lui non capisce, poi sì.

«Ciao, Margherita», sente che piange. «Cosa c'è?».

«Mi ha mandato un messaggio che dice che mi ammazza... di più... mi fa delle cose... schifose, e poi mi ammazza. Scusi se ho chiamato, signor Tarcisio, ma...».

«Margherita, se piangi e parli non si capisce, o piangi o parli, facciamo che parli, eh!».

Lei ripete, ora ha la voce più ferma.

«Fatti una bella risata, Margherita, perché a te non ti ammazza nessuno, e le cose schifose falle solo se hai voglia di farle e con uno che ti piace... io ho risolto il problema e domani ti spiego come...».

«Domani non ci vado, a scuola!», ha quasi strillato. Ghezzi ride.

«Ma sì che ci vai, Margherita. Anzi, domani ci vai proprio elegante, che si fa festa. A che ora ti alzi?».

«Sette e venti».

«Benissimo, allora abbiamo un appuntamento in cucina, io te e la Rosa, alle sette e mezza, facciamo colazione e ti spiego tutto».

«Sicuro?».

«Marghe...».

«Va bene, ho capito, a colazione».

«Però dormi, eh! E domani devi farti molto carina per andare a scuola, guarda, ti lascio il bagno per mezz'ora, questo sì che è un regalo».

La ragazza ride.

Uno che non ride per niente è Salvatore Geraci. Carella gli ha spiattellato il solito menu.

«Non è che vai in galera perché guardavi tre tizi che contavano i soldi, gli pulivi il cesso e gli facevi la spesa. Qui c'è di mezzo un omicidio, e stavolta ci crepi, dentro, altro che domiciliari, pezzo di merda. Dai, diccela ancora, da capo».

Quello ripete, ad ogni giro un dettaglio in più, una sfumatura diversa, ma niente che li aiuti veramente.

Alle sei e mezza del mattino capiscono che non ha senso andare avanti. Lo tengono lì e lo risentiranno domattina, cioè stamattina, tra poco, prima di avvertire il sostituto. Ghezzi è in piedi da quasi ventiquattr'ore e non ne può più, Sannucci si è appisolato su una scrivania, solo Carella è sveglio e vigile come un portiere ai rigori durante la finale, ma decide anche lui che è meglio mollare, soprattutto perché l'uomo non ragiona più, si confonde, comincia a deragliare.

Fuori c'è un'aria frizzantina, quella delle sette del mattino di aprile a Milano, dovreste provarla, il primo sole taglia gli angoli come in un quadro di Balla. E poi non è vero che le panetterie della città si sono tutte travestite da bar fighetto per l'happy hour, qualche forno che lavora di notte e apre presto c'è ancora. Ghezzi compra tre cornetti freschissimi, ancora caldi, alla crema, non quelle schifezze surgelate che il Grande Modello per il Paese dà da mangiare agli impiegati nei bar.

Mette tutto sul tavolo e va a farsi una doccia. Quando torna in cucina c'è profumo di caffè, la Rosa e Margherita sono sedute, trepidanti, quasi più la Rosa, addirittura.

«Magari se avevamo una figlia come questa qui, le brioche alla mattina le portavi più spesso, Tarcisio». Margherita non dice niente, ma chiede con gli occhi.

Ghezzi le mette davanti il suo telefono e fa partire il filmino di Sannucci.

Lei lo guarda una volta, poi un'altra, insieme alla Rosa, si sporgono sul piccolo schermo come scienziati al microscopio, la ragazza ha gli occhi pieni di lacrime. Si alza e lo abbraccia, gli stampa un bacio su una guancia, un bacio che fa rumore, è ancora un bacio da bambini, pensa Ghezzi. Sembra contento.

«E questo come ci aiuta?», chiede la Rosa. La ragazzina invece ha capito benissimo.

«Me lo manda?».

«Non so, come...».

Lei prende il telefono di Ghezzi, schiaccia dei tasti, fa delle operazioni e si sente un trillo in salotto, il suo telefono. Poi trilla anche quello della Rosa, la ragazzina lo ha mandato anche a lei, sta già diventando un blockbuster, il capolavoro di Henry Ford.

«Solo una cosa, Margherita... non esagerare, eh! Pensa che non è una vendetta, è solo per non far girare le tue foto», dice Ghezzi. Ha un tono da padre buono, la Rosa è intenerita fino alle lacrime.

«Ma no, signor Tarcisio, anzi le faccio vedere». Smanetta ancora un po' col telefono e gli mostra un messaggio WhatsApp. A Ghezzi cade l'occhio sui messaggi precedenti, insulti e cose volgarissime che la ragazza ha ricevuto. Nel messaggio che lei gli mostra, invece, indirizzato al giovane Donatelli, c'è il filmino e una piccola frase: «Ma agevoliamo il filmato...».

«Cosa vuol dire?».

«Ah, è quello che dice Flora De Pisis quando lancia un servizio... non lo vede mai *Crazy Love*? È il programma più scemo del mondo, io e la Stefi ci facciamo un sacco di risate».

No, il Ghezzi non le guarda, quelle schifezze, ma si accorge che la Rosa sta ridendo con una mano davanti alla bocca.

«Così va bene, basta che lui sappia che tu lo tieni... sì, insomma...».

«Per le palle».

«Margherita!», e questa è la Rosa.

Ma lei ora sembra sbocciata, rifiorita, felice. Invia il messaggio e ride. Poi urla:

«Bagno mioooo!», e scompare.

Ora Tarcisio Ghezzi e sua moglie Rosa, nella luce ancora arancione delle sette e quaranta del mattino, le mani allungate sul tavolo, natura morta con tazzine, si guardano in faccia. Non dicono niente, tutti e due hanno capito. Non è una cosa bella, ma andava fatta, lei è fiera di lui, lui un po' meno, ma va bene, facciamoci giustizia da soli, sono i tempi nuovi, no? Adeguiamoci, stiamo al passo.

«Io mi sdraio un momento, Rosa, svegliami alle nove... fai nove e mezza».

Sente ancora un po' di trambusto, è Margherita che va a scuola.

«Dov'è il mio eroe?».

«Shhh... sta dormendo».

«Allora me lo bacia lei, Rosa, eh! Per bene, mi raccomando».

«Vai, vai, che fai tardi».

La buonanotte invece gliela dà il rumore del tram che fa la curva in via Farini.

Ventisei

«Cosa cazzo stiamo facendo, Falcone, dimmelo, cosa stiamo facendo?». Per farsi capire meglio, la Cirrielli tira una manata sulla scrivania.

Del professor sociologo Alberto Sentieri, l'uomo del mistero, non hanno trovato traccia, odore, ombra, niente. Nemmeno cominciato il lavoro, però stanno correndo dietro a una banda che ricicla denaro sporco e che scappa di qua e di là chiudendo e aprendo covi.

«Seguiamo quello che abbiamo, Cirrielli. Io continuo a pensare che cerchiamo un cadavere, e che l'hanno ammazzato quelli lì, quindi cerchiamo lì». Allarga le braccia: «Non abbiamo altro».

«È troppo grossa per noi, Falcone».

Le altre piste si sono rivelate una bolla di sapone, anche meno. La Cirrielli è stata all'Università, ha parlato con un po' di gente, colleghi di Alberto. Ne viene fuori il ritratto di una persona solida, simpatica, che non dava troppa confidenza, ma scrupoloso nel lavoro e amato dagli studenti. «Dalle studentesse di più», aveva sorriso qualcuno, ma senza malizia, quelle cose che si dicono dei colleghi.

Le famose allieve del suo seminario, «Mobilità urbana e mobilità sociale a Milano dal dopoguerra al boom economico», parlavano del professor Sentieri in modo ammirevole. Perché era un bell'uomo, intanto, e poi perché aveva sempre una parola, un suggerimento, un appuntamento te lo dava anche al volo, non come quei prof che ti fanno aspettare settimane. Di tante, se n'era fatta indicare una che sembrava più intima, più amica – le compagne di corso lo avevano detto con un risolino – ed era stato un dialogo sconcertante.

«Lo conosci bene?».

«Non come vorrei».

«Cos'è, gli facevi il filo?».

«No, no, volevo proprio farmelo, alla grande».

«E lui?».

«Gentile, disponibile, carino, dopodiché c'era un muro come quello di Trump col Messico. Ne abbiamo anche parlato».

«Cioè?».

«Gliel'ho detto: se ci divertiamo un po' tra noi non si fa male nessuno, lo so che hai una ragazza, che male c'è ad averne un'altra per qualche giorno?».

«E lui?».

«Rideva, mi ha detto che non potevo capire, che lui aveva qualcosa di più di una ragazza, e si è fermato lì».

Quindi niente.

Quelli con cui lavorava, invece, lo cercavano anche loro, ma per menarlo. Lavori lasciati a metà, consegne non rispettate. Il prof non si era nemmeno preso la briga di chiudere le pratiche aperte, prima di scomparire e di rifugiarsi in via Vignola, in un appartamento che non poteva permettersi, con la sua qualcosa-di-più-di-una-ragazza.

Falcone ha ascoltato tutto senza fare una piega. Pensa che lavorare in coppia invece che da solo ha qualche effetto collaterale, e uno di questi è la manata della Cirrielli sulla scrivania. Pensa anche che sono a quel punto perché non hanno definito per bene le regole d'ingaggio e gli equilibrismi etici della Cirrielli. A uno sbirro puoi chiedere di fare un altro lavoro, sì, ma non di lavorare contro altri sbirri.

«L'hai detto tu alla polizia di via Raimondi?».

«Sì».

«Perché?».

«Perché c'è di mezzo un ragazzo morto e bisogna cercare l'assassino. Ma anche per un altro motivo... Il covo di via Raimondi avrebbe chiuso, non c'era più nessuno da seguire, abbiamo sbagliato a non andare dietro a quello grosso, l'altra sera, ma ormai... Insomma, tirare un osso a Carella potrebbe non essere una mossa sbagliata, magari loro, che hanno più mezzi di noi, scoprono qualcosa, muovono le acque. Dal punto di vista delle indagini nostre può servire, no?».

C'è un altro motivo, ma quello non lo dice. È che lei sa il gorgo di frustrazione e impotenza in cui si cade in quei casi, sa cosa prova Carella, la rabbia cieca, sa come gli scivolano via i giorni dalle mani, e ogni giorno che passa è più difficile prendere chi ha ammazzato Filippo Maria Gelsi. È uno che ne fa sempre una questione personale, come lei.

Falcone valuta la risposta. La parte che gli piace è che la Cirrielli pensa alle «indagini nostre», quindi non sta per lasciare la partita. La parte che gli piace meno è Carella in rotta di collisione. È un presuntuoso, bravo ma stronzo, soprattutto fa lo sceriffo, non tollera che qualcuno faccia domande se quel qualcuno non è lui.

Poi parlano ancora.

«Più ci penso e più sono convinta che la signora Grechi non ci abbia detto tutto quello che sa».

Falcone annuisce.

«Risentiamola. Mettiamola un po' alle strette, sono convinta che qualcosa viene fuori».

«Va bene, ve la porto lì».

Carlo Monterossi chiude il telefono e guarda Gloria Grechi al tavolo della cucina. Katrina ha rimandato le sue operazioni da addetta ai vettovagliamenti per lasciarli soli a fare colazione e la Grechi sembra essere perfettamente a suo agio davanti a quella tavola imbandita come al Grand Hotel. Versa del miele nello yogurt, poi qualche fragola intera.

«Andiamo dai suoi due segugi», dice Carlo. È contento di vederla, per vari motivi, perché non è sparita come la mattina prima, intanto, e poi perché questa Gloria è sempre un piacere per gli occhi. Ma è anche un po' irritato, perché in qualche modo lei si è infiltrata con naturalezza nei suoi spazi più intimi... la colazione, pazzesco.

«Mi parli della sua ragazza, Carlo».

«Non è la mia ragazza, facciamo un pezzo di strada insieme, è una persona intelligente e gradevole, siamo... affiatati, ecco». Pensa a quando fanno le loro cose sui divani, a letto, in cucina, ovunque la passione schiocchi le dita, loro ci sono, presenti!

«La ama?».

Ma siamo pazzi? Che razza di domande, alle dieci del mattino, pensa ora Carlo Monterossi. Invece di rispondere prende una tazzina pulita, il piattino, versa del caffè dalla grande moka e si sporge dalla porta che dà sul corridoio.

«Katrina!».

Ora anche Katrina è seduta con loro, rigida e composta come quando il mezzadro viene chiamato alla tavola del latifondista. Beve il suo caffè, incassa i complimenti della Grechi sulla cena di ieri sera, se la situazione si fa un po' imbarazzante cerca conforto nella sua Calamita Santa, che la guarda dal frigorifero.

«Signora Gloria oggi molto bella», dice. E sì, ha ragione.

Alla Sistemi Integrati, al secondo piano della palazzina di via Boscovich, c'è tutt'altra aria. Oscar pare pensoso, la Cirrielli invece è piuttosto aggressiva. Gloria Grechi si siede nella sua poltrona, quella dell'altra volta, ha dei jeans stretti, una maglietta dei Ramones e le scarpe rosse a mezzo tacco. Le toglie e si accoccola con le gambe incrociate.

«Lei è la cliente, facciamo il punto», dice Oscar, poi guarda la Cirrielli che parte in quarta.

«Cominciamo da suo marito. Brutte notizie, cioè niente. All'Università, conoscenze sparse, gente per cui lavorava... nessuno sa nulla da almeno sei, sette mesi... c'è da credere che dopo essere sparito senza avvertire nessuno, lei abbia avuto il suo Alberto tutto per sé, quindi è l'unica che può sapere dov'è».

La Cirrielli continua, fa nomi e cognomi, luoghi dove hanno cercato, indirizzi che lui poteva conoscere, ha disturbato parenti che non lo sentono da anni. Niente, un fantasma. Quando le dice della ragazza in facoltà, quella che col suo Alberto voleva fare qualche giro di giostra senza impegno, la Grechi sorride con una sicurezza disarmante.

Oscar, che ha messo in pista tutte le risorse esterne, cioè i suoi informatori, parla come pensasse ad alta voce.

«Carte di credito, auto a noleggio, Telepass, posta elettronica, telefono... niente, nemmeno il bancomat, cazzo!».

«Ha un milione e mezzo in contanti, spero non sia costretto a usare il bancomat, povero Alberto!», dice lei. Dovrebbe essere una battuta che sdrammatizza, e invece fa incazzare moltissimo la Cirrielli.

«Ci prende per il culo? Ci incarica di trovare uno, però lei non sembra preoccupata davvero che lo troviamo. Può essere morto. Può essersene andato per i cazzi suoi, magari ora sta un metro sottoterra, oppure a Tahiti, e pare che la cosa le sia assolutamente indifferente... in poche parole non ci aiuta».

Lei ha avuto un piccolo brivido quando la Cirrielli

ha parlato di cercarlo sottoterra, ma si è ripresa subito. Parla con voce uniforme, non piano, non forte.

«Non pretendo che capiate il legame che ho con Alberto, so che molti non ci arrivano, pazienza. Posso dire di essere sicura che non se n'è andato via da me, ovviamente spero che non l'abbiano ucciso, credo invece che lo tengano da qualche parte, per questo il lavoro che state facendo sui covi di quelli là mi sembra prezioso...».

«In via Raimondi è arrivata la polizia... hanno fermato uno, un tale Geraci, non so che ruolo avesse nella banda», dice Oscar. Lei non muove un muscolo, nemmeno una piega. Ci pensa un attimo, poi dice:

«Bene, uno su quattro, è già qualcosa, bisogna andare a caccia degli altri tre covi, Alberto potrebbe essere in uno di quelli, mi pare ovvio. Se ora li cerca anche la polizia, meglio, basta che arriviamo prima noi... e ve l'ho detto, io spero che prendano quelli che hanno ucciso il ragazzo».

«Può ritirare l'incarico», dice Oscar. «Ci teniamo i cinquemila, non vogliamo soldi in più». La Cirrielli lo guarda strizzando gli occhi. È pazzo? Lei non è una che molla un caso.

«Non vedo perché, come sapete, i soldi non sono un problema, anzi...», fruga nella borsa e ne cava una mazzetta da cinquemila euro, identica a quella dell'altra volta, la mette sul tavolino in mezzo. «Ecco! Invece voglio che continuiate... che continuiamo... e poi, prima si chiude questa storia e prima toglierò il disturbo al nostro amico Carlo, temo di complicargli la vita sentimentale con la sua ragazza». Questo l'ha detto lanciando a Carlo un'occhiata affettuosa, da amica vera.

Già, e il Monterossi ce lo siamo dimenticato? Macché. Se ne sta lì su uno dei divanetti e osserva e ascolta tutto. Quei due che vogliono metterla con le spalle al muro e lei che li spiazza sempre. È vero, ha ragione Oscar, lei sa qualcosa che non dice, ma cosa sia non riescono a capirlo. È che tutti, in quella stanza, pensano al crimine e al delitto, alla rapina, all'organizzazione, e nessuno pensa a una questione più densa, che sarebbe quel legame che la Grechi ha col marito scomparso. Non un dubbio, non un'esitazione, uno scompenso anche minimo, o il cuore che salta un battito. Come se sentisse di avere addosso una forza che supera tutte le altre, le pistole dei cattivi, le tentazioni del mondo, tutte. Ha un piano con lui, ha un disegno, è questo che non capiscono, è questo che non afferrano. A lui sembra così chiaro.

Ora Oscar è alla macchinetta del caffè, la Cirrielli fuma vicino alla finestra. La Grechi si è scusata ed è andata in bagno, e ci sta dieci minuti buoni. Quando torna si ricomincia, e la Cirrielli è in modalità supersbirro.

«Una cosa che non ci convince, signora... Voi avete seguito, pedinato macchine, fatto appostamenti in via Raimondi per... tre mesi? Più o meno. Ecco, possibile che lei non abbia traccia di quell'attività? Numeri di targa, fotografie di persone, di posti... Un'altra cosa... avete seguito il ragazzo, la sera della rapina, fin dopo la rotonda del cimitero di Segrate. Sono andata a vedere il posto, sì, è buono per un agguato come ce l'ha raccontato lei, ma come sapevate che più avanti non ce n'era uno migliore? Seguite dieci macchine e nemmeno una volta scoprite dove vanno? Non ci credo, non è possibile».

«Non è esattamente così. Sta tutto sul quaderno. Date, orari, targhe che abbiamo seguito, tutto annotato. Il quaderno l'ha portato via Alberto, o meglio stava nelle sacche coi soldi che sono scomparse con lui...».

«E com'è che non siete mai arrivati a destinazione, seguendo quelli che ci andavano?».

«Gliel'ho detto, arrivati lì le auto si infilavano in una zona residenziale facilmente controllabile, niente traffico e parecchie telecamere, abbiamo deciso di non andargli dietro, era rischioso... e poi individuare la destinazione non era la nostra priorità, cercavamo solo il posto buono per fare il colpo».

«Non ci sta dicendo niente!», Oscar è l'immagine dell'impotenza.

«Vi dico tutto quello che so!».

«Allora facciamo un altro gioco, signora. Suo marito se n'è andato in macchina. Le borse coi soldi nel bagagliaio, giusto? Però si è liberato della macchina, come, secondo lei?».

«Non saprei, io l'avrei lasciata per la strada, ben posteggiata, in una via affollata, e fine».

«Poi scende e se ne va a piedi con un milione e mezzo in due borsoni, giusto?».

«Sì, ha ragione, non me lo vedo».

«E allora?».

La domanda vaga nel vuoto, gira un po', sta sospesa, poi esce dalla finestra insieme al fumo della Cirrielli.

«Eravate... una banda, no? Complici, come dice lei... non avevate un piano B, un luogo sicuro, un rifugio segreto? Un posto dov'eravate stati in vacanza che vi piaceva? Un paesino in campagna, in montagna, al mare? Anche questo è incredibile!».

«No, ma posso dire una cosa: dovendo nascondersi... sì, lo avevamo messo in conto che poteva succedere... dovendo nascondersi lo avremmo fatto in una città grande, Milano, Roma, tanta gente, più anonimato. Nascondersi dove c'è poca gente, e si conoscono tutti, è una cazzata. Se Alberto è nascosto sono sicura che è qui, a Milano».

«E perché dovrebbe nascondersi senza nascondere anche lei?».

«Non lo so!», ora ha alzato un po' la voce, perché probabilmente quella è la domanda che si fa da due settimane, e non sa rispondersi...

Poi si scuote come se le fosse venuto in mente qualcosa, guarda l'orologio e comincia a agitarsi. Risponde – o meglio non sa rispondere – ad altre domande, poi si alza dalla poltrona.

«Devo andare».

Perché sono tutti un po' stupiti? Forse non si aspettano che lei se ne vada in giro per la città come se niente fosse, però un vero motivo non c'è. Cos'ha da fare? Che impegni può avere una donna che si nasconde, che in teoria dovrebbe aver paura? Dove deve andare? Lei finge di non capire quegli sguardi perplessi. Falcone sta per dire una cosa, ma la Cirrielli lo ferma con un'occhiata che dice: lasciamola andare, ci penso io.

«Carlo, mi dà un passaggio? Se vuole rimanere stia, la prego, posso chiamare un taxi».

Carlo si alza, lentamente, Oscar lo incoraggia con un'occhiata.

Così Gloria Grechi esce scortata dal suo chaperon.

Quando ha avviato il motore, lei ha ritirato le gambe nell'abitacolo e si è allacciata la cintura, Carlo parla per la prima volta.

«Lei è davvero sorprendente, Gloria».

«Finalmente un complimento, Carlo! Non sono belle, le sorprese?». Lui ride.

«Va bene, Tango 13 in tre minuti, dove la porto, signora?».

«Piazza Napoli angolo via Solari, grazie».

Poi parlano del tempo, del traffico, lei cerca una stazione alla radio che le piaccia, si ferma su qualcosa che sembra un quartetto d'archi, pochi secondi, poi spegne, insoddisfatta.

«Non mi crede nessuno», dice. «Nessuno capisce».

«Io ci sto provando», dice Carlo.

Intanto vede nello specchietto retrovisore che la Smart azzurra della Cirrielli si è messa in coda, due macchine dietro di loro. Così guida piano, rilassato, agevola il pedinamento.

Ventisette

Sono le otto del mattino, l'uomo beve un caffè in un bar di viale Bligny, sfoglia distrattamente un giornale che sta lì, la cronaca, niente di interessante.

Passa qualche minuto e la Lexus luccicante accosta in seconda fila, con le doppie frecce. Non ha mai visto il capo a quest'ora, credeva che fosse un tipo notturno, invece quello è lavato e stirato come al solito, fresco e riposato. Beve un caffè anche lui, d'orzo, poi salgono in auto. L'uomo si chiede come mai non si vedono più in ufficio, ma solo in macchina, dev'essere una sua speciale precauzione, pensa.

«Hai pagato il nostro amico?».

«Tutto bene».

«La dritta su via Raimondi era giusta, il tizio ci ha dato una bella mano, rischiavamo di perdere parecchio, senza contare gli uomini».

Il capo guida lentamente infilandosi nelle rughe del traffico, scavando traiettorie, frenando con garbo.

«Fammi un po' di conti, anche a spanne».

«In via Raimondi avevamo un milione e ottocentomila, già contati e fascettati, ora sono in via Ponti, quindi lì ora abbiamo quattro milioni e due, in settimana diventano cinque e mezzo, perché arrivano quelli che portano normalmente in via Ponti più quelli dirottati da via Raimondi».

«Sono tanti, è un rischio».

«Sì, è vero, ma a questo punto limiterei gli spostamenti al minimo indispensabile. Possiamo tenerli fermi ancora un po'».

«Base tre?».

«Tutto tranquillo, lì abbiamo quasi quattro milioni, tutto regolare, diventeranno sei in un paio di giorni. Ho fatto un giro per controllare che tutti righino dritto, la sicurezza, le procedure... senza allarmarli. A base quattro, la villetta, abbiamo quasi diciotto milioni, la barca non è partita e stiamo accumulando».

«Cosa dicono gli uomini?».

«Erano un po' inquieti, in più di due anni è la prima volta che si fa viva la polizia. Ma ho detto che via Raimondi l'abbiamo mollata prima, svuotata e pulita, e ora prevale l'ottimismo».

«Perché non dovrebbe? È tutto sotto controllo, abbiamo tre basi invece di quattro, pazienza, ripristineremo la quarta base appena troviamo un posto adatto».

Che cretino, pensa l'uomo. Tutto sotto controllo? Ma che cazzo dice? Uno che ci ricatta e che sa tutti i cazzi nostri... è vero, ci ha dato una mano, ma vai a sapere perché... i soldi, certo, i centomila che lui ha portato alla Rinascente. Ma se quello sa tante cose, sa anche le dimensioni del giro d'affari, centomila euro sono come farsi offrire uno spritz, chiederà ancora. E poi la polizia che scopre via Raimondi, non sappiamo come, magari ce l'ha mandata lui, come per darci la prova che non sta bluffando.

«In ogni caso un problema c'è, capo».

«Sarebbe?».

«Sarebbe che troppa gente sa troppe cose. La polizia è andata a colpo sicuro, potrebbe avercela mandata il nostro amico».

«E perché mai? È chiaro che quello vuole altri soldi, e sa che li avrà se continuiamo a farli noi, che interesse avrebbe a fermare il business?».

«È vero, capo, ci ho pensato anch'io, ma allora è pure peggio, vuol dire che qualcuno dei nostri parla. Ma tutto è successo dopo la rapina e la faccenda del ragazzo, non può essere una coincidenza».

«La polizia non ha in mano niente, due stanze vuote e un poveraccio che le ha affittate in nero a chissà chi».

«Speriamo. Ammazzare il ragazzo è stato un errore».

«E basta, cazzo! Il ragazzo se lo meritava, ti pago per fare un lavoro, porca puttana, non puoi fermarti in campagna a farti fare un pompino! E a me non si frega un milione e sette così!».

L'uomo lascia perdere, battaglia persa, solo tempo buttato.

Girano ancora per Milano, ora fanno piazza Wagner, sfilano sotto i grattacieli storti di City Life, la prospettiva dalla fontana è davvero notevole. L'uomo guarda dal finestrino le forme nuove, il quartiere fighissimo, lucido, con le case che sembrano fiancate di navi da crociera all'ancora accanto alle ville e ai palazzi liberty.

Soldi, soldi, soldi.

Quelli che stanno lì, in forma di mattoni e vetri e pannelli di legno, quelli che hanno loro, quelli che scorrono come tanti affluenti del grande fiume. Soldi dappertutto, raccoglierli, trasportarli, spedirli.

«Avremo problemi con i clienti? Voglio dire, della polizia verranno a saperlo».

«Ne ho sentito uno ieri sera, il più grosso, ha chiamato lui».

«E?...».

«Era ammirato. Ha detto: complimenti per il tempismo, avessimo noi un'organizzazione così... È convinto che abbiamo una talpa alla polizia che ci avverte, io gliel'ho lasciato credere».

Poi stanno zitti, solo il ronfare della macchina e il rumore del traffico fuori, attutito dai vetri scuri della Lexus. Nel silenzio si rompe un piccolo cristallo, il telefono dello stronzo che li ricatta. Un altro numero ancora. L'uomo legge il messaggio.

«Grazie dei soldi, molto efficienti. Meno efficienti in via Raimondi, però!».

Poi ad alta voce, per il capo. Quello continua a guidare, un po' più nervoso, adesso. Poi l'uomo risponde, solo un punto di domanda. Passa un minuto e il cristallo si spezza ancora.

«Ne hanno preso uno, Salvatore Geraci».

Merda. Il capo dà una manata sul volante di pelle. L'uomo schiaccia velocemente i tasti del telefono:
«È solo uno sguattero, puliva il cesso, non sa niente».
«Meglio così».

Il capo aspetta altri rumori da quel telefono che l'uomo si è già rimesso in tasca, lui invece sa che per oggi è tutto. Ora sbucano in corso Sempione, verso l'Arco della Pace e il parco, c'è un sole incerto, un po' sporco, ma l'aria sa di primavera, le ragazze si sono tolte le calze, sembra tutto nuovo.

«È uno sbirro, allora», dice il capo.
«Sembrerebbe», dice l'uomo, ma non è del tutto convinto. Poi si riscuote un po'. «Devo parlare con gli uomini che stavano in via Raimondi, sapere se il Geraci può creargli dei guai, non credo, ma meglio essere sicuri...».
«Uno sbirro che ci avverte ci servirebbe... anzi, ci è già servito, l'abbiamo già pagato, è nostro».
«Non mi piace questa cosa che non si fa vedere, però!».
«Ci ha salvato un milione e otto, cazzo!».
«Sì, è vero... io scendo qui, capo».
Apre la portiera in via Legnano e prende una stradina verso corso Garibaldi. La Lexus riparte, brilla nel traffico per un minuto e poi si scioglie lontano nella luce della città.

L'uomo passeggia senza fretta, le mani in tasca, ci sono già i turisti in giro. Se i suoi calcoli sono giusti, la provvista da spedire con la barca sarà doppia, perché hanno saltato un mese. Se va tutto dritto dovrebbero essere più di trenta milioni, alla fine, forse addirittura quaranta. Cos'ha detto, cinque minuti fa?

«Io scendo qui, capo».

Ecco, io scendo qui. Sì, forse è il momento giusto.

Ventotto

Gloria Grechi è tornata a casa di Carlo alle otto passate. Ha suonato il citofono, lui ha risposto: «Chi è?», anche se la vedeva nella telecamera. Lei ha detto: «Io», e a lui è sembrato strano. Io, chi se no? Io, chi altri? Ci vede una familiarità che… ma no, non è niente, cosa vai a pensare, Monterossi.

Lui era stato inattivo, di più, catatonico, per tutto il pomeriggio. Un paio di telefonate dalla Grande Fabbrica della Merda, dettagli, paturnie della diva Flora. Vorrebbe sottolineare che arrivano i tempi nuovi cambiando un po' look e sta tormentando le sarte, il suo stylist, i parrucchieri, insomma, un inferno. E tutto questo gliel'ha detto la Ballesi, un po' ridendo e un po' sbuffando dalle narici come il drago quand'è incazzato. C'è stata un po' di carta vetrata quando lui ha detto che non ci sarà, per qualche sera non riusciranno a vedersi, ma l'ha detto con tutta la cura del caso, scusandosi e mostrandosi dispiaciuto.

«Non devi giustificarti, Carlo, lo sai», ha detto lei con la voce, ma i sottotitoli dicevano: devi giustificarti con bugie migliori.

«Non mi giustifico, anzi, ti dico che è una seccatura anche per me, preferirei vederti, sai?».

«Uh, puoi fare meglio... tipo... ho voglia di vederti... mi piacerebbe stare con te...».

«È quello che ho detto».

«Va bene, facciamo finta di sì».

Ma poi è tornata tranquilla e gioiosa come sa lei, e hanno parlato d'altro. Il figlio della signora ha accettato i cinquemila euro per andare in tivù a litigare con la madre, aveva l'aria di chi non aspettava altro. La scaletta della puntata è andata all'ufficio legale ed è tornata indietro senza commenti. L'attricetta scema ha chiesto soldi per fare l'ospite, ma lei, produttrice esecutiva, i cordoni della borsa in mano, aveva detto: «Col cazzo, amica mia, se vuoi venire in tivù a farti vedere da otto milioni di persone, ci vieni gratis, anzi, dovresti pagare tu». Carlo è come se la vedesse che alza gli occhi al cielo col telefono in mano.

Poi avevano parlato di cose loro, che qui è meglio non dire, ma le parole erano più sussurrate e le risate un po' più roche.

Peggio con la Cirrielli.

Era curioso anche lui, anche lui voleva sapere dove si era cacciata la Grechi una volta scesa dalla sua macchina, così aveva chiamato. Oscar Falcone gli aveva passato la sua socia come fanno i mariti quando le mogli danno fuori di matto: parlaci tu, se ci riesci.

Lei aveva addosso la carogna, incazzata come uno che ha chiuso le chiavi nella macchina. L'aveva seguita da piazza Napoli fino a via Tortona, la Grechi aveva visto una mostra, al Mudec, una mezz'ora, maschere precolombiane, mah... poi aveva passeggiato come una turista, sempre a piedi, entrata e uscita da qualche negozio, poi passato il ponte di Porta Genova e da lì al Naviglio, lei sempre dietro. Poi era entrata in un portone e non usciva più, la Cirrielli era andata a vedere e aveva scoperto un'uscita posteriore, che dava in corso Colombo, e da lì chissà dove, insomma, l'aveva persa, non le era mai capitato in otto anni di carriera.

«L'ha fatto apposta?». Di entrare in un portone e uscire da un altro, intende.

«Lei lo fa spesso, Monterossi?».

«No, direi mai».

E ora il citofono: «Sono io».

È entrata con pacchi e pacchetti, un paio Carlo li riconosce, negozi costosi di corso Genova, una busta più rigida, si vede che è una scatola da scarpe.

Porta tutto subito nella stanza degli ospiti, che in realtà è un appartamentino intimo ed elegante.

«Oh, non mi guardi, Carlo, sono impresentabile, ho camminato tutto il giorno».

A lui sembra presentabilissima, anche se pensa che non la presenterebbe a nessuno.

«Vuole cenare?».

«Non si disturbi, Carlo, possiamo anche ordinare una pizza... come vuole lei, ma mi dia dieci minuti».

Quando Gloria Grechi torna nel grande salotto è fresca come il bucato appena fatto steso al sole, forse ha usato l'ammorbidente. Ha i capelli bagnati, un vestitino leggero, corto. Carlo sta stappando un rosso e lei scherza:

«Ah, non mi merito più lo champagne?», poi guarda l'etichetta della bottiglia e ride: «Per carità, come non detto».

Mangiano un arrosto di vitello in crosta, ogni sorta di verdura coltivabile sul pianeta, ma qualcuna, chissà, viene da altre galassie, un aspic di frutta – lì un po' di champagne c'è –, poi Carlo mette sul fuoco la moka.

E ora che sono le dieci appena passate?

Cosa succede? Lei si è messa su un divano, osserva la grande libreria, lascia vagare lo sguardo sulla parete dei vinili e dei cd. Lui pensa che la situazione è molto strana, lei non ha alcun imbarazzo ad essere ospite in quel modo, sembra lì da sempre, e anche se continuano a darsi del lei si sente che c'è una corrente di consuetudine, come un'intimità reciproca che non si spiega.

Gli viene in mente ancora quella canzone:

And you know there was somethin' about you baby
That I liked that was always too good for this world
Just like you always said there was something about me you liked
*That I left behind in the French Quarter.**

* Bob Dylan, *Brownsville girl*: «E c'era una cosa di te che mi piaceva, baby / E che era sempre fin troppo bella per questo mondo / Così come tu hai sempre detto che c'era qualcosa di me che ti piaceva / E che io avevo lasciato nel Quartiere Francese».

Quindi non c'è che da passare agli alcolici, whisky giapponese e vodka polacca, chi dice che l'internazionalismo è morto?

«Allora, dov'è stata oggi?».

«Ma non ha visto? A fare compere!».

«Cioè, stavamo lì a discutere il caso di suo marito che si è vaporizzato nel nulla, e lei a un certo punto ha urgenza di andare a fare shopping?».

«Carlo, dai, eravamo in loop, sempre a dire le stesse cose!».

Sì, un po' è vero.

«E poi, guardi, mi serviva qualche ora per me, da sola, nei posti dove andavo con Alberto, i Navigli, la Darsena... gli ho comprato una camicia e una cravatta blu».

È andata a comprare regali per uno che magari è stecchito da due settimane, pensa Carlo.

«Sa una cosa, Gloria? Lei mi ricorda una canzone... anzi, non è esatto... è la canzone che mi ricorda lei».

Perché l'ha detto? Non lo sa, però ora è costretto a fargliela sentire, e lei la ascolta senza aprir bocca per tutti gli undici minuti che dura. Undici minuti, un'eternità. Quando torna il silenzio dice:

«Bella, ma si sbaglia, non è una canzone, è un film. Ce l'ha il testo? Come canta lui non si capisce niente».

E così ha letto il testo sul grande librone dei testi di Dylan, tradotti, commentati, annotati.

«Cos'è esattamente che le ricorda me?».

«Non so, c'è un fondo – in tutta la canzone – di ambiguità, come se ci fosse qualcosa che non è del tutto sincero, eppure è irresistibile».

«Dylan non è un poeta facile. Non sono un'esperta, ma... e poi parla di due donne, sembrerebbe, io quale sarei delle due, la bella avventuriera coi tacchi e la Ford scassata o la ragazza coi riccioli e i denti di perla?».

«Forse è questo il problema, non lo so».

«Lei mi fa più misteriosa di quello che sono, Carlo, la capisco, non sa niente di me, solo che ho fatto una rapina e che aspetto il mio uomo... chissà che viaggio si è fatto».

«Come è finita a lavorare in un centro medico che rifà la faccia alla gente?».

Lei allarga le mani come dire che è stato il destino: «Laureata in lettere».

«Capisco», dice lui, come quando qualcuno ti racconta che gli è andato il cane sotto un camion.

«E poi ci servivano i soldi, per quello lavoravo lì, abbiamo un piano».

«Che piano?».

«Non lavorare più lì», fa ancora quella sua risata che sembra una cascata di diamanti su uno specchio.

«Quindi non me lo vuol dire dov'è andata oggi».

È un errore. La conversazione si raffredda, parlano ancora un po' di niente, lui si versa un altro whisky, lei un'altra vodka, lui va in cucina e torna con un grosso cetriolo tagliato a fette.

«Ordine di Katrina, niente vodka se non alla sua maniera».

Prima di mezzanotte lei si stira come un gatto annoiato, si alza, dice che va a dormire.

Si sporge ancora un attimo dalla porta del grande salone.

«Lei è un tipo strano, Carlo».

Lui le augura la buonanotte e intanto pensa: io, eh? La guarda sparire nella stanza degli ospiti, e poi silenzio.

Alle quattro del mattino, avvolto nel suo sonno leggero, Carlo Monterossi sente un piccolo rumore in corridoio, poi la porta della camera che si apre e un corpo che si sdraia accanto a lui. Non la tocca, resta immobile, non dice niente. Gloria Grechi piange in silenzio, le lacrime che scendono, grosse e rotonde. Singhiozza piano, tira su col naso e ricomincia a piangere. Piange come se non ci fosse altro da fare, piange come si esce con le mani alzate, come ci si arrende per sempre, come quando si è perso qualcosa che non ritroveremo più.

«Cosa c'è?».

«Ho paura».

«Per Alberto?».

«Per tutto».

Ventinove

Carella è furibondo, tanto per cambiare. Ieri non hanno combinato niente, giornata buttata. Salvatore Geraci lo tengono lì loro, il sostituto doveva arrivare e non è arrivato, ha detto a Gregori che ci sono dei problemi.

Loro hanno lasciato cuocere a fuoco lento il Geraci, che in effetti soffriva un po' la situazione, con lui e Ghezzi che entravano e uscivano senza dirgli niente, facendogli sempre le stesse domande.

«Perdiamo un giorno, porca puttana, perché il cazzo di sostituto dorme e se la prende comoda».

Intanto avevano sentito meglio gli inquilini di via Raimondi, i negozianti delle vie vicine, i vigili di zona. Un bel mazzetto di niente.

Quindi ora che sono le nove di mattina, si trovano in questura e decidono che bisogna smuovere le acque. Chiamano Gregori, che li rimbalza: una rogna per le mani, li chiamerà lui.

Quando salgono, finalmente, sono le undici, c'è anche il sostituto, che pare contrariato.

«È l'unica pista che abbiamo», gli sta dicendo Gregori. Quello allarga le braccia.

Quando Carella e Ghezzi entrano, capiscono subito che qualcosa non va, e il capo li aggiorna.

«Il gip non convalida il fermo».

«Ma vaffanculo», dice Carella.

«Non si permetta!», sibila il sostituto. Però capisce che per loro è un colpo, stanno dietro quell'omicidio da più di un mese, finalmente trovano un filo e...

«Però, scusate», dice il magistrato. «Obiettivamente non posso dar torto al collega. Cosa abbiamo in mano? Uno che faceva le pulizie in una specie di covo, dove forse si contavano dei soldi, dove forse è passata la vittima prima di morire», ha calcato sui forse. «Non dico che non abbiamo prove, troppa grazia, ma nemmeno un indizio. Una soffiata anonima. Voci che girano, pettegolezzi da bar...».

«È l'ultimo posto dove hanno visto vivo il Gelsi», dice Ghezzi.

«Sì, va bene, ma chi ce lo dice? Una soffiata? Non basta, sovrintendente, lo sa meglio di me».

«E quindi?».

«Lo lasciamo andare».

«Ma...».

«Se pensate che il Geraci possa dirvi qualcosa, provateci ancora... con le buone, eh, Carella, mi raccomando, ma stasera fuori, non possiamo mica arrestare la gente così, su segnalazione anonima, senza riscontri».

«Le fascette con cui hanno legato il Gelsi, erano le stesse».

«Ma no, le vendono in tutti i supermercati, ci sono

due o tre marche, più quelle nei negozi di fai-da-te, sono lo stesso tipo, non le stesse».

Poi il sostituto si alza.

«Mi spiace come a voi, credetemi, ma ci sono delle regole». Poi esce.

Carella esce anche lui, e sbatte la porta.

Ghezzi si alza dalla sua poltroncina scomoda e guarda Gregori.

«Non va bene, così, capo, il Geraci c'è dentro fino al collo».

«Non rompermi i coglioni, Ghezzi, la prossima volta portatemi qualcosa di più solido. Comunque sentitelo ancora un po', e poi quando esce tenetelo d'occhio».

Ghezzi fa per andare, ma Gregori lo ferma.

«Vieni qui, Ghezzi, siediti». Ha l'aria del dottore che deve dire una cosa brutta a un parente del malato, Ghezzi sente odore di rogne e pensa: eccoci.

«Hai letto il *Corriere* stamattina?».

«No, capo, sto qui dalle otto, se può servire ho letto la *Gazzetta* al bar».

Gregori gli lancia una copia del giornale, piegata sulla pagina dei commenti. C'è una colonna lunga sul futuro del centrosinistra, poi due titoli grossi, uno sull'euro e un altro, in taglio basso. Ghezzi vede prima la firma: prof. Daniele Donatelli. Il titolo è: «Impunità e violenza, la barbarie della rete».

«Beh?».

«Leggi l'articolo, Ghezzi, prenditi il tempo che serve».

L'articolo parla di una disavventura capitata al figlio del professore, un violento e vergognoso atto di bullismo. Ragazzo studioso, con la testa sulle spalle, preso ad oggetto di scherno e percosse. E non da coetanei, ma da una donna, adulta, a Milano, in mezzo alla strada, senza motivo e senza che nessuno muovesse un dito. Ma la storia, scrive il professore, non finisce qui. Perché poi, il giorno dopo la ripugnante aggressione, un filmino di suo figlio che prendeva ceffoni da una scalmanata coi capelli blu e frignava come un capretto al macello chiamando il papà – non c'è scritto così, è che Ghezzi traduce all'impronta – era stato caricato su YouTube, praticamente offerto al mondo intero. Centinaia di visualizzazioni, e poi prima di cena, lo stesso filmino era finito sulla home page di qualche giornale, e probabilmente in tutte le pagine Facebook dei liceali di Milano e poi di tutto il regno. Insomma, l'aggressione a suo figlio era stata fisica prima e mediatica poi, e su quale potesse fare più male a un povero diciassettenne studioso e rispettoso, il professore lo lasciava decidere ai lettori. Seguiva la solita sequela di chi-difende-il-cittadino e dove-andremo-a-finire, anzi dove-siamo-già-finiti. Si tiravano in ballo il prefetto, il ministro, la politica, la cultura, la decadenza dei costumi e altro ancora, anche Pasolini, ovvio, letto male e capito peggio, come da tradizione nazionale.

«E allora?», chiede Ghezzi.

«Allora, te lo spiego meglio. Questo professor Donatelli è un pezzo grosso, amico del sindaco, consigliere di salcazzochì, uno che scrive sui giornali, tiene corsi, scrive i libri, fa le conferenze. Ogni tanto va in tivù a parlare di come salvare questo povero paese dove la polizia si fa le pippe e non c'è la meritocrazia».

«E vabbè, qualcuno ha dato due sberle a suo figlio, dispiace».

«Ghezzi, che cazzo sei andato a fare a casa del professor Donatelli qualche sera fa, con la tua signora?».

Va bene, era ovvio che si arrivasse lì.

Ora ecco Tarcisio Ghezzi che racconta tutto, o quasi tutto. Della ragazzina che sta dalla nonna, delle sue foto che non avrebbero mai dovuto essere scattate, dei messaggi del bulletto, roba zozza forte, molto aggressiva, anche minacce di morte. Tutto questo il ragazzo... come dice il professore?... studioso e rispettoso. Messaggi cattivi, la ragazzina era terrorizzata, se avesse fatto denuncia c'era da scegliere a catalogo sul codice penale, stalking, minacce, anche pedopornografia, a volercela mettere, perché far vedere in giro le tette di una ragazzina è vietato un bel po'. E allora lui era andato con la Rosa a casa Donatelli, per parlare coi genitori, e avevano trovato solo il padre, un bello stronzo, ancorché professore, non era una cosa ufficiale...

«Ti sei presentato come sovrintendente di polizia, Ghezzi, cazzo!».

«Ha ragione, capo, ma altrimenti non ci avremmo mai parlato».

«E poi?».

«E poi cosa?».

«Le sberle? Il filmato?».

«Non lo so, capo. Io sono andato a parlare civilmente, da padre di famiglia, ed era chiaro come il sole che non serviva a niente. Si vede che qualcun altro è stato... più pragmatico, diciamo, e il discorsetto l'ha fatto direttamente al ragazzo».

«Tu non ne sai niente, allora?».

«Niente».

«La ragazza non ne sa niente?».

«Non credo, io l'ho vista una volta sola, era molto spaventata e non ha l'aria di una che può organizzare un pestaggio... ma ho letto qualche messaggio del figlio del professore, e secondo me non l'ha fatto solo con quella ragazzina lì, probabilmente c'è in giro parecchia gente che due schiaffi al figlio del professor Donatelli glieli darebbe volentieri».

«Stamattina ha chiamato il prefetto, dice che lo ha svegliato il direttore del *Corriere*, poi ha chiamato lo schiavo del ministro, quello là, non mi ricordo mai il nome... poi... è un dito su per il culo che nemmeno ti immagini, Ghezzi, sembra un caso nazionale».

«E io cosa c'entro, capo? Io sono andato a dire a un padre di stare un po' più attento a suo figlio, chiunque avrebbe fatto lo stesso».

«Chiunque che non è un poliziotto, cazzo!».

«Va bene, su questo ha ragione, ma di tutto il resto non so che dirle».

«Ghezzi, ora io ti dico questo e non aggiungerò altro: ho dovuto mettere due della Postale sulla faccenda. Scopriranno chi ha caricato il video in rete. Ora è stato cancellato da quelli di YouTube, dopo che il professore ha scritto il suo capolavoro e ha mosso mari e monti, ma il prefetto è incazzato nero e vuole andare fino in fondo».

«Perché me lo dice?».

«Te lo dico e basta».

Ghezzi si alza e va verso la porta, ma Gregori lo richiama.

«Ah, Ghezzi!».

«Sì?».

«Se la ragazzina ha davvero quattordici anni, noi cerchiamo di tenerla fuori, ma tu che la conosci dille di non cancellare i messaggi del figlio del professore, non si sa mai, a brigante, brigante e mezzo».

Ghezzi sorride.

«Certo, capo».

Ora scende nella sua stanza, fa un numero di telefono, poi ci ripensa, non è nemmeno mezzogiorno, non sa come funziona nelle scuole di oggi, ma non crede che si possa rispondere al telefono stando seduti al banco di una prima liceo, così manda un messaggio. Margherita chiama dieci minuti dopo.

«Eccomi, signor Tarcisio, scusi, avevo matematica, una palla...».

«Margherita, una cosa importante, l'hai messo tu il filmino in rete?».

«Ha visto che figata? Tutta la scuola ride, sui muri dei cessi c'è già scritto "lo dico a mio padre"».

«Lo hai messo tu?».

«No».

«Sicura?».

Lei fa un po' l'offesa:

«Io non l'ho mandato a nessuno, signor Tarcisio, persino la Stefi l'ha visto solo sul mio telefono, anche se adesso che è finito su YouTube se lo saranno scaricato tutti...».

«Appunto. Ce lo hai messo tu? Giura!».

«Giuro!».

«Bene. Sei ancora da noi, stasera?».

«No, la nonna è tornata, gli esami tutto bene, per fortuna. So che ha invitato a cena la Rosa, per ringraziare del disturbo di questi giorni... naturalmente è invitato anche lei».

«Ma che disturbo, Margherita, è stato un piacere, non so se ce la faccio, per cena... ah, senti... il padre del cretino è un pezzo grosso, quindi questa faccenda farà un po' rumore... Tu non li hai buttati i messaggi del ragazzo, vero?».

«Scherza? Li ho nel telefono e li ho salvati anche nel computer».

«Bene, vai, che fai ora?».

«Uff, scienze».

Carella dov'è?

È giù nella stanza dove sta il Geraci. Ghezzi scende e apre la porta. Carella è seduto di fronte al tizio, non ha più le manette, ma sembra un canotto bucato, è due giorni che vive a panini marci e caffè.

«Ah, ecco il mio socio!», dice Carella. Poi rivolto a Ghezzi: «Il signore qui non ci crede, ma forse con te si convince. È vero che se ci dà qualcosa noi lo lasciamo andare anche subito?».

«Verissimo», dice Ghezzi. «Però quello che ci ha detto finora non basta».

Si vede che il Geraci sta pensando.

«Forse una cosa c'è», dice. «Ma non so se...».

«Tu diccela lo stesso, se va bene lo decidiamo noi».

«Ecco, le consegne in via Raimondi le facevano perlopiù di notte... Però capitava qualcosa anche di giorno e una volta ho visto un ragazzo che portava una borsa...».

«Una borsa di soldi?».

«Lì arrivavano solo soldi».

«E allora? Lo conosci?».

«No, conoscere no, però l'avevo già visto, è uno che ronza intorno a un meccanico».

«Che meccanico?».

«In via Vitruvio, quasi alla stazione».

«E com'è che l'avevi già visto? In che senso ronza?».

«Il meccanico è una specie di copertura, dietro c'è una sala privata dove si scommette».

«Le sale per le scommesse sono legali, Geraci».

«Quella lì no, vi assicuro».

«E come si chiama, 'sto ragazzo?».

«No, questo non lo so, vi dico solo che l'avevo già visto, comunque se girate da quelle parti secondo me lo beccate, è uno alto alto, ha una Vespa rossa, grossa, un vespone».

«Quindi lavora per il meccanico delle scommesse e tu l'hai visto portare soldi in via Raimondi?».

«Portava una borsa, non ho visto i soldi».

«L'hai visto una volta sola?».

«Sì, e un'altra alla sala scommesse».

Insistono ancora un po', ma capiscono che è tutto.

«Puoi andare, Geraci, ma non fare cazzate, non andare via da Milano e soprattutto non parlare con nessuno. Se ti chiedono, tu non sapevi niente e il gip non ha convalidato il fermo, va bene?», e questo è Ghezzi.

«Te lo dico meglio, pezzo di merda. Se sappiamo che hai parlato con qualcuno mettiamo in giro la voce che te la sei cantata», e questo è Carella.

Quello dice, no, no, che cantata, io non so niente, non ho detto niente, e se ne va, quasi incredulo di poter uscire così.

«Cerchiamo 'sto vespone rosso», dice Carella.

«Se è uno che consegnava, non è detto che sappia dove finivano i soldi quando partivano da via Raimondi».

«È vero, ma intanto cerchiamolo».

Trenta

«Si svegli, Carlo, si svegli!».

Gloria Grechi è vestita di tutto punto, i tacchi fanno il loro piccolo assolo di batteria sul parquet lucidissimo. Cosa? Come?

«Si svegli, Carlo, si alzi, dai! Ce l'ho, una targa!».

Lui apre gli occhi e la vede agitarsi vicino alla porta, poi la finestra, le coperte finite a terra, il soffitto, la lama di luce che entra dalla persiana accostata, insomma, il mondo. Che modo, però, di tornare in vita. E poi lei che prima gli piange su una spalla per un'ora, e ora fa irruzione come una dei corpi speciali... Che ore sono? Le sette, non c'è ancora Katrina, incredibile, è come svegliarsi il quarto o quinto giorno della Creazione: i pesci ci sono già? E gli ananassi?

Ora ecco Carlo Monterossi che esce dalla doccia, si veste, si chiede mentalmente cosa deve fare in questa giornata che comincia così male, forse dovrà passare al lavoro, sentirà la Ballesi, dopo. Ci ha pensato, alla Ballesi, visto che la Grechi, dopo il suo pianto inconsolabile, era tornata a dormire come un angioletto nella sua stanza, e lui era rimasto lì a guardare il soffitto. Sì, ci aveva pensato, e...

«Andiamo, dai!».

«Ma dove?».

Guida verso via Vignola. Sa che non dovrebbero andarci, che è pericoloso. Lei freme e si agita, ma sembra determinata, una che sa cosa fare, tutta diversa dalla Gloria Grechi della notte, che sembrava diluirsi nelle sue lacrime.

«Mi spiega?».

«Ieri mi avete chiesto delle targhe... di quelli che seguivamo».

«Sì».

«Le targhe sono sul quaderno, tutte, credo dieci, forse undici, e il quaderno ce l'ha Alberto, come vi ho detto. Ma una sera eravamo lì per la solita routine, guardare, capire... abbiamo deciso di seguirne uno, così, per provare, era la prima volta... infatti l'abbiamo perso subito. Ho segnato la targa sul telefono che avevo quella sera... nelle note. Dobbiamo andare a prenderlo».

«Forse è meglio chiamare Oscar».

«Va bene, lo chiamiamo dopo».

«La casa potrebbe essere sorvegliata».

«Oppure no».

«Cos'è, ci giochiamo la pelle a testa o croce?».

«Può anche non venire, Carlo. Se c'è qualcosa che può aiutarci a trovare Alberto...».

Lui la segue per le scale, poi sono nel grande salone. Tutto pare come lo avevano lasciato, il tavolo da pranzo ingombro di carte, il computer portatile, le chiavette usb.

Lei muove dei passi veloci, ancora quel ticchettare nervoso dei tacchi. Apre un cassetto, Carlo si avvicina. Nel cassetto ci sono dei telefoni, tanti, una decina. Alcuni nuovissimi, ma in bustine di cellophane, non nelle confezioni originali, altri usati, ma questo lo suppone Carlo, solo perché non sono confezionati. Gloria Grechi ne prende uno e lo accende. Niente.

«Merda, è scarico!».

«Lo carichiamo da Oscar, dai, non stiamo qui!».

«Sì, prendo un'altra cosa...».

Chiude il cassetto, scompare nelle altre stanze, ma torna subito.

«Andiamo».

Ora Carlo Monterossi è seduto sul suo divanetto, alla Sistemi Integrati. Oscar era già lì, lo hanno avvertito dalla macchina, e la Cirrielli sta arrivando. Gloria Grechi non si è messa nella sua poltrona con una gamba sotto il sedere, come al solito, ma cammina per la stanza come un puma appena catturato.

Oscar mette in carica il telefono che gli ha dato la Grechi e distribuisce bicchierini di caffè. Carlo è stupito di se stesso. Non solo vedere il mondo prima delle nove del mattino gli fa un effetto strano, ma si accorge ora che ha già guidato, parlato, salito e sceso scale, fatto da tassista e assistente, senza nemmeno aver bevuto un caffè. La mia vita va a rotoli, pensa. Si alza e se ne fa un altro. La Grechi freme guardando l'indicatore della batteria del telefono, che sta ancora a zero.

Intanto entra la Cirrielli, non saluta, butta la borsa su una poltrona e infila una cialda nella macchinetta. Poi guarda la Grechi, tagliente:

«Tutto bene, lo shopping?».

In tutta risposta, lei fa il suo sorriso che si arrende.

Poi finalmente il telefono prende vita, lei fa per afferrarlo, ma la Cirrielli la ferma.

«Prima la storia, per favore».

Allora lei dice bene quello che aveva detto a Carlo in fretta e furia. Da qualche tempo stavano sorvegliando via Raimondi, sapevano che una macchina sarebbe partita di lì intorno alla mezzanotte, e l'avevano seguita. Era la prima volta, infatti l'avevano persa subito, già dalle parti di piazza Firenze. Lei aveva segnato la targa sul telefono, e poi dimenticato di cancellarla.

«Ci spieghi questa questione dei telefoni e delle targhe».

«Cosa c'è da spiegare? Gli appunti che prendevamo venivano copiati su un quaderno e cancellati dai telefoni, tranne questo che mi sono dimenticata di cancellare... mi è venuto in mente questa notte».

«Come facevate coi telefoni?».

«Non so, se ne era occupato Alberto. Avevamo una ventina di cellulari, ognuno con una sua SIM anonima, o intestata a chissà chi, era costato un bel po', ma secondo Alberto era un investimento».

«Mi faccia indovinare, oltre ai soldi e al famoso quaderno, un po' di telefoni sono spariti con lui».

«Sì».

«E lei ha quei numeri?».

«No, Alberto aveva una decina di telefoni con le relative schede, e io anche».

«Quante cose non ci ha detto, eh!», chiosa Falcone, sarcastico.

La Cirrielli, invece, va all'attacco.

«Lo capisce, signora, che in queste condizioni è un po' difficile ipotizzare un rapimento di suo marito. Uno prende due borse di soldi, dieci telefoni, un quaderno con tutta la storia delle vostre indagini e dice: ciao, cara, ci vediamo, vado a farmi rapire...».

«Ma no!».

«E allora come?».

I soldi, a parte la borsa che ha lei, non erano in casa, nemmeno il quaderno, e nemmeno i telefoni. Dopo il colpo avevano affittato un box al confine della città, in fondo a via Lorenteggio. Si erano presentati con un furgone e vecchi mobili, cianfrusaglie, roba da mercatino, che avevano comprato in blocco, senza nemmeno guardare. Era la loro copertura per la signora che gli aveva affittato il box, in nero, soldi contanti in cambio delle chiavi, un posto anonimo con un discreto viavai. Che due così ci tenessero una specie di magazzino sembrava normale. Lì c'erano i soldi, i telefoni, il quaderno. Quando Alberto non era più tornato, lei era andata a vedere – aveva una copia delle chiavi – e le borse non c'erano più.

Ora c'è silenzio, volano occhiate tra Carlo, Oscar, la Cirrielli. Non parlano, ma cosa c'è da dire? Quel nuovo dettaglio che salta fuori così, un'altra reticenza, un'altra omissione, forse dovrebbero chiedergliene conto, farle notare che così, tirando fuori le cose a poco a poco, li costringe a lavorare al buio. La Grechi sembra giocare contro di loro. Però gli ha anche portato una nuova pista, la targa, quindi si direbbe che collabora... Dunque tutti e tre si chiedono cosa sta succedendo. La Cirrielli fa un lungo sospiro, Oscar allarga le braccia, c'è un silenzio di ghisa. Li riscuote il telefono sotto carica, che si sveglia con un bip timido, un segnale che rianima il display.

Gloria Grechi prende il telefono, schiaccia qualche tasto... trova i suoi appunti.

«Ecco... Ford Focus, CV765RW... la nota è del quattro gennaio». Poi impallidisce. «C'è un messaggio». Sembra paralizzata, poi si riprende e lo legge. Tutti la guardano e ognuno fa con la faccia i punti di domanda del caso.

«È una foto... una pagina del quaderno... le targhe!».

Il telefono fa il giro, tutti guardano la foto, la Cirrielli la invia al suo numero, poi a quello di Oscar, poi schiaccia il tasto di chiamata, per vedere se qualcuno risponde.

«L'utente desiderato... eccetera, eccetera». Fa una smorfia e passa il cellulare a Oscar, che cerca di nuovo il messaggio.

«Diciannove marzo, 15 e 45», e guarda la Grechi.

«È l'ultimo giorno che ho visto Alberto», dice lei.

Ora i gesti si fanno frenetici. La Cirrielli va nell'altra stanza, al computer, Oscar sembra pensoso, poi fa una chiamata. Quando rispondono non perde tempo in chiacchiere e detta il numero del telefono che ha mandato il messaggio. A chi è intestato? Bastano pochi secondi: Luisa Banti, di Ventimiglia, contratto del... novembre 2018. Falcone detta l'altro numero, quello del cellulare della Grechi, altri secondi di attesa, stessa risposta: Luisa Banti, Ventimiglia, il contratto è... novembre 2018, anche lui. C'è una signora Banti, vicino al mare, a ovest, che ha una ventina di contratti telefonici e non lo sa, le schede sono prepagate. Fine della pista, anche se era ovvio.

Invece la Cirrielli torna con due fogli in mano e ne passa uno a Oscar.

«Dieci targhe, dieci nomi, ecco qui, dividiamoceli».

Mentre Oscar e la Cirrielli si chinano sui fogli, Gloria Grechi si avvicina a Carlo.

«Su, andiamo, mio eroe, le offro una colazione come si deve, lasciamo lavorare i signori. Voglio delle uova, però».

Così finiscono in un locale di viale Premuda che fa il breakfast dei cacciatori di bisonti, uova, bacon, baked potato, caffè americano e pancake ben annaffiati di succo d'acero.

«Non riesco a resistere», dice lei. «Se vivessi in America sarei grassa come una balena».

Invece è molto bella, una camicetta bianca, una gonna stretta appena sopra il ginocchio, sandali col tacco, la giacca appoggiata allo schienale della sedia, insieme alla borsa. Sorride, anche con gli occhi, pare una donna felice.

E Carlo Monterossi? Non ci capisce più niente.

Trentuno

Non c'è nessuna sala scommesse, in fondo all'officina di via Vitruvio. Al commissariato di zona li prendono quasi per il culo. Le conoscono tutte, le porcherie dei dintorni.

Ghezzi ha preso il telefono dalla tasca dei pantaloni stazzonati e ha chiamato Salvatore Geraci.

«Adesso veniamo a riprenderti, dove sei?».

«Sono a casa, che cazzo volete?».

«Non c'è nessuna sala scommesse dove ci hai detto tu».

«Col cazzo che non c'è, ci sono stato».

«Descrivila».

«È una stanzetta che puzza di olio e di grasso, non vi aspettate una cosa con gli schermi e gli sportelli. È un posto con un tizio che ritira le scommesse, ti dà un foglietto e fuori dai coglioni».

«E chi scommette in un posto simile?».

«Quelli che non possono andare in un negozio della Sisal con duecentomila euro in contanti a dire che puntano sulla doppietta di Icardi».

«Delinquenti come te, insomma».

«Molto più ricchi, infatti mica ci vanno loro, mandano dei galoppini. Lì non prendono puntate sotto i cinquantamila».

«E quando lo troviamo aperto, 'sto posticino?»

«Non lo so, certo non adesso, che ore sono? Le sette e mezza? Comunque non è detto che apra tutti i giorni».

Fanno ancora un paio di giri dell'isolato, ci sono i vigili che bloccano una strada e le pompe degli spazzini che puliscono dopo il mercato, poi la stazione, poi di nuovo lì. Non vogliono chiedere al meccanico, o addirittura fare la voce grossa col tesserino e tutta la solita manfrina, perché li metterebbero in allarme, e poi quello col vespone rosso non lo trovano più.

«Vai pure, Ghezzi, qui non c'è niente da fare».

«Ti conosco, Carella, tu capace che stai qui intorno a girare tutta la notte».

«Cos'è, ti preoccupi per me? Ma se non mi hai nemmeno mandato i fiori per il nostro anniversario!».

Che stronzo.

«Va bene, goditela».

Ghezzi salta sul primo tram che va verso Porta Garibaldi e lo lascia lì a fumare.

La Rosa non c'è, ah già, è a cena dalla maestra Morganti.

Quando la chiama, sente delle voci in sottofondo.

«Dai, vieni qui, Tarcisio, non fare l'orso».

«Rosa, lascia stare, siete tutte donne, poi. Divertitevi».

Ma lei gli ha passato Margherita, mossa vincente.

«Se non viene subito, signor Tarcisio, non vado più a scuola e rivelo a tutti il nostro segreto».

«Quale segreto abbiamo, noi?».

«Che quella coi capelli blu del video è la sua amante. Adesso lo dico alla Rosa».

Ora Tarcisio Ghezzi si fa una risata come non faceva da tempo, ride proprio senza trattenersi.

«Va bene, porto il gelato».

La maestra Morganti, che lui credeva centenaria, avrà una settantina d'anni, qualcuno in meno. Sta sbaraccando la tavola aiutata dalla Rosa. Sul divano del piccolo soggiorno c'è Margherita con un'altra ragazzina, alta alta e secca secca, un filo.

«Lei è la Stefi».

Poi la ragazza racconta, sarà la millesima volta, che lui a scuola non c'è andato, ma i suoi amici, quelli del suo gruppo, insomma, sono stati sempre nei cessi, con i telefoni, a parlare e messaggiarsi con lui. Dopo le undici invece è cambiato tutto, perché a scuola si è diffusa la voce che c'era una cosa da vedere su YouTube, una cosa che riguardava il loro liceo. A mezzogiorno l'avevano visto tutti, anche alcuni professori, di certo anche il preside. Margherita non lo dice così, ma si era alzata una gigantesca risata che aveva avvolto le aule e i corridoi, il cortile e la palestra, e il posteggio dei motorini che è un po' il Transatlantico di ogni scuola, dove filano i pettegolezzi peggiori e sibilano le lingue.

«Sei contenta?».

«Sì».

«Quella cosa non doveva andare in rete, lo sai, vero?».

«Lo so, mica ce l'ho messa io, ma quello che ce l'ha messa sarà mio amico per sempre».

«Il mio capo mi ha fatto un bel cazziatone, lo sai?».

«E perché?».

«Perché sono andato a parlare col professor Donatelli in veste non ufficiale ma presentandomi come poliziotto».

«È grave?».

«Non tanto. Però il professor Donatelli è uno importante, e faranno delle indagini per sapere chi ha messo il video in rete».

Se si aspettava una reazione allarmata da parte delle ragazzine si sbagliava di grosso. Loro non c'entrano di sicuro.

«Spero che non lo prendano», dice Margherita, e poi non se ne parla più.

Mangiano il gelato, le ragazze ridacchiano di cose che sanno solo loro, poi si chiudono nella stanza di Margherita; lui, la Rosa e la maestra Morganti parlano da buoni vicini, di com'è cara la roba, della fatica di vivere. Sono allegri, è brava gente.

Ghezzi un po' partecipa e un po' si astrae. Carella non chiama, vuol dire che si è deciso a andare a casa, o è ancora là come un cane randagio che annusa la strada.

Trentadue

Il ragazzo delle pizze appoggia i cartoni su una scrivania.

«È la prima volta che vengo qui, siete nuovi?».

«Sì», dice Oscar Falcone. «Aperto da poco». Paga le pizze e lascia una buona mancia.

«E cos'è che fate, qui?».

«Sistemi integrati».

«Ah».

Mangiano la pizza sulle scrivanie, ognuno mette a posto i suoi appunti, è stata una giornata dura, ma finalmente hanno qualcosa da mordere. La Cirrielli pensa che poteva andare peggio, è riuscita in pochi giorni a sentire quell'ufficio come casa sua, come era quello del commissariato. E il suo socio, mah, fa un po' il misterioso, ma è in gamba.

Poi lasciano lì i cartoni delle pizze e passano nell'altra stanza, quella coi divani.

«Cominciamo?».

«Vai».

Ne hanno trovati otto. Su dieci, in un pomeriggio, non è male.

Comincia la Cirrielli.

«I miei sono tutti incensurati», e poi attacca il rosario.

Stefano Caponi, 46 anni, cassintegrato, due figli. Lo hanno avvicinato fuori da un centro per l'impiego, duemila euro subito, e lui è corso a tappare i buchi dell'affitto senza nemmeno chiedersi chi gli chiedeva di portare «una cosa», con la sua macchina, partendo da via Raimondi.

«Da via Raimondi a dove?», chiede Oscar.

La Cirrielli non ha nemmeno bisogno di guardare gli appunti, perché quell'indirizzo, la destinazione dei soldi, che era anche la destinazione di Filippo Maria Gelsi, ricorre sempre:

«Via Sibilla Aleramo, Segrate».

Oscar annuisce.

Le storie sono tutte uguali. La targa che la Grechi e il marito scomparso hanno seguito per prima, la macchina che hanno perso subito, la guidava invece Piergiorgio Lumini, pensionato, 71 anni. Poi Franco Lombardo, grafico precario, 36 anni, questo era stato avvicinato in un bar di via Padova, stessa cosa, duemila prima, duemila dopo. Ci aveva messo un po' a parlare, perché temeva guai. La Cirrielli aveva scelto la via soft, cerchiamo solo una conferma, non siamo mica sbirri, e gli aveva allungato cento euro per aiutarlo a superare la paura. Stessa risposta: via Sibilla Aleramo, Segrate.

Per Umberto Colombo, invece, c'era voluto un po' di più. Grosso, grasso, imponente, davanti alla Cirrielli sembrava il gigante buono. Commerciante ambulante, di quelli che fanno i mercati, una bella bancarella di biancheria, ordinata e con la merce in bella vista, meglio di un negozio.

«Dove vado con la mia macchina sono cazzi miei, sa?».

Si doveva giocare d'astuzia, insomma.

«Cazzi suoi fino a un certo punto», gli aveva detto lei. «Perché il 15 febbraio, un giovedì, passando con la sua macchina di cazzi suoi in viale Lombardia ha sbandato e ha fatto la fiancata a tre macchine posteggiate. Uno che stava lì ha preso la targa ed eccoci qua, io sono dell'assicurazione. O mi convince che lei non c'entra e che il tipo ha sbagliato a prendere la targa, o scatta la denuncia, parliamo di danni per sette-ottomila euro... una era una Maserati, che sfiga, eh!».

L'uomo aveva balbettato, poi era passato all'attacco.

«Tutte cazzate, mai passato da viale Lombardia!».

«Senta, non se la prenda con me, io faccio il mio lavoro. Lei mi dice dove andava quella sera, io controllo l'itinerario, se viale Lombardia è fuori dal tragitto lo scrivo nel mio verbale, va bene? C'è anche caso che non ci vediamo più».

Era andato da via Raimondi a un posto vicino a Segrate, via Sibilla qualcosa.

Ora tocca a Oscar Falcone, i suoi quattro. Uno era quasi scoppiato a piangere: lo sapeva che era una faccenda rischiosa, è due mesi che la cosa gli sta lì e non sa con chi parlarne. Vincenzo Severi, cinquant'anni, separato, per campare fa il tecnico per una ditta di condizionatori, ma lo chiamano quando pare a loro, lui sta a disposizione, e nel frattempo fa piccole riparazioni di idraulica. Lo aveva avvicinato un tizio grosso, elegante, in un bar di viale Tibaldi. Sembrava una cosa semplice, portare un pacco da via Raimondi, che sta...

«Lo so dove sta».

«... a un posto di villette tra Milano e Segrate... via Aleramo, mi pare». Sbagliava l'accento, come quasi tutti.

L'uomo che gli aveva dato l'incarico era stato gentile, aveva detto che non c'era niente di illegale, di stare tranquillo, e gli aveva dato duemila euro promettendogliene altrettanti a consegna avvenuta. Un sacco di soldi per mezz'ora di lavoro, con la sua macchina, pulito e sereno. No, lui non aveva nemmeno toccato il pacco. Nel bagagliaio della sua Seat lo aveva messo un uomo in via Raimondi, giù dalla rampa, appena fuori dal magazzino, e lo aveva preso un altro uomo alla villetta. Un cartone di quelli per i traslochi, con scritto fragile, ben sigillato col nastro adesivo. Tutti gentili, grazie, ecco il suo compenso, poi di nuovo la notte e guidare verso casa, con quattromila euro spuntati fuori così, come un piccolo miracolo.

L'unica donna era Serena Ghiglioni, 32 anni, cameriera in un locale a Brera, carina, tatuatissima. Era stata un po' scontrosa, ma quando Oscar l'aveva rassicurata, e le aveva passato due biglietti da cinquanta, si era sciolta un po'. Sì, l'indirizzo era sempre quello. Se lo ricordava bene, perché quando gliel'hanno detto, là in via Raimondi, lei stava per impostare il navigatore e l'uomo che aveva messo due borse nel bagagliaio, le aveva detto, no, il navigatore no.

«Borse? O uno scatolone?».

«Borse della palestra, l'ho notato perché erano di due palestre diverse... comunque io nemmeno le ho toccate, le borse».

Lei aveva trovato strana questa cosa del navigatore, ma chissenefrega, aveva usato le mappe del telefono, perché trovare una stradina dietro il cimitero di Segrate non era mica facile.

Poi Oscar aveva sentito Giovanni Bentrovati, magazziniere, che aveva parlato subito, un po' intimorito. L'ultimo era Saverio Grieco, disoccupato. Era stato avvicinato a una pompa di benzina di piazzale Bacone, dove ogni tanto dava una mano in cambio di qualche decina di euro. Sempre un signore grosso, elegante, aveva fatto il pieno e chiacchierato un po'. Poi gli aveva fatto quella proposta. Sì, l'aveva capito che c'era qualcosa di losco, uno mica ti dà quattromila euro se con le poste ne spenderebbe dieci, però lui ne aveva bisogno, e anzi aveva pensato che era un bel colpo di culo. Si era fatto giurare che non era droga, la roba da trasportare, e l'uomo grosso ed elegante aveva riso: «Ma come ti viene in mente!». Quattromila euro in meno di due ore, ci aveva pure pensato a declinare l'invito, ma...

Ora la Cirrielli è tornata nella stanza con le scrivanie, ha aperto Google Maps e studiato un po', Oscar le sta alle spalle. In effetti il racconto della Grechi regge, da via Raimondi a Segrate, puoi anche non passare da piazzale Loreto, ma piazza Udine l'attraversi di sicuro, poi lo stradone del cimitero dove avevano fermato il Gelsi, sì. La destinazione era a poche centinaia di metri, addirittura decine, in linea d'aria.

Tutti avvicinati da un uomo grosso ed elegante, tutti convinti da un «perché no?» dettato dalle contingenze, pochi soldi, lavori di merda. Il «perché no?» non era più nemmeno una domanda retorica, era una condizione esistenziale. Oscar pensa che c'è dell'ironia: quelle otto storie tutte uguali di delinquenti occasionali sembrano un campione per un trattato di sociologia sui tempi nuovi, e loro stanno proprio cercando un sociologo.

La Cirrielli invece riflette sul metodo.

«L'uomo grosso è quello che abbiamo visto in via Raimondi, quello con la Toyota... C'è qualcosa di geniale nel sistema, ma è anche rischioso. Voglio dire, in questo modo, calcolando quattro covi, ci sono decine di persone in città che conoscono un luogo di partenza e un luogo di arrivo. È vero che il rischio è minimo, ma...».

«È vero», dice Oscar. «Però cosa può succedere? Un posto di blocco? Rarissimo. Un tamponamento? Un incidente? Sì, ma io credo che loro non volessero esporre nemmeno al minimo rischio qualcuno interno all'organizzazione, che poi poteva cantarsela. Compartimenti stagni. Se proprio qualcosa andava male... dimmi tu che sei sbirra, cosa sarebbe successo?».

«Vediamo... fermo, verbale, fotocopie, chiamare un sostituto sperando di vederlo prima di mattina, altre foto e fotocopie, e interrogatorio... una volta avuti i due indirizzi, qualche ora per mettere insieme due squadre d'intervento... diciamo che sarebbero arrivati in via Raimondi e a Segrate il pomeriggio dopo. Come abbiamo visto, a smontare un covo ci mettono un paio d'ore... nell'emergenza avrebbero avuto tutto il tempo».

«Se invece avessero fermato uno dei loro c'era il rischio che parlasse per salvarsi il culo, giusto?».

«Sì. E così magari invece di perdere un carico solo perdevano tutto».

«Ora abbiamo due covi su quattro. Via Raimondi che è bruciato, e 'sto posto a Segrate che invece dovrebbe essere ancora attivo».

«Otto autisti su dieci, e andavano tutti là. Ce ne mancano due, però... magari...».

«Dici che bisogna sentirli lo stesso?».

«Mah, dico di sì, tanto per non lasciare indietro niente e poi mangiarsi le mani».

«Hai sete? Ti va una birra?». Oscar Falcone lo ha detto appoggiando i suoi fogli sul tavolino.

«No, Falcone, sono in piedi dalle sette, e per oggi ho scarpinato abbastanza».

«Peccato, magari un pub a Segrate lo trovavamo».

La Cirrielli ride. Ma sì, aveva capito.

«Guarda, Falcone, facciamo così, a vedere la ridente periferia di Segrate ci andiamo domani. Io non sono mica Carella che non dorme, non mangia e vive di adrenalina, io una dormita voglio farmela».

Sì, ha ragione. Spengono tutto ed escono. Fuori c'è una sera incerta, un conflitto in corso, l'aria di primavera che arriva fa a botte con un po' di freddo che ancora non se ne va. La Cirrielli sale sulla sua Smart, Falcone si avvia a piedi.

Trentatré

Gloria Grechi è scomparsa di nuovo.

Carlo Monterossi ha messo la sveglia alle nove e mezza, perché ieri sera è andata in onda la puntata di *Crazy Love* e alle dieci arrivano i dati, le tabelle, le curve degli ascolti, e vuole studiarsele per bene.

Quando arriva in cucina c'è solo Katrina, che gli fa rapporto.

«Signora Gloria uscita presto, alle otto, detto che signor Carlo non preoccupa».

Lui si siede a fare colazione. Oltre al solito ben di Dio c'è una crostata sfornata da poco, lucida, gloriosa, imperiale nel suo mantello di marmellata di albicocche, che dice: mangiatemi, vi prego! Il caffè è buonissimo, la spremuta pure, a parte la Grechi che non c'è, va tutto benissimo, ora ci penseranno i dati Auditel a rovinare la giornata. Però Carlo si sente più leggero. La Grechi va e viene? Beh, cazzi suoi, è adulta e vaccinata, continua a dire che nessuno capisce, anche se l'unico che può capire qualcosa di quel legame con il bel sociologo Alberto Comecazzosichiama è proprio lui. A quegli amori lì, anche se sono impossibili, gli piace crederci.

Peggio per lui, no?

Alle dieci e un minuto arriva il messaggio della Ballesi. Dice solo: «Ti mando i dati», nient'altro.

Poi arrivano i numeri. *Crazy Love* senza sangue, cioè senza gente che si butta dal balcone in diretta, che mena la figlia o che denuncia il vicino di casa per pedofilia, ha fatto il 27,2 per cento, che significa tre punti in meno della sua media e una decina in meno delle puntate in stile Grand Guignol. Non è male, per una virata così brusca.

Lui ha visto la puntata controvoglia e di cattivo umore, mentre la Grechi leggeva un libro su un altro divano. Silenziosi, solitari, una bella famigliola.

L'attricetta era stata così svampita e stupida da risultare deliziosa, un contratto per una commediola italiana al cinema non glielo toglieva nessuno, sicuro come l'oro. Ecco una che aveva tirato fuori il coniglio dal primo cilindro che era passato, ammirevole, in fondo. Quindi la curva era un po' salita, ma meno del solito.

Poi era venuto il momento del drammone, e qui Carlo si era davvero stupito. Flora De Pisis era stata brava, aveva capito, insomma. Si era commossa insieme alla signora, la vedova consolabile, perché un amore non può cedere alla vendetta. Però aveva anche simpatizzato per il figlio, perché la cecità dell'amore è cosa benedetta e bellissima, ma non può oscurare la giustizia.

Il piede in due scarpe, ma belle comode, confortevoli.

Per una volta nella vita, incredibile, sette milioni di spettatori avevano visto Flora alle prese con la complessità. Non giusto o sbagliato, buono o cattivo, niente arringhe o vittimismi, nessun dito indice puntato. E il suo monologo al calare del sipario su quella storia di amore e morte e soldi sgraffignati era stato notevole.

«Ci alziamo alla mattina con il nostro cuore, e con lui facciamo i conti ogni minuto, e a volte crediamo quello che ci piace credere perché il cuore non salti un battito, perché non ci lasci. Eppure non comanda il cuore soltanto...».

Tutto quel bel romanzone per finire poi lì: se è per amore, che abbiamo sbagliato, forse non era uno sbaglio, e comunque non vogliamo saperlo. Nella luce bianchissima e sparatissima che le annulla le rughe e gli anni, che la fa sembrare una presenza eterea rischiarata dall'interno, Flora De Pisis aveva citato Shakespeare: «Preferisco vedere riaprirsi le mie ferite, piuttosto che ascoltare come le ho ricevute». *Coriolano*, atto secondo, scena seconda, applausi.

Era il picco della puntata, più del 33 per cento. Carlo pensa che deve mandare un messaggio di complimenti all'autore anziano, la sbobba era ben cucinata. Poi si era di nuovo scesi al 25 con l'attore e la sua fidanzata appena ritirata dal concessionario.

Insomma, la curva è incoraggiante, gli ascolti pure: spogliando il programma dalle cose più sanguinolente, dal fetish di prima serata, un piccolo calo ci stava, anche se Flora lo prenderà come un attentato ai suoi danni: lui Gaetano Bresci e lei, che stava su una carrozza dorata, Umberto I.

Magari!, pensa Carlo.

Alle dieci e mezza ha chiamato la Ballesi e hanno commentato. Lei non ha chiesto di vederlo, né se c'erano programmi per la serata, solo lavoro. Secondo lei era un miracolo aver fatto quei numeri senza cadaveri stesi per terra a buttare sangue come fontanelle pubbliche.

Poi la telefonata di Flora, ovvio.

«I tempi nuovi ci fanno perdere più di un milione di spettatori, Carlo».

«Io dico che tra un paio di settimane ci assestiamo sul 30 per cento e va bene così. Tu sei stata bravissima».

«Ti dirò, Carlo, mi sono anche divertita di più... è meglio fare la cacadubbi romantica che quella che taglia il mondo con la scimitarra, no?».

«Molto meglio, Flora».

«Solo che l'azienda non sarà contenta... quattro punti in meno della media...».

«L'azienda sarà contenta, Flora, fidati, loro non seguono i tempi nuovi, loro vogliono costruirli, vedrai che il mazzo di fiori stavolta è pure più grosso del solito».

A conferma, nemmeno due minuti dopo, era arrivato un sms del capo supremo, l'inarrivabile e siderale dottor Calleri, l'illuminato deus ex machina della Grande Fabbrica della Merda, forse elicotteristicamente sospeso sui dolori del mondo.

«Ottimo lavoro, Monterossi. Avanti».

Peccato che Carlo usi il rasoio elettrico. Se avesse avuto delle lamette, zac... La testa nel forno gli pare poco elegante, sotto il treno, che volgarità!

A mezzogiorno è tornata la Grechi. È corsa subito nella sua stanza e ne è uscita un minuto dopo. Ha un golfino girocollo di cachemire leggero che la stringe bene e farebbe venire dei pensieri anche a un santo.

«Su, Carlo, andiamo a pranzo, offro io!».

«Che succede? Dov'è stata?».

Lei non risponde, anzi sì, risponde col suo sorriso.

Questa vita da coinquilini con una rapinatrice lo irrita. Ma allora perché gli piace?

Trentaquattro

Visto il sole, la Cirrielli decide di usare i mezzi per andare in via Boscovich. Le piace avere un ufficio dove arrivare tutti i giorni, ed è di buon umore. Però poi cambia idea e prende le chiavi della Smart. Una delle targhe che mancano all'appello sta poco distante, solo una deviazione sul suo percorso. Ieri il proprietario della macchina era fuori città, ma la moglie ha detto che oggi sarebbe stato al suo posto, come al solito, come sempre.

E infatti c'è. Il posto è un negozietto di frutta e verdura dalle parti del Cimitero Monumentale. La signora è lì, il proprietario della macchina anche, un attimo che va a chiamarlo. La Cirrielli si guarda intorno, il negozio sembra una cosa antica, degli anni Settanta, gli scaffali in finto legno, la frutta ben allineata. Ma i prezzi sono pazzeschi, il doppio, il triplo che al supermercato, la lattuga costa più della marijuana, come fanno a tirare avanti?

Quando arriva il signor Trevisan, un omone che sa di campagna e di sigarette, le cose si complicano subito.

«Lei ha una Fiat Tipo targata...?».

«Sì, ma non la uso più io, ce l'ha mio figlio... è successo qualcosa?».

«Ma no, niente, sono dell'assicurazione e devo fare un paio di domande, diciamo così, statistiche sui clienti».
«Dica allora, l'assicurazione la pago io».
«Eh, ma io devo parlare con chi guida, sa, è una statistica sui comportamenti al volante... per chi ci dedica mezz'oretta c'è un piccolo rimborso». Parola magica.
La Cirrielli se ne va con l'indirizzo e il numero di cellulare del figlio, il giovane Trevisan, che abita al Casoretto, tra piazzale Loreto e le lande del nord. Ma guarda caso, è più o meno sulla strada per Segrate, quindi decide di andare prima in ufficio.

Oscar è già lì, naturalmente.
«Venendo ho controllato una delle targhe che mancavano», dice.
«Anche tu? Anch'io», ride la Cirrielli.
«Niente di nuovo, anche questo qui è andato a Segrate, via Sibilla Aleramo, non ha toccato la merce, stavolta era una vera valigia, grossa, dice lui... il tuo?».
«La macchina è del padre, ma la usa il figlio, l'ho chiamato, ci aspetta, gli ho raccontato una palla sull'assicurazione».
Al Casoretto ci arrivano che non sono nemmeno le dieci. È una bella via, con una chiesa in mattoni che fa sembrare quel pezzo di Milano un paese a sé, ma è una sensazione che dura un minuto.
Luciano Trevisan, jeans e maglietta, li accoglie in una cucina da studenti fuori sede.
«Ditemi, cos'è 'sta cosa dell'assicurazione?».

«È una cazzata», dice la Cirrielli. Poi gli spiegano. L'undici gennaio, con la Fiat Tipo di papà, ha caricato qualcosa da via Raimondi e... il ragazzo si agita.

«Non siamo della polizia, stai tranquillo. Era meglio se non la facevi, una cazzata simile, ma non lo sa nessuno».

Segue un racconto identico a quello che hanno già sentito nove volte: lo ha avvicinato uno, fuori da un palazzo di uffici, lui fa le pulizie presto, una cooperativa, quella mattina era solo. Duemila euro prima, duemila euro dopo, gentilissimo, convincente. Roba vietata? Ma va'!

«E tu ci hai creduto?».

«No, però ci ho voluto credere, quattromila euro sono quasi la metà di quello che prendo in un anno. In nero, veloci... dai, cazzo!».

Uguali anche le modalità, due borse da palestra, pesanti, ma questo lo ha capito vedendo quelli che le trasportavano, perché lui non le aveva nemmeno toccate. All'arrivo uguale: uno gli aveva dato gli altri duemila euro e un altro aveva preso le borse dal bagagliaio, niente strette di mano, niente saluti, e nessuna faccia truce, non sembravano delinquenti, più magazzinieri.

«E dove le hai portate, 'ste borse?».

«In via Ettore Ponti, al 65».

Cosa? Come?

Hanno fatto quella domanda come fosse la meno importante, perché conoscevano la risposta. Ma la risposta che conoscevano loro era sbagliata, questa volta il corriere non era andato a Segrate, ma in un altro posto. Perché? Un cambio nelle procedure? Un'eccezione? Dei dieci con cui hanno parlato è l'unico a dare un indirizzo diverso.

«Dov'è?».

«Alla Barona, sud-ovest, direi, parallela al Naviglio Grande».

«Com'è il posto?».

«Una specie di garage, ma senza saracinesca, c'è un portone elettrico, se entri con la macchina, se no, una porticina di fianco. Io sono entrato con la macchina, di muso, e uscito in retromarcia, sarò stato dentro un minuto».

«Mobili? Casse?».

«Niente, solo la mia macchina, ma c'erano delle porte che forse danno in altri locali». Poi una domanda la fa lui. «Vado nei casini? È l'ultima cosa di cui ho bisogno».

«Secondo noi no, ma per essere del tutto onesto non si sa mai», dice Oscar. E aggiunge: «Certo che hai fatto una cazzata».

La Cirrielli pensa che questo figlio di frutta e verdura avrà la stessa età, forse un paio di anni in più, di Filippo Maria Gelsi, che poteva toccare a lui di finire ammazzato in una strada di quasi campagna. Anzi no, perché lui non passava di là, andava da un'altra parte.

Il ragazzo continua a stropicciarsi le mani.

«Posso fare una domanda io?».

«Proviamo».

«Cosa c'era nelle borse? Non droga, vero? Io la odio quella roba».

«Non so se vuoi davvero che te lo diciamo», dice la Cirrielli. Sorride, il ragazzo le sta simpatico, sorride anche Oscar, hanno un'aria scherzosa. Lui fa la faccia che non capisce.

«C'erano soldi. Per quello che ne sappiamo noi almeno un paio di milioni, qualcosa più, qualcosa meno. Ti sei fatto, quanto?... venti minuti di macchina con due milioni nel baule».

«Beh, per un po' sei stato ricco», la Cirrielli gli batte una mano su una spalla.

Poi Oscar mette cento euro sul tavolo. «Per il disturbo», dice.

Ora sono di nuovo in macchina, perplessi come un fachiro che si fa male sui chiodi.

«Che storia è?».

«Che invece di un covo ne abbiamo trovati due», dice Oscar. «Un po' di culo, ogni tanto...».

«Io non ci credo che il marito della Grechi sia prigioniero. Tenere sequestrato uno è rischioso, vuol dire portargli i pasti, fare la guardia... via Raimondi non andava bene di certo».

«Ora diamo un'occhiata a questi due posti, poi facciamo il punto per bene».

Da via Casoretto a Segrate sono pochi minuti, quindi continuano dritti e girano in piazza Udine, poi costeggiano il parco.

«Tu che lo conosci bene... non è che il tuo amico Monterossi si è preso una sbandata per la Grechi?».

Oscar fa una risatina. «La situazione sentimentale di Carlo la studiano al Mit di Boston da vent'anni, e non ci hanno ancora capito un cazzo. Alla fine credo che si innamori di una qualche idea di donna, non di una donna specifica, ma sì, forse la Grechi potrebbe essere... beh, è abbastanza misteriosa...».

«Non volevo un trattato sui sentimenti, mi basta sapere se gioca con noi o con lei».

«Teoricamente anche la Grechi gioca con noi, Cirrielli».

«Sì, teoricamente».

Via Sibilla Aleramo è una strada di edifici bassi, villette, palazzine, edilizia residenziale né bella né brutta, un po' staccate l'una dall'altra, in un posto che non è più Milano e non è ancora Milano Due. Milano uno e mezzo, ecco.

La percorrono a velocità normale e danno una prima occhiata, poi fanno un giro più lento, come gente che si è persa, e lì non è difficile. Al numero 19 c'è un cancello, un muretto basso e dietro un cortile, quasi un giardino, con un paio di alberi, il prato e un vialetto per entrare con la macchina. Toyota grigie parcheggiate non ce ne sono. La costruzione è a due piani, niente portone sulla strada, l'ingresso principale dà sul giardino. Al secondo passaggio vedono che ci sono un bel po' di telecamere, ma una sola è puntata sul cancello, le altre guardano il perimetro della casa. Tutto tace, le tapparelle sono abbassate, ma al primo piano c'è una finestra accostata, quindi il posto non è abbandonato.

Comunque una casa così avrà una decina di stanze, tenerci un ostaggio non sembra impossibile. Di passare a piedi non se ne parla, fanno un altro giro, poi se ne vanno.

Prossima tappa, via Ponti.

In piazzale Lodi girano a destra, sulla circonvallazione, poi, dopo un po', di nuovo a sinistra e sono in via Ponti, ma non si passa perché è giorno di mercato. Lasciano la macchina e vanno a piedi. Al 65 c'è un grande portone elettrico, è una specie di garage, o laboratorio, o magazzino, chi lo sa, una soluzione molto simile a quella di via Raimondi. Non ci sono insegne, nemmeno sulla porticina accanto. L'edificio vicino è alto sei piani, appartamenti. Guardano i citofoni, c'è un dentista, un commercialista e molti cognomi, italiani e stranieri. Niente portineria.

Fanno un po' avanti e indietro perché il mercato affollato li mimetizza benissimo, anche lì non si muove niente. Lo sanno che la mattina non è il momento adatto, sanno che il traffico si svolge di notte, o all'alba, però di vedere entrare o uscire qualcuno un po' ci speravano. Ci verranno più attrezzati, con due macchine, per ora sono soddisfatti e tornano verso l'ufficio.

«Se lo tengono prigioniero sembra più logica la villetta a Segrate».

«Sequestro di persona. È un reato rognoso», dice la Cirrielli. «Volano ergastoli senza troppe storie».

«Perché invece sparare in testa a un ragazzo cos'è, una passeggiata?».

«Ma appunto! Se a quello là hanno sparato su due piedi, perché al marito della Grechi no?».

«Non lo so, forse vogliono sapere come li ha scoperti, forse non aveva con sé i soldi quando lo hanno preso e vogliono fargli dire dove sono».

«In questo caso cerchiamo uno con le dita spezzate, le bruciature di sigaretta e le rotule spaccate col martello... e poi questo non spiega perché hanno preso lui e non lei».

Oscar fa un gesto di impazienza. Cazzo, è facile così, elencare tutte le tessere che mancano. Il difficile è far combaciare quelle che hanno in mano, e sono ancora poche.

In via Boscovich, la Cirrielli apre le finestre e si mette al lavoro.

«Facciamo gli americani, ok?».

Sul muro del salottino coi divani compare una piantina di Milano con tre punti rossi: via Raimondi, nord-ovest, da dove è partito tutto, poi la villetta di Segrate, nord-est, e via Ponti, sud-ovest. Per ora è un triangolo, ma loro sanno che i covi sono quattro, quindi logica vorrebbe che alla fine si formerà un quadrato, e il posto più logico per il vertice che manca è sud-est, ma sulla mappa non segnano niente. Invece la Cirrielli fa una croce sul posto dove è stato ammazzato il ragazzo.

«Dai, Falcone, comincia tu».

«Partiamo da quello che ci ha detto la Grechi. In teoria stiamo parlando di tre filiali e una sede centrale. Via

Raimondi era una filiale, lì venivano portati i soldi che poi partivano una volta alla settimana coi nostri amici delle targhe verso la villetta di Segrate».

«Che quindi sarebbe la sede centrale, giusto? Quella dove i soldi si accumulano prima di partire per la famosa barca, se poi è una barca».

«Esatto. Il fatto che abbiano spostato la destinazione almeno una volta è chiaramente un'eccezione, i motivi possono essere decine...».

«Quindi, se via Ponti è un'altra filiale come via Raimondi, anche lì arrivano soldi di notte e mattina presto, e anche da lì partono... verso la villetta, mi segui?».

«Sì... ti dirò di più. Dopo la chiusura di via Raimondi, a meno che non abbiano già riaperto da qualche parte, di soldi ne arriveranno pure di più, perché avranno deviato lì un po' di traffico».

«Sì, ci sta. Quindi mi sa che facciamo notte, oggi».

«Se vuoi andare a casa, Cirrielli, possiamo vederci dopo cena, o mangiare qualcosa insieme verso le nove e poi cominciare a dare un'occhiata... andrei in via Ponti, però, mi sa che lì c'è più movimento».

«No, casomai mi sdraio qui su un divano... via Ponti, sì, mi sembra più sensato».

Però c'è ancora qualcosa che Oscar Falcone vuole dire, una cosa che prima o poi va detta, lui cerca il momento giusto dall'altro ieri e non può più rimandare.

«Intendi informare Carella anche questa volta?».

«Sapevo che lo avresti chiesto».

«E la risposta è?...».

«No».

«Mi fa piacere, come mai?».

«Le cose vanno più in fretta, adesso. Se lo conosco bene, Gregori non è per l'irruzione, preferirà mettere macchine, e telecamere, e microfoni, pedinamenti, eccetera, eccetera, e noi non potremmo più fare il nostro lavoro».

«E gli assassini del ragazzo?».

«Se verranno fuori, il numero di Carella ce l'ho in memoria. Per ora mordiamoci l'osso che abbiamo trovato noi, gli altri cani si arrangino».

Trentacinque

Quello con la Vespa rossa lo vedono verso le nove e mezza di sera, che sta uscendo da un bar di via Settembrini. Fermarlo lì non ha senso, qualcuno del suo giro potrebbe vederli, e loro vogliono solo parlargli, senza mettere i manifesti e suonare le trombe. Allora lo seguono, per fortuna va piano. Entra in un altro bar non lontano, ma ci resta pochi minuti. Ghezzi e Carella si lanciano un'occhiata che contiene molta noia sulla prevedibilità del mondo. Allora lo seguono di nuovo, lo sorpassano, andranno a meno di quaranta all'ora, e quando gli sono davanti Carella inchioda come se avesse visto un cervo in mezzo alla strada. Sentono un botto dietro, il ragazzo cade, loro giù dalla macchina.

«Ti sei fatto male?».

Quello si toglie il casco e comincia a urlare quelle cose che si dicono in casi di grande irritazione, a seconda della propria cultura, formazione, sensibilità. Insomma, avete capito.

«Pezzo di merda, come cazzo guidi? Ti pare il modo di frenare, coglione?».

Ora la macchina è ferma con le doppie frecce, la Vespa un po' ammaccata sul cavalletto, e loro sul marciapiede.

«Mi fai vedere i documenti?», dice Ghezzi.

«Stocazzo, i documenti, fatemeli vedere voi, a momenti mi ammazzavi, stronzo».

Quando vede i documenti però fa un'altra faccia, perché sono tesserini della polizia, la situazione cambia un po', non tanto, eh, tipo Sahara e Polo Nord.

Ghezzi lo perquisisce. Il ragazzo ha in tasca seicento euro e quattordici bustine di cocaina, si direbbe da un grammo. Faceva le consegne, un fattorino, un rider, come si dice oggi.

«La sai la musica che comincia adesso, vero? Il giudice ti chiederà per conto di chi la vendi, 'sta roba, e lì arrivano i dubbi: ti fai un paio d'anni buono buono o esci subito e ti caghi addosso per tutta la vita?».

«È poca roba, uso personale».

«Vabbè, ma questo lo decide il giudice, comunque ti abbiamo visto in un paio di bar e magari lì sanno chi sei».

Il ragazzo valuta la situazione, e la trova brutta.

«Però magari puoi darci una mano», dice Ghezzi.

«Quelli della sala scommesse c'entrano con la roba?».

«Quale sala scommesse?».

«Non prenderci per il culo, non ti conviene. La sala scommesse che sta dietro il meccanico in via Vitruvio».

Il ragazzo ci pensa un po'. Poi capisce.

«Ah, quelli! Ma che ne so, ci sono stato qualche volta a fare un servizio. Se il loro galoppino non può, faccio io una consegna, pagano bene».

«Quindi lavori per loro?».
«Per chi?».
«Per quelli della sala scommesse, ma sei scemo?».
«Ma no, ve l'ho detto, gli faccio 'sto servizio ogni tanto!».
«E la coca?».
«La coca è un affare mio... uso personale, vi ho detto».
«E nei pacchetti che consegni per quelli là cosa c'è?».
«Non lo so, ma non credo roba, cioè sarebbe tanta... Lì prendono scommesse forti, quindi saranno soldi, credo».
«Non ti è mai venuta voglia di guardarci dentro?».
«No, io voglio morire di vecchiaia».
«Quante volte sei andato a consegnare i pacchetti in via Raimondi?».
«Quattro o cinque... ma adesso non si va più lì. Il posto di via Raimondi è chiuso».
«Come lo sai?».
«Nuovi ordini, non si va più lì».
«E dove si va adesso?».
«Mi chiedete tanto, mettiamo che non mi va di dirvelo».
«Secondo me ce lo dici. Puoi dircelo qui sul marciapiede, oppure in questura quando finalmente capisci che ti fai un paio d'anni dentro. Ti conosciamo già, noi?».
«Sì».
«E allora...».
Carella interrompe il siparietto, è lui il duro, se n'è ricordato ora.

«Il mio collega qui... gli piace trattare come al mercato, io invece sono più quello che spezza i pollici, hai presente?... il fermato, nel tentativo di divincolarsi... quelle cazzate che scriviamo nei verbali quando qualcuno si fa male».

«Se ve lo dico me ne vado e non ci siamo mai visti, giusto?».

«Dai, muoviti».

«L'ultima consegna è andata in via Ponti, al 65».

«Dov'è?».

Il ragazzo fa un gesto vago: «Verso il Naviglio».

«Com'è il posto?».

«Non ci sono stato io, c'è stato quell'altro fattorino, mi ha detto solo l'indirizzo, siccome prima o poi dovrò andarci io...».

Ghezzi ha un'esitazione prima di rendergli le bustine con la coca, ma Carella gli fa un «va bene» con gli occhi. Dopotutto ributtano un pesciolino nell'oceano, non è che hanno pescato un marlin di tre metri.

Di nuovo in macchina, ora.

«Cazzo, hanno fatto in fretta!», dice Carella.

«Cosa?».

«Beh, due giorni dopo che gli salta un covo ne hanno subito un altro».

«Magari ce l'avevano già prima».

«Andiamo a dare un'occhiata», dice Carella.

«Però un'occhiata e basta, poi domani ne parliamo con Gregori che vorrà decidere lui come agire, e ci sarebbe da avvertire il sostituto, se vogliamo un mandato».

È il suo modo di dire a Carella: «Non facciamo cazzate sull'onda dell'entusiasmo».

Quindi passano e ripassano davanti al 65 di via Ponti, fanno il giro, ci passano ancora. Il posto sembra vuoto, anche la via, macchine posteggiate, uno che porta fuori il cane, fine. Ma poi quando sfilano un'altra volta, sui trenta all'ora, vedono che dai vetri opachi e scurissimi del portone elettrico filtra una luce, o è un riflesso. Carella vorrebbe posteggiare lì vicino, Ghezzi dice no, ci facciamo notare. È troppo tardi anche per chiamare Gregori, ora, se non è un'emergenza, e sembrerebbe di no. Poi, mentre Carella sta per svoltare un'altra volta, vedono una moto che si ferma, uno scende con qualcosa in mano, una scatola da scarpe, una forma così, e suona alla porticina. Gli aprono immediatamente, lui entra ed esce subito, senza neanche levarsi il casco. Nemmeno trenta secondi, perché nel frattempo Carella e Ghezzi, in macchina, hanno fatto pochi metri. Così seguono la moto, ma questo qui non è come quello della Vespa rossa, questo fila come un demonio e lo perdono subito. Hanno la targa e la marca, un KTM arancione che corre come un missile fregandosene del traffico.

«Va bene, lasciami a una metro, prima che chiuda, se no ti tocca portarmi a casa che sta dall'altra parte», dice Ghezzi. «E vai a casa anche tu, Carella, non farmi la creatura della notte, dormi ogni tanto!».

«Stavolta ci stanno attenti», dice Oscar Falcone.

La Cirrielli voleva andare con due macchine, ma lui

ha insistito: no, stasera si fa solo osservazione. Quindi sono sulla sua Passat, impresentabile fuori ma abbastanza comoda dentro. Più della Smart della Cirrielli, ci vuole poco.

Dalle undici e mezza sono appostati in via Ponti, parcheggiati tra altre due macchine, in un posto distante dai lampioni. Il portone elettrico del 65 non si è mai aperto, ma alla porticina sono già arrivati in quattro, due in macchina e due in moto. Hanno preso le targhe.

«Il flusso in entrata va benone, i soldi girano».

La Cirrielli pensa che ad ogni targa che hanno preso dovrebbe corrispondere un'inchiesta a sé: se porti soldi contanti di notte in pacchi o scatole da scarpe in un posto così, la tua dichiarazione dei redditi dice qualche bugia, come minimo, e come massimo la solita solfa: droga, gioco d'azzardo, puttane, un bel pezzettino di Pil.

E la vigilanza?

Di sicuro hanno uno a piedi, è il signore col cane. Ogni tanto, ogni mezz'ora più o meno, esce da un portone lì vicino, al civico 61, e fa un giro lungo con un labrador marrone.

«È la sesta volta che esce, o il cane ha il cagotto estremo, oppure fa la guardia».

«E poi la Giulia grigia», dice Oscar.

Sì, una macchina grossa che ha fatto tre o quattro volte il giro, erano in due, due sagome scure. Poi è sparita, e dopo un'ora è ripassata cinque o sei volte, era uno solo.

«Una specie di ronda, sì».

Però non sono riusciti a capire se c'è un'altra uscita. Ovviamente il garage avrà un retro, nel cortile, ma è impossibile vederlo, l'uscita posteriore potrebbe essere qualunque portone della via parallela alle spalle del palazzo, oppure non esserci per niente.

Stanno lì, decisi a far mattina. Ora sono le quattro e mezza, sonnecchiano un po' a turno, la Cirrielli non fuma da sei ore e sta per impazzire, è il motivo per cui non è mai stata a New York. Oscar ha portato un thermos per il caffè, almeno questo.

Ma macchine che escano, o che arrivino a caricare, niente, solo consegne, nessuna partenza.

Trentasei

L'uomo guarda le ragazze al lavoro. Alcune carine, altre avrebbero bisogno di un rimessaggio urgente. Siede su uno sgabello al bancone del bar, beve whisky liscio, di quelli buoni.

«Gli affari vanno», dice al barista.

«C'è un po' di movimento, sì», dice quello.

Ora ne osserva una che è proprio bella, non giovanissima, ma… ha fascino, ecco. Sta seduta con le gambe accavallate su un divanetto, insieme a un uomo anziano, una giacca elegante, la cravatta appena slacciata. Studia la situazione dal suo sgabello, sa che l'angolo di accavallamento delle gambe della ragazza, la prevalenza del «ti vedo» sul «non ti vedo» è proporzionale a quello che il cliente le offre da bere, intuire la mercanzia, più che guardarla. Toccare con mano, magari, dopo. La ragazza la sa lunga, è una bionda sui trenta, forse addirittura naturale.

«Chi è quella lì?», chiede al barista.

«Veronica Nonsocome, qui da un mese e mezzo, è in gamba, cioè, quello che succede dopo che ha arpionato il merluzzo non lo so, ma non va mai via da sola».

L'uomo è stanco, ma non è ancora tardissimo, sono le tre di notte.

«Cosa beve, la ragazza?».

«Champagne, il pollo deve ordinare il nostro. Fa schifo, è gazzosa da duecento euro a bottiglia, ma i clienti non vengono mica qui per bere, eh!».

«Quello buono ce l'hai?».

«Sì, certo».

«Mandagliene al tavolo una coppa, di' che offro io, di piantarla di bere la gazzosa col vecchio».

Dieci minuti dopo la ragazza è sullo sgabello a fianco, lo squadra da capo a piedi.

«Mio salvatore! Ho fatto i salti mortali per fargli ordinare una bottiglia, a quello, ma poi non si decideva, voleva solo parlare».

«Magari cose interessanti».

«Sì, macchine movimento terra. C'è una fiera». Lui ride, anche lei.

«Io Veronica», dice lei.

«Io... che nome ti piace?».

«Arturo, mi è sempre piaciuto il nome Arturo».

«Non sarà tuo padre o qualcosa del genere?».

«No».

«Allora piacere, sono Arturo», dice lui. Ci sa fare. Anche lei ci sa fare, si gioca nei professionisti, qui.

«Hai un posto o preferisci un albergo?».

«Ho un posto, ma preferisco l'albergo, dipende dall'albergo, ovviamente».

Dicono altre scemenze, poi escono, lui le apre lo sportello e sono tutti e due sulla Toyota. Ma appena mette in moto si rompe il solito cristallo. Il telefono dello stronzo che li ricatta.

Lui legge:

«Io dico che devi svuotare via Ponti, subito. Stavolta ti costa più di centomila».

L'uomo rimane un attimo immobile, impietrito. Rilegge il messaggio.

Poi si rivolge alla ragazza, che si sta sistemando il trucco. Mette un rossetto rossissimo, che le sta bene.

«Mi dispiace, ma mi scoppia una grana grossa. Puoi tornare al lavoro, se ti va, io devo rispondere a questo e andare via».

«Cazzo, però! Sei venuto a rovinarmi la serata?».

«Quanto facevi col vecchio?».

«Se la smetteva di parlare di scavatrici e si decideva, anche mille».

Lui tira fuori un portafogli di pelle e conta quattro biglietti da cinquecento.

«Questo è il rimborso per la serata persa e l'acconto per la prossima volta, non sparire, sembri una in gamba».

Lei prende i soldi.

«Oh, credimi, ti stupirei».

«Bene, vai».

Ora è solo. Spegne il motore, rilegge ancora una volta dal display del telefono. Risponde col solito punto di domanda. Si vede che l'altro se l'aspettava, perché il nuovo messaggio arriva subito.

«Se per sentinella avete quello col cane, siete messi male. Siccome non te lo dice lui, te lo dico io. Ci sono due in una macchina da prima di mezzanotte che osservano tutto, e una Giulia grigia con due persone che ha fatto il giro molte volte, poi ha seguito un fattorino».

Cazzo, cazzo, cazzo. Come è possibile? Ha parlato col Geraci, lo sguattero. Gli ha parlato tra una sberla e l'altra. Lui non sapeva di via Ponti, questo era sicuro, quindi come ci sono arrivati? La Giulia grigia è della polizia, è chiaro, e gli altri due chi cazzo sono? Magari sbirri anche quelli.

Mette in moto e mentre guida fa una chiamata col telefono.

Parla per qualche minuto e poi ne fa un'altra.

«Sono le tre di notte», risponde il capo.

«Sì, sono le tre di notte. Bisogna sgomberare via Ponti, subito».

«E perché?».

«Il nostro amico, c'è movimento in zona. Sbirri».

«Come cazzo è possibile?».

«Non lo so. O forse sì, lo so, qualcuno dei nostri parla, non c'è altra spiegazione».

«Stavolta sarà un casino, coi clienti».

«Bisogna bloccare tutte le consegne alla fonte, dire a tutti che chiudiamo per una settimana».

«Cioè gli diciamo di tenere il malloppo nel materasso finché non riapriamo? Che cazzo dici? Scusi, signor boss della droga, chiudiamo per ferie?».

«Io vado a sistemare via Ponti, che sia tutto pulito. Lei, capo, veda di fermare i clienti da domani, perché l'ultima consegna di stanotte arriva alle cinque, e noi alle cinque e cinque partiamo con tutto quello che c'è in via Ponti».

«Voi chi? Tu, cazzo. Se c'è qualcuno che parla, gli unici sicuri siamo noi due, quindi fallo da solo, sempre se va fatto...».

«Capo, abbiamo più di otto milioni, là dentro, vuole perderli?».

Ora è nel garage di via Ponti 65, ha fatto manovra ed è entrato in retromarcia. C'è una certa agitazione, un uomo si avvicina.

«Stiamo pulendo per bene, capo, la roba è lì», indica un angolo della stanza completamente vuota. Ci sono tre valigie grandi, due trolley e cinque borse da palestra.

L'uomo fa un giro per le altre stanze, due uomini stanno pulendo tutte le superfici su cui si possono lasciare impronte, hanno i guanti. Ripassano con lo straccio le maniglie, gli stipiti delle porte. Ci sono una scrivania e cinque sedie. Un computer portatile è già staccato, posato per terra con i suoi cavi. L'uomo lo prende e lo mette in macchina, sul sedile del passeggero. Poi comincia a caricare, il bagagliaio non basta, le valigie e un trolley li mette sui sedili posteriori.

Alle cinque e qualche minuto suona un campanello, dalla porticina entra un tipo basso, con uno scatolone in mano. Esce senza lo scatolone e se ne va. Lo scatolone finisce subito in macchina.

Oscar e la Cirrielli ora sono sveglissimi, vigili come

sentinelle nella notte. Hanno visto arrivare la Toyota, sembrava di corsa. Forse quello del cane li ha notati e segnalati... e loro che lo prendevano per il culo.

«Andiamo via», dice Oscar.

«Sì, via di qua».

Escono dal loro parcheggio con i fari spenti e arrivano in fondo alla via, fanno il giro dell'isolato, si fermano di nuovo, ma lontani, ora non vedono più il cancello elettrico, possono solo sperare che la Toyota, se riparte, passi di lì e non vada a destra, quando esce.

Ora che hanno avuto l'ultima consegna, l'uomo può partire. Sono le cinque e dieci, potrebbe essere questione di minuti, potrebbero sentire le sirene da un momento all'altro. Prima però raduna gli uomini nello stanzone vuoto, c'è solo lui, loro e la macchina.

«Qui si chiude, via tutti. State tranquilli per i vostri soldi, li avrete come al solito anche senza fare il lavoro. Vi avverto io quando si ricomincia da un'altra parte. Avete pulito bene?».

«Sì, e poi abbiamo sempre i guanti, capo».

«Via tutti».

Sale in macchina, aspetta che il cancello elettrico si spalanchi per bene e parte.

Gira a destra.

Trentasette

Gregori ha tirato sulla scrivania un pugno dei suoi, una manata che pare un colpo di vanga. Carella ha la faccia stravolta dall'odio, gli occhi sono due fessure cattive. Ghezzi e il sostituto fissano il pavimento per non incontrare gli sguardi degli altri.

Alle otto hanno deciso come fare. Alle nove uno dei loro, vestito da operaio dell'azienda del gas, documento, tesserino, tutto a posto, ha suonato alla porticina, non c'era nessuno, ovvio. Ma stavano cercando di capire bene il posto, per piazzare qualche microfono bisogna entrare, o avvicinarsi molto, Carella e Ghezzi stavano lì vicino, in macchina. Poi quello, come per un tentativo assurdo, ha girato la maniglia, e la porticina si è aperta. Il posto era vuoto, pulito e abbandonato.

Ghezzi e Carella erano entrati anche loro, uno stanzone con le piastrelle rosse sul pavimento, tipo officina, vuoto, un bagno piccolo, pulito, e un'altra stanza, con una scrivania e qualche sedia. Nient'altro, a parte le solite scatole di guanti di lattice monouso, per terra in un angolo. Sembra più pulito di come hanno lasciato via Raimondi, anche se hanno avuto meno tempo per scappare.

«Carella, fermati, cazzo!».

Gregori ha già i nervi, e vedere quello che fa su e giù come un detenuto nell'ora d'aria gli fa alzare la pressione.

Il sostituto si fa ripetere come hanno saputo del covo di via Ponti. Ghezzi ha mandato due macchine dal meccanico di via Vitruvio, la sala scommesse, appena si fa vivo qualcuno, prenderli senza tante storie. Qualcun altro sta dietro alla targa del KTM arancione che li ha seminati ieri sera.

La padrona dei locali, una vedova ingioiellata già all'alba, ha finto di cascare dal pero: «Ah, sì? Serve un contratto d'affitto? Ma io veramente ho preso trentacinquemila così, in contanti, per i primi tre anni...». La solita solfa: le leggi? I regolamenti? Uff, che palle.

«Ogni volta si ricomincia da capo, cazzo!».

«Aspettiamo la Scientifica», dice Ghezzi.

Il sostituto invece è già più avanti.

«Chi li avverte? Possibile che ieri sera vi siate fatti notare?».

«Non credo che si smonti un covo perché passa due volte una macchina», dice Carella. «Però è vero, chi li avverte?».

Non hanno elementi per rispondere alla domanda, possono solo farsela duecento volte, e non serve a niente.

Dopo pranzo arrivano notizie dagli scienziati, niente di niente, nemmeno un'impronta utile. Del resto, fibre, cenere, polveri varie, parleranno dopo, se trovano qualcosa d'interessante. Confermano: niente droga. Carella tira un calcio a una sedia, il sostituto se n'è andato, ora sono loro tre e possono parlare più liberamente.

«Sembra una caccia al tesoro, ma non sappiamo che tesoro stiamo cercando. Poi mi chiedo se davvero stiamo correndo dietro agli assassini del ragazzo, o se abbiamo preso un'altra strada», dice Gregori.

«Non c'è molto da chiedersi, capo, di strada abbiamo solo questa», risponde Ghezzi.

Carella fuma e pensa. Poi però dice una cosa anche lui.

«Bravo, capo, giusto, una caccia al tesoro. Una soffiata ci ha portato in via Raimondi. Da lì, un'impronta digitale ci ha portato in via Ponti, ora dobbiamo trovare qualcosa che ci porti da un'altra parte. È evidente che il covo non era uno solo, quindi potrebbero anche essere più di due. Una rete, ecco, una specie di centro di raccolta... bisogna lavorare un po' di fantasia, credo».

«Io un'idea ce l'avrei...», dice Ghezzi.

«E sentiamo, allora!».

«Vi avverto che molte delle cose che dico non le sappiamo davvero, ma proviamo a metterle in fila lo stesso... Ci sono due posti dove alcune attività criminali portano soldi. Dalla cadenza con cui consegnano, sette-otto fattorini ogni notte, si direbbe che sono gli incassi della serata, o di un paio di giorni... del perché e del percome non sappiamo niente...».

«Vai avanti», dice Carella. Si è seduto, finalmente, ha gli occhi chiusi e ascolta.

«Due cose, allora. La prima è: dopo che hanno accumulato soldi, in via Raimondi e in via Ponti e chissà dove altro, dove li portano? Ammesso che i soldi poi riescano a partire, che ne so, per la Svizzera, Malta, Barbados o chissà dove, li devono riunire in una spedizione unica, giusto? Quindi deve esserci un posto dove li portano ogni tanto...».

«Cioè, Ghezzi, tu dici che abbiamo beccato due filiali e dobbiamo cercare il caveau...», dice Gregori.

«Vai avanti», e questo è Carella.

«Il povero Filippo Maria Gelsi faceva proprio quello, portava un malloppo grosso da via Raimondi al... caveau? Sì, mi piace. Qualcuno l'ha beccato sul tragitto, si direbbe una rapina, con esecuzione del fattorino e fuga col malloppo».

«E i pantaloni calati?».

«Sì, c'è qualcosa che non gira del tutto, hai ragione, Carella. Però seguimi. Il primo punto è questo: attraversi la città, vai in quella strada di quasi campagna... vuol dire che la tua meta è da quelle parti... Segrate, Redecesio, Pioltello... non più in là, se no il ragazzo avrebbe fatto altre strade...».

«Questo come ci aiuta, Ghezzi? Potrebbe essere ovunque...».

«Sì, ma non troppo lontano... le spiego, capo. Via Raimondi è vicino alle autostrade, Torino, i laghi... Bene. Via Ponti un po' meno vicino, però se guarda una mappa vede che sta tra due direttrici di traffico grosse, l'autostrada per Genova e la tangenziale, che porta praticamente ovunque... Io dico che il caveau sta lì, dalle parti di Segrate, un po' perché il ragazzo andava in quella direzione e un po' perché anche da lì a prendere un'autostrada ci vuole poco...».

«Non è molto, Ghezzi».

«No, capo, anzi, non è niente. Però io dico che abbiamo un altro filo da tirare, che è quello dei clienti».

«Vai avanti». Carella è monotono.

«Allora, rovesciamo la prospettiva. Tu sei uno che porta l'incasso in banca, mettiamo quelli della sala scommesse. La polizia chiude la filiale dove portavi i soldi, e qualcuno ti indica un'altra filiale. Poi chiude anche quella filiale lì... beh, se sei un correntista e succede a una banca normale ti preoccupi un po', giusto? Non solo perché devi portare i soldi da qualche altra parte, ma anche perché cominci a pensare... ma cazzo, se questi qui che custodiscono, e magari puliscono, i miei risparmi si fanno beccare ogni dieci minuti, il mio malloppo sarà al sicuro?».

«Sì, lo capisco. E allora?».

«Se i correntisti sono tanti ci sarà una guerra... tipo la corsa agli sportelli...».

«Bravo Ghezzi... quindi riassumiamo. Io ho una banca e tanti correntisti felici. Poi subisco una rapina e qualcuno ammazza un mio fattorino... poi i correntisti si incazzano perché sono costretto a chiudere gli sportelli... ecco, diciamo che ho già parecchi nemici, giusto?... lavoriamoci un po' di questi nemici e sentiamo se sanno qualcosa, magari hanno già ricevuto istruzioni di portare i soldi da un'altra parte...».

«Avverto il sostituto, ci serviranno un sacco di mandati».

«No, capo. Aspetti un attimo, ci faccia lavorare un po' con le mani libere... magari dovremo fare delle mezze promesse a quelli che sentiamo, se la cosa non è ancora ufficiale siamo più...», dice Carella. Cammina ancora, fuma ancora.

«Aspettiamo almeno un giorno, capo», dice Ghezzi. «Sentiamo quello della moto di ieri sera e se lo becchiamo quello della sala scommesse... poi andiamo dal sostituto con qualcosa in mano».

«Non più di un giorno... e piantatela con 'sta commedia del gatto e la volpe, siete sempre d'accordo, voi due. Dai, andate, tenetemi aggiornato».

Mentre stanno per uscire, Ghezzi si volta di nuovo.

«Capo, il professor Donatelli si è dato una calmata o...».

«Macché, sta facendo il diavolo a quattro... ora gli schiaffoni al figlio sono diventati un caso nazionale. L'Italia è una Repubblica fondata su quattro sberle al figlio del professor Donatelli».

«E il video?».

«Dice la Postale che è stato caricato da un computer che sta in una sede della Cisl, dalle parti di via Valtellina... è un posto dove il computer lo usano tutti, pensionati, studenti perché c'è una biblioteca, gli iscritti al circolo, che è una specie di bocciofila ma senza le bocce. C'è il Caf, ci sono le gite sociali, le riunioni serali di tutti i sindacati possibili e immaginabili... è un porto di mare... Può avercelo messo chiunque... l'account che ha postato il video è farlocco ed è stato creato lì...».

«Allora aspettiamo che il Donatelli la pianti di frignare sui giornali... Se la cosa si fa grave, capo, la ragazzina ha tenuto tutti i messaggi dello stronzetto».

«Bene, speriamo che non serva».

Il tizio del KTM lo conoscono bene. È stato già cliente del riformatorio, da piccolo, ora che ha ventun anni è passato in prima squadra: spaccio, rissa, minacce, un'arma non registrata. Per non sapere né leggere né scrivere, Carella gli tira una sberla subito, a freddo.

«Come cazzo la guidi, quella moto? Guarda che ti fai male, cadi, e poi una merda come te pesa sul servizio sanitario nazionale».

Il ragazzo non è scemo. A meno che non vogliano rompergli le palle sul codice della strada, non hanno in mano niente. Ha portato una scatola da scarpe in un posto che gli hanno detto, e allora?

«Chi te l'ha detto?».

«Uno, per la strada... devo portare questo e non ho tempo, se vai tu ti do venti euro... perché no? Quelli che portano le pizze ne prendono due...».

Insomma, è furbo. È un altro che vuol morire di vecchiaia, e quindi per quale organizzazione criminale faceva il galoppino non lo dirà, a meno che loro non abbiano qualcosa di concreto per incastrarlo. Lo tengono lì a cuocere, intanto dicono a Sannucci di cercare qualcosa su questo bel tipo, Salvatore Di Stefano, guidatore di moto arancione, già noto agli archivi.

Poi il colpo che non speravano, o non così presto. Il gestore della sala scommesse. Le volanti lo hanno trovato nella stanza dietro il meccanico anche se era mattina. Preso e impacchettato. Si chiama Sandro Sevignano, cinquantasei anni, di Corsico. In un armadio hanno trovato soldi – seicentomila e qualcosa – e un mazzetto di ricevute, che ora Carella sta scorrendo come si fa con le figurine. È lui, gli occhi su quei bigliettini scarabocchiati, che rompe il silenzio. Mostra uno dei foglietti.

«Ma davvero c'è uno che si gioca centocinquantamila euro sul pareggio dell'Udinese con gol nel recupero?... Diciassette a uno, gliel'hai data, cioè se vince quanto fa? Due milioni, due e mezzo?».

«Per noi fanno cent'anni di stipendi», dice Ghezzi. E poi: «Il mio collega, qui, ti sta dicendo che sei nella merda».

Quello sta zitto.

«Ora ti faccio il quadretto», è Ghezzi che guida le danze. «A parte le cose che sai, cioè che i tuoi scommettitori si incazzano come bisce se tu ti fai beccare coi loro soldi in mano... e direi che non sono impiegati del catasto, ma dei fior di delinquenti... a parte questo, dicevo...».

Quello sta zitto ancora.

«... è una di quelle inchieste che somigliano ai sassolini di Pollicino, o alle ciliegie, che una tira l'altra. Ora il sostituto, quando avrà in mano quei foglietti, vorrà sapere nomi, cognomi, come li paghi se vincono, dove tieni tutti i soldi che incassi col tuo business. Significa che ti fai un bel po' di galera, oppure che metti nei guai i tuoi clienti... scommetto che molti li conosciamo già, ma in ogni caso tiriamo in piedi un bel vespaio».

«Basta che ne prendiamo uno, anche senza il tuo aiuto, e penseranno subito che te la sei cantata... Sei sposato? Hai lasciato i soldi per il funerale?», chiede Carella, ma aggiunge subito: «Il mio collega corre troppo... vedi un magistrato qui? Qualcuno con la cravatta? Macché, ci siamo solo noi... e la cosa ti stupirà, non stavamo cercando te, ci sei capitato tra i piedi».

L'uomo vede uno spiraglio.

«E chi cercate?».

«Cerchiamo quelli che ti fanno da banca, quelli dove mandi i soldi con i tuoi galoppini».

L'uomo fa una smorfia. Che affare sarebbe? Se lo arrestano gli rovinano gli affari, e se beccano quelli che gli puliscono i soldi lo rovinano lo stesso...

«Sì, hai ragione ad essere perplesso, ma c'è di mezzo un omicidio... lo sai come funziona. Abbiamo un morto sul groppone da più di un mese e qualcosa dobbiamo inventarci, per esempio che l'hai ammazzato tu».

«Ma che cazzo dite? Che morto?».

«Un fattorino della... banca, ecco. Mettiamola così. Tu versi ogni quanto? Due, tre giorni? Una settimana? Poi vieni a sapere quando la banca trasferisce i soldi e organizzi una rapina... dai, non è difficile unire i puntini».

«Non so di cosa state parlando».

«Sì, è vero, forse non lo sai, ma chissenefrega, tanto dite tutti così».

«Non capisco dove sarebbe lo scambio».

«Lo scambio è che esci di qui con le tue gambe, in giornata. Non possiamo assicurarti che non ti veniamo a riprendere quando l'inchiesta va avanti, perché prima o poi la tua sala scommesse verrà fuori di sicuro, ma intanto hai qualche giorno per organizzarti e sistemare gli affari. Se no stai qui, oltre a tutti i tuoi guai, ti mettiamo dentro un'inchiesta per omicidio... che ne dici? Ti sembrerà poco, come scambio, ma credimi, non avrai un'altra offerta così generosa, e tra qualche giorno potresti mangiarti le mani».

«Non capisco in cambio di cosa, però... Cosa volete?».

«Vogliamo sapere come funziona il sistema».

«Bravi, così mi taglio le palle da solo».

«E preferisci che te le tagliamo noi? È solo una chiacchierata, nessuno sa che sei qui».

«Devo pensarci».

«Ti diamo un'ora, non di più».

Cinquanta minuti dopo sono lì con un bicchierino di caffè che gli mettono davanti, su un tavolo che nessuno spolvera da anni.

«Ci hai pensato?».

«Davvero mi date tregua per qualche giorno? Non è una cazzata delle vostre?».

«Prima parli e prima abbiamo qualcosa con cui distrarci, no? Tu dacci una pista vera e la tua, di pista, diventa secondaria... ci stiamo un po' meno attenti, mi segui?».

Allora l'uomo aveva parlato. Lui aveva un bel giro con le scommesse, era affidabile, pagava sempre, e c'era un buon margine. Si era accorto col tempo che la città galleggia su un mare di soldi liquidi, non regolari, ecco, e che per qualcuno giocarsi duecentomila euro su un cavallo o su una partita era come buttare dieci euro, un capriccio. Si era specializzato in quel ramo lì: scommesse grosse, in contanti, se hai almeno una ventina di clienti, perderci è praticamente impossibile, e se le scommesse su una certa cosa erano troppe, annusava che c'era una combine e non le accettava.

Però a un certo punto aveva avuto un problema: i soldi. Aveva grandi quantità di contanti, per goderseli doveva in qualche modo metterli in circolo in modo legale, e aveva trovato questi...

«Questi chi?».

«Una banca, come dite voi».

«Spiega meglio, come li hai trovati?».

«Mi hanno trovato loro».

Un uomo lo aveva contattato, uno grosso, niente nomi. Poi aveva parlato con un altro che doveva essere il capo, si erano visti in macchina. L'offerta era che avrebbero pensato a tutto loro. Una società fiduciaria, un conto corrente in Inghilterra che si ingrossava. Lui doveva solo consegnare il contante, e di mille che metteva ne aveva indietro settecentottanta puliti su quel conto e su altri conti che aveva aperto dopo. Non sapeva come facessero, la sua idea è che fornissero il servizio a molti come lui, o comunque a gente che aveva quel problema, riciclassero in qualche modo e poi versassero. Una banca, sì, gli assomigliava, provvigioni un po' alte, ma...

«Spiegaci meglio. Tu mandavi i fattorini in via Raimondi, poi...».

«Ma è semplice! Metti che in un mese gli mandavo un milione... fai gennaio... in novanta giorni avevo settecentottantamila sui miei conti... all'inizio di aprile si chiudeva il giro. I primi mesi sì, sono stato un po' in paranoia, perché davo e non incassavo, ma poi, dal primo versamento, tutto è filato liscio, puntuali come svizzeri, io so che se guardo l'estratto conto i primi del mese ci sono i soldi che ho versato tre mesi fa, meno il ventidue per cento, precisi al centesimo».

«Da quanto?».

«Un anno e mezzo».

«Degli altri clienti sai niente?».

«No, che ci siano altri clienti è una mia ipotesi, ma direi di sì... non metterebbero su un circo simile solo per me, no?».

«Non è che ci aiuti molto, però, queste cose più o meno le sapevamo... parlaci di via Raimondi».

«Niente, mandavo i soldi lì. Poi, la settimana scorsa è arrivato quello grosso, il primo che mi aveva contattato, e mi ha detto che cambiavano un po' di regole, per sicurezza, e di mandare i soldi in via Ponti. Tutto uguale a prima, cambiava solo lo sportello dei versamenti».

«Nient'altro?».

«Sì, una telefonata, stanotte. I versamenti sono sospesi per una settimana o due, devo tenermi i soldi in casa finché non mi dicono dove posso portarli di nuovo... per questo stamattina ero lì, volevo fare un po' di conti e spostare i seicentomila».

«Non ci stai dando niente, però», dice Carella.

«Facciamo così... tu ci dai un altro cliente della banca e noi ti lasciamo due giorni di vantaggio, che ne dici?».

«È un rischio grosso, se poi vengono a sapere che ve l'ho detto io...».

«Da noi non lo saprà nessuno, su questo puoi stare tranquillo».

L'uomo pensa. Probabilmente si vede già su un volo per chissà dove. Allora parla tutto d'un fiato.

«I fratelli Manni, li conoscete?».

«Dopo controlliamo, per ora parlacene tu».

«Hanno delle sale da gioco, non so gli indirizzi esatti, ma tre o quattro, in città e appena fuori. Una sta in centro, una villa, mi hanno detto, non so dove».

«Bische?».

«Bische, puttane, diciamo club esclusivi, probabile che ci vadano gli stessi tipi che scommettono da me».

«E allora?».

«So che usano la stessa banca, fanno due o tre consegne a settimana, prima anche loro in via Raimondi, poi non lo so».

«Dove li troviamo 'sti Manni?».

«E che ne so, ve l'ho detto, io non gioco d'azzardo, si finisce a perdere sempre».

Vanno avanti ancora un'ora, ma non viene fuori niente di più. Lo lasciano andare controvoglia, ma tengono i soldi e le ricevute. L'uomo va via quasi di corsa.

«Se ha davvero dei conti correnti in giro per il mondo, quello esce di qui e va dritto all'aeroporto, Gregori ci fa il culo come una casa», dice Ghezzi.

«Sì, lo so, ma andiamo avanti, cerchiamo 'sti fratelli Manni».

Trentotto

Quando Carlo Monterossi raggiunge la cucina sono le nove e mezza. È rasato di fresco, profumato, un paio di pantaloni chiari, una camicia azzurra, i capelli ancora un po' umidi. Si siede senza dire una parola. Katrina sta trafficando con un enorme pesce e si accinge a fare la maionese, un'operazione che richiede precisione, concentrazione, amore. Questo non le impedisce di borbottare in piccoli sussurri verso la Calamita Santa attaccata al frigo, un catechismo schietto fatto di confidenze. A quanto capisce Carlo, è il solito ampio disegno riformista vecchio di duemila anni: punire senza pietà i cattivi, premiare i buoni con la vita eterna. *Vaste programme*, insomma.

Lui fa solo una domanda con gli occhi e lei risponde: «Bella signora Gloria dorme». Strano, di solito è in piedi prima di lui, già intenta a consumare il rito di quella colazione degna di Buckingham Palace. Katrina capisce la perplessità e aggiunge: «Bella signora Gloria uscita stanotte. Rientrata che io ero già qui, sette e mezza. Andata a dormire».

Cosa? È uscita di notte? Ieri sera si erano lasciati alle undici appena passate, lei si era ritirata nella sua stanza dicendo che era stanca, che quella vita da ospite-prigioniera la sfiancava, aveva un'aria infelice, sempre celata dietro il sorriso che chiede scusa.

Carlo non fa altre domande, sorseggia il caffè piano, per farsi durare più a lungo il momento migliore della giornata, legge i giornali sull'iPad, senza permettere a quel campionario di notizie dai tempi nuovi di mandargli di traverso il pane tostato con burro e marmellata, la spremuta, la macedonia di frutta coloratissima che sta in una grande zuppiera bianca, uno spettacolo.

Poi legge la posta. C'è un messaggio della Ballesi, essenziale, professionale, gelida: «Ti mando una scaletta provvisoria, le cose su cui stanno lavorando». Il menu non è incoraggiante: per ora avrebbero un professore, uno importante, un certo Donatelli – sì, Carlo lo legge ogni tanto sul *Corriere* – con una storia di bullismo, ma ancora non sono sicuri, perché il tipo sta facendo il giro delle sette chiese, in tivù, e ha altre offerte per andare a parlare di questo terribile fenomeno sociale che rovina le vite di tanti adolescenti, tipo suo figlio.

Poi hanno una storia di corna divertente: lui sospettava di lei, l'ha fatta seguire e ha scoperto che sì, in effetti lei aveva un amante, una storia parallela, quasi una doppia vita, ma l'amante è una donna – un'amante, non un amante – e questo complica tutto. La Ballesi aggiunge che a Flora questa storia piace moltissimo, perché le permetterà di fare la campionessa di apertura mentale, di mostrarsi umana e comprensiva con tutti, ma anche severa e tradizionalista, se serve, ma anche... Insomma, Flora si sta appassionando al nuovo corso, meglio così. Sul terzo caso stanno ancora brancolando nel buio, ci sarebbe la storia di uno che ha sparato a un ladro – non l'ha ammazzato, solo ferito gravemente – e che ora è diventato una specie di idolo per la popolazione che non vede l'ora di essere derubata per sparare ai ladri anche lei. Così si è licenziato e campa andando ospite e facendo interviste, crea comitati, parla alle feste patronali del Nord-est, organizza rimpatriate di sparatori «con la vita rovinata», mentre gli sparati sono defunti. «Ma qui ci vuole Carlo per pettinarla bene», ha aggiunto Flora. La Ballesi riporta la frase tra virgolette e aggiunge una faccina che vomita.

Poi arriva la telefonata di Oscar: «Porta qui la Grechi, dobbiamo decidere come andare avanti». Gli spiega velocemente dell'appostamento della notte con la Cirrielli, della fuga precipitosa della Toyota grigia, e anche che ora là in via Ponti c'è la polizia con tutto il circo.

Non gli dice della discussione che ha avuto con la sua socia di prima mattina, ancora storditi da due ore di sonno sui divanetti di via Boscovich.

«Avevi detto che non lo dicevi a Carella, questa volta».

«Infatti non gliel'ho detto».

«Dai, cazzo, Cirrielli. Arriviamo in un posto e dopo dieci minuti arriva la polizia perché tu gliel'hai detto. Ora succede di nuovo... cosa dovrei pensare?».

«Dovresti pensare che c'è qualcun altro che lavora al caso, perché quelli hanno svuotato tutto tre ore prima, quindi io dico che c'è qualcuno nella polizia che parla, che li avverte, e questa sì è una cosa che in qualche modo dovremmo dire a Carella».

Carlo ascolta le novità ed è seccato. Questa storia comincia a pesargli, ogni volta che si scopre qualcosa quelli scappano appena in tempo. In più, sente Bianca Ballesi allontanarsi, e gli dispiace... no, non gli dispiace soltanto, lo intristisce, avverte già l'odore del rimpianto. Non è una storia d'amore, non come la intende lui, comunque, non è un fidanzamento, lo sanno tutti e due, era nei patti non detti, non scritti, quindi quelli veri. E ora lei diventa fredda e distante, e questo è colpa sua – sua di Carlo – perché forse era meglio dirle tutto subito. Ma tutto cosa? Sai, cara, ospito una rapinatrice che i rapinati vogliono uccidere, hanno già preso suo marito, forse lo torturano, abbi pazienza. Trentacinque anni, bella, affascinante, gambe perfette... c'è un limite a quello che una donna può credere, no?

E ora quella specie di ordine: «Porta qui la Grechi», ma insomma...

«Dorme».

«Hai capito, la principessa...».

«È uscita stanotte. Senti, Oscar...».

«Come, uscita?».

Ora c'è una pausa di sconcerto e imbarazzo, poi Oscar prende la rincorsa.

«Carlo, cazzo, se la signora sta da te è per prudenza, perché è in pericolo, se la lasci andare in giro da sola di notte...».

«La lascio? Non faccio mica il carceriere».

Si sente arrivare del vento, e grosse nuvole, l'inizio di una discussione, forse una lite. Poi Oscar capisce che non è il momento.

«Va bene, allora io e la Cirrielli facciamo una cosa prima, tu portala dopo pranzo, facciamo le due e mezza».

«Ma...».

Fine della comunicazione. L'umore di Carlo peggiora di minuto in minuto. Katrina ha finito le sue grandi manovre ed è scesa nella guardiola di sotto, la sua tana con l'altarino e tutto, dove può riprendere il suo dibattito con la signora di Medjugorje, questa volta sotto forma di statua biancazzurra.

A mezzogiorno passato compare Gloria Grechi. Raggiante, luminosa, i capelli un po' bagnati, il trucco leggerissimo, gli occhi che brillano.

«C'è ancora qualcosa per la povera prigioniera confinata nella torre?».

Carlo non è in vena, non gli va di scherzare. Prepara il caffè, scalda le fette di pane, prende una padella e fa sfrigolare delle striscioline di bacon, poi le uova, e le mette davanti il piatto.

«Strapazzate. È il meglio che so fare».

«Lei è un uomo da sposare, Carlo».

«Dov'è andata, questa notte?».

«Posso non rispondere?».

«No, non può. Forse le sfugge che Falcone e la Cirrielli stanno lavorando per lei, che io corro un rischio a ospitarla qui, sempre se è vero che i cattivi la cercano, e che non si può...».

«Ha ragione, Carlo, io la metto in pericolo. Me ne vado oggi stesso».

«Ma che dice!». Non voleva quello, ovviamente.

«Se ora le spiego dove sono stata mi prenderà per scema».

«Dai, allora. Non vedo l'ora di trovarle un difetto».

Lei ha divorato le uova, accompagnate coi toast imburrati e ingioiellati da un velo di marmellata, bevuto la spremuta, finito lo yogurt in cui aveva versato miele, mirtilli e more.

Ora sorseggia il caffè.

«Le ho mai detto come ho conosciuto Alberto?».

«No».

«In un'area di servizio vicino a Piacenza, alle quattro del mattino. Io andavo dai miei, quando c'erano ancora, e volevo esser là presto, per quello viaggiavo di notte. Lui aveva la macchina in panne... se devo essere precisa la stava prendendo a calci». Ride.

Insomma era stato una specie di colpo di fulmine, nel posto meno romantico del mondo, l'area di servizio Arda Ovest, con i Tir posteggiati, il fruscio delle macchine che sfrecciano a pochi metri, le luci stanche dell'Autogrill. Si erano seduti su un muretto guardando le timide colline del piacentino, che erano solo una macchia buia, poi creste leggere nella luce fiochissima, poi dei ghirigori lontani sospesi tra la bruma dei campi e il cielo rosa dell'alba. Lei si era scordata dei genitori, lui della macchina guasta. Praticamente non si erano lasciati più, ieri erano esattamente dieci anni.

Ecco, è andata lì, all'area di servizio Arda Ovest, a guardare il sole che sorgeva e a pensare al suo uomo prigioniero, o morto, o chissà cosa.

Carlo non sa cosa dire, ma si riprende subito.

«E come ci è andata?».

«In macchina, ovvio».

«E con quale macchina?».

«Ma la sua, Carlo, quale se no? Le chiavi erano sul mobile all'ingresso e la macchina qui sotto...».

Carlo dovrebbe essere furibondo. Però non ci riesce.

«Davvero è andata lì?».

«Sì... pensa che sono stupida, vero?».

Carlo dovrebbe pensare che è stupida, sì. Però non ci riesce.

Alle tre sono seduti nel salottino della Sistemi Integrati. Oscar e la Cirrielli vogliono concordare le prossime mosse con la cliente, ci sono faccende di cui discutere.

Intanto fanno il punto della situazione. La notte passata in via Ponti, poi la Toyota arrivata e partita di corsa, non l'hanno seguita, ma alle sei del mattino, prima di rientrare, hanno deciso di passare dalla villetta di Segrate, e la Toyota era lì.

Prendendosi qualche rischio, avevano dato un'occhiata. In effetti il posto sembrava una casetta anonima, ma a guardare meglio era una specie di bunker. Le serrature nuove e potenti, le porte blindate. Avevano faticato un bel po' per capire gli angoli delle telecamere, ma erano riusciti a fare un giro completo, passando anche nei prati incolti lì vicino. Secondo i loro calcoli c'è almeno una stanza protetta molto bene, le persiane non sono solo chiuse ermeticamente, ma inchiodate dall'esterno, e inquadrate da una telecamera. Può essere un buon posto per tenere un prigioniero.

Poi, verso mezzogiorno, dopo aver chiamato Carlo, erano tornati lì, fatto il giro dei bar e delle trattorie della zona, che erano solo due, piuttosto deprimenti. Nella seconda, avevano parlato con la titolare. Stavano aprendo un piccolo laboratorio in zona, tre o quattro lavoranti, potevano fare una convenzione con la trattoria per il pranzo? Oppure avevano un servizio di catering?

«Un servizio cosa?».

«Consegnate i pranzi? Per noi sarebbe l'ideale».

Sì, lo faceva già per una villetta lì vicino... il piatto del giorno, pane, qualche lattina di birra, lo portava verso l'una, se non c'era nessuno lo lasciava vicino al cancello.

«Bisogna pagare in anticipo almeno un mese, però... come fanno quelli della villetta».

Non avevano chiesto di più. Due indizi non fanno una prova, certo, ma sono sempre due indizi. Secondo Oscar, se davvero Alberto Sentieri è prigioniero lo tengono là dentro. Questa è la brutta notizia. La buona notizia è che se fosse morto non gli dovrebbero portare il piatto del giorno della trattoria L'Arcobaleno.

Ora la Grechi si agita. Si è alzata dalla sua poltrona e cammina avanti e indietro, anzi in circolo intorno ai divani, cosa che innervosisce tutti.

«Cosa vuole che facciamo, signora?».

La Cirrielli prende in mano la situazione.

«Io dico che abbiamo due strade. La prima è la più dritta. Avvertiamo la polizia, cioè Ghezzi e Carella, che quella è la sede centrale del traffico di soldi, e che forse c'è un rapito...».

La Grechi fa una faccia spaventata.

«... Oppure proviamo a dare un'occhiata. È più rischioso, ma un paio di trucchi li sappiamo anche noi... non so se riusciremo a entrare, non credo, ma forse a sapere se c'è qualcuno che sta lì contro la sua volontà sì, è solo un tentativo... guardie non ne abbiamo viste, solo la Toyota».

Carlo Monterossi assiste a quel consiglio di guerra, vede sole e nuvole passare sul viso di Gloria Grechi, l'incertezza, il timore, la speranza, la disperazione, tutto.

«Quando lo fareste?».

«Questa notte, ma potrebbe essere anche domani notte, dipende un po' da cosa troviamo lì...».

«Sarà pericoloso per Alberto?».

«Signora, se suo marito è prigioniero lì, da quanto... un mese? Beh, l'ultimo dei pericoli siamo noi», dice Oscar.

«Non è un'irruzione delle teste di cuoio», dice la Cirrielli. «Andiamo solo a dare un'occhiata più da vicino, se ci riusciamo. Per ora ci basta capire se sta veramente lì».

«Niente polizia, allora?», chiede Oscar. Vuole avere un punto fermo.

«No», dice la Grechi.

«Non ancora», dice la Cirrielli. Meglio precisare.

Poi Falcone prende da parte Carlo Monterossi, gli afferra un braccio e lo porta nell'altra stanza.

«Hai saputo dov'è andata stanotte?».

«A guardare l'alba sull'autostrada. Era una specie di anniversario, suo e del marito scomparso».

«Madonna, quante cazzate!».

Ora entra anche la Cirrielli, chiude la porta alle sue spalle, niente diplomazia, muso duro, da sbirra inviperita.

«Carlo, gioca con noi o no? Abbiamo un omicidio, qui, gente che non scherza. La signora ha fregato due milioni a delinquenti che non ci penserebbero nemmeno un minuto a ficcarle una pallottola in testa, forse l'hanno già fatto con quel coglione del marito. E lei cosa fa? Fa il filosofo? Assiste come a teatro al dramma d'amore del secondo atto?».

Carlo fa per ribattere, ma non ci riesce, perché la Cirrielli non la ferma nessuno, e ora sta anche alzando la voce.

«La signora ci ha raccontato un sacco di stronzate, ci ha mentito, ci ha nascosto dettagli importanti. Va bene, andiamo avanti lo stesso, continuiamo a cercare 'sto marito, ma lei la pianti di fare il poeta romantico, ci dia una mano, cazzo!».

Carlo sta zitto. Il filosofo... il poeta romantico. In una parola sola, un bel cretino, altroché!

La Cirrielli è tornata di là, ha sbattuto la porta. Carlo cerca negli occhi di Falcone qualcosa che somigli a una difesa, ma non trova niente. C'è silenzio per qualche secondo di troppo, poi ci pensa Oscar.

«Senti, ora per un paio di giorni te la tieni stretta, eh! Non deve uscire da sola, se esce vogliamo sapere dove va, chi vede, se parla con qualcuno...».

«Faccio il bed and breakfast e già mi pesa, Oscar, devo fare anche il secondino? Che faccio, la lego al letto?».

«Fai quello che vuoi, ma tienila controllata».

«C'è qualcosa che devo sapere?».

«Sì, devi sapere che la Cirrielli accetta di fare cose che mai avrei pensato, una sbirra, figurati... Ora è persino favorevole all'irruzione nella villetta, violazione di domicilio e tutto quanto. Credo che abbia in corso una sua gara privata con Carella, non so... ma tutto ci serve meno la vedova inconsolabile in mezzo alle palle mentre compiamo un reato».

Ora sono di nuovo tutti nel salottino. Gloria Grechi guarda dalla finestra, vicino al vetro, sembra stanca.

«Andiamo», le dice.

Si salutano freddamente, la Cirrielli non ha nemmeno alzato gli occhi da un foglietto pieno di scarabocchi.

«La lista della spesa», dice.

«Vediamo», dice Oscar. Si chinano sugli appunti e non hanno più tempo per loro.

Trentanove

L'uomo è uscito dal portone ed è andato vicino al cancelletto. Ha ritirato la borsa con i pasti ed è tornato dentro. Ora pensa che mangiare spesso questa merda non è la cosa migliore, ma... ancora per poco.

Pensa anche a Veronica, la ragazza di ieri sera. Se davvero le cose vanno come dice lui, se il suo piano funziona, potrebbe anche tornare lì, una sera, e offrirle qualcosa di più di una coppa di champagne e duemila euro, magari addirittura una vita tutta nuova. Poi scuote la testa: una puttana, vista una volta sola, gradevole, sì, in gamba, sicuro, però... sorride di sé. Sa che non succederà ma gli piace pensarlo.

Non è per niente sorpreso del piccolo cristallo che si rompe. In qualche modo lo aspettava, i creditori non scompaiono mai.

«Quanto avete salvato in via Ponti?».

Per rispondere questa volta se la prende calma. Finisce di mangiare – arrosto con patate, birra già tiepida. Poi riprende il telefono.

«Non ti riguarda».

Di nuovo il rumore di vetro:

«Peccato, era meglio lavorare a percentuale. Comunque stavolta sono trecento».

«Sei diventato caro».

«Dovresti ringraziare, invece. Domani mattina alle undici cerchi un parcheggio in via Valtellina, lasci lì la macchina aperta e la vai a riprendere a mezzogiorno, d'accordo? La borsa mettila nel baule».

«Trecentomila sono tanti».

«No, sono pochi, perché io ti sto facendo risparmiare milioni. Lo sai quanto prendono i manager che salvano le aziende? Informati».

L'uomo ci pensa un po'. Essere tenuto così per le palle non gli piace.

«Si può sapere chi cazzo sei?».

«No, però ti inviterei a riflettere su un fatto: tu mi paghi dopo il servizio, mai prima, non puoi dire che ti sto truffando».

«Come faccio a sapere che non le hai mandate tu le guardie?».

«Già, pensa che scemo, uno scopre una miniera d'oro e lo dice alla polizia, dai, puoi fare di meglio».

È quello che aveva detto il capo. Resta l'ipotesi dello sbirro corrotto... ma no, non è corruzione. È uno che si mette in affari con loro. Ora guarda la faccenda da un'altra angolazione. Se un mese fa si fosse presentato uno a dire: la mia tariffa è questa, in cambio vi salvo qualche milione, cos'avrebbero fatto? Forse avrebbero accettato, sì, ma guardandolo in faccia, e magari interrogandolo per bene, anche con l'opzione di fargli un buco in testa. Invece così...

«Va bene domani alle undici».

Poi mette via il telefono, sicuro che non suonerà di nuovo, ma questa volta si sbaglia.

«Mi raccomando, la regola della ditta è che se non arriva il pagamento non avrai altre notizie. Magari la Scientifica trova qualcosa in via Ponti, in quel caso toccherà risentirci».

Ora l'uomo fa un giro delle stanze, al piano terra e al primo piano. Controlla che sia tutto ben chiuso, le persiane, le porte. La casa è grande, non possono pulirla come le due stanze più cesso delle altre basi, quando lasciano questa devono lasciare tutto, è evidente.

Poi esce, sale sulla Toyota grigia e va verso Milano. Guida piano, con calma, perché sta pensando. Veronica. Non sarà il vero nome, su, andiamo, chi si chiama Veronica, in questo secolo?

Alle tre meno un quarto è posteggiato vicino al parco, davanti alla Triennale. C'è un sole dritto e schietto, ventidue gradi, leggera brezza, una giornata perfetta, di quelle che fanno sembrare Milano un posto esotico, se sei fuori da un ufficio, per la strada.

Alle tre arriva la Lexus, lui sale. Il capo è azzimato come al solito, si avvia in silenzio, vanno a sinistra, verso corso Vercelli, è di cattivo umore.

«Non l'hanno presa per niente bene», dice.

«Immagino».

Poi fa il suo resoconto. Ha bloccato tutti i clienti che portavano i soldi in via Ponti, quelli che li hanno sempre portati lì e anche gli altri, quelli che sono stati dirottati da via Raimondi. I piccoli hanno alzato le spalle, tenere in casa qualche centinaio di migliaia di euro non è un problema, se è solo per qualche giorno. I grossi hanno protestato di più. Uno, il cliente importante che gli aveva telefonato per complimentarsi, ha fatto la faccia truce.

«Dimmi che i nostri soldi sono al sicuro».

Lui si era mostrato tranquillo come un bambino che dorme:

«Tutto quello che versate, meno la provvigione, è già salvo nel momento in cui lo versate, lo sai, fa parte del contratto, perché ti preoccupi?».

L'uomo, una specie di picchiatore ripulito, uno di quelli che in giacca e cravatta sembrano vestiti per carnevale, aveva mandato via i tirapiedi. Ora erano soli, in una stanza segreta dietro un concessionario di auto di lusso.

«Se in un mese non si risolve questa storia, il nostro contratto è rotto automaticamente. Io posso tenere i soldi, ma non per molto tempo, ho tanti uomini, non si sa mai».

«Non ti fidi dei tuoi?», aveva detto il capo, ma forse ci aveva messo troppa ironia, un po' di malizia, e quello non sembrava un portento, in quanto a senso dell'umorismo.

«Preoccupati dei tuoi, piuttosto. Se ti saltano due rifugi in una settimana forse il problema ce l'hai tu».

«Come vedi, io ho un buon paracadute, non è andato perso nemmeno un euro, gli affari continuano come prima, solo una settimana o due di pausa nelle consegne per riorganizzare un po' di cose. Un mese basta e avanza».

Poi si erano stretti la mano.

Il ronzio della Lexus. I rumori ovattati del traffico fuori sembrano solo un fruscìo.

«Quindi siamo tranquilli che in via Ponti non arriva più niente?».

«Sì».

«Bisogna avvertire anche gli altri, capo».

È una frase che resta lì, in bilico tra il display del navigatore e la leva del cambio automatico. Il capo fa per scacciarla ma lei rimane lì.

«Spiegami perché, è l'unico posto che va bene e non ha avuto problemi».

«Lo pensavamo anche di via Ponti, capo, e poi s'è visto».

«Quanto vuole stavolta il nostro amico?».

«Trecento».

«E che cazzo, ci costa come un socio, quasi».

«Lo dice anche lui, dice che gli amministratori delegati che salvano le aziende prendono anche di più».

«Che voglia di spezzargli le gambe».

«Sì, ce l'ho anch'io, ma per stavolta glieli darei, capo, ha detto una cosa che non mi è piaciuta... che finché non prende i soldi non ci dice altre cose. Ha detto che saprà se la Scientifica ha scoperto qualcosa in via Ponti...».

«Non avevate pulito per bene?».

«Sì, capo, ma non si sa mai».

«Quando?».
«Domani mattina».

Poi parlano di via Oglio. È la quarta base, anche quello una specie di garage, la rampa per scendere, una stanza per contare e impacchettare i soldi, un piccolo cesso, un cortile un po' staccato dalle case. Perfetto. Lì fanno le consegne otto clienti, anche due notevoli, quelli che spacciano nella zona sud-ovest, i Navigli al dettaglio, Assago e Milanofiori all'ingrosso, sono tanti soldi, va tutto liscio come l'olio, perché mollare un posto sicuro?

«Non ha capito, capo. Di sicuro non c'è più niente. Raimondi è andata. Ponti è andata. La villetta pare sicura, ma non dimentichiamoci che il nostro amico la conosce, perché ci ha lasciato i primi messaggi... è vero, via Oglio per ora sembrerebbe fuori pericolo, ma non possiamo dirlo con certezza... quanto abbiamo là?».

«Una decina di milioni, più probabile dodici».

«È disposto a giocarseli a testa o croce? E... un'altra cosa, capo».

«Sentiamo».

«Se è uno dei nostri, che parla, non so perché, ma mettiamo che sia così... magari è proprio uno di via Oglio che chiacchiera. Cioè, io farei così, mi terrei nel posto sicuro e fotterei gli altri».

Il capo pensa. Continua a guidare lentamente, va a quaranta all'ora anche dove potrebbe spingere un po' di più, quelli dietro sono nervosi e suonano il clacson.

«Tu hai un piano, vero?», dice.

Sì, ha un piano, ma non è veramente un piano, è piuttosto una mossa obbligata: ritirata strategica, salvare i soldi e riorganizzare. Glielo spiega.

«Dobbiamo prendere tutto quello che c'è alla villetta, poi andare a prendere quello che c'è in via Oglio, e sparire. Contattare lo skipper, dire che si fa l'ultima spedizione e si va in vacanza per un mese. Chiuso. Se tutti i clienti sono avvertiti possiamo davvero rimettere in piedi la rete con calma... cambiando gli uomini, ovviamente...».

«Ci abbiamo messo sei mesi a mettere in piedi tutto, com'è che ora basta un mese?».

«Che c'è di complicato? Il lavoro difficile era trovare i clienti, non i posti. Ora i clienti li abbiamo, magari ne scapperà qualcuno, ma insomma, noi rispettiamo i nostri impegni, no? Basta trovare quattro posti buoni, forse anche tre, e qualche uomo nuovo, anche se su molti dei nostri metterei la mano sul fuoco».

«Ti credo! Diecimila euro al mese per contare soldi e scrivere le cifre su un computer, cazzo! Se scopriamo che è uno dei nostri me lo voglio lavorare io».

Quant'è stupido, pensa l'uomo.

E anche: meglio così.

«Solo che... capo. Dovremo farlo noi due. Solo noi due. È un passaggio delicato, alla fine ci saranno più di trenta milioni, non possiamo fidarci di nessuno».

«Cos'è, pensi che non sia in grado di sollevare qualche scatola?».

«Lo so che ce la fa, capo... ma meglio che sia tutto chiaro... Io vado ad avvisare in via Oglio e a mettere in libertà gli uomini, senza allarmarli, lei pensi ai clienti».

Da un cliente, invece, ci erano andati insieme, quello grosso di Milanofiori, Assago, un boss della zona sud. Avevano passato una trafila di buttafuori e guardie del corpo, segretari impeccabili con un rigonfiamento sotto la giacca, sembrava un film.

Poi erano riusciti a parlargli.

«A cosa devo l'onore?». Di via Raimondi aveva saputo, di via Ponti glielo dicono loro, la cosa non gli piace.

«Chi vi avverte?».

«Uno che ci avverte», aveva risposto il capo.

Poi gli avevano detto di sospendere le consegne per un mese, non di più, il tempo di riorganizzare la rete. Lui non aveva chiesto rassicurazioni sui suoi soldi, non erano cose da dire, e loro lo sapevano bene: se avesse avuto un dubbio, anche minimo, sul buon esito dei suoi versamenti, loro sarebbero già morti.

«Lo sapete quanto verso in un mese?».

«Certo... non ho qui i conti, ma... più di sette, giusto?».

«Otto e mezzo, il mese scorso».

«Problemi con gli accrediti?», chiede il capo.

«Nessuno, tutto puntuale e preciso al centesimo».

«E allora?».

«Stavo pensando che quando riaprite potreste avere bisogno di un socio... uno che può garantire la sicurezza».

«La nostra sicurezza non è in discussione, non abbiamo perso un euro, è tutto sotto controllo. Ci fermiamo un mese per riorganizzare», questo lo dice l'uomo grosso, stando bene attento che il tono secco non diventi offensivo. Insomma, un po' di schiena dritta, è lui l'addetto alla sicurezza, checcazzo.

«Va bene, voi pensateci».

Alla fine era andata bene, e non era scontato.

«Cominciano a volere una fetta di torta», dice il capo quando tornano in macchina.

«Sì, c'era da aspettarselo. Motivo di più per chiudere i conti e pensarci un po' a freddo... senza tutti quei soldi in giro, intendo. Se la polizia ci sequestra trenta milioni non è della galera che bisogna aver paura, ma di gente come questo qui».

«Sì, hai ragione, bisogna sgomberare... prima fammi avvertire tutti, però».

«Ce la fa in un paio di giorni?».

«Speriamo».

Ora sono di nuovo vicino al parco, il sole di mezzo pomeriggio si fa un po' più rosso, loro restano lì ancora un po' a guardare quelli che salgono e scendono i gradini della Triennale, mettono a punto qualche dettaglio, poi l'uomo scende e raggiunge la Toyota.

Quaranta

«Non scherziamo, gente. Non lo so fare il ricco, che cazzo dite?».

Carella ride, il capo Gregori fa la faccia innocente.

«Senti Ghezzi, mi avete convinto voi a lavorare così, senza avvertire il sostituto. Ora dobbiamo andare avanti finché non gli portiamo qualcosa, se no sono problemi, eh!».

«Non è il mio ramo, capo, non sono capace, se mi sgamano sono cazzi».

«Se ti sgamano facciamo irruzione come durante il proibizionismo». Gregori sembra che si diverta, va a finire che è il più sbirro di tutti, lì dentro.

Due ore prima erano entrati nella stanza già belli carichi per le novità. La voce era girata, l'eco aveva risposto, informatori, piccoli balordi, mezze tacche erano stati spremuti per bene. I fratelli Manni ormai hanno solo il nome in ditta, uno sta in Libano, si è sposato una miss qualcosa e il suo mestiere è contare i soldi. L'altro è via anche lui, si dice in Sud America. A Milano hanno tre bische, una è in via Ripamonti, in fondo, un'altra in zona San Siro e la terza in una villa di via XX Settembre, la bisca più elegante, quella esclusiva. Per entrare bisogna avere una parola d'ordine, e loro ce l'hanno – finalmente una soffiata come si deve – sperando che non la cambino troppo spesso. Devono dare un'occhiata, capire chi comanda al posto dei fratelli Manni e parlargli.

«Non lo so fare, il ricco, e poi non sono attrezzato».

«Ti ricordo che vestito da frate ti sei fatto quasi ammazzare, Ghezzi, se fai il milionario per una sera vedrai che ti diverti», dice Carella.*

«Hai rotto i coglioni, Ghezzi... Carella, ci pensi tu? Vai da questa qui e vestilo per bene», scava in un cassetto della scrivania e tira fuori un biglietto da visita. «Di' che ti mando io». Poi apre un altro cassetto e tira fuori un mazzetto di banconote. «Sono tremila euro, Ghezzi, cerca di non perderli, cazzo, se invece vinci qualcosa potete tenerlo voi due, fatevi una cena come si deve, per una volta».

«Cos'è, capo, abbiamo i fondi neri?», ride Carella.

«No, erano per un'altra operazione, ma li usiamo per questa... cioè, cerchiamo di non usarli».

«Non posso mica andare in una bisca e non giocare, capo!».

«E allora vinci, Ghezzi, che cazzo ci vuole? Ti devo dire tutto!».

Poi si toglie il Rolex dal polso e lo appoggia sulla scrivania.

«Mettiti questo. Guarda che è il regalo di nozze di mia moglie. Se te lo fai fregare ti ammazzo con le mie mani».

* *Di rabbia e di vento*, Sellerio 2016.

Che fa Carella? Carella ride.

Ma guardatelo! Tarcisio Ghezzi è ostaggio di una signora bionda, alta e secca, elegante, sui cinquanta, che lo scruta, lo misura e lo studia, inclinando un po' la testa. Le spiegano. Il signore deve diventare un ricco industriale, di quelli che non stanno tanto a vedere i diecimila più e i diecimila meno. Ma non necessariamente un elegantone.

«Insomma, roba cara ma non per forza bella, giusto?», dice lei con una smorfia.

Un'ora dopo Ghezzi indossa un gessato blu con le righine sottilissime, una camicia bianca, una cravatta Gucci che gli rimbalza sulla pancia, scarpe inglesi lucidissime. Un industrialotto di provincia, di quelli che hanno imparato a vestirsi guardando i film con Jean Gabin.

«Porca miseria, Ghezzi, mi fai paura». Carella è proprio stronzo. Decidono che va bene, la signora aggiunge un impermeabile Burberry e lo mette sul braccio al Ghezzi.

«Così, deve vedersi un po' la fodera».

«E perché?».

«Perché lo dico io».

Poi mettono tutto in varie borse ed escono. Ghezzi sta pensando se sia il caso di fare un défilé per la Rosa, una volta a casa, ma decide di no, anche se sarà un problema tenerle nascosti i sacchetti della boutique, la scritta dice: «Eleganza Uomo, Milano, New York, Tokyo», c'è da farla impazzire dalla curiosità.

Quarantuno

È l'una e mezza quando Oscar Falcone e Agatina Cirrielli passano la rotonda del cimitero di Segrate. Lei lancia un'occhiata al posto dove è morto Filippo Maria Gelsi, lui no perché sta guidando. Poi lasciano la macchina e vanno a piedi, girano un paio di angoli, poi prendono per i prati, che non sono veri prati, solo piccoli appezzamenti incolti tra una costruzione e l'altra. Sul davanti della villetta, il cancello, il giardino, ci sono troppe telecamere, così si appostano dietro, sdraiati sulla pancia, uno zainetto nero in mezzo a loro. Aspettano.

Dopo un'ora è ancora tutto silenzioso e immobile. Da lì vedono l'ingresso della via, quindi se arriva qualcuno in auto avranno qualche secondo per tornare nel buio pesto. Cominciano ad avvicinarsi piano. Sul retro della villetta ci sono tre finestre al piano terra e tre al primo piano. Una, la più lontana dalla via, è inchiodata, come quella sul davanti, è la stanza chiusa dove forse tengono Alberto Sentieri, se sta davvero lì. Oscar continua a pensare che è più probabile che sia seppellito da qualche parte. Poi c'è una porta in legno con due serrature. Chi mette due serrature così costose su una porticina di servizio?

Chi tiene molti soldi in una villetta, per dirne una.

Ora la Cirrielli ha inforcato degli occhiali strani, un visore notturno. Indica due angoli, là e là. Telecamere. Allora Oscar sale sul davanzale di una finestra e mette un panno nero sopra l'obiettivo, lo attacca al muro con del nastro adesivo, fa lo stesso con l'altra telecamera. La Cirrielli si dedica alla porta. Prima prende un cubetto di cera e lo applica tutto intorno alle due serrature, in modo da avere un calco. Poi fa delle foto. Siccome usa il flash, Oscar si mette con le spalle alla strada, che nessuno veda i due lampi.

«Queste io non le so aprire», dice la Cirrielli. «Ci vuole uno bravo, meno male che ce l'abbiamo». Tutto in un sussurro. Tolgono i piccoli teli neri dalle telecamere e camminano pianissimo sul retro, fanno il giro e sono nel cortile, ma lì non possono avvicinarsi alla porta: di telecamere ne contano quattro, e magari qualcuna non l'hanno vista. La Cirrielli si rimette gli occhiali speciali e osserva attentamente.

«Le serrature sembrano le stesse, ma da qui non posso giurarci e avvicinarsi di più è troppo rischioso». Luci che filtrano non ce ne sono, la casa è vuota, o almeno silenziosa come se fosse vuota. C'è sempre l'ipotesi dell'ostaggio legato e imbavagliato, ma certo non è in grado di aiutarli.

Mezz'ora dopo sono alla macchina, sporchi di terra e d'erba. La Cirrielli ha rimesso tutto nello zaino, sembrano una coppia che cerca un posticino tranquillo per dirsi e per farsi delle cose carine.

Ora Oscar guida in silenzio, e la Cirrielli guarda le foto. Si vedono bene le serrature, la marca – un nome tedesco che non ha mai sentito.

«Strano che non ci siano allarmi», dice lei.

«Forse dava troppo nell'occhio, in un posto così dimesso... i vicini... E poi cosa fa, un allarme? Se suona finisce che arriva la polizia o i carabinieri, non è un buon affare».

«Mah, speriamo».

Alle tre e mezza sono in una strada tra via Padova e via Palmanova, una casa popolare, ogni balcone ha una parabola. La Cirrielli suona un citofono, passa mezzo minuto.

«Siete già voi?», dice una voce, e scatta una serratura.

Niente ascensore, tre piani a piedi, poi si apre una porta ed entrano. Quello che gli ha aperto è un uomo sui sessanta, capelli bianchi, un paio di pantaloni blu e un maglione più chiaro, saluta la Cirrielli con un cenno e stringe la mano a Oscar. «Piacere», ma non dice il nome.

«Il signore è un professionista», dice la Cirrielli a Oscar. Si siedono intorno al tavolo della cucina. Oltre a quella stanza e alla camera da letto non c'è altro, si direbbe.

Il nome che il signore non ha detto è Franco. Franco Giustini, per la precisione, di professione scassinatore. Uno bravo davvero, una specie di fenomeno. Si era fatto prendere perché prima o poi capita di lavorare con dei cretini, e lui lo aveva fatto. Però siccome non è obbligatorio sentirsi in colpa con i cretini, quando la Cirrielli aveva preso la banda lui l'aveva aiutata un bel po'. Riscontri, luoghi, piani. Insomma, aveva parlato, in cambio di qualche omissis nei verbali. Le doveva un favore, è vero, ma era anche stufo di fare quella vita, voleva ritirarsi, e la Cirrielli lo aveva aiutato ancora: non comparire al processo, non figurare agli atti, tenersi fuori dalle grinfie degli avvocati della difesa, che comunque per salvare la banda di coglioni non si erano affaticati un granché. Per farla breve, il signor Franco paga un debito, ma si vede che per la Cirrielli ha grande rispetto: è una che ha mantenuto la parola.

Ora guarda con attenzione le foto dal telefonino, scuote la testa. Le chiede di mandarle a un indirizzo mail. Poi sparisce in camera da letto e torna con due stampate, le serrature ben ingrandite. Le confronta con i calchi di cera.

«Belle serrature», dice. «Fanno strano su una porta così, è gente che non vuole farsi notare, vero?».

Poi torna in camera e ricompare con un computer portatile, già acceso. Batte sulla tastiera, due volte, tre, cerca qualcosa in un database. E poi:

«Sì, ecco qui».

«Quindi?», chiede Oscar.

«La solita scelta: tempo o rumore. Per fare in fretta bisogna usare un trapano, se il trapano rischia di svegliare qualcuno devo costruire la chiave sul posto, mi ci vuole un'oretta, se va tutto bene, e devo portare i ferri... ah, mi servirà un po' di luce».

«Tempo potremmo averne, rumore meglio di no, per la luce ci pensiamo», dice la Cirrielli.

«Quando?».

«Ce la fai domani sera?».

«Sì, ce la faccio, ma avrò un po' di spese... non ce li ho più i miei ferri, devo procurarmi delle cose».

«Mille bastano?», chiede Oscar.

«Sì, mille sono più che sufficienti».

Qualche biglietto passa di mano.

«Veniamo a prenderti verso mezzanotte», dice la Cirrielli.

«È lontano il posto?».

«Non tanto, meno di mezz'ora, perché?».

«Perché viaggiare di notte con quegli attrezzi in macchina, se ti fermano fa già un paio d'anni senza nemmeno pensarci», dice lui.

«Cos'è, non ti fidi di me?», dice la Cirrielli.

«Di te sì. Di tutti gli altri no, e sono più di sette miliardi».

Si salutano ed escono.

Quarantadue

Alle cinque del pomeriggio, l'uomo abbandona la sua Toyota al parcheggio lunga sosta dell'aeroporto di Malpensa. Non la chiude con le chiavi, le lascia nell'aletta parasole. Se qualcuno vorrà prendersi la briga di pagare il parcheggio può prenderla, se no la segnaleranno tra qualche settimana, pazienza. La pulisce bene per mezz'oretta, dentro, senza dare nell'occhio.

Poi si avvia verso l'aeroporto, passeggia tra i noleggiatori, guarda i prezzi e le tariffe, come un cliente normale. Si ferma davanti a un gabbiotto giallo con una signorina che aspetta appoggiata con i gomiti al piano di finto legno, annoiata, mette in ordine i dépliant.

«Buongiorno, mi servirebbe un furgone».

La ragazza guarda l'uomo. Alto, elegante, un po' massiccio, ma di quei massicci con una loro leggerezza. Un bell'uomo.

«Abbiamo questi», e gli mostra un foglio stampato con le foto a colori.

«Questo qui?».

«Sì, è il migliore». È un furgone Mercedes, capiente e veloce, chiuso, senza finestrini dietro, è quello che serve a lui.

«Quanto lo tiene? Lo rende qui?».

«Lo tengo un paio di giorni e... posso renderlo in un altro aeroporto, vero?».

«Sì, c'è un supplemento».

Poi è tutto abbastanza veloce, la patente è falsa, le firme pure, la carta di credito ha lo stesso nome che c'è sulla patente.

«Vuole l'estensione dell'assicurazione?».

«No, grazie».

Alle sei e mezza fila verso Milano su quella specie di camioncino elegante. Lo spazio basta di sicuro, si è fermato a fare il pieno e il computer di bordo dice che ha seicento chilometri di autonomia, bastano e avanzano, se va tutto come dice lui.

E non può andare diversamente, pensa l'uomo.

Ci sono cose che giocano a suo favore, almeno così sembra, basta non sbagliare le mosse, basta stare calmi e andrà tutto bene. Il capo, dietro la sua imperturbabilità da duro che suona fessa come una campana incrinata, comincia a capire che si stanno giocando la pelle. La polizia, le retate, i covi passati al pettine fine dalla Scientifica, va bene, si può rischiare qualche anno di galera, non deve succedere ma lo ha messo in conto. Se freghi i boss, invece, è fine pena mai. Ammesso che non ti scannino, vivi con la paura che ti dorme accanto, non va bene. Il capo sembra accorgersene solo adesso, meglio tardi che mai.

Accende la radio, guida tranquillo, mette in fila le cose da fare. Il sole che si abbassa alle sue spalle colpisce Milano come un coltello, sembra tutto rosso là dietro e tutto luminoso là davanti. Lo prende come un buon segno, anche la musica che manda la radio non è male.

Alle otto e mezza la Cirrielli e Oscar Falcone arrivano alla Sistemi Integrati, quasi insieme. Sono vestiti da battaglia, jeans scuri e maglioni neri, fanno l'inventario. I panni per coprire le telecamere, un telo più grande per permettere al mago delle serrature di schermare la luce, se deve lavorare vicino alla porta, due torce, poi altre cose che hanno scritto su un foglietto. Spuntano le varie voci, poi controllano tutto di nuovo.

Alle dieci sono soddisfatti, sta tutto in due grandi zaini, li mettono nella macchina di Oscar.

«Abbiamo due ore. Cena?».

«Dai».

Però non riescono a parlare del più e del meno come vecchi conoscenti. Quello che stanno per fare è molto rischioso, ma tutti e due pensano al dopo.

«Credi che lo troveremo, 'sto famoso Alberto?», chiede Oscar Falcone.

«Ho davvero paura che lo troviamo morto», dice lei. «Ma sono sicura che una traccia là dentro c'è, forse anche del ragazzo ammazzato».

«E tu come stai? Stai facendo la gara con Carella, vero?».

La Cirrielli non se l'aspettava, una domanda così. Sembra il giovane fidanzato che cerca rassicurazioni. No, la gara con Carella no... anche se forse... la verità è che sta provando l'ebbrezza del lavoro libero, niente scartoffie, niente obblighi, regolamenti stretti, procedure. Sì, sì, lo sa che sono tutte cose di garanzia, che non si può fare la polizia privata. Ma i vantaggi...

«No, Carella non c'entra niente. Però devo essere sincera, Oscar, vi ho sempre un po' disprezzati, voi privati. Come un posteggiatore ufficiale guarda l'abusivo, un po' gli ruba il lavoro e un po' gli rovina la piazza... Però c'è anche del buono, è indagine pura, ecco, senza tutte le scocciature...».

«Tra l'altro il tuo periodo di prova nella ditta sta finendo», ride lui.

«È una proposta di assunzione?».

«Certo».

La Cirrielli ride di gusto. Siccome non è una che lo fa spesso, sembra un'altra persona. Oscar Falcone le piace. Dev'essere uno contorto, uno che ha dentro qualcosa che non dirà mai a nessuno, questo lo rende misterioso. In quei giorni vissuti praticamente insieme non ha saputo niente di lui, ragazze, interessi, passioni, hobby, non sa nemmeno dove abita. Però gli piace come ragiona, come collega le cose. E con lei – sapendo che ha... dei problemi di coscienza, ecco, o come minimo qualche questione deontologica da risolvere – è stato sempre rispettoso e corretto. Insomma, sì, la Cirrielli pensa che fanno una bella squadra... naturalmente è presto per dire.

«Manca sempre il quarto covo».

«Sì, non mi stupirei se Carella arrivasse anche lì».
«Per quello che ne sappiamo, magari lo hanno già chiuso... io l'avrei fatto. Ne scoprono due, anche solo per scaramanzia...».
«Tutto può essere, anche che il marito della Grechi sia là, però continuo a puntare sulla villetta».
«Sì, anch'io».
Mangiano il dolce, hanno bevuto solo acqua minerale, ovviamente, niente alcol, il caffè se lo fanno fare doppio.
«Ce l'hai un uomo, Cirrielli?».
«Al momento no, diciamo che aspetto i nuovi modelli. Ora che forse avrò un po' di soldi, con questo nuovo lavoro, magari mi guardo intorno».
«Non è mica una macchina!».
«Uh, non molto diverso, però!».

Ora filano per via Padova, passano la zona Maghreb, poi i posti dei peruviani, poi l'Africa nera. C'è un viavai placido e continuo, sembra un ritmo diverso da quello della città un chilometro più giù. Lo rompono ogni tanto le luci blu delle volanti. Controlli di routine, le portiere aperte e gente che porge i documenti agli agenti. I tempi nuovi, anche qui. Anzi, qui di più.
A mezzanotte meno cinque suonano il citofono.
«Scendo subito».
Franco Giustini ha uno zaino anche lui, anche lui è vestito di scuro.
«Vi seguo con la mia macchina, quando vi ho aper-

to vengo via, io non entro». Poi passa alla Cirrielli il suo zaino. «I ferri li portate voi».

Oscar gira la macchina e torna verso piazza Udine.

Alle dieci appena passate, Carlo Monterossi fa la solita manfrina di riportare tutto in cucina, i piatti, i bicchieri, la tovaglia trasformata in un fagotto che contiene tutto il resto. La bottiglia di champagne è piena a metà, la Grechi non ha praticamente bevuto. Mentre lui riporta ordine nel grande soggiorno, lei è sparita nell'appartamentino degli ospiti, forse a sistemare le sue cose. Lui non c'è mai entrato, da quando c'è lei, ma l'ha vista andare e venire con pacchi e pacchetti... la valigia con cui è arrivata non basterà più, questo è certo.

Poi si mettono seduti sulla terrazza, lui con il suo whisky, lei no. Prende un succo dal frigorifero. La luna è appena nata, una fettina piccola, e c'è una brezza piacevole.

«Cosa cerca lei, Carlo?».

Lui non sa rispondere.

«Voglio dire... io cerco il mio Alberto, so che lo troverò presto... cerco un'altra vita, perché quella di prima non mi piaceva. Tutto nuovo, tutto diverso... Lo so che sembra una follia, ma... E lei cosa cerca, invece?».

«Non so rispondere a questa domanda, Gloria... cerco... un po' di tranquillità, può essere?». Lei ride.

«Non le sa dire le bugie, Carlo. Lei è l'uomo più tranquillo del mondo, guadagna bene, va a lavorare quando le pare, ha una bella casa, una ragazza... più tranquillo di così la ricoverano! E poi... se vuole tranquillità, perché si infila in storie come questa?».

«Mi piace guardare le vite degli altri», dice lui. Gli è uscita così, non ha meditato una risposta.

«Sì, ma io chiedevo della sua, Carlo».

«Non mi sembra un argomento così interessante».

Lei ride ancora, ma soprattutto fa quel suo sorriso di resa, ora Carlo capisce che equivale a uno scuotere la testa, come se pensasse: va bene, sei fatto così, ti voglio bene lo stesso.

Poi, quando quegli argomenti sono volati via con la brezza, lei si alza e dice che va a dormire.

«Così presto?».

«Leggerò qualcosa».

Allora si alza anche Carlo. La vede sparire in corridoio, poi sente la porta della stanza degli ospiti che si chiude. Lui va alla porta d'ingresso, dà un giro di chiave e le chiavi se le mette in tasca, una cosa da secondino, da guardia, da carceriere, che non gli piace per niente. È mezzanotte. Decide di andare a dormire anche lui.

Cos'ha detto, la Grechi? «Più tranquillo di così, la ricoverano». Ecco. Buonanotte.

Alle dieci meno dieci, il sovrintendente di polizia Tarcisio Ghezzi si è chiuso in camera da letto. La Rosa mette a posto la cucina e non lo vede tornare. Non lo vede nemmeno sul divano, le dieci è presto per andare a letto.

«Tarcisio, stai bene?».

«No. Stai buona, Rosa».

Poi esce dalla stanza, e lei stenta a riconoscerlo. E ride.

Il fatto è che Tarcisio Ghezzi sembra uno che non è lui. Un signore, ecco, uno che ha i soldi, e non si vede solo dai vestiti, ma anche da come li porta. Sembra che ci sia nato dentro. Lui va avanti e indietro, fa le prove, mette l'impermeabile sul braccio con quella cura noncurante che ha chi è abituato a farlo da una vita. Le scarpe inglesi fanno rumore sul pavimento, gli danno un'aria marziale.

«Vado bene?».

«Porca miseria, Tarcisio! Sembri... non lo so... uno della Confindustria».

«Dici sul serio o prendi in giro?».

«Beh... fai un figurone, lasciatelo dire».

«Non devo fare un figurone con te, Rosa, devo convincere gente così che sono come loro, almeno per un paio d'ore...».

«Dove vai non te lo chiedo neanche, ma stai attento, eh!».

«Cosa vuoi che mi succeda, Rosa, al massimo rimorchio qualche signorina».

«Oh, poveretta lei! Ma se vengono a prenderti a mezzanotte, perché ti sei fatto bello così presto?».

«Non posso mica andare là coi vestiti appena messi! Almeno li stropiccio un po'...». Poi si siede sul divano, accavalla le gambe e la guarda dritto negli occhi.

«Ma tu non hai da fare, Rosa? La maestra Morganti? Al gruppo di lettura non ci vai più?».

«Cos'è, ti do fastidio in casa? Al circolo ci riuniamo poco perché le sale sono sempre prese, incontri, sindacati, il gruppo vacanze, per trovare una stanzetta libera bisogna aspettare un mese...».

«E dov'è 'sto posto così frequentato?».

«Ma lo sai, Tarcisio, quel circolo che c'è in via Valtellina...».

«Ma è dove c'è la Cisl, giusto? Dove fanno le consulenze, le dichiarazioni dei redditi...».

«Anche, sì, c'è un sacco di roba lì».

«Eh! Anche un computer che usano tutti, vero?».

Ora lei fa l'offesa. Si muove con piccoli scatti secchi che dicono: ma guarda cosa vai a pensare! Beccata in pieno, colpita e affondata. Lui sa, lei sa che lui sa, che altro c'è da dire?, rimane solo quel muoversi nervoso del colpevole. Ora a Ghezzi dispiace di dover uscire, perché si diverte tantissimo e vorrebbe star lì a prenderla in giro. Invece suona il telefono. Carella.

«Scendi».

«Arrivo».

Sulla porta la guarda ancora, lei sorride.

«Eppure non sono stata io, sai?».

«E chi allora?».

«La maestra Morganti... cioè, insieme...».

«Bene, così quando vi beccano vi mettono nella stessa cella».

«Scemo. Vai che ti aspettano... stai attento, guarda che quando torni controllo se c'è il rossetto sulla camicia».

Carella si è dato da fare. È vestito come un autista, giacca nera, cravatta nera. Gli apre la portiera di una grossa Alfa luccicante, si vede che Gregori ha tirato qualche manata sul tavolo anche con quelli del garage.

«Dove la porto, signore?».

«Non fare il cretino, Carella».

«Là abbiamo altre due macchine con Sannucci e altri tre, in borghese anche loro, di più non si poteva».

«Bene».

Quarantatré

Al piano terra c'è un grande ingresso, marmo ovunque, bei lampadari a goccia, tutto molto classico. Ora Tarcisio Ghezzi è il Cavalier De Marchi, scocche per autoarticolati e meccanica pesante, roba che ha ancora un buon fatturato, anche se preferisce la finanza, si diverte di più.

La parola d'ordine era giusta, ma già nell'atrio un gentilissimo valletto, giacca nera e cravatta, si presenta come una specie di maggiordomo.

«Il signore è già stato qui?».

«No, è la prima volta».

«Se posso illustrarle le regole della casa...».

«Certo, mi dica».

Ghezzi è gentile ma un po' distaccato, come quando uno abituato a comandare parla coi sottoposti, con le signorine del centralino, con il concierge in albergo. Mentre quello comincia, lui si è già spostato verso il guardaroba, per posare il Burberry.

«Bisogna lasciare il telefono qui, se non le dispiace. Il cambio minimo è di duemila euro, i tavoli chiudono alle quattro. Le ragazze sono fidate... garantite dal buon nome della casa, diciamo così, ma i loro accordi con i clienti sono privati...».

Ghezzi sbuffa, come se avesse sentito cose ovvie. Quello, imperturbabile, va avanti.

«Qui sotto ci sono il bar e i tavoli della roulette, di sopra...», indica le due scalinate gemelle, «... il blackjack. Le sale più piccole sono per il poker, ma serve un invito e un'iscrizione, cinquemila per sedersi a giocare».

«Grazie, faccio un giro per orientarmi».

Ghezzi si ripete che non deve distrarsi. Prima di tutto perché ci saranno telecamere ovunque, ben nascoste ma ci sono, ci scommetterebbe lo stipendio, anche quello del Cavalier De Marchi. Poi perché sa come funziona: il cliente nuovo verrà osservato meglio. La grande stanza a sinistra della scala è un salone che sembra immenso, ma forse è colpa degli specchi. Ci sono tre tavoli della roulette, con intorno la solita fauna dei casinò... ma poi studiando meglio, vede che non è così. Non c'è la febbre di chi guarda girare la pallina e spera di cambiare il proprio destino con un colpo di fortuna, un guizzo della statistica. Non c'è il gioco, non c'è la passione malata. Il brivido gira al minimo, non sono veri giocatori, solo ricchi che buttano pezzi di plastica su un tavolo, rotondi, colorati, con i bordi rossi, o gialli, o quadrati che valgono di più, lui ne ha in tasca uno, cinquecento euro, gli altri sono da cento.

Passa da un tavolo all'altro, guarda i giocatori seduti e quelli in piedi, dietro, che seguono il gioco e ogni tanto allungano una mano per lanciare la fiche con un piccolo gesto preciso. Il croupier rilascia la sua ricevuta, cioè uno sguardo d'intesa, e poi sistema la fiche con il suo piccolo rastrello. A Ghezzi piacerebbe perdersi un po' lì dentro, provare a intuire le vite, le storie, guardarli bene, ma non ha tempo, prima deve capire altre cose.

A parte l'ingresso, dove ci sono un paio di gorilla gentili, anche quello che ha parlato con lui, in ogni stanza la sicurezza, a farci caso, è ben visibile. C'è uno vicino a ogni porta, senza aver l'aria di fare la guardia, ma quello fa. Poi c'è un responsabile di sala, che passeggia tra i clienti e potrebbe anche sembrare uno di loro, ma ogni tanto fa il giro dei tavoli, piccoli gesti ai croupier, occhiate veloci che chiedono: tutto bene? Sicuramente ce n'è almeno un altro in borghese, cioè un finto cliente che fa finte puntate.

La sala a destra delle scale, identico spettacolo, qui i tavoli sono meno affollati, ma il meccanismo è lo stesso, un caposala, i croupier, e uno vicino alla porta, questo ha in mano un bicchiere, si vede che l'ordine è non allarmare nessuno, niente pericoli, siamo tra amici.

Il bar è ancora quasi vuoto.

Nelle due sale le ragazze spiccano in modo eccessivo. Non è colpa loro, ché naturalmente a Ghezzi sembrano bellissime, alte, magre, da rivista, per niente volgari, anzi. No, è che l'età media veleggia sopra i cinquant'anni, c'è anche qualche carampana ingioiellata, e tutto quel che c'è sotto i trentacinque è come se avesse il cartello «in vendita». Alcune siedono su un divanetto, ben distanti tra loro, altre hanno già preso il pollo e gli tengono una mano sulla spalla mentre lui butta migliaia di euro sui numerini rossi e neri. Ghezzi ne conta sei in una stanza, otto nell'altra, un bell'harem.

Ora attraversa l'atrio e sale lentamente le scale. Al primo piano lo accoglie un'altra stanza grande, con tre tavoli per lo chemin de fer. Lì si gioca un po' più forte, rilanci da diecimila a botta, ci sono altre ragazze, ma queste sono tutte accompagnate, si vede che ci si fidanza di sotto, pensa Ghezzi, e poi si sale di livello e di piano. Un corridoio con una lunga passatoia rossa porta a sinistra, ci sono stanze chiuse e una specie di concierge con un banchetto, un leggìo dove è poggiato un librone, come nei ristoranti di lusso.

«C'è speranza per un tavolo da poker?», chiede il Cavalier De Marchi.

«Non ora, signore, ma potrei avere qualcosa tra un'oretta, se ritiene posso farla avvertire».

«Sì, va bene, senza impegno, magari tra un'ora non mi va più».

«È solo una prelazione, signore, ho già una lista...».

Qui la sicurezza sembra più stretta. Ma ancora non ha capito e... poi sì, invece, di colpo. Perché dal corridoio arriva un tizio molto elegante, indossa un frac scuro, davanti al quale tutti quelli che lavorano lì hanno un atteggiamento deferente. L'uomo cammina spedito e scende le scale, Ghezzi scende dall'altro lato, ma si attarda a contare le fiches che ha in tasca, un gesto da giocatore, o almeno spera. L'uomo arriva nell'atrio nel momento stesso in cui si apre la porta ed entra un altro tizio, alto, la giacca bianca, meno elegante di tutti quelli che ci sono lì, eppure si vede che è il più potente.

Una cosa che Tarcisio Ghezzi, sovrintendente di polizia, ha capito in trent'anni di mestiere, è che la gerarchia, tra i delinquenti, è una cosa piuttosto importante. Che siano balordi di strada o superboss non c'è niente da fare, il grado, il posto sulla scala, si vede subito. È una questione di catena alimentare: in un ecosistema dove il più grande mangia il più piccolo, sottolineare di essere il pesce grosso è una questione vitale. Quello elegante che prima, davanti a tutti, sembrava il capo, ora sembra un galoppino di questo qua che è arrivato.

«C'è un bagno?».

«Certo, signore, in fondo alla sala», dice il valletto di prima, che gli indica vagamente di andare a destra.

Ghezzi si chiude in una cabina e tira fuori l'altro telefono, quello che non ha lasciato all'ingresso. Manda un messaggio:

«L'ultimo che è arrivato, giacca bianca».

La risposta arriva subito:

«Ok, avvisa quando esce».

Ora che il più è fatto, Ghezzi vede tutto il ridicolo della situazione. Può sbagliarsi, certo, quello con la giacca bianca può anche essere un cliente di particolare riguardo, ma... i movimenti, l'aria di noncuranza e insieme di superiorità... insomma, l'idea che si è fatto è che quello elegante è il direttore, addetto ai clienti, e l'altro invece è il padrone. Non uno dei fratelli Manni, ma come se, ecco.

Ora si decide e mette una fiche da cento euro sul 27 e due sul carré 20-24. Il croupier incrocia i suoi occhi per un secondo, abbastanza che si capisca: «Visto, ricevuto». Poi c'è il rumore della pallina che esce dalla sua traiettoria perfetta.

«8, pari, nero».

Ghezzi fa di nuovo il giro, con l'aria di chi si intende di quegli ambienti, lento, indolente, uno di quei giocatori che credono di poter vincere perché stanno calmi e non sudano. Ancora la sala di sopra, le due sale di sotto, il corridoio delle stanze chiuse, poi va al bar e beve una coppa di champagne. Una ragazza sta per avvicinarsi, ma lui sorride e fa no con la testa, allora sorride anche lei, almeno non le fa perdere tempo, un gentiluomo. Poi torna alla roulette, lo stesso tavolo di prima, e mette i cinquecento euro, la fiche quadrata, sul rosso.

«19, dispari, rosso».

Uno che sta lì ha messo due fiches quadrate proprio sul 19, e ora ritira trentaseimila euro puliti. Un anno e mezzo di stipendio, pensa Ghezzi. La ragazza al suo fianco si china per sussurrargli qualcosa all'orecchio, ridono, poi lui agita il bicchiere vuoto e lei si allontana dal tavolo. Ghezzi voleva andarsene, ma sta lì ad aspettarla, e infatti quella torna quasi subito con un altro bicchiere, pieno, che appoggia accanto all'uomo.

Pagare, pretendere.

«Chi sono questi?», si chiede Ghezzi. Intende: dove stanno durante il giorno, che lavoro fanno, come si comportano, con chi parlano? Che affari hanno? Sembra un pezzo di Italia che in giro non si vede, che non sta sui giornali, o nelle cronache, o in televisione. Gente coi soldi in tasca, tanti, tanti da buttarli in quel modo... ci sono sempre stati? O sono gli squali dei tempi nuovi?

Ha scelto un tavolo in cui può fare le sue puntate, poche, e guardare un angolo della scala, gli ultimi due gradini, e ora vede che quello con la giacca bianca li sta scendendo. Indugia un attimo ad osservare i giocatori, i suoi polli, giusto un colpo d'occhio, e se ne va.

Ghezzi fila in bagno e sta per raggiungere il fondo della sala...

«Mi scusi, signore».

È uno di quelli che fanno da valletto.

«Il suo tavolo da poker è disponibile, signore, aveva chiesto di essere avvertito».

«Grazie, molto gentile, ma credo che rinuncerò... vado alla toilette e poi a casa, sono un po' stanco».

«Come vuole, signore».

Appena in bagno, si chiude come prima e digita sul telefono:

«Uscito ora».

«Visto».

Ghezzi si avvia all'ingresso, cambia le fiches, ha perso solo duecento euro, nessuno gli ha fregato il Rolex di Gregori e tutto si è risolto in tempi ragionevoli, anzi, molto prima del previsto, ma è solo un colpo di fortuna, e lui sa che il difficile comincia adesso.

Appena fuori dalla villa si avvia a piedi, non c'è bisogno di fare il numero dell'autista servile che gli apre lo sportello come quando è arrivato, e poi Carella ha altro da fare. Lo raggiunge a metà di via Vincenzo Monti, meno di cinquecento metri dal casinò, riconosce la macchina, più un'altra delle loro, messa un po' di traverso. Poi c'è un Suv monumentale, immenso, un gigante accanto alle auto parcheggiate, ha le portiere aperte.

«Ah, eccoti, Ghezzi».

La situazione è chiara. L'uomo con la giacca bianca è seduto sul sedile di dietro, Carella su quello del passeggero davanti, ma con le gambe fuori. L'autista del Suv è sull'altra macchina, con due agenti.

Ghezzi entra anche lui dietro e chiudono le portiere. Carella ha in mano il portafogli dell'uomo, guarda i documenti, Saverio Turani, cinquantadue anni, di Albenga.

È lui che parla per primo.

«Cosa volete? Facciamo in fretta».

«Perché, devi andare nelle altre sale dei Manni? Lascia perdere, quelle sono per poveracci, è questa qui quella che conta».

«Cosa cazzo state facendo?».

«Il nostro mestiere, domande», dice Ghezzi. Ma poi come tra sé aggiunge: «Veramente no, se facevamo il nostro mestiere sul serio adesso eravamo lì con dieci volanti e cinque cellulari a portare via tutti. Documenti, foto ricordo, impronte digitali, sequestro dei locali...».

«È bello, dentro, Ghezzi? Come sono le ragazze?».

«Troppo giovani, spiccano come Hare Krishna alla processione del Corpus Domini».

«Uh, abbiamo lo sbirro spiritoso», dice l'uomo, per niente a disagio, solo un po' seccato.

«Sì, lui è quello spiritoso, io sono quello stronzo», dice Carella.

«Guardate che correte un bel rischio, perché voi cosa siete... vicequestori? Magari conosco qualcuno più in alto che vi trasferisce in Molis...».

Non finisce la frase, perché Carella, nel tempo di un battere di ciglia, anche meno, gli ha mollato una sberla potentissima, un colpo di badile.

Quello non ha detto niente, ma ha fatto lampeggiare gli occhi.

Ora parla Ghezzi:

«Le regole sono queste. Noi non ci occupiamo né di gioco d'azzardo né di signorine, da te vogliamo solo sapere una cosa».

«Non sono mica l'ufficio informazioni».

«Sì, lo sappiamo, ma ti chiediamo lo stesso una cosa, poi decidi tu se per un capriccio vuoi far scoppiare il casino in tutte le bische dei Manni, oppure tornartene a casa e non è successo niente».

Non è successo niente un cazzo, pensa lui. Sanno i posti, uno è stato anche dentro a guardare, se non arrivano oggi arrivano domani. Certo, ora, con i clienti...

A Ghezzi basta questo, per il momento, che quello ci pensi un attimo, che veda la parte conveniente della proposta. Infatti:

«Magari non la so, la cosa che vuoi sapere tu».

Parte un'altra sberla di Carella. «Devi darci del lei, cafone, non siamo mica amici tuoi».

«Dai, non fare il difficile, lo chiediamo a te perché sappiamo che lo sai».

«Sentiamo 'sta domanda, una sola, però, eh!».

Ghezzi è ammirato. Con uno come Carella a portata di schiaffi, se fai il duro così ci puoi anche rimettere qualche dente.

«Vogliamo sapere dove portate l'incasso dei posti che avete».

«Sì, certo, e magari volete anche le chiavi della cassaforte. E scoparvi mia moglie, no?».

Carella sta per partire, ma Ghezzi lo ferma.

«Senti, lo hai detto tu, non facciamola lunga. Ora lo dico anch'io. Voi siete clienti di una banca speciale che c'è qui a Milano, ha varie filiali, e sappiamo che mandate dei fattorini a mollare il contante dopo la chiusura delle sale. Abbiamo altri che parlano, quindi non è che sei prezioso come credi».

«E allora fattelo dire dagli altri».

Altra sberla. «È così difficile dare del lei al mio collega? Un po' di educazione, porca puttana!».

L'uomo comincia a disunirsi, probabilmente l'ultimo che l'ha colpito in faccia non è tornato a casa a raccontarlo ai figli, che anzi saranno andati al funerale. Però pensa che forse è vero che non ce l'hanno con il business dei Manni. E poi proprio ieri ha saputo che la banca chiude per un mese, che è in corso una... ristrutturazione, sì, tanto che per qualche settimana i soldi devono tenerseli in casa.

In pratica gli chiedono una cosa che non farà molti danni, né a lui né a quelli della banca. Che poi, cazzi loro, comunque.

«Via Oglio 18».

«Non ho capito, ridillo bene».

«Via Oglio 18, portiamo lì l'incasso».

«Quando? Come?».

«Una sera sì e una no, di norma, ma può capitare che si faccia anche tutte le sere, se c'è tanta gente ed è periodo di punta».

«Adesso com'è, periodo di punta?».

«No, adesso è tranquillo».

«Ogni sede manda il suo malloppo o parte tutto da qui?».

«Non era una domanda sola?».

«Sì, ma si è moltiplicata... allora?».

«Viene tutto qui, facciamo il totale... una distinta per la banca, diciamo, e poi parte».

«Chi ce lo porta?».

«Gente nostra, fidata».

«Da quanto tempo?».

«Sarà un anno e mezzo... ma adesso basta».

«Ultima domanda: quanto gli portate?».

«Dipende, sono cifre molto variabili, meno di un milione, comunque».

«Meno di un milione a sera?».

«Sì».

«Che pezzenti!», dice Carella.

«Ora posso andare?».

«Sì, ma il tuo soldatino rimane con noi, aveva una Beretta in tasca e a noi che girino quei giocattolini lì, sai, un pochino ci sta sul cazzo...».

«È la mia guardia del corpo, ha tutti i permessi».

«Bene, così li controlliamo col computer, come i bravi poliziotti... cos'è, non sai guidare?».

Per tutta risposta l'uomo si riprende il portafogli dalle mani di Carella e scende, sale al posto del guidatore, fa manovra e parte. I due tornano verso la macchina. C'è Sannucci e un altro agente giovane, la guardia del corpo va in questura con loro, ma quando arrivano lo lasciano in un altro ufficio, dove c'è un agente in divisa.

«Il signore aveva un cannone in tasca», dice Ghezzi, e appoggia la Beretta su un tavolo. «Vedi un po', se è tutto a posto mandalo via e chiedi scusa per Carella».

«Perché, che ha fatto Carella?».

«Carella deve chiedere scusa anche solo per il fatto che è Carella, non lo sai?».

Sono le due e mezza di notte. Nella stanza di Gregori sono solo loro tre, ma quasi subito arriva anche Sannucci.

Il capo si fa raccontare tutto, per filo e per segno, Ghezzi gli fa lo sconto sulle descrizioni della bisca e sulle signorine, ma tutto il resto c'è, messo in fila per bene. Via Oglio 18, un posto nuovo, un'altra tappa della caccia al tesoro.

«Che ne dice, capo?».

«Dammi il mio orologio, Ghezzi, non fare il furbo».

Ridono, è andato tutto bene, e non era così scontato.

Poi si mettono comodi perché sanno che Ghezzi deve fare il romanziere, come al solito. A Carella il metodo piace: uno parla e lui pensa, così finisce che pensano in due.

«Allora, possiamo dire di avere le tre filiali, e non abbiamo ancora trovato il caveau, io dico che via Oglio è come le altre due, via Raimondi e via Ponti, posti dove si fanno i versamenti, non dove si tiene tutto il malloppo».

Carella sta zitto.

«Il posto dove stanno tutti gli incassi non lo sa nessuno, cioè lo sa qualcuno che lavora nelle filiali, bastano tre persone, mentre le filiali le conoscono tutti, almeno quelli che ci portano i soldi...».

Carella fa la faccia di quello che sta cercando un puntino in un disegno... ce l'ha quasi...

«Quindi l'unica speranza che arriviamo alla casa madre è di trovare qualcuno di quei tre. Due non li troviamo più, perché via Raimondi e via Ponti sono chiuse e il personale se l'è cavata. Manca questa via Oglio... dov'è, tra l'altro?».

«Corso Lodi, prima delle autostrade», dice Sannucci.

«Ecco», dice Ghezzi. Quell'idea delle autostrade gli ronzava in testa dall'inizio.

Però Carella ha trovato il suo puntino nel disegno, e ora lo fa vedere anche agli altri.

«Tutto un po' contorto, come ha detto lei, capo, è

una caccia al tesoro. Però noi l'abbiamo presa contromano».

«Carella, porca puttana, sono quasi le tre, parla chiaro», sbuffa Gregori. Tra qualche ora sarà lì di nuovo a tirare manate al tavolo, non ha la forza di farlo ora.

«Sentite. C'è stata una rapina col morto. E noi abbiamo seguito gli unici che potevamo seguire, cioè i rapinati. Sono quelli che lavano i soldi ad aver subito la rapina. Magari il Gelsi lo hanno ammazzato loro, perché si è fatto fregare, magari no, ma insomma, il ragazzo lavorava per loro... Come dice il Ghezzi, il caveau è da quelle parti, Segrate, Pioltello, non più in là, ma non lo sappiamo e lasciamo perdere. Cosa sappiamo, invece? Sappiamo che alcune organizzazioni consegnano soldi a questi tizi per averli indietro legali e ripuliti. Bene, quante organizzazioni?».

«Parecchie, se no di filiali gliene bastava una», dice Ghezzi.

«Bene. Ogni filiale quanti clienti avrà? Tre, quattro? A giudicare dal viavai che ci hanno detto in via Raimondi anche di più, e in via Ponti... siamo passati due volte e già ne abbiamo visto uno che faceva la consegna... facciamo cinque clienti per ogni filiale... quello di stasera mandava un milione al giorno...».

«Se stai calcolando il giro d'affari stiamo un po' camminando sulle nuvole, però», dice Gregori.

Sannucci intanto si beve tutto, lui vuol fare il poliziotto, e vuole farlo bene, e quelli lì sono i migliori che conosce.

«No, capo, non ha capito, non sto pensando ai soldi...

o sì, anche, le spiego... Se ogni filiale ha cinque clienti, fanno quindici fior di delinquenti. Questi qui con le bische, l'altro con la sala scommesse. Sicuro che c'è anche lo spaccio, le puttane, magari altri affari schifosi, armi, che ne so. Parliamo di quindici attività criminali molto redditizie, non proprio mafia o camorra, che i soldi se li puliscono da sole, ma sempre gente pericolosa».

Ghezzi sorride perché ora ha visto il puntino. Carella continua:

«Uno di quei quindici ha fatto la rapina. Versi un milione, sai che la tua filiale porterà nel caveau il tuo milione più i milioni degli altri, sai da dove partirà, dal posto dove hai versato il milione. Beh...».

«È un pozzo senza fondo, Carella, è un'indagine che può durare anni... certo, togliamo un po' di merda dalle strade, ma...».

«Intanto più fattorini intercettiamo, se sappiamo per chi lavorano, e più carte abbiamo in mano, capo. Bisogna andare in via Oglio».

«Non adesso, Carella».

«Capo, se succede qualcosa lì, succede proprio adesso, è una cazzata non andarci, poi se è come le altre volte, arriviamo domani mattina che quelli sono scappati».

«Adesso no, Carella».

Sannucci non capisce, Ghezzi invece sì, ma Carella insiste.

«Mi dica almeno perché, capo».

Ora la manata sulla scrivania arriva, e bella forte. Gregori urla davvero, o forse tutto suona più forte perché è notte.

«Te lo spiego, perché, Carella! Perché ho autorizzato i miei uomini a fare una cosa che non si fa, infiltrarsi in un posto senza autorizzazione di nessuno, solo la mia, prendere a ceffoni un privato cittadino innocente fino a prova contraria, e senza che il sostituto procuratore ne sappia niente. E non posso tirarlo giù dal letto e dirgli, sa, dottore, abbiamo fatto un po' il cazzo che ci pareva, preso a schiaffi un boss, ma l'abbiamo lasciato andare, e adesso ci firma un mandato? Che ne dici, Carella?».

«Capo...».

«Capo un par di palle! Chi ci mando in via Oglio, eh? Voi due... e Sannucci... che cazzo ci fai ancora qui, Sannucci, vai a dormire, no?».

«Io sto con loro, capo».

Gregori si impenna ancora.

«Ecco perché, Carella, ecco perché! Perché fate troppo i cowboy, e questo mi piace anche, certe volte, vi ho coperto il culo, vi ho pure prestato l'orologio... ma se in via Oglio adesso succede qualcosa, lo scontro a fuoco in una zona abitata, magari ci scappa il morto, io non posso più coprire niente. Abbiamo giocato, abbiamo fatto dei bei punti, bisogna sapere quando fermarsi, cazzo! Via, fuori dai coglioni. Qui domani alle otto e studiamo un piano serio, basta per oggi col Settimo Cavalleggeri, sono stato chiaro?».

Tutti annuiscono. Carella meno.

Quando escono piove. No, non è vero, è il vento che porta delle goccioline piccole, come spilli, forse piove da un'altra parte. Da una siepe dietro la questura viene un profumo dolce, buono.

Carella e Ghezzi vanno verso la macchina, Sannucci li segue.

«Beh, Sannucci, hai sentito il capo, no? Vai a dormire, dai». Ghezzi sa essere paterno, quando vuole.

«Con tutto il rispetto, sov, col cazzo che vado a dormire. Voi andate in via Oglio, vero?».

In macchina parte la trattativa. Ghezzi dice passiamo una volta, rapidi, giusto per vedere il posto. Carella dice sì, sì, faremo qualche giro lì intorno. C'è una piccola discussione.

Poi filano davanti al civico 18 di via Oglio, Milano, e sembra la fotocopia degli altri posti. Un cancello, una piccola rampa che scende fino a una saracinesca. Tutto fermo, tutto zitto. I vetri non sono oscurati, quindi se ci fosse una luce si vedrebbe, ma non c'è. Carella fa il giro un'altra volta, Ghezzi si sta spazientendo. Poi ci passano una terza volta.

Quando decidono di andarsene a dormire, prima che si cominci a litigare sul serio, sono le tre e venticinque.

Quarantaquattro

Alla villetta di via Sibilla Aleramo tutto tace. C'è un silenzio immobile, nessuno passa per quella strada che non porta da nessuna parte, è un posto dove la notte è più notte che altrove. Falcone, la Cirrielli e il mago delle serrature hanno lasciato le macchine un po' distanti, attraversato campi e terreni, costeggiato costruzioni silenziose. All'una sono sdraiati nel prato incolto dietro la villetta, aspettano così per più di mezz'ora, la Cirrielli che guarda il nulla con i suoi occhiali notturni, Franco Giustini che mette in fila i suoi attrezzi, non senza fatica, perché è buio pesto e la luna è solo uno spicchio timido di luce che non basta.

All'una e un quarto decidono di muoversi. Prima Oscar e la Cirrielli. Sistemano i due piccoli teli neri sulle telecamere, poi montano una specie di tenda davanti alla porta sul retro della villa, in realtà un telo nero, spesso, sostenuto da due aste lunghe, basterebbe un fiato di vento a farlo crollare. Oscar sparisce e torna dopo dieci minuti.

«Anche dall'altra parte tutto tranquillo», dice. «Non c'è nessuno».

La Toyota non si vede, hanno girato in lungo e in largo, prima, e non l'hanno vista nemmeno nei dintorni.

Ora Franco Giustini, maestro di chiavi, si mette al lavoro. Loro si appostano ai due lati della tenda, pronti a smontare tutto e a ripararsi nel buio del prato al primo rumore, dalla tenda non filtra nemmeno un filo di luce, anche se sotto quella cappa nera è accesa una torcia potente, che il fabbro punta ora sulle serrature ora sulle sue mani che lavorano veloci.

Dopo mezz'ora un sussurro esce da sotto il drappo nero.

«La prima è fatta», dice Franco Giustini. Sentono che si è rimesso al lavoro.

Alle due e un quarto, però, succede qualcosa. Due fari lontani si avvicinano, fanno una curva uscendo dalla strada principale, imboccano via Aleramo. Un furgone, grosso, nuovo, luccicante.

Oscar e la Cirrielli scattano come lepri, Giustini corre nel prato, dove il buio è fittissimo, loro spostano la tenda e poi tornano di corsa a togliere i teli neri dalle telecamere. Si acquattano di nuovo. Ora dalle persiane della villetta filtra una luce, al piano terra, il primo piano rimane buio, sentono che c'è movimento, ma da lì, dal retro, non vedono niente.

Allora Oscar si decide: «Vado a dare un'occhiata».

Costeggia la villetta, standо sempre nella zona più buia, e scompare dietro, nella parte più lontana dalla strada. Passano minuti eterni. Dieci, venti. Franco Giustini continua, nel buio più pesto, affidandosi solo al tatto, a maneggiare i suoi ferri. Lavora con calma un piccolo oggetto lungo, costruisce una chiave. Poi Oscar torna.

«Sono in due, caricano il furgone, ma scaricano anche, perché hanno portato dentro qualcosa, non so cosa, ma pesante».

«Vado io», dice la Cirrielli, e sparisce nel buio. Torna dopo mezz'ora e parla sempre in un sussurro.

«Stanno caricando della roba, casse, scatole di cartone, non troppo grandi, ma tante, sigillate con il nastro adesivo, ne ho contate dodici, ma ce ne saranno altre».

«I soldi», dice Oscar.

«Sì».

Alle tre e dieci il furgone accende i fari, e questo lo vedono perché la strada si illumina un po', sentono il motore che si avvia, le portiere che sbattono, poi lo scricchiolio della ghiaia sotto le ruote, si muove. Un minuto dopo lo guardano fare la strada in senso inverso, percorrere tutta via Aleramo e svoltare sul viale principale. Seguono i fanali rossi finché non scompaiono nel buio. Oscar aspetta dieci minuti e poi fa un altro giro. Torna subito.

«Hanno lasciato il cancello aperto, io dico che non torneranno, se ne sono andati per sempre, credo».

«Credo non basta», dice la Cirrielli.

Dopo pochi minuti sono di nuovo al lavoro, i teli di nuovo sulle telecamere, la piccola tenda montata, loro di nuovo in postazione di vedetta, il fabbro sotto il telo che armeggia con i suoi ferri misteriosi.

Poi sentono un clac, un rumore metallico di ingranaggi ben oliati, e subito dopo un altro suono simile. Sono rumori minimi, minuscoli, ovattati, come di un rametto spezzato sotto i piedi, ma nel silenzio totale fanno un frastuono ridicolo, come uno sparo.

Poi un sussurro da sotto la tenda. «È aperto».

Ora si muovono frenetici, spostano la tenda, ripiegano il telo e le aste che lo sostenevano, portano tutto nel buio e lasciano Giustini a rimettere il materiale negli zaini. I piccoli teli sulle telecamere, invece, non li tolgono, non si sa mai.

«Tra mezz'ora me ne vado», dice lui.

«Va bene, mezz'ora». Loro entrano, le torce in mano, le puntano verso terra. Ma quello che sentono subito è l'odore acre, bruciante. Benzina.

Ora sono in un piccolo ingresso pieno di cianfrusaglie, c'è una scala che scende, forse va in cantina, e una porta che si apre subito, dà in una stanza grande, sembrerebbe un'enorme cucina, come usava nelle case di campagna, nelle cascine. Ma si vede subito che non è usata come cucina, niente piatti in giro, niente pentole. Sul tavolo soltanto pezzi di nastro adesivo e serpentelli di plastica verde. Poi si guardano meglio in giro, incrociando i raggi delle torce. In mezzo alla stanza c'è un grande fusto da cui partono alcuni tubicini, li seguono e vedono quattro taniche, piene, con i tubi che entrano nell'apertura, niente tappi. Sono agli angoli della stanza, una sul primo gradino delle scale che portano di sopra. Scale di legno.

«Qui», dice Oscar.

Collegato al fusto c'è un timer, con un display che fa il conto alla rovescia. Lo fissano ipnotizzati, dice 20.18... 20.17... 20.16.

«Ci penso io», dice Oscar. «Tu vai di sopra».

Per prima cosa segue i tubi verdi e li estrae dalle quattro taniche, poi torna a quella centrale. Il timer dice 18.12... 18.11. Falcone non lo tocca, corre a prendere le taniche e le porta fuori, nel prato, allineate vicino all'unico albero che c'è lì. Se nessuno si mette a fumare nei dintorni sono solo quattro taniche di benzina, innocue. Poi torna dentro, sfila con grande attenzione il tubo con il timer dal bidone che sta al centro della stanza, e ora ha in mano un capo da cui partono quattro serpenti di plastica verde, ognuno lungo tre o quattro metri, quelli che stavano nelle taniche. Porta tutto fuori, lasciando una piccola scia di benzina. La puzza è fortissima. Getta il groviglio di tubi nel prato, lontano da dove ha posato le taniche, poi porta fuori anche il fusto più grande. È pesante, le taniche sono da venticinque litri, ma il bidone pesa di più.

Franco Giustini lo raggiunge.

«Cos'è?».

«Un timer, era collegato alle taniche».

«Bene, vuol dire che non tornano». Indica la piccola scatoletta che lampeggia ancora, 14.25... 14.24...14.23... «Ci penso io».

Oscar torna dentro.

La stanza grande è vuota, ora, ci sono segni sul pavimento, scatole che stavano lì e ora non ci sono più. C'è una porta che dà su un corridoio, un bagno, grande, poi due stanze, una completamente vuota, una con un letto, un comodino, un piccolo armadio. Oscar lo apre: due camicie appese, una giacca, nelle tasche non c'è niente. Il corridoio continua fino a un'altra porta, uno sgabuzzino con dentro scope, stracci, secchi, niente di utile. Torna nella stanza grande, hanno lasciato le porte aperte e la puzza di benzina si è un po' attenuata, o forse si è soltanto abituato all'odore.

Ora sale le scale, e vede il raggio della torcia della Cirrielli.

Sono in una sala ampia come quella del piano di sotto. Un salotto con un grande divano, poltrone, il camino, un tavolino in mezzo, un tappeto steso sul pavimento di legno, che attenua il rumore dei passi. Tutto polveroso, si vede che il piano di sopra non veniva usato, sui mobili c'è un velo di polvere che sta lì da mesi, forse anni, la Cirrielli ci passa un dito coperto dal guanto di lattice e lo mostra a Oscar, lui annuisce.

«Qui non c'è niente, ma là...», indica una porta.

Allora Oscar scende di corsa, fa i gradini a due a due ed esce. Franco Giustini è ancora lì, i tubicini verdi non ci sono più, li ha gettati più lontano nel prato. Il timer è ancora acceso, per terra ai suoi piedi. 1.38... 1.37...

Aspettano in silenzio finché dall'aggeggio non partono dei piccoli suoni... tac, tac, tac, minuscole fiammate azzurre saettano dai beccucci sporchi di benzina, ma si spengono subito.

«Un piezoelettrico», dice il mago delle serrature. «Con le taniche collegate ora eravate un barbecue».

«Vieni dentro un attimo».

«Ho detto che non entro».
«Per favore».

Corrono dentro in un silenzio che fa impressione, solo il rumore dei passi e dei respiri. Oscar indica la scala di legno che sale al piano di sopra. «Su!».

La torcia della Cirrielli proietta un cerchio perfetto intorno alla serratura di una porta. Dai loro calcoli è quella che dà sulla stanza chiusa, quella dove le persiane sono inchiodate da fuori.

Giustini si china sulla serratura, con la Cirrielli che gli fa luce.

«Questa è semplice», dice. Armeggia un po' e dopo poco sentono un clac, la porta si apre. Giustini non spinge nemmeno il battente, si avvia verso la stanza grande e le scale.

«Io vado», dice.

«Grazie, Franco», dice la Cirrielli. L'uomo non risponde, è già sparito nel buio pesto, loro entrano, c'è odore di chiuso, l'aria viziata, si direbbe sudore e polvere vecchia, trattengono il fiato, fanno correre la luce delle torce sulle pareti e all'interno della stanza, quattro metri per quattro.

C'è una sedia, proprio in mezzo, sotto una lampadina che pende dal soffitto, con delle corde tagliate appoggiate allo schienale, altre in terra. Pezzi di nastro adesivo grigio. Non c'è altro. Ah, sì, una scarpa abbandonata vicino alla sedia, una scarpa classica, coi lacci, la sinistra.

«Qui ci hanno tenuto qualcuno», dice la Cirrielli.

Oscar sta zitto. Pensa. Sono le tre e quaranta.

«Dai, cerchiamo».

Al piano di sopra c'è poco da cercare. A parte la stanza con la sedia e un'altra stanza completamente vuota non c'è altro. Un bagno, grande come quello di sotto, ma sembra mai usato. Poi c'è un piccolo locale, sarà due metri per tre, e lì c'è un tavolo lungo tutta la parete, una sedia. Sul tavolo sono accesi due grandi monitor, ognuno diviso in piccoli riquadri. Le telecamere. Sono a infrarossi, quindi mandano una luce color lucertola. Si vede bene il giardino, il cancello, la porta principale. L'altro monitor mostra il retro della villetta, due riquadri però sembrano spenti, quelli dove hanno messo i drappi neri.

«Impianto costoso», dice la Cirrielli. Oscar scende di sotto.

Al piano terra l'odore di benzina è ancora fortissimo. Nei cassetti della cucina non c'è niente, qualche posata, rotoli di nastro adesivo, grigio come quello di sopra, forbici. Niente carta, niente quaderni, niente di niente. C'è un sacco nero della spazzatura, con dentro scatole di plastica, di quelle per le pietanze da asporto, avanzi di cibo, lattine di birra vuote, tovaglioli appallottolati. Su uno si legge: Trattoria L'Arcobaleno.

In bagno non c'è niente, ma il lavandino è stato usato da poco, si sono lavati le mani, forse erano sporche di benzina.

Ora la Cirrielli è scesa anche lei.

«Sopra niente», dice.

Passano alla camera. Il letto non è fatto e non è sfatto, è una rete matrimoniale con un materasso, le coperte sono tirate su alla bell'e meglio, un cuscino è a terra, l'altro appoggiato al muro. Il comodino è di legno, antico, non c'è niente nel cassetto, sopra c'è una bottiglia d'acqua piena a metà. La Cirrielli annusa, è solo acqua.

Ora tornano nel piccolo ingresso ingombro di cianfrusaglie, quello da dove sono entrati. La torcia di Oscar illumina le scale che scendono, la cantina.

Qui l'odore della benzina non arriva, c'è puzza di chiuso, umidità, muffa. Ci sono vecchi mobili accatastati, una sedia a dondolo in vimini sfondata. Poi vedono una lucina rossa, lontano, in un angolo. Scavalcano quello che c'è in mezzo e illuminano con le torce. Una grande ghiacciaia bianca che fa quelle fusa speciali dei frigoriferi. Sembra tutto abbandonato e dimenticato, un elettrodomestico acceso fa strano, lì dentro. La ghiacciaia è chiusa con una catena e un grosso lucchetto. Si guardano, poi Oscar illumina intorno, frugando nel buio con il raggio della sua torcia. È grandissima, per essere una cantina, ci sono casse di attrezzi, un compressore in disuso, ragnatele, polvere. Oscar fruga tra i ferri arrugginiti, poi dice: «Ecco». Un grosso tronchese.

La Cirrielli fa luce e lui si dà da fare con quell'enorme tenaglia. Il ferro della catena cede dopo qualche tentativo, poi la catena e il lucchetto cadono a terra, con un rumore terribile. Loro stanno immobili. Poi si avvicinano alla ghiacciaia.

«Sei pronta?».

«Dai».

Oscar afferra la grande maniglia e alza il portellone. Odore di freddo stantio, di roba congelata male. Buttano in quel buco nero la luce delle torce, vedono per prima cosa un piede con una scarpa, poi l'altro piede, solo una calza scura. Poi le gambe piegate, pantaloni macchiati, la schiena, la testa di capelli nerissimi. È il corpo di un uomo.

Quarantacinque

Un rumore in corridoio. Passi affrettati che vanno su e giù, un'urgenza, una disperazione, che sogno sarebbe? Solo buio e frenesia.

Poi la porta si apre, entra la luce elettrica. Sulla soglia c'è Gloria Grechi, non ha aperto con gentilezza come quando è venuta a piangere da lui, è corsa dentro senza riguardi, come una furia.

«Le chiavi, Carlo!».

Eh? Cosa? Che succede?

«Devo uscire, le chiavi!».

Ora ecco Carlo Monterossi che torna alla vita nel modo peggiore. La Grechi è un'ombra nera nel vano della porta, con la stanza buia e la luce del corridoio alle spalle non può vederla in faccia, se la vedesse sarebbe ancora più spaventato.

«Che succede?», seduto sul letto, intorpidito per il sonno così bruscamente interrotto, non capisce.

«Dove sono le chiavi? Devo uscire. Subito!».

Lui guarda l'orologio. Sono le quattro meno dieci, un'ora assurda per litigare.

Però, vagamente, Carlo intuisce l'emergenza, si veste in fretta coi vestiti della sera prima, lei quasi lo strattona.

«Devo uscire!».

«E dove deve andare alle quattro del mattino?».

Ora la vede bene. È vestita di nero, pantaloni, maglietta, una felpa, anche le scarpe da jogging sono nere, sembra un rapper, un writer, bella però, anche se non ha il suo sorriso solito, le labbra sono strette, serrate in una smorfia di rabbia.

«Mi dia le chiavi!».

«È successo qualcosa?».

«No. Mi faccia uscire di qui».

Per Carlo è uno schiaffo, come se avesse detto che casa sua è un carcere, anzi, l'ha proprio detto, intendeva quello.

«È meglio che non se ne vada in giro da sola».

Lei pensa un attimo.

«Allora venga anche lei, Carlo, ma subito, la prego».

«Ma dove?».

«Andiamo!».

Alle quattro e dieci sono in macchina, lei ha uno zaino, nero anche quello, gonfio, il telefono in mano. Quando partono si placa un po', ma si fa attenta, tesa. Carlo pensa che quella donna ha il potere di cambiare in continuazione. Sposa abbandonata, un po' svampita, poi misteriosa, poi la fiducia cieca in un amore probabilmente morto e sepolto – ma non in metafora –, le lacrime nella notte. E ora sembra un cecchino che guarda nel mirino, concentrata, sa cosa deve fare. Ma cosa?

«Vada verso piazzale Lodi».

Alle quattro del mattino bisogna guidare con prudenza, perché ci sono in giro gli ubriachi, quelli fatti come Jim Morrison, e parecchi cretini generici che pensano che siccome non c'è in giro nessuno si possono bruciare stop e semafori e nessuno si farà male.

Sbagliato, muoiono come mosche.

Carlo sente l'urgenza della Grechi, sono piccoli movimenti, gli occhi fissi sulla strada, il modo in cui stringe il telefono, lo guarda ogni minuto. Senza volere, schiaccia un po', sui vialoni della circonvallazione fa pure gli ottanta, i novanta, come se lei lo spingesse.

Quando arrivano in piazzale Lodi, lo fa girare a sinistra, poi dritto, poi a destra, poi dritto ancora. Carlo non conosce la zona, lei lo guida come se sapesse il percorso a memoria.

«Ora entri nella via, pianissimo, posteggi qui».

«Qui» è un rientro del marciapiede in cui la macchina è seminascosta, ma da dentro si vede benissimo tutto. Tutto cosa? Un cancello, una piccola rampa che scende di poco, un grande portone di vetri opachi che si apre a scorrimento, sembra un'officina. Più avanti c'è l'ingresso di un palazzo alto, poi case più basse. È una periferia onesta e rispettabile, ben disegnata, funzionale, milanese.

«Insomma, ora mi spiega?».

Ma lei fa un gesto di stizza, stringe il telefono, lo guarda ancora, non è il momento per quelle stupidaggini. Poi ci ripensa.

«Non ho tempo, Carlo, per le sue paturnie, per le sue riflessioni amare sulla vita e sull'amore e tutte quelle belle cose che si racconta. Apprezzo l'ironia, ho visto anch'io i film di Woody Allen, quelli belli, ma poi, a differenza di lei, io esco dal cinema, Carlo, lei no. Forse merita delle spiegazioni, ma perché poi? Lei è più simpatico e gradevole di molti altri, ma cosa fa, alla fine? Per cambiare la sua vita, intendo. Se ne lamenta e ci si avvolge dentro come in un piumone nelle sere d'inverno. Nel mio, di piumone, c'erano vetri e cocci di bottiglia, ne voglio un altro, nuovo. Una nuova vita, ma per davvero, Carlo, non l'aumento di stipendio o la macchina ultimo modello. Una vita dove le verità siano tutte intere, non a metà, rosicchiate dalle convenienze e dai compromessi. È un lusso? Bene, io sono per il diritto al lusso. La chiami libertà, se vuole».

«La libertà di fare una rapina? Di far ammazzare un ragazzo di ventitré anni? Si rende conto?».

«No, Carlo, quelli sono effetti collaterali, cose che succedono. La libertà che dico io è solo capire che si può, che se vuoi qualcosa devi prenderla... sono cresciuta negli anni in cui l'egoismo... l'accumulazione, direbbe Alberto... è stato premiato nei fatti e molto condannato a parole... mi ha chiesto l'altra sera cos'era questo legame, questo amore, come dice lei, perché ha letto troppi romanzi dell'Ottocento... Va bene, glielo dico: è aver avuto insieme, chiara come un lampo, l'illuminazione che si poteva fare. Ha presente quando stringe la sua ragazza e pensa... ah, io e te in un posto magico, una vita nuova, costruire su basi solide... magari non lo pensa soltanto, magari glielo dice pure... Ecco, anche io e Alberto ce lo siamo detti, forse al bar dell'Università, con tutte quelle ventiduenni in fregola che gli giravano attorno, forse dopo una bella scopata. Poi l'abbiamo fatto. Noi l'abbiamo fatto, cazzo!».

Lui non si trattiene.

«Il risultato è che con la mia bella vita di menzogne e compromessi, io la mia ragazza la posso stringere, mentre il suo Alberto chissà dov'è... uno ruba soldi alla malavita e poi sparisce nel nulla. Se si fa due più due...».

Gloria Grechi si morde un labbro, come se fermasse una risposta che le sta saltando fuori senza permesso.

In quel momento, mentre la luce fioca dei lampioni di via Oglio accarezza l'asfalto della strada e il labbro inferiore della Grechi trema un po' per le parole di Carlo, il suo telefono prende vita, una breve vibrazione, il display che si illumina. Lei legge il messaggio e cambia subito espressione, torna ad essere il cecchino di prima.

Ora fruga nello zaino e quando tira fuori la mano impugna una pistola. Nera, non grossa, non piccola, le riempie il pugno come farebbe una mela. Carlo è paralizzato dalla sorpresa.

«Gloria!».

Ecco a voi Carlo Monterossi minacciato con un'arma, all'interno della sua macchina, in una notte di primavera e periferia, il finestrino abbassato a metà, lo sguardo che prende le sembianze dello stupore assoluto. Ma cazzo.

«Le mani!».

Lui le porge i polsi incrociati, come per rispondere a uno scherzo, ma lei non scherza per niente.

«No, dietro la schiena».

Lui ubbidisce. Perché? Perché c'è una pistola di mezzo, certo, ma per mettergli una fascetta ai polsi, stretta che taglia la pelle, lei la pistola la deve appoggiare sulle ginocchia. Volendo fare una scena madre, potrebbe reagire, colpirla, tentare una resistenza, o la fuga. Gli sparerà alle spalle? O prenderle l'arma con una mossa fulminea...

Ma Carlo non pensa a niente di tutto questo, sente già farsi strada la delusione, la stanchezza, è anche lui un effetto collaterale, nient'altro, niente di più. Sta pensando a questo.

Ora ha i polsi legati dietro la schiena, il volante davanti, la cintura di sicurezza allacciata. Può muovere il busto, se lo fa lentamente, in modo che la cintura non si blocchi, ma non più di quello.

E intanto succede qualcosa fuori.

Un furgone arriva piano, il motore che gira al minimo, fa manovra ed entra nel cancello in retromarcia, i fari illuminano tutto, anche se sono solo le luci di posizione. Scendono due uomini, e ora si accendono anche le luci dell'officina, il portone a scorrimento si apre, non del tutto, ma abbastanza perché i due possano passare con valigie, scatole, borsoni. Mettono quei bagagli nel furgone, o almeno si direbbe, perché loro, dalla macchina di Carlo, vedono solo il passaggio stretto tra una fiancata del van e la porta del garage. I due uomini fanno parecchi viaggi. Poi più niente, restano dentro, il furgone fuori, con il portellone aperto.

L'uomo se ne aspettava meno. Ci saranno una ventina tra borse, scatoloni, valigie, trolley. Senza dire una parola cominciano a portarli fuori, niente frenesia, ma veloci, metodici, due, tre borse alla volta. Intanto fa qualche conto. Alla villetta di Segrate c'erano ventisei milioni e otto, qui, a quanto dicono i file degli uomini che ha appena licenziato, altri dodici e mezzo. Fa poco meno di quaranta milioni. Contanti, tanti, un camion di soldi, non è un modo di dire.

«Queste sono le ultime», dice il capo, e si china a prendere due borse da palestra.

L'uomo aspettava solo quello. Estrae un piccolo manganello dalla cintura dei pantaloni, corto, cattivo, e colpisce forte alla nuca. L'altro si accascia subito, senza un gemito. L'uomo prende una sedia che sta lì, solleva il corpo inerte e lo mette a sedere. Poi tira fuori dalla tasca della giacca le fascette di plastica, gli lega le mani dietro lo schienale, le caviglie alle gambe anteriori della sedia. Nella luce al neon dell'officina la faccia del capo è bianca, un rivolo di sangue nero gli esce dal naso. Avrà colpito troppo forte? È un pensiero che dura meno di un secondo. Ora mette una mano nell'altra tasca, tira fuori qualcosa, un fagotto azzurro, qualcosa avvolto in un telo, e lo mette in una tasca della giacca dell'altro, poi toglie solo la pezza di stoffa, un tovagliolo, e la getta in un angolo della stanza, prende le due borse ed esce.

Il telefono della Grechi ha ricevuto un altro messaggio, e ora lei sta con gli occhi puntati sul portone scorrevole, un'attenzione spasmodica. Un uomo esce con due borse in mano, ne appoggia una per terra e usa la mano destra per chiudere. In quel momento spunta dal niente, come balzata su dall'inferno, sbucata dal cono d'ombra, o da chissà dove altro, una sagoma scura. Un secondo, anche meno, una frazione, un niente, e l'uomo che ha una borsa in una mano e la maniglia del grande portone nell'altra cade come se qualcuno gli avesse staccato la corrente, si piega sulle ginocchia. Saranno quindici metri, da dove è posteggiato Carlo, ma il rumore del colpo lo ha sentito lo stesso, una botta secca, decisa, tra la nuca e la base del collo.

Allora la Grechi allunga una mano, prende la chiave dell'accensione dal quadro della macchina e scende. Corre, lo zaino su una spalla, lo lascia cadere a un metro dal furgone. La figura nera si è girata, apre le braccia. Lei gli salta addosso, agitata, frenetica, gli mette le gambe intorno ai fianchi, si baciano, ballano così per qualche istante, goffi. Ma dura poco anche quello, tutto è accelerato. Si staccano subito, come respingendosi, e ora fanno tutto come se fosse scritto in un manuale. Lei prende le borse, le porta nel retro del furgone e chiude il portellone. Carlo sente il rumore. Lui lega mani e piedi dell'uomo grosso col nastro adesivo, poi lo trascina nell'officina per la collottola, e fa una bella fatica. La giacca dell'uomo si strappa, lo prende per le ascelle. Lei raccoglie lo zaino e lo mette nel furgone, accanto a sé, sui sedili davanti. Lui accosta la porta del garage e sale al posto di guida, mette in moto, fa pochi metri.

E ora succede una cosa impossibile. Una di quelle a cui Carlo penserà per sempre, che lo accompagnerà come un grande punto di domanda. Un vero mistero.

Il furgone è tra la rampa e il passo carraio, frena di colpo mentre lo sportello del passeggero si apre. Gloria Grechi scende e attraversa di corsa la strada, fino al finestrino aperto di Carlo.

«Il telefono».

«Nella tasca della giacca».

Lei infila una mano e lo trova subito. Glielo mette davanti al viso e il riconoscimento facciale lo sblocca. Cerca rapidamente nelle ultime chiamate e schiaccia un tasto. Passa qualche secondo.

Poi la voce assonnata dall'altra parte:

«Carlo?».

«Non sono Carlo, mi chiamo Gloria Grechi. Venga a prendere il suo uomo, Bianca, prima che può, subito. Via Oglio 18... sì, Oglio... si porti un paio di forbici».

Poi chiude la comunicazione, butta il telefono sul sedile del passeggero, mette una mano in tasca e ci butta anche la chiave della macchina. Si sporge sul finestrino e lo guarda dritto negli occhi.

«Si può, Carlo, mi creda».

I fari del furgone hanno lampeggiato, due flash di impazienza nervosa. Lei è corsa di nuovo e salita, poi il rumore di un'accelerata decisa mentre la portiera si chiude. Il grosso van Mercedes raggiunge la fine della via in pochi istanti, appena il tempo di mettere la seconda. Poi gira a destra, e la notte si riprende via Oglio. Tutto tranquillo, non un rumore, niente, lampioni, asfalto e gente che dorme. C'è un'aria profumata, strano.

Bianca Ballesi è arrivata alle cinque e dieci, ha un vestitino leggero, i capelli in disordine, niente trucco, la faccia spaventata. Posteggia dritta dietro la macchina di Carlo, scende, fa due metri di corsa ed è accanto a lui, sul sedile del passeggero. Lo guarda, ma non dice una parola. Ha una borsetta a tracolla da cui cava un paio di forbici lunghe, con l'impugnatura di plastica gialla. Sgancia la cintura di Carlo, lui si piega in avanti e lei taglia le fascette. Lui si massaggia i polsi, c'è del sangue.

«Bianca...».

«Via, dai, via di qui». Mette lei la chiave nel quadro, ci si era seduta sopra, lui schiaccia il bottone dello start e partono.

Quarantasei

La luce del comodino non l'ha mai spenta, si è solo assopito un attimo e ha dormito due ore, si era buttato sul letto vestito com'era, anche le scarpe. Ora guarda la sveglia, sono le cinque e mezza. Cerca le sigarette, ma sono nella tasca della giacca. Si alza e ne accende una.

Non ha senso, non ha nessun senso, cazzo. Ora che hanno in mano un altro filo, lasciarlo andare così. E Gregori? Lo scontro a fuoco... non vi copro più... che cazzo di discorsi sono? Per non farsi fare il culo dal sostituto procuratore rischiano di farsi scappare gente che ha ammazzato un ragazzino.

Ora Carella scende le scale e sale in macchina, passa Loreto, viale Abruzzi, va dritto per i vialoni e gira a sinistra in piazzale Lodi, passa una volta davanti al 18 di via Oglio, senza fermarsi. Poi fa un altro giro e guida più piano. C'è qualcosa di diverso da ieri sera, ma non sa cosa, un filo, un dettaglio, uno dei suoi puntini nascosti in un disegno grande. Al terzo passaggio davanti alla rampa che arriva al portone scorrevole va a passo d'uomo, poi si decide. Ferma la macchina e scende, poi capisce.

Il portone non è chiuso, solo accostato, ci saranno due centimetri di spazio, una fessura, ma stanotte, quando sono passati con Ghezzi e Sannucci, non c'era.

Si avvicina senza far rumore, si sporge da quella fessura, anzi, la allarga un po', per infilare la testa. C'è un fagotto per terra, quando lo illumina con la torcia del telefono vede bene che è un uomo legato, privo di sensi.

Allora apre un po' di più il portone, abbastanza per infilarsi. Lì a pochi metri dall'entrata c'è quello steso a terra, un uomo grosso. Respira. Poi c'è una porta e un'altra stanza. Carella ci arriva piano, passo dopo passo, appoggia i piedi con cautela. Sempre la torcia, la luce balla, ma si vede tutto bene. C'è un altro uomo, legato a una sedia, la testa caduta in avanti, il mento che poggia sul petto come quando uno si addormenta in treno. Respira anche questo, ma fa un rumore brutto.

Ora è di nuovo fuori, il portone l'ha chiuso del tutto, niente fessure. Chiama Gregori, poi Ghezzi. Sposta la macchina e la posteggia come si deve, ma non scende. È curioso, sì, ma prima gli infermieri, quelli della Scientifica, il medico.

Alle sette e mezza, via Oglio sembra lo stadio a un'ora dalla partita, gente che va e viene, luci azzurre che girano, due ambulanze.

Il dottore è lo stesso dell'altra volta.

«Quello grosso a terra, trauma cranico, insomma una botta in testa. Potrebbe anche svegliarsi a breve, diamogli un paio d'ore. L'altro, quello legato, lo stesso, ma un po' peggio, credo che si sia rotto qualcosa, serve una Tac urgente, per tutti e due, ho già predisposto...».

«Stessa mano, secondo te?».

«Vaffanculo, Carella, io sono un medico, non faccio mica l'oroscopo».

Hanno guardato i portafogli, i documenti, quello grosso aveva un mazzo di chiavi in tasca, quello legato alla sedia, invece, una pistola, una Beretta Cheetah con il silenziatore. Carella l'ha appoggiata sul retro di un furgone della Scientifica, nel suo sacchetto trasparente, e la guarda bene. Il silenziatore è deformato, si vede che è stato usato. Un professionista non sparerebbe con un affare così, ne avviterebbe alla canna uno nuovo.

«Sannucci, vieni qui».

«Dica, sov».

«Prendi questa, vai in questura, vai da quelli della balistica. Gli dici che non ti muovi di lì finché non ti dicono se è la stessa pistola che ha ammazzato il Gelsi. Priorità assoluta, te l'ha detto Gregori, se no calci in culo per tutti. Era una 7,65 silenziata, no? Proviamo, io dico di sì, fila».

«Ehi, ehi, dove vai tu, che cazzo fate?». Il capo degli scienziati.

«Corsia preferenziale, portiamo questa alla balistica».

«Col cazzo. Così se si perde una prova fanno il culo a me».

Carella sibila:

«Che palle! Dammi un modulo che te lo firmo». E a Sannucci: «Vai!».

All'una sono nella stanza di Gregori.

Il rapporto della balistica conferma. La pistola è quella che ha freddato Filippo Maria Gelsi, il 7 marzo, ma da allora non ha più sparato, il silenziatore è di quelli fatti in casa, è in pessime condizioni, probabilmente non avrebbe retto a un altro sparo.

I due uomini sono Sergio Verimai, 46 anni, non residente a Milano, di Ravenna, quello grosso che stava per terra, e Nicola Perduti, di Latina, 54 anni, lui sì residente a Milano, via Vittorio Veneto, quello legato alla sedia. Il primo è in stato confusionale, sedato in ospedale perché hanno dovuto togliergli un versamento di sangue che minacciava il cervello. Tra un paio di giorni sarà in grado di parlare. Quell'altro è andato, respira da solo ma è l'unica cosa che fa, tutte le altre funzioni sono interrotte, frattura della vertebra cervicale con interessamento del midollo. È vivo, sì, come il ficus nella stanza di Gregori. La Scientifica è al lavoro, ma come negli altri posti le impronte sono state cancellate, i due feriti avevano i guanti. Il sostituto procuratore sta arrivando.

Alle due appena passate Gregori risponde al telefono, ascolta, poi si fa ripetere tutto e scrive su un blocchetto. Riaggancia.

«Hanno trovato un cadavere, a Segrate, una villetta, via Sibilla Aleramo, ci sono delle cose strane, forse è il nostro caveau».

Ora Carella ha messo la sirena e va a duecento all'ora, fa lo slalom tra le macchine, dentro e fuori dalle corsie preferenziali, si infila dove vede un centimetro di spazio. Ghezzi e Sannucci si tengono alle maniglie. I due della pattuglia che sta lì ad aspettarli, ragazzini un po' impauriti, li guidano e spiegano.

«Una signora che porta qui i pasti ha visto la porta aperta, ha fatto il giro per curiosità ed era aperta anche quella dietro, ci sono delle taniche di benzina e dei tubi sul prato, e anche un affare che sembra una sveglia, forse un timer».

Il giovane agente è fiero di quella sua intuizione, ma se si aspetta complimenti da quel sovrintendente nervoso che sembra finito sotto un tram fa in tempo a andare in pensione. Comunque sì, Carella si inginocchia nel prato e lo guarda da vicino senza toccarlo, è un timer... Quattro taniche e un bidone, tubi che collegano il tutto e un affare che fa le scintille. Un lavoro fatto bene, ma qualcuno l'ha interrotto.

«Il cadavere?».

«In cantina».

«Andiamo».

Però, una volta che ha visto quel corpo riverso con la faccia in basso non può fare niente, nemmeno prendergli i documenti, se ce li ha, perché manometterebbe la scena.

Ghezzi parla con quella della trattoria e con i pochi vicini, Sannucci ha fatto il giro delle stanze, senza toccare niente, poi è sceso da Carella.

«C'è un impianto di telecamere che nemmeno da Bulgari, sov».

Ora c'è la solita trafila di agenti, flash delle macchine fotografiche, uomini con le tute bianche che mettono nastri ovunque. E di nuovo il medico.

«Anche questo un colpo bello forte, forse due, magari ci ha messo un po' a crepare. Però prima se lo sono lavorato, ha quattro dita spezzate e la mandibola fuori posto, non per il colpo che l'ha ammazzato».

«Documenti?».

«Niente».

Quando la lettiga porta su il morto, Carella li fa fermare, abbassa la zip del sacco nero e guarda la faccia dell'uomo. Poi una lunga occhiata con Ghezzi. È Salvatore Geraci, quello che li ha aiutati in via Raimondi, lo sguattero che puliva i cessi.

Quarantasette

Alle cinque e quaranta Carlo Monterossi è entrato in casa, Bianca Ballesi dietro di lui. Si è buttato sul letto, la luce della camera spenta, quella del corridoio accesa, come quando era uscito, nemmeno due ore fa, come quando la Grechi aveva fatto la sua irruzione dicendo che doveva andare via.

«Senti, Bianca...».

«Shhh... zitto». Lo ha detto in un sussurro. Poi gli ha sbottonato i pantaloni, ha fatto scorrere la cerniera e si è chinata su di lui.

Dopo un po' si è alzata il vestito, ha scostato gli slip, gli è salita sopra e l'ha cavalcato piano, pianissimo, una lentezza esasperante, un attrito lentissimo.

«Bianca...».

«Shhh».

«Non smettere».

«Sì, questo puoi dirlo».

Katrina ha bussato a mezzogiorno.

«Signor Carlo sta bene?».

Lui ha grugnito qualcosa.

Bianca Ballesi si è rigirata nel letto, lo ha cercato con

una gamba, ha trovato un buon incastro, tutto senza svegliarsi. Carlo ha pensato che è profumata, fresca.

Hanno dormito fino alle tre del pomeriggio.

Quarantotto

Sergio Verimai, con la testa fasciata, ha chiesto di vedere un magistrato, e il sostituto era già lì, all'ospedale dove è piantonato. Quando l'ha avuto davanti, seduto su una seggiola bianca come un parente in visita, ha detto che voleva il suo avvocato, uno della Dia, e qualcuno dell'antiriciclaggio.

«Vi faccio prendere almeno una ventina di organizzazioni criminali, ma voglio protezione».

Nonostante le insistenze non ha detto altro, finché è arrivato un medico ad abbaiare di lasciarlo in pace. Dove sono i soldi? Quanti erano? Chi vi ha rapinato? Niente.

Ghezzi, Carella e Gregori mettono insieme i pezzi del mosaico, ma c'è ancora qualcosa che non torna. Per esempio: hai una pistola in tasca e ti fai stendere a bastonate? Legare come un rollè di pollo? E chi ti bastona in quel modo non ti toglie la pistola di tasca? È una cosa che non sta in piedi.

La morte del Geraci risale a cinque giorni prima, o quattro, il congelatore non ha permesso di dare indicazioni più precise. È stato poco dopo che gli hanno parlato loro, insomma hanno sbagliato a lasciarlo andare.

Ghezzi sa che quella faccia grigia, con i puntini bianchi di neve sui peli della barba di qualche giorno, la faccia del Geraci sbucata fuori dal sacco nero, si aggiungerà alla sfilata dei suoi fantasmi, che verrà a salutarlo quando sentirà la curva del tram in via Farini, alle cinque e trentacinque del mattino.

Nella villetta di impronte ce ne sono, parecchie anche, ma sono quasi tutte del Verimai, aveva le chiavi, imputato di omicidio volontario con tutte le aggravanti che si possono inventare, poi associazione e altro. Per forza il tizio vuole parlare, si gioca l'ergastolo.

Dei soldi non sanno niente, possono solo indovinare, di corrieri ne hanno in mano un paio, li stanno spremendo, ma se è vero quello che dice il Verimai è solo una macchiolina in un quadro di Pollock. Per farla breve, sono appesi a uno che parla, ed è ovvio che dirà solo una parte della verità, quella che lo mette meno nei guai.

Oscar Falcone e la Cirrielli si sono fatti raccontare tutto da Carlo almeno mille volte. A cena, la sera stessa di quel giorno che lui aveva dormito fino a tardissimo, poi ancora sui divanetti della Sistemi Integrati. Lui aveva tentato di chiamarli, mentre usciva di corsa con la Grechi alle quattro del mattino, ma i telefoni erano staccati, e lei l'aveva pregato, diciamo così, di non riprovarci.

«I nostri telefoni erano qui, spenti», dice la Cirrielli. «Non si va a fare una violazione di domicilio col telefono in tasca».

Sì, certo.

Carlo ha portato lì la grossa borsa di Gloria Grechi, quella da palestra, quella che si erano trascinati al ristorante. I suoi vestiti, invece, Katrina li ha messi nell'altra valigia e in alcune buste griffate che ha trovato nella camera degli ospiti.

Nella sacca ci sono centoventiduemila euro, ventiquattro mazzette da cinquemila come quelle che ha dato a loro, e gli altri sciolti, sparpagliati sul fondo. Poi una busta con delle fototessera, molti scatti, almeno venti foto per ogni soggetto: la Grechi e il marito, diverse varianti, con barba, senza barba, lei coi capelli neri, o ancora castani, più lunghi. In tutte ha quel sorriso che chiede scusa, e Carlo non smette di guardarlo. Dalle stampe fotografiche, lucide, rigide, sono state ritagliate quattro foto, si sono comprati una vita nuova con le loro facce, ma nomi diversi. Carlo si chiede quale avrà scelto lei, non riesce a pensarla che come Gloria, è strano, però è così.

«Documenti. Le famose faccende da sbrigare», dice Oscar.

«O procurarsi una pistola, per quello mancano dei soldi, dovevano essere duecentomila, no?», dice la Cirrielli.

Ma Oscar va più in là, è sinceramente ammirato.

«Ci ha preso in giro. Ci ha usati. Sapevano molto, ma non sapevano tutto, e avevano un piano. Come concentrare tutti i soldi in un posto solo senza sicurezza, dove ci fossero uno, al massimo due uomini? Pensateci. Da via Raimondi a via Ponti, da via Ponti alla villetta, poi l'ultimo viaggio per raccattare quello che c'era in via Oglio e via. Hanno creato il momento propizio, l'unico che potevano sfruttare, un furgone già caricato, addirittura. Ci hanno portati dove volevano loro, li abbiamo aiutati».

La Cirrielli, ora che sa che hanno preso l'assassino del giovane Gelsi, se poi è lui, è diventata più liberal: «Beh, hanno usato anche la polizia, hanno usato tutti, il loro disegno era troppo preciso, mentre noi andavamo a tentoni... il marito alla fine l'ha trovato, no? Missione compiuta».

Da un calcolo ipotetico valutano il contenuto del furgone tra i trenta e i quaranta milioni di euro, rubati a gente che non farà denuncia.

Decidono di prendere ventimila euro come onorario, e il resto tenerlo da qualche parte e capire cosa farne, sono soldi che nessuno reclamerà.

Carlo ha in testa due immagini: Gloria Grechi che gli punta la pistola addosso, e il retro del furgone che si allontana e sparisce dietro l'angolo di via Oglio.

«Si può, Carlo».

Now I've always been the kind of person that doesn't like to trespass
*But sometimes you just find yourself over the line.**

* Bob Dylan, *Brownsville girl*: «Ora, io sono sempre stato il tipo di persona che non ama andare oltre il limite / Ma alle volte capita che ti ci ritrovi senza volerlo».

Qualche giorno dopo, lunedì, alle undici, lo ha chiamato Tarcisio Ghezzi, il poliziotto. Hanno parlato per un minuto del più e del meno senza nominare né il caso né la Cirrielli, ognuno ancora preso dalle sue scorie. Carlo cerca di capire come l'osservazione delle vite degli altri finisca sempre per sconvolgere la sua, forse le guarda troppo da vicino. Ghezzi invece è andato dai Gelsi, ci è andato per dire: «L'abbiamo preso, o almeno uno con in tasca la pistola che ha ucciso il vostro Filippo. Lo abbiamo preso, signora, ha capito? Lo abbiamo preso».

Ma lei gli ha lasciato una mano nelle sue, come fosse un corpo morto, che non la riguarda più. Gli occhi non erano cambiati, sempre spenti, nemmeno una lacrima. Il signor Gelsi lo ha accompagnato alla porta, sospirando.

«Crollerò presto», gli ha detto sul ballatoio. Ghezzi l'ha abbracciato, poi ha preso a scendere le scale, col magone che gli stringeva la gola.

Ora, nella telefonata al Monterossi, va subito al punto.

«Lei si occupa ancora di quel programma, quello della, come si chiama, la De Pisis, giusto?».

«Purtroppo sì, Ghezzi. Mi hanno ripreso per controllare un po' la signora, che altrimenti si diverte troppo con la cronaca nera».

«È vero che avrete ospite quel professor Donatelli, quello che parla di bullismo? L'ho letto sul giornale, anzi, no, me lo ha detto la Rosa, l'ha letto lei».

«Non è sicuro, ma sì, stiamo trattando la cosa...».

«Allora ascolti...».

Alla riunione di *Crazy Love* c'è Bianca Ballesi che fa il punto.

«Il professore viene gratis, ovvio, è la sua crociata, deve vendicare il figlio, povero ragazzo. Poi abbiamo le interviste a tre o quattro vittime di bullismo, qui ce la caviamo con un rimborso spese...».

«Mi raccomando di pixelare le facce», dice Flora.

«Ovvio. Poi abbiamo un bullo pentito, uno che ha scritto alle madri delle sue vittime, che ha chiesto scusa in tutti i modi, interviste ai giornali, cose così, è quasi una star, nel settore. Lui ha chiesto cinquemila, gliene darei tre, non di più».

«Perfetto», dice Flora De Pisis. Sta sfogliando svogliatamente un fascio di fogli, la rassegna stampa che parla di lei. Reportage, servizi posati, foto apparentemente rubate e invece concordatissime. La sua visita all'ospedale dei bambini, mezz'oretta di corsa, perché poi doveva andare alla convention degli importatori di champagne. Carlo pensa che il bullo pentito a tassametro è una cosa davvero notevole. Che oggi basta smettere di fare i figli di puttana per cinque minuti, e dirlo in favore di telecamera, per essere acclamati, per diventare qualcuno. Sono questi i tempi nuovi che lui deve gentilmente agevolare?

«Dai, ditemi come trattereste questa storia».

L'autore anziano, che finora non ha detto una parola, prende fiato.

«Il professore racconta i fatti, poi vediamo il filmato del ragazzo picchiato, poi parla ancora lui. Dice che ha scelto noi perché siamo una trasmissione popolare. Per venire qui ha detto no a un paio di talk, però ci tiene a fare la sua predica sul degrado culturale del paese...».

«La predica dovrei farla io, però!», dice Flora. Carlo sta zitto, l'altro continua:

«Poi mandiamo le testimonianze e facciamo entrare il bullo pentito, che si confronta col professore, con Flora che guida le danze come ha fatto con la vedova dell'altra puntata. Niente Shakespeare, questa volta». Sorride guardando Carlo.

Ora tutti lo fissano. La storia va bene così, ma si aspettano la pennellata del maestro. Invece lui scuote la testa e dice solo:

«No».

Poi apre il telefono e cerca qualcosa tra le mail.

«Il video parla di una ragazzina o di ragazzine molestate, vero?».

«C'è un accenno, sì, un po' incomprensibile».

«E su 'ste ragazzine avete lavorato?».

«No, se poi sono minorenni...».

«Io ci ho lavorato. Vi leggo qualche messaggio che il povero ragazzo Donatelli, la vittima, mandava a una di queste...».

Poi legge come scorrendo il testo, non tutte le parole, come se pescasse a caso: «Succhiamelo, troietta. Le tue foto le vedranno tutti, su col morale, mezzo liceo si ammazzerà di seghe. Prima ti faccio scopare da tutta la mia compagnia e poi ti ammazzo...».

«Devo andare avanti?», chiede Carlo. «Sono trentadue messaggi in un mese, tutti dello stesso tenore. Se vogliamo oscurare gli insulti, le parolacce e le minacce ci rimane ben poco...».

Persino Flora De Pisis perde un po' il suo aplomb da madama annoiata. Alza gli occhi dai fogli che riassumono le sue gesta: «Minchia!».

La Ballesi ha gli occhi sbarrati. Carlo va avanti.

«Da che parte vuoi stare, Flora? Da quella del professore esimio con il figliolo modello o con la ragazzina?».

«Ma se l'hai detto tu, Carlo, che non bisogna stare con l'uno o con l'altro... l'aria nuova, i tempi nuovi, la complessità...».

«Sono puttanate, Flora. Da che parte stai?».

«Dalla parte della ragazzina, ovvio... peccato che è minorenne, se no potevamo...».

Carlo la ferma prima di pentirsi di averle parlato come a un essere umano, non come alla regina dell'Auditel.

«Allora facciamo così. Il bullo pentito fuori dai coglioni, non ci serve, non ci interessa. Il professore racconta la sua storia, anzi...», guarda l'autore che deve cucinare il tutto, «... anzi, facciamolo andare avanti. Vuole fare la sua predica? Prego, si accomodi, la vogliamo tutta, dettagliata, colta, un'arringa contro la barbarie contemporanea, benissimo... Poi tu, Flora, dici che possiamo vedere qualche messaggio che il figliolo, quel piccolo genio, mandava alla ragazza, e ci leggiamo tutto per bene sul led wall... quelli della grafica potranno sbizzarrirsi. Una selezione, ma la farei robusta... Poi è tuo, Flora, sbranalo».

Flora De Pisis valuta la situazione. Certo sarebbe un bel colpo...

«Va bene, facciamolo». Ha l'istinto del predatore, davanti al sangue non resiste.

L'autore se ne va a scrivere la commedia, Carlo gli ha inviato dal telefono il file con i messaggi alla ragazza. Flora De Pisis si concentra sulla pagina di un settimanale popolare: lei madrina al battesimo del figlio di un cuoco che va di moda.

Il giorno dopo, martedì, Carlo Monterossi ha ricevuto una telefonata dal nono piano del grattacielo dove si costruiscono i tempi nuovi. Una voce femminile, che gli ha detto:

«Le passo il dottor Calleri».

Prima le gentilezze, poi si arriva alla sostanza.

«Ho letto la scaletta della trasmissione di domani, Monterossi».

Carlo tace.

«Il professor Donatelli è uno stimatissimo esponente della comunità, e noi gli facciamo fare una gigantesca figura di merda, scusi il termine. Le sue analisi sul *Corriere* sono molto apprezzate... ed è uno che sta dalla nostra parte».

«Nostra di chi?».

Dall'altra parte c'è il gelo polare, così Carlo continua:

«Il professor Donatelli sta facendo una crociata contro il bullismo per difendere suo figlio che scriveva "ti ammazzo troia" a una ragazzina di quattordici anni, dottor Calleri. Sempre scusandomi per il termine, è una bella testa di cazzo. Il figlio, intendo. Ma vedendo quello che dice e scrive il padre, forse si capisce da chi ha preso».

«Da come l'avete messa, farlo parlare e poi inchiodarlo alle ragazzate del figlio... è un agguato, Monterossi».

«Sì, è un agguato. Lo facciamo con tutti, è lo spettacolo dell'umanità ripugnante che fa il trenta per cento di share e fa vendere gli spot».

«Non mi spieghi come funziona. Lo facciamo con tutti? Bene, con il professor Donatelli non lo facciamo».

«E perché? Perché è un professore e non un elettrauto?».

«Questa è demagogia, Monterossi. Io le chiedo di essere soffice, rassicurante, morbido, e lei mi giustizia un rispettato esponente della società civile davanti a otto milioni di persone? La scaletta è tornata indietro... diciamo corretta. Flora De Pisis è già stata avvertita».

Ecco archiviati i tempi nuovi.

Sono i vecchi, cari, tempi di merda di sempre, solo un po' più cattivi.

Katrina ha organizzato una cena sontuosa, per signor Carlo e «bella signora Bianca». E ha insistito per preparare la tavola: i bicchieri di cristallo, più posate di quante ne servirebbero in una mensa scolastica, decine di piattini e piccoli assaggi, delizie inimmaginabili. Il trionfo è un guazzetto di pesce che profuma come il paradiso.

Bianca Ballesi ha fatto un atto di ribellione e ha deciso di non assistere alla puntata di *Crazy Love* da dietro le quinte, come ha sempre fatto. La diretta senza la produttrice esecutiva, una cosa mai vista. Lui non ha nemmeno telefonato a Flora, dopo la chiamata del dottor Calleri. Se non servo più, si dice, se l'aria nuova che dobbiamo aiutare è questa, prego, accomodarsi. Senza di me, però.

Hanno cominciato a mangiare alle ventuno e zero cinque, proprio quando parte la sigla di *Crazy Love*. Carlo ha raggiunto il divano, preso il telecomando e spento la tivù. Poi hanno cenato, parlato, riso, bevuto. Lei ha scherzato sulle vacanze, mancano solo tre mesi, deve decidere dove prenotare il suo viaggio da single. Lui ha recitato da finto tonto e ha cominciato a fare il cretino. A Bora Bora no, gli hanno detto che è un po' umido. Tahiti, che noia! Le città d'arte? Piene di gente... Potrebbero chiudersi insieme in un eremo in Asia centrale, o nel New Mexico, e perfezionare certe cosucce che... Non che si stia lamentando, eh!

Lei ha capito che lui ha capito, ridono ancora, sembrano felici.

Ora sono sui divani bianchi del salotto. Lui ha aperto il piccolo Mac che tiene collegato allo stereo e ha fatto partire la selezione casuale. Ogni tanto gli piace, là dentro c'è tanta roba, puoi passare da un quartetto d'archi di Mendelssohn ai gorgheggi dell'Elvis senile, grasso e con un piede nella fossa. Ora parte un blues sporco, molto Tex-Mex, molto viaggio in macchina da

Amarillo a Corpus Christi, «*finché il sole non scolorirà i sedili*». Ride del caso, ma anche di sé.

Bianca Ballesi si fa un mojito, la sente in cucina che sminuzza i cubetti di ghiaccio. Lui prende la bottiglia del suo whisky giapponese, appena la solleva, cade una busta bianca che era nascosta dietro.

Una busta quadrata, chiusa, con la scritta: «Carlo».

Si siede sul divano e la apre.

Carlo, caro,

oggi ho sentito Alberto. Il nostro piano procede, siamo quasi alla fine. Io ho fatto i miei compiti, lui i suoi. Spero mi crederà, ho avuto momenti di puro terrore. Anche ora ho paura, eppure sono la donna più felice del mondo. Mi scusi per il pianto dell'altra sera. Chieda scusa anche ai suoi amici, sono stati bravissimi, il loro onorario è nella borsa grande... stavo per scrivere «in camera mia». Non so quanti siano esattamente, ma dovrebbero bastare, niente fattura, grazie, non mi serve. Esigo però che ne salti fuori una sontuosa gratifica per Katrina, mi affido a lei, la prego di essere generoso.

Poi le faccio delle scuse preventive, Carlo. La fase finale del piano è un po' rischiosa, forse bisognerà improvvisare, quando leggerà questa lettera le cose saranno finite, in un modo o nell'altro, ma può anche darsi che qualcuno si faccia male, o che le capitino cose che non si merita. Mi perdona, vero?

Ci sono momenti in cui cambia tutto, pieghe che separano un prima da un dopo. Io dico che andrà bene... Ricorda? «Tutto quello che esiste, prima non esisteva».

Gloria Grechi ha una vita nuova, con l'unica persona che voleva una vita nuova quanto lei, quindi saluta e se ne va.

Ci sono anche addii allegri, Carlo, spero sia il nostro caso. Un bacio. Grazie.

GLORIA

Bianca Ballesi è tornata e si è seduta accanto a lui, il mojito se l'è fatto doppio, perché ha in mano un bicchierone monumentale che brilla di ghiaccio, di menta e di cannucce.

Lo guarda con quel foglio in mano, vede la busta.

«Ti ha scritto la tua ragazza?».

«In un certo senso».

Poi le passa la lettera come se dicesse: niente segreti, Bianca.

Lei legge.

Ora sono ancora nel salone, già mezzi spogliati, un po' indecenti, in attesa di diventare finalmente osceni. Ridono, perché dopo Miles Davis, che aveva reso lasciva l'aria, parte un valzerino francese degli anni Quaranta, con l'organetto e tutto.

Ma si può fare anche ridendo, no? Anche parlando.

«Cosa faresti con quaranta milioni di euro?».

«Non lo so... sì, mi comprerei un uomo, quello che dico io, però».

«Io costo trentanove e mezzo».

«Sei un cretino, Carlo».

Ecco.

Indice

I tempi nuovi

Questo volume è stato stampato
su carta Palatina
delle Cartiere di Fabriano
nel mese di giugno 2019

Stampa: Officine Grafiche soc. coop., Palermo

Legatura: LE.I.MA. s.r.l., Palermo

La memoria

Ultimi volumi pubblicati

601 Augusto De Angelis. La barchetta di cristallo
602 Manuel Puig. Scende la notte tropicale
603 Gian Carlo Fusco. La lunga marcia
604 Ugo Cornia. Roma
605 Lisa Foa. È andata così
606 Vittorio Nisticò. L'Ora dei ricordi
607 Pablo De Santis. Il calligrafo di Voltaire
608 Anthony Trollope. Le torri di Barchester
609 Mario Soldati. La verità sul caso Motta
610 Jorge Ibargüengoitia. Le morte
611 Alicia Giménez-Bartlett. Un bastimento carico di riso
612 Luciano Folgore. La trappola colorata
613 Giorgio Scerbanenco. Rossa
614 Luciano Anselmi. Il palazzaccio
615 Guillaume Prévost. L'assassino e il profeta
616 John Ball. La calda notte dell'ispettore Tibbs
617 Michele Perriera. Finirà questa malìa?
618 Alexandre Dumas. I Cenci
619 Alexandre Dumas. I Borgia
620 Mario Specchio. Morte di un medico
621 Giorgio Frasca Polara. Cose di Sicilia e di siciliani
622 Sergej Dovlatov. Il Parco di Puškin
623 Andrea Camilleri. La pazienza del ragno
624 Pietro Pancrazi. Della tolleranza
625 Edith de la Héronnière. La ballata dei pellegrini
626 Roberto Bassi. Scaramucce sul lago Ladoga
627 Alexandre Dumas. Il grande dizionario di cucina
628 Eduardo Rebulla. Stati di sospensione
629 Roberto Bolaño. La pista di ghiaccio
630 Domenico Seminerio. Senza re né regno
631 Penelope Fitzgerald. Innocenza

632 Margaret Doody. Aristotele e i veleni di Atene
633 Salvo Licata. Il mondo è degli sconosciuti
634 Mario Soldati. Fuga in Italia
635 Alessandra Lavagnino. Via dei Serpenti
636 Roberto Bolaño. Un romanzetto canaglia
637 Emanuele Levi. Il giornale di Emanuele
638 Maj Sjöwall, Per Wahlöö. Roseanna
639 Anthony Trollope. Il Dottor Thorne
640 Studs Terkel. I giganti del jazz
641 Manuel Puig. Il tradimento di Rita Hayworth
642 Andrea Camilleri. Privo di titolo
643 Anonimo. Romanzo di Alessandro
644 Gian Carlo Fusco. A Roma con Bubù
645 Mario Soldati. La giacca verde
646 Luciano Canfora. La sentenza
647 Annie Vivanti. Racconti americani
648 Piero Calamandrei. Ada con gli occhi stellanti. Lettere 1908-1915
649 Budd Schulberg. Perché corre Sammy?
650 Alberto Vigevani. Lettera al signor Alzheryan
651 Isabelle de Charrière. Lettere da Losanna
652 Alexandre Dumas. La marchesa di Ganges
653 Alexandre Dumas. Murat
654 Constantin Photiadès. Le vite del conte di Cagliostro
655 Augusto De Angelis. Il candeliere a sette fiamme
656 Andrea Camilleri. La luna di carta
657 Alicia Giménez-Bartlett. Il caso del lituano
658 Jorge Ibargüengoitia. Ammazzate il leone
659 Thomas Hardy. Una romantica avventura
660 Paul Scarron. Romanzo buffo
661 Mario Soldati. La finestra
662 Roberto Bolaño. Monsieur Pain
663 Louis-Alexandre Andrault de Langeron. La battaglia di Austerlitz
664 William Riley Burnett. Giungla d'asfalto
665 Maj Sjöwall, Per Wahlöö. Un assassino di troppo
666 Guillaume Prévost. Jules Verne e il mistero della camera oscura
667 Honoré de Balzac. Massime e pensieri di Napoleone
668 Jules Michelet, Athénaïs Mialaret. Lettere d'amore
669 Gian Carlo Fusco. Mussolini e le donne
670 Pier Luigi Celli. Un anno nella vita
671 Margaret Doody. Aristotele e i Misteri di Eleusi
672 Mario Soldati. Il padre degli orfani
673 Alessandra Lavagnino. Un inverno. 1943-1944
674 Anthony Trollope. La Canonica di Framley
675 Domenico Seminerio. Il cammello e la corda

676 Annie Vivanti. Marion artista di caffè-concerto
677 Giuseppe Bonaviri. L'incredibile storia di un cranio
678 Andrea Camilleri. La vampa d'agosto
679 Mario Soldati. Cinematografo
680 Pierre Boileau, Thomas Narcejac. I vedovi
681 Honoré de Balzac. Il parroco di Tours
682 Béatrix Saule. La giornata di Luigi XIV. 16 novembre 1700
683 Roberto Bolaño. Il gaucho insostenibile
684 Giorgio Scerbanenco. Uomini ragno
685 William Riley Burnett. Piccolo Cesare
686 Maj Sjöwall, Per Wahlöö. L'uomo al balcone
687 Davide Camarrone. Lorenza e il commissario
688 Sergej Dovlatov. La marcia dei solitari
689 Mario Soldati. Un viaggio a Lourdes
690 Gianrico Carofiglio. Ragionevoli dubbi
691 Tullio Kezich. Una notte terribile e confusa
692 Alexandre Dumas. Maria Stuarda
693 Clemente Manenti. Ungheria 1956. Il cardinale e il suo custode
694 Andrea Camilleri. Le ali della sfinge
695 Gaetano Savatteri. Gli uomini che non si voltano
696 Giuseppe Bonaviri. Il sarto della stradalunga
697 Constant Wairy. Il valletto di Napoleone
698 Gian Carlo Fusco. Papa Giovanni
699 Luigi Capuana. Il Raccontafiabe
700
701 Angelo Morino. Rosso taranta
702 Michele Perriera. La casa
703 Ugo Cornia. Le pratiche del disgusto
704 Luigi Filippo d'Amico. L'uomo delle contraddizioni. Pirandello visto da vicino
705 Giuseppe Scaraffia. Dizionario del dandy
706 Enrico Micheli. Italo
707 Andrea Camilleri. Le pecore e il pastore
708 Maria Attanasio. Il falsario di Caltagirone
709 Roberto Bolaño. Anversa
710 John Mortimer. Nuovi casi per l'avvocato Rumpole
711 Alicia Giménez-Bartlett. Nido vuoto
712 Toni Maraini. La lettera da Benares
713 Maj Sjöwall, Per Wahlöö. Il poliziotto che ride
714 Budd Schulberg. I disincantati
715 Alda Bruno. Germani in bellavista
716 Marco Malvaldi. La briscola in cinque
717 Andrea Camilleri. La pista di sabbia
718 Stefano Vilardo. Tutti dicono Germania Germania

719 Marcello Venturi. L'ultimo veliero
720 Augusto De Angelis. L'impronta del gatto
721 Giorgio Scerbanenco. Annalisa e il passaggio a livello
722 Anthony Trollope. La Casetta ad Allington
723 Marco Santagata. Il salto degli Orlandi
724 Ruggero Cappuccio. La notte dei due silenzi
725 Sergej Dovlatov. Il libro invisibile
726 Giorgio Bassani. I Promessi Sposi. Un esperimento
727 Andrea Camilleri. Maruzza Musumeci
728 Furio Bordon. Il canto dell'orco
729 Francesco Laudadio. Scrivano Ingannamorte
730 Louise de Vilmorin. Coco Chanel
731 Alberto Vigevani. All'ombra di mio padre
732 Alexandre Dumas. Il cavaliere di Sainte-Hermine
733 Adriano Sofri. Chi è il mio prossimo
734 Gianrico Carofiglio. L'arte del dubbio
735 Jacques Boulenger. Il romanzo di Merlino
736 Annie Vivanti. I divoratori
737 Mario Soldati. L'amico gesuita
738 Umberto Domina. La moglie che ha sbagliato cugino
739 Maj Sjöwall, Per Wahlöö. L'autopompa fantasma
740 Alexandre Dumas. Il tulipano nero
741 Giorgio Scerbanenco. Sei giorni di preavviso
742 Domenico Seminerio. Il manoscritto di Shakespeare
743 André Gorz. Lettera a D. Storia di un amore
744 Andrea Camilleri. Il campo del vasaio
745 Adriano Sofri. Contro Giuliano. Noi uomini, le donne e l'aborto
746 Luisa Adorno. Tutti qui con me
747 Carlo Flamigni. Un tranquillo paese di Romagna
748 Teresa Solana. Delitto imperfetto
749 Penelope Fitzgerald. Strategie di fuga
750 Andrea Camilleri. Il casellante
751 Mario Soldati. ah! il Mundial!
752 Giuseppe Bonarivi. La divina foresta
753 Maria Savi-Lopez. Leggende del mare
754 Francisco García Pavón. Il regno di Witiza
755 Augusto De Angelis. Giobbe Tuama & C.
756 Eduardo Rebulla. La misura delle cose
757 Maj Sjöwall, Per Wahlöö. Omicidio al Savoy
758 Gaetano Savatteri. Uno per tutti
759 Eugenio Baroncelli. Libro di candele
760 Bill James. Protezione
761 Marco Malvaldi. Il gioco delle tre carte
762 Giorgio Scerbanenco. La bambola cieca

763 Danilo Dolci. Racconti siciliani
764 Andrea Camilleri. L'età del dubbio
765 Carmelo Samonà. Fratelli
766 Jacques Boulenger. Lancillotto del Lago
767 Hans Fallada. E adesso, pover'uomo?
768 Alda Bruno. Tacchino farcito
769 Gian Carlo Fusco. La Legione straniera
770 Piero Calamandrei. Per la scuola
771 Michèle Lesbre. Il canapé rosso
772 Adriano Sofri. La notte che Pinelli
773 Sergej Dovlatov. Il giornale invisibile
774 Tullio Kezich. Noi che abbiamo fatto La dolce vita
775 Mario Soldati. Corrispondenti di guerra
776 Maj Sjöwall, Per Wahlöö. L'uomo che andò in fumo
777 Andrea Camilleri. Il sonaglio
778 Michele Perriera. I nostri tempi
779 Alberto Vigevani. Il battello per Kew
780 Alicia Giménez-Bartlett. Il silenzio dei chiostri
781 Angelo Morino. Quando internet non c'era
782 Augusto De Angelis. Il banchiere assassinato
783 Michel Maffesoli. Icone d'oggi
784 Mehmet Murat Somer. Scandaloso omicidio a Istanbul
785 Francesco Recami. Il ragazzo che leggeva Maigret
786 Bill James. Confessione
787 Roberto Bolaño. I detective selvaggi
788 Giorgio Scerbanenco. Nessuno è colpevole
789 Andrea Camilleri. La danza del gabbiano
790 Giuseppe Bonaviri. Notti sull'altura
791 Giuseppe Tornatore. Baarìa
792 Alicia Giménez-Bartlett. Una stanza tutta per gli altri
793 Furio Bordon. A gentile richiesta
794 Davide Camarrone. Questo è un uomo
795 Andrea Camilleri. La rizzagliata
796 Jacques Bonnet. I fantasmi delle biblioteche
797 Marek Edelman. C'era l'amore nel ghetto
798 Danilo Dolci. Banditi a Partinico
799 Vicki Baum. Grand Hotel
800
801 Anthony Trollope. Le ultime cronache del Barset
802 Arnoldo Foà. Autobiografia di un artista burbero
803 Herta Müller. Lo sguardo estraneo
804 Gianrico Carofiglio. Le perfezioni provvisorie
805 Gian Mauro Costa. Il libro di legno
806 Carlo Flamigni. Circostanze casuali

807 Maj Sjöwall, Per Wahlöö. L'uomo sul tetto
808 Herta Müller. Cristina e il suo doppio
809 Martin Suter. L'ultimo dei Weynfeldt
810 Andrea Camilleri. Il nipote del Negus
811 Teresa Solana. Scorciatoia per il paradiso
812 Francesco M. Cataluccio. Vado a vedere se di là è meglio
813 Allen S. Weiss. Baudelaire cerca gloria
814 Thornton Wilder. Idi di marzo
815 Esmahan Aykol. Hotel Bosforo
816 Davide Enia. Italia-Brasile 3 a 2
817 Giorgio Scerbanenco. L'antro dei filosofi
818 Pietro Grossi. Martini
819 Budd Schulberg. Fronte del porto
820 Andrea Camilleri. La caccia al tesoro
821 Marco Malvaldi. Il re dei giochi
822 Francisco García Pavón. Le sorelle scarlatte
823 Colin Dexter. L'ultima corsa per Woodstock
824 Augusto De Angelis. Sei donne e un libro
825 Giuseppe Bonaviri. L'enorme tempo
826 Bill James. Club
827 Alicia Giménez-Bartlett. Vita sentimentale di un camionista
828 Maj Sjöwall, Per Wahlöö. La camera chiusa
829 Andrea Molesini. Non tutti i bastardi sono di Vienna
830 Michèle Lesbre. Nina per caso
831 Herta Müller. In trappola
832 Hans Fallada. Ognuno muore solo
833 Andrea Camilleri. Il sorriso di Angelica
834 Eugenio Baroncelli. Mosche d'inverno
835 Margaret Doody. Aristotele e i delitti d'Egitto
836 Sergej Dovlatov. La filiale
837 Anthony Trollope. La vita oggi
838 Martin Suter. Com'è piccolo il mondo!
839 Marco Malvaldi. Odore di chiuso
840 Giorgio Scerbanenco. Il cane che parla
841 Festa per Elsa
842 Paul Léautaud. Amori
843 Claudio Coletta. Viale del Policlinico
844 Luigi Pirandello. Racconti per una sera a teatro
845 Andrea Camilleri. Gran Circo Taddei e altre storie di Vigàta
846 Paolo Di Stefano. La catastròfa. Marcinelle 8 agosto 1956
847 Carlo Flamigni. Senso comune
848 Antonio Tabucchi. Racconti con figure
849 Esmahan Aykol. Appartamento a Istanbul
850 Francesco M. Cataluccio. Chernobyl

851 Colin Dexter. Al momento della scomparsa la ragazza indossava
852 Simonetta Agnello Hornby. Un filo d'olio
853 Lawrence Block. L'Ottavo Passo
854 Carlos María Domínguez. La casa di carta
855 Luciano Canfora. La meravigliosa storia del falso Artemidoro
856 Ben Pastor. Il Signore delle cento ossa
857 Francesco Recami. La casa di ringhiera
858 Andrea Camilleri. Il gioco degli specchi
859 Giorgio Scerbanenco. Lo scandalo dell'osservatorio astronomico
860 Carla Melazzini. Insegnare al principe di Danimarca
861 Bill James. Rose, rose
862 Roberto Bolaño, A. G. Porta. Consigli di un discepolo di Jim Morrison a un fanatico di Joyce
863 Stefano Benni. La traccia dell'angelo
864 Martin Suter. Allmen e le libellule
865 Giorgio Scerbanenco. Nebbia sul Naviglio e altri racconti gialli e neri
866 Danilo Dolci. Processo all'articolo 4
867 Maj Sjöwall, Per Wahlöö. Terroristi
868 Ricardo Romero. La sindrome di Rasputin
869 Alicia Giménez-Bartlett. Giorni d'amore e inganno
870 Andrea Camilleri. La setta degli angeli
871 Guglielmo Petroni. Il nome delle parole
872 Giorgio Fontana. Per legge superiore
873 Anthony Trollope. Lady Anna
874 Gian Mauro Costa, Carlo Flamigni, Alicia Giménez-Bartlett, Marco Malvaldi, Ben Pastor, Santo Piazzese, Francesco Recami. Un Natale in giallo
875 Marco Malvaldi. La carta più alta
876 Franz Zeise. L'Armada
877 Colin Dexter. Il mondo silenzioso di Nicholas Quinn
878 Salvatore Silvano Nigro. Il Principe fulvo
879 Ben Pastor. Lumen
880 Dante Troisi. Diario di un giudice
881 Ginevra Bompiani. La stazione termale
882 Andrea Camilleri. La Regina di Pomerania e altre storie di Vigàta
883 Tom Stoppard. La sponda dell'utopia
884 Bill James. Il detective è morto
885 Margaret Doody. Aristotele e la favola dei due corvi bianchi
886 Hans Fallada. Nel mio paese straniero
887 Esmahan Aykol. Divorzio alla turca
888 Angelo Morino. Il film della sua vita
889 Eugenio Baroncelli. Falene. 237 vite quasi perfette

890 Francesco Recami. Gli scheletri nell'armadio
891 Teresa Solana. Sette casi di sangue e una storia d'amore
892 Daria Galateria. Scritti galeotti
893 Andrea Camilleri. Una lama di luce
894 Martin Suter. Allmen e il diamante rosa
895 Carlo Flamigni. Giallo uovo
896 Maj Sjöwall, Per Wahlöö. Il milionario
897 Gian Mauro Costa. Festa di piazza
898 Gianni Bonina. I sette giorni di Allah
899 Carlo María Domínguez. La costa cieca
900
901 Colin Dexter. Niente vacanze per l'ispettore Morse
902 Francesco M. Cataluccio. L'ambaradan delle quisquiglie
903 Giuseppe Barbera. Conca d'oro
904 Andrea Camilleri. Una voce di notte
905 Giuseppe Scaraffia. I piaceri dei grandi
906 Sergio Valzania. La Bolla d'oro
907 Héctor Abad Faciolince. Trattato di culinaria per donne tristi
908 Mario Giorgianni. La forma della sorte
909 Marco Malvaldi. Milioni di milioni
910 Bill James. Il mattatore
911 Esmahan Aykol, Andrea Camilleri, Gian Mauro Costa, Marco Malvaldi, Antonio Manzini, Francesco Recami. Capodanno in giallo
912 Alicia Giménez-Bartlett. Gli onori di casa
913 Giuseppe Tornatore. La migliore offerta
914 Vincenzo Consolo. Esercizi di cronaca
915 Stanisław Lem. Solaris
916 Antonio Manzini. Pista nera
917 Xiao Bai. Intrigo a Shanghai
918 Ben Pastor. Il cielo di stagno
919 Andrea Camilleri. La rivoluzione della luna
920 Colin Dexter. L'ispettore Morse e le morti di Jericho
921 Paolo Di Stefano. Giallo d'Avola
922 Francesco M. Cataluccio. La memoria degli Uffizi
923 Alan Bradley. Aringhe rosse senza mostarda
924 Davide Enia. maggio '43
925 Andrea Molesini. La primavera del lupo
926 Eugenio Baroncelli. Pagine bianche. 55 libri che non ho scritto
927 Roberto Mazzucco. I sicari di Trastevere
928 Ignazio Buttitta. La peddi nova
929 Andrea Camilleri. Un covo di vipere
930 Lawrence Block. Un'altra notte a Brooklyn
931 Francesco Recami. Il segreto di Angela

932 Andrea Camilleri, Gian Mauro Costa, Alicia Giménez-Bartlett, Marco Malvaldi, Antonio Manzini, Francesco Recami. Ferragosto in giallo
933 Alicia Giménez-Bartlett. Segreta Penelope
934 Bill James. Tip Top
935 Davide Camarrone. L'ultima indagine del Commissario
936 Storie della Resistenza
937 John Glassco. Memorie di Montparnasse
938 Marco Malvaldi. Argento vivo
939 Andrea Camilleri. La banda Sacco
940 Ben Pastor. Luna bugiarda
941 Santo Piazzese. Blues di mezz'autunno
942 Alan Bradley. Il Natale di Flavia de Luce
943 Margaret Doody. Aristotele nel regno di Alessandro
944 Maurizio de Giovanni, Alicia Giménez-Bartlett, Bill James, Marco Malvaldi, Antonio Manzini, Francesco Recami. Regalo di Natale
945 Anthony Trollope. Orley Farm
946 Adriano Sofri. Machiavelli, Tupac e la Principessa
947 Antonio Manzini. La costola di Adamo
948 Lorenza Mazzetti. Diario londinese
949 Gian Mauro Costa, Alicia Giménez-Bartlett, Marco Malvaldi, Antonio Manzini, Francesco Recami. Carnevale in giallo
950 Marco Steiner. Il corvo di pietra
951 Colin Dexter. Il mistero del terzo miglio
952 Jennifer Worth. Chiamate la levatrice
953 Andrea Camilleri. Inseguendo un'ombra
954 Nicola Fantini, Laura Pariani. Nostra Signora degli scorpioni
955 Davide Camarrone. Lampaduza
956 José Roman. Chez Maxim's. Ricordi di un fattorino
957 Luciano Canfora. 1914
958 Alessandro Robecchi. Questa non è una canzone d'amore
959 Gian Mauro Costa. L'ultima scommessa
960 Giorgio Fontana. Morte di un uomo felice
961 Andrea Molesini. Presagio
962 La partita di pallone. Storie di calcio
963 Andrea Camilleri. La piramide di fango
964 Beda Romano. Il ragazzo di Erfurt
965 Anthony Trollope. Il Primo Ministro
966 Francesco Recami. Il caso Kakoiannis-Sforza
967 Alan Bradley. A spasso tra le tombe
968 Claudio Coletta. Amstel blues
969 Alicia Giménez-Bartlett, Marco Malvaldi, Antonio Manzini, Francesco Recami, Alessandro Robecchi, Gaetano Savatteri. Vacanze in giallo

970 Carlo Flamigni. La compagnia di Ramazzotto
971 Alicia Giménez-Bartlett. Dove nessuno ti troverà
972 Colin Dexter. Il segreto della camera 3
973 Adriano Sofri. Reagì Mauro Rostagno sorridendo
974 Augusto De Angelis. Il canotto insanguinato
975 Esmahan Aykol. Tango a Istanbul
976 Josefina Aldecoa. Storia di una maestra
977 Marco Malvaldi. Il telefono senza fili
978 Franco Lorenzoni. I bambini pensano grande
979 Eugenio Baroncelli. Gli incantevoli scarti. Cento romanzi di cento parole
980 Andrea Camilleri. Morte in mare aperto e altre indagini del giovane Montalbano
981 Ben Pastor. La strada per Itaca
982 Esmahan Aykol, Alan Bradley, Gian Mauro Costa, Maurizio de Giovanni, Nicola Fantini e Laura Pariani, Alicia Giménez-Bartlett, Francesco Recami. La scuola in giallo
983 Antonio Manzini. Non è stagione
984 Antoine de Saint-Exupéry. Il Piccolo Principe
985 Martin Suter. Allmen e le dalie
986 Piero Violante. Swinging Palermo
987 Marco Balzano, Francesco M. Cataluccio, Neige De Benedetti, Paolo Di Stefano, Giorgio Fontana, Helena Janeczek. Milano
988 Colin Dexter. La fanciulla è morta
989 Manuel Vázquez Montalbán. Galíndez
990 Federico Maria Sardelli. L'affare Vivaldi
991 Alessandro Robecchi. Dove sei stanotte
992 Nicola Fantini e Laura Pariani, Marco Malvaldi, Dominique Manotti, Antonio Manzini, Francesco Recami, Gaetano Savatteri. La crisi in giallo
993 Jennifer. Worth. Tra le vite di Londra
994 Hai voluto la bicicletta. Il piacere della fatica
995 Alan Bradley. Un segreto per Flavia de Luce
996 Giampaolo Simi. Cosa resta di noi
997 Alessandro Barbero. Il divano di Istanbul
998 Scott Spencer. Un amore senza fine
999 Antonio Tabucchi. La nostalgia del possibile
1000 La memoria di Elvira
1001 Andrea Camilleri. La giostra degli scambi
1002 Enrico Deaglio. Storia vera e terribile tra Sicilia e America
1003 Francesco Recami. L'uomo con la valigia
1004 Fabio Stassi. Fumisteria
1005 Alicia Giménez-Bartlett, Marco Malvaldi, Antonio Manzini, Santo Piazzese, Francesco Recami, Gaetano Savatteri. Turisti in giallo

1006 Bill James. Un taglio radicale
1007 Alexander Langer. Il viaggiatore leggero. Scritti 1961-1995
1008 Antonio Manzini. Era di maggio
1009 Alicia Giménez-Bartlett. Sei casi per Petra Delicado
1010 Ben Pastor. Kaputt Mundi
1011 Nino Vetri. Il Michelangelo
1012 Andrea Camilleri. Le vichinghe volanti e altre storie d'amore a Vigàta
1013 Elvio Fassone. Fine pena: ora
1014 Dominique Manotti. Oro nero
1015 Marco Steiner. Oltremare
1016 Marco Malvaldi. Buchi nella sabbia
1017 Pamela Lyndon Travers. Zia Sass
1018 Giosuè Calaciura, Gianni Di Gregorio, Antonio Manzini, Fabio Stassi, Giordano Tedoldi, Chiara Valerio. Storie dalla città eterna
1019 Giuseppe Tornatore. La corrispondenza
1020 Rudi Assuntino, Wlodek Goldkorn. Il guardiano. Marek Edelman racconta
1021 Antonio Manzini. Cinque indagini romane per Rocco Schiavone
1022 Lodovico Festa. La provvidenza rossa
1023 Giuseppe Scaraffia. Il demone della frivolezza
1024 Colin Dexter. Il gioiello che era nostro
1025 Alessandro Robecchi. Di rabbia e di vento
1026 Yasmina Khadra. L'attentato
1027 Maj Sjöwall, Tomas Ross. La donna che sembrava Greta Garbo
1028 Daria Galateria. L'etichetta alla corte di Versailles. Dizionario dei privilegi nell'età del Re Sole
1029 Marco Balzano. Il figlio del figlio
1030 Marco Malvaldi. La battaglia navale
1031 Fabio Stassi. La lettrice scomparsa
1032 Esmahan Aykol, Gian Mauro Costa, Alicia Giménez-Bartlett, Marco Malvaldi, Antonio Manzini, Francesco Recami, Gaetano Savatteri. Il calcio in giallo
1033 Sergej Dovlatov. Taccuini
1034 Andrea Camilleri. L'altro capo del filo
1035 Francesco Recami. Morte di un ex tappezziere
1036 Alan Bradley. Flavia de Luce e il delitto nel campo dei cetrioli
1037 Manuel Vázquez Montalbán. Io, Franco
1038 Antonio Manzini. 7-7-2007
1039 Luigi Natoli. I Beati Paoli
1040 Gaetano Savatteri. La fabbrica delle stelle
1041 Giorgio Fontana. Un solo paradiso
1042 Dominique Manotti. Il sentiero della speranza

1043 Marco Malvaldi. Sei casi al BarLume
1044 Ben Pastor. I piccoli fuochi
1045 Luciano Canfora. 1956. L'anno spartiacque
1046 Andrea Camilleri. La cappella di famiglia e altre storie di Vigàta
1047 Nicola Fantini, Laura Pariani. Che Guevara aveva un gallo
1048 Colin Dexter. La strada nel bosco
1049 Claudio Coletta. Il manoscritto di Dante
1050 Giosuè Calaciura, Andrea Camilleri, Francesco M. Cataluccio, Alicia Giménez-Bartlett, Antonio Manzini, Francesco Recami, Fabio Stassi. Storie di Natale
1051 Alessandro Robecchi. Torto marcio
1052 Bill James. Uccidimi
1053 Alan Bradley. La morte non è cosa per ragazzine
1054 Émile Zola. Il denaro
1055 Andrea Camilleri. La mossa del cavallo
1056 Francesco Recami. Commedia nera n. 1
1057 Marco Consentino, Domenico Dodaro, Luigi Panella. I fantasmi dell'Impero
1058 Dominique Manotti. Le mani su Parigi
1059 Antonio Manzini. La giostra dei criceti
1060 Gaetano Savatteri. La congiura dei loquaci
1061 Sergio Valzania. Sparta e Atene. Il racconto di una guerra
1062 Heinz Rein. Berlino. Ultimo atto
1063 Honoré de Balzac. Albert Savarus
1064 Alicia Giménez-Bartlett, Marco Malvaldi, Antonio Manzini, Francesco Recami, Alessandro Robecchi, Gaetano Savatteri. Viaggiare in giallo
1065 Fabio Stassi. Angelica e le comete
1066 Andrea Camilleri. La rete di protezione
1067 Ben Pastor. Il morto in piazza
1068 Luigi Natoli. Coriolano della Floresta
1069 Francesco Recami. Sei storie della casa di ringhiera
1070 Giampaolo Simi. La ragazza sbagliata
1071 Alessandro Barbero. Federico il Grande
1072 Colin Dexter. Le figlie di Caino
1073 Antonio Manzini. Pulvis et umbra
1074 Jennifer Worth. Le ultime levatrici dell'East End
1075 Tiberio Mitri. La botta in testa
1076 Francesco Recami. L'errore di Platini
1077 Marco Malvaldi. Negli occhi di chi guarda
1078 Pietro Grossi. Pugni
1079 Edgardo Franzosini. Il mangiatore di carta. Alcuni anni della vita di Johann Ernst Biren
1080 Alan Bradley. Flavia de Luce e il cadavere nel camino

1081 Anthony Trollope. Potete perdonarla?
1082 Andrea Camilleri. Un mese con Montalbano
1083 Emilio Isgrò. Autocurriculum
1084 Cyril Hare. Un delitto inglese
1085 Simonetta Agnello Hornby, Esmahan Aykol, Andrea Camilleri, Gian Mauro Costa, Alicia Giménez-Bartlett, Marco Malvaldi, Antonio Manzini, Santo Piazzese, Francesco Recami, Alessandro Robecchi, Gaetano Savatteri, Fabio Stassi. Un anno in giallo
1086 Alessandro Robecchi. Follia maggiore
1087 S. N. Behrman. Duveen. Il re degli antiquari
1088 Andrea Camilleri. La scomparsa di Patò
1089 Gian Mauro Costa. Stella o croce
1090 Adriano Sofri. Una variazione di Kafka
1091 Giuseppe Tornatore, Massimo De Rita. Leningrado
1092 Alicia Giménez-Bartlett. Mio caro serial killer
1093 Walter Kempowski. Tutto per nulla
1094 Francesco Recami. La clinica Riposo & Pace. Commedia nera n. 2
1095 Margaret Doody. Aristotele e la Casa dei Venti
1096 Antonio Manzini. L'anello mancante. Cinque indagini di Rocco Schiavone
1097 Maria Attanasio. La ragazza di Marsiglia
1098 Duško Popov. Spia contro spia
1099 Fabio Stassi. Ogni coincidenza ha un'anima
1100
1101 Andrea Camilleri. Il metodo Catalanotti
1102 Giampaolo Simi. Come una famiglia
1103 P. T. Barnum. Battaglie e trionfi. Quarant'anni di ricordi
1104 Colin Dexter. La morte mi è vicina
1105 Marco Malvaldi. A bocce ferme
1106 Enrico Deaglio. La zia Irene e l'anarchico Tresca
1107 Len Deighton. SS-GB. I nazisti occupano Londra
1108 Maksim Gor'kij. Lenin, un uomo
1109 Ben Pastor. La notte delle stelle cadenti
1110 Antonio Manzini. Fate il vostro gioco
1111 Andrea Camilleri. Gli arancini di Montalbano
1112 Francesco Recami. Il diario segreto del cuore
1113 Salvatore Silvano Nigro. La funesta docilità
1114 Dominique Manotti. Vite bruciate
1115 Anthony Trollope. Phineas Finn
1116 Martin Suter. Il talento del cuoco
1117 John Julius Norwich. Breve storia della Sicilia
1118 Gaetano Savatteri. Il delitto di Kolymbetra
1119 Roberto Alajmo. Repertorio dei pazzi della città di Palermo

1120 Andrea Camilleri, Gian Mauro Costa, Alicia Giménez-Bartlett, Marco Malvaldi, Dominique Manotti, Santo Piazzese, Francesco Recami, Gaetano Savatteri. Una giornata in giallo
1121 Giosuè Calaciura. Il tram di Natale
1122 Antonio Manzini. Rien ne va plus
1123 Uwe Timm. Un mondo migliore
1124 Franco Lorenzoni. I bambini ci guardano. Una esperienza educativa controvento
1125 Alicia Giménez-Bartlett. Exit
1126 Claudio Coletta. Prima della neve
1127 Alejo Carpentier. Guerra del tempo
1128 Lodovico Festa. La confusione morale
1129 Jenny Erpenbeck. Di passaggio